Barbara Homolka
Das Grab am Havre

Barbara Homolka ist in Schwäbisch Gmünd geboren und aufgewachsen. Lange Jahre arbeitete sie als Journalistin bei einer Lokalzeitung, bevor sie 2016 mit Mann und Hunden in die Normandie auswanderte. Dort betreibt sie das Informationsportal chiennormandie.de und arbeitet als Texterin und freie Journalistin.

Barbara Homolka

Das Grab am Havre

Frankreich-Krimi

PIPER

Mehr über unsere Autoren und Bücher:
www.piper.de

Wenn Ihnen dieser Krimi gefallen hat, schreiben Sie uns unter
Nennung des Titels »Das Grab am Havre«
an empfehlungen@piper.de, und wir empfehlen Ihnen
gerne vergleichbare Bücher.

ISBN 978-3-492-50612-0
© Piper Verlag GmbH, München 2022
Redaktion: Christiane Geldmacher
Satz auf Grundlage eines CSS-Layouts
von digital publishing competence (München)
mit abavo vlow (Buchloe)
Covergestaltung: Giessel Design
Covermotiv: Bilder unter Lizenzierung von Shutterstock.com genutzt
Printed in Germany

Vorwort

»Das Grab am Havre« spielt 2019, in dem Jahr, als die Normandie das fünfundsiebzigste Jubiläum der Landung der Alliierten feierte, ein Ereignis, das heute landläufig D-Day oder Jour J genannt wird.

Seitdem hat sich die Welt rasend schnell weitergedreht. Die Corona-Krise hat uns in Atem gehalten, Großbritannien die EU verlassen und schließlich der russische Präsident Wladimir Putin die Ukraine völkerrechtswidrig überfallen (da war die letzte Silbe des Romans gerade in den Rechner getippt).

2019, da wähnten wir uns noch in Sicherheit. Aber in Ordnung und normal war unsere Welt schon damals nicht. Die Corona-Krise und der Ukraine-Krieg haben uns deutlich vor Augen geführt, woran unsere Welt krankt. Beides legt die Schwächen unserer wenig resilienten Welt offen, ist ein Verstärker all unserer gesellschaftlichen, sozialen und politischen Defizite.

Alle fünf Jahre wird das Jubiläum des D-Day groß gefeiert, mit Gedenkveranstaltungen und Zeremonien, an denen auch die westlichen Staatschefs teilnehmen. Eine Tradition, die von Ronald Reagan 1984 auf dem Höhepunkt des Kalten Krieges begründet wurde. 2014 gaben sich auch Petro Poroschenko und Wladimir Putin die Ehre, es war die erste Begegnung der Staatschefs Russlands und der Ukraine seit Beginn des Ukraine-Konflikts. Das sogenannte »Normandie-Format« war geboren.

Neben den offiziellen Feiern gibt es seit 2007 das D-Day-Festival, das überwiegend touristischen Charakter hat und eine bunte Mischung aus Kultur, Gedenken, Festen und Ausstellungen bietet.

Tief in der normannischen Bevölkerung ist zudem die Gedenkkultur verankert. Kaum eine Familie, die nicht von der Besatzung und den Kämpfen an der Küste und in der Bocage betroffen war, Angehörige oder Hab und Gut verloren hat.

Der Zweite Weltkrieg ist in der Normandie auch achtzig Jahre später noch gegenwärtig. Viele Orte in der Manche und im Calvados erzählen von den gewaltigen Opfern, die damals von jungen Amerikanern, Briten, Kanadiern, Niederländern, Polen, Belgiern, Norwegern, Franzosen und Neuseeländern gebracht wurden, um Hitlers Krieg und Tyrannei zu beenden. Und ein neues, friedlicheres Europa zu schaffen. Das ist ihr Vermächtnis.

Saint-Germain-sur-Ay, 2. Juli 2022

Kapitel 1

Ich stehe nur mit einem T-Shirt und einem Badetuch bekleidet mit Belmondo auf dem Hundeplatz, barfuß, die Beine
unrasiert. Jedes Mal, wenn ich mich zu meinem Hund
runterbeuge, flattert das weiße Handtuch auf. Nebenan stellen die Toten Hosen ihre neue CD vor und geben der Presse
Interviews zum aktuellen Werk. Ich gehe zu Campino und
sage: »Ich finde, ihr klingt sehr bemüht. Dass jemand bemüht klingt, veranlasst die Leute nicht, das Radio im Auto
aufzudrehen und lauthals mitzusingen. Die Menschen wollen berührt werden.« Und Campino daraufhin: »Dann
schreib das auf. Ich weiß eh nicht, was ich sagen soll, und
die Journalisten nicht, was sie schreiben sollen.« Also setze
ich mich mit Belmondo auf ein abgewetztes rotes Sofa aus
den 1950er-Jahren und kritzle diesen klugen Satz und noch
einige weitere zuerst auf eine Art Gebetsfahne, dann auf ein
irgendwo gefundenes Stück Papier, während neben mir ein
freundlicher Mönch seinen Joghurt mit sehr trockenen Ce-
realien futtert. Ich hoffe darauf, bald eine Hose zu finden,
und ...

... erwache. Bin orientierungslos. Vor einer regenblinden
Scheibe dämmert eine mir völlig unbekannte Landschaft.
Flach, grün. Mein Bett schaukelt. Belmondo bellt. Es dauert
einen Moment, bis ich begreife, dass ich in meinem VW-Bus
liege. Tausend Kilometer gefahren oder besser geflohen bin.
Mit Belmondo, dem Border Collie, nach seinem Namensge-
ber auch zärtlich Bébel genannt. Und Jean, dem Kater. Paul,
mein Mann und bindendes Namensstück zwischen Collie

und Kater (was waren wir doch mal originell gewesen!), sitzt sicherlich in diesem Moment schon in Deutschland auf dem Polizeirevier und gibt eine Vermisstenanzeige auf. »Frau, Anfang fünfzig, Halbwertszeit deutlich überschritten.«

Schlaftrunken öffne ich die Schiebetür des VW-Busses, um Belmondo ins Freie zu lassen, und sehe mich einer grasenden Schafherde gegenüber. Ein paar der Schafe reiben sich ihre wolligen Rücken an der Karosserie des alten Fahrzeugs. Lämmer suchen blökend nach ihren Müttern. Belmondo, bisher eher eine Schande für seine Rasse und Hüte- und Arbeitsverweigerer, scheint vom Blitz getroffen. Er umkreist die Herde, sammelt Lämmchen ein und treibt sie auf ein Loch im Zaun zu, als hätte er in den letzten sechs Jahren seines Lebens nie etwas anderes getan. Brav galoppiert die Herde auf die Grünfläche zurück, die sich vor dem Bus ergießt. Eine sehr grüne saftige, große Fläche, die erst am Horizont in einige Dünen mündet.

Freudestrahlend kommt mein Collie auf mich zugerannt und stoppt im Vorsitz. Seine Stehohren wippen im Wind. Nur wenig später sehe ich mich einem nicht enden wollenden, sehr französischen Redeschwall ausgesetzt. Gestenreich versucht eine zierliche junge Frau, mir etwas zu erklären. »Magnifique«, so viel verstehe ich. Sie deutet auf Belmondo, der das Grinsen überhaupt nicht mehr aus seinem Border Face bekommt.

Trotz Französisch-Abi, Fortbildungskursen an der Uni und regelmäßigen Aufenthalten in Frankreich braucht mein Gehirn einen Moment, um in den Rhythmus und die Melodie der Sprache zu finden. Die Vokabeln aus den Windungen und verschlungenen Pfaden hervorzukramen. Zunehmend gelingt mir das besser, wird das Bild klarer, formen sich die Worte deutlicher. Nach rund zehn Sätzen füllen sich trotz Kaffeeabstinenz die Lücken. Die Frau heißt Camille Forestier und ist eine der drei Schäferinnen im Havre, wie die große, sehr grüne und saftige Grünfläche vor meinen Augen genannt wird.

In irgendeinem früheren Dasein war sie eine erfolgreiche Designerin und Illustratorin in Paris gewesen, bis ihr Freunde einen Erholungsurlaub in der Normandie geschenkt hatten. Sie verliebte sich in die raue Natur, den eiskalten Wind und den Regen. Und beschloss, den Resetknopf des Lebens zu drücken und Schäferin zu werden. Tauschte die kontemplative Ruhe einer wiederkäuenden Schafherde gegen das hektische Stadtleben. Sie lernte alles, was man über Schafe wissen musste, und fing an, eine alte Landrasse zu züchten.

Nur mit den Hunden, das klappte nicht so recht. Ihre Collies, so Camille, seien übermotiviert. »Das ist, als wollte ich mit dem Ferrari Baguette holen fahren. Ich würde regelmäßig im Schaufenster der Bäckerei landen, weil ich das Gas mit der Bremse verwechsle. Ein Fahrrad oder auch ein 2CV ist zum Brotholen besser geeignet. Und ein ruhiger Hund, ein weiser Hund wäre für meine Schafe angenehmer, die ich nur einmal im Monat vor den Grandes Marées, den Springfluten, retten muss.«

Camille ist begeistert von Belmondo, verteilt Streicheleinheiten an ihn, der ihr ergeben zu Füßen liegt, ebenso den Kater, der ihr fordernd um die Beine streicht. Sie lauscht erstaunt meinen Ausführungen, dass ich Bébel von einer Tierschutz-Organisation habe und er seinerzeit nur abgegeben wurde, weil er das Hüten nicht gelernt hat.

»Ich bin sehr beeindruckt.« Ihre dunklen Augen leuchten. Am liebsten nähme sie Belmondo sofort mit.

»Niemals«, wehre ich ab, »aber ich würde gerne mehr über die Schafe lernen, und Belmondo hilft sicher gerne aus, solange wir hier sind.« Camille nickt erfreut. »Sehr gerne. Ihr könnt dahinten auf meinem Grundstück stehen bleiben«, weist sie mit dem Finger auf einen entfernten Punkt am Horizont, einen grünen Fleck mit windschiefer Scheune. »Alternativ gibt es draußen an der Plage einen Campingplatz. Mit neuem Pool.«

Wir verabreden uns für den nächsten Vormittag. Die Aussicht auf Toiletten und Duschen, einen entspannten Cocktail und Infrastruktur, ja gar ein Stück Zivilisation ist zu verlockend, und so ziehe ich mit Hund und Katz auf den Campingplatz.

Der ist jetzt, im Mai, so gut wie ausgestorben. Vereinzelt ist eine der Parzellen mit einem Wohnwagen oder Wohnmobil belegt. Aus einem der Fahrzeuge dudelt das Radio. »France Gall à France bleu«, schmettert der Moderator in den Äther. Ein Rentnerpaar stippt vor dem WoMo seine buttertriefenden Croissants in den Kaffee. Hunderte von kleinen Châlets, im Moment mit verschlossenen Rollläden und Türen, zeugen davon, dass im Sommer hier die Bären und Urlauber steppen. Auf einem Grundstück steht ein selbst gemaltes Ortsschild »St. Germain – la ST. Tropez Normande« ist da zu lesen. Allerdings, auch hier blättert der Lack etwas ab.

Ich suche mir eine ruhige Parzelle ohne Nachbarn, quäle mich eine halbe Stunde mit dem Vorzelt. Das war vom Händler als »selbstaufbauend« gepriesen worden, und zu einem Teil ist es das auch. Es klappt auf wie ein Regenschirm und reckt seine Kuppel in den normannischen Himmel. Allein bis es wirklich umfassend vertäut und abgespannt neben dem Bus steht, rennen Belmondo und ich einige Male um unseren Palast herum. Dann ist es vollbracht, nur die Schleuse, als Verbindungsstück zwischen Zelt und Bus, fehlt noch, doch fürs Erste soll es reichen. Ich räume meine Habseligkeiten aus dem Fahrzeug. Unglaublich, dass das vor wenigen Monaten ein rostiges Stück Automobilgeschichte war. Ralf, mein Schrauber in geheimer Mission, hat ganze Arbeit geleistet und das alte Schätzchen innen wie außen einem Facelift unterzogen.

»Sollen wir an den Strand fahren?«, frage ich die Tiere. Belmondo ist mit einem Satz im Fahrzeug, Jean folgt ihm nur unwesentlich langsamer, immer noch behände wie ein Kätzchen, trotz seiner fünfzehn Jahre.

Durch ein Wohngebiet mit winzigen Häuschen, ja, fast Hüttchen, und einem undurchdringlichen Gewirr an schmalen Straßen folgen wir Schildern, die eine »Plage naturiste« ausweisen und finden uns auf einem kleinen Parkplatz in den Dünen wieder. Eine Kreuzotter flüchtet vor dem Hund ins Gebüsch. Unverzagt machen Kater, Collie und ich uns auf den Weg gen FKK-Strand. Ein paar ältere Männer, nahtlos und beneidenswert braun, dösen in der normannischen Sonne. Hier fiele ich selbst in der Kostümierung meines Traums nicht auf. Angezogen eher schon, deshalb stapfe ich los Richtung Meer, das viele Kilometer weit weg erscheint. Wie eine Fata Morgana glitzert und schimmert es in vierzig Schattierungen von Türkis am Horizont.

Das Laufen am Strand entspannt, die quälende Last der letzten Monate fällt von mir ab. Der Jobverlust, die Perspektivlosigkeit, die Wut und Enttäuschung. Die Trauer. Die Luft riecht salzig, im Hintergrund rauscht sanft die Brandung. Ich entledige mich meiner Schuhe und wate durch einen Priel. Bébel platscht freudig hinterher, Jean macht lieber einen Bogen.

Zurück auf dem Campingplatz hat sich direkt neben unserer Parzelle ein Wohnmobil breitgemacht. Im wahrsten Sinne des Wortes, denn es ist ein sehr großes und vor allem schönes Reisemobil, mit deutschem Kennzeichen. Auf dem Heck steht »El Condor Pasa«, und ein begabter Grafiker hat einen segelnden Vogel dazu entworfen, der sich über der Schrift in die Höhe zu schrauben scheint. Ein drahtiger älterer Mann sitzt vor dem Mobil in der Sonne, der Pastis steht auf seinem Campertisch. Fröhlich winkt er zu uns herüber. »Du bist menschenscheu«, hat Paul mich in den ersten Jahren unserer Beziehung charakterisiert. Daran hat sich bis heute nur wenig geändert.

Auch nicht an der Tatsache, dass andere Menschen das komplette Gegenteil sind und es ihnen offenbar an entsprechenden Sensoren mangelt. Prompt kommt der Nachbar anmarschiert. »Neucamper? Sieht man gleich! Aber wir Camper helfen einander«, eröffnet er mir. Bébel macht das, was er am besten kann: sich einschleimen. Schiebt den Kopf unter die Hand des Nachbarn. »Ich bin Friedrich«, setzt der Fremde nach. Er ist um die sechzig, das lange graue Haar ist lässig zu einem Zopf geflochten. Ein Hemd, eine Sommerhose und an den Füßen ausgelatschte Schlappen. Eine runde John-Lennon-Brille im Gesicht. Gelbe Finger, ein Raucher.

»Machst du einen Roadtrip, oder lebst du im Van?«

»Ähhh …«

»Das erste Mal in der Normandie? Ich auch!«

»Ähhh …«

»Die Katze reist auch mit?«

»Ist ein Kater.«

Trotz meines Gestammels bleibt er nett. Oder bemüht. Und lädt mich zum Abendessen ein.

Friedrich entpuppt sich als guter Koch und charmanter Gastgeber. Es gibt frischen Fisch, etwas Salat, eine üppige Käseplatte zum Nachtisch. Genug Wein. Zu viel Wein. Calvados, der wieder Löcher in den Magen für den nächsten Gang brennen soll und ebensolche in die graue Masse zwischen den Ohren reißt.

Friedrich bleibt erschreckend extrovertiert.

»Ich bin auf der Suche nach der Liebe meines Lebens«, eröffnet er.

»Damit kann ich nicht dienen«, entgegne ich schnell, um ja keine falschen Hoffnungen aufkommen zu lassen. Rutsche vorsichtshalber ein Stück von ihm ab.

Doch Friedrich sucht eine verflossene Jugendliebe und trägt ein Foto bei sich, schwarz-weiß und verknautscht und ein bisschen unscharf, wie eben Fotos aus dem Analogzeitalter sind. Es zeigt eine junge Frau mit dunklen langen Haaren, auf dem Foto wirkt sie hübsch, wenn auch nicht im konventionellen Sinn. Etwas düster und traurig schaut sie in die Kamera.

»Das ist oder war Susan. Das Bild ist das Einzige, was mir von ihr geblieben ist. Aber es gibt Hinweise darauf, dass sie vielleicht in dieser Ecke der Normandie lebt.« Für kurze Zeit waren sie ein Paar, in den 1980er-Jahren, er der damals noch ruhige Typ, der sich mit Gesteinen, Fossilien und Erdgeschichte auskannte, und die wilde Susan, die ziel- und rastlos durchs Leben hechelte, heute hier und morgen dort. Sie engagierte sich in der Anti-Atom- und Friedensbewegung, baute abenteuerliche Fluggeräte und stürzte sich in jede neue Eskapade. »Sie war ihrer Zeit voraus, heute wäre sie sicherlich eine erfolgreiche Influencerin«, führt Friedrich aus. »Damals aber galt sie einfach als verrückt. Durchgeknallt.«

Als er, der promovierte Geologe, nach Beendigung eines Forschungsauftrags in Marokko ins winterliche Deutschland zurückkehrte, war Susan weg. Spurlos verschwunden. Freunde behaupteten, sie sei bei einem Unfall ums Leben gekommen. Die Familie, zu der sie den Kontakt schon lange abgebrochen hatte, habe sie an einem unbekannten Ort anonym bestatten lassen. So richtig glauben konnte er das nicht.

»Bis heute ist es eine offene Wunde. Ein Trauma. So einmal im Jahr überkommt es mich, ich gebe ihren Namen in Internetsuchmaschinen ein oder forsche in den sozialen Netzwerken, ob es sie irgendwo gibt. Aber sie ist wie vom Erdboden verschluckt.« Erneut ergießt sich goldgelber Calvados in die Gläser, und Friedrich nimmt einen tiefen Schluck. »Oder besser: Sie war es. Denn kürzlich will sie jemand aus unserer gemeinsamen Zeit gesehen haben. In der Normandie, auf einem Markt.«

Ich verspreche, meine Augen offen zu halten, die mir in Wirklichkeit in diesem Moment bleischwer zufallen. Der Apfelschnaps hat ganze Arbeit geleistet.

Trotz des Calvados und des damit verbundenen Katers stehe ich schon frühmorgens bei Camille am Havre, am Rand des unendlichen Schafparadieses auf ihrem Grundstück mit Scheune und Boot. Das Schiffchen hat, trotz der großen Springfluten, den »Grandes Marées«, schon lange kein Wasser mehr unterm Kiel gesehen. In dem Schuppen verwahrt Camille Nützliches und Gruseliges, das sie beim Hüten der Herde in den Salzwiesen gefunden hat: zahlreiche Schafschädel, eine Sammlung angeschwemmter Feuerzeuge (farblich sortiert), ein Sortiment von Gummihandschuhen (linken) und Gummistiefeln. Unsere heutige Mission: Die Schafe aus dem weitverzweigten Havre zu holen, bevor das Wasser diesen überflutet.

»Im Herbst und im Frühjahr überschwemmen die Grandes Marées den Havre vollständig«, erklärt Camille. »Das ist vor allem für die Lämmer gefährlich, die dann in einem der Priele ertrinken können. Deshalb holen wir die Herde jetzt rein.«

Mit den Hunden machen wir uns auf den Weg, überspringen Gräben und waten durch den Ay, einen ziemlich tiefen Fluss mit starker Strömung. Ab und an pflückt Camille ein Kraut und hält es mir hin. »Salicorne«, erklärt sie, »du kannst damit kochen oder sie in den Salat tun. Die Schafe fressen sie sehr gerne, aber die Kräuter sind auch für Menschen eine Delikatesse.«

»Wow, das ist aber salzig!«

Camille bedeutet Bess, ihrem großen und kräftigen Border, die Schafe einzusammeln. Der Hund prescht los, mein kleiner Belmondo hinterher, die Tiere setzen sich brav in Bewegung. Hin und wieder versucht ein widerspenstiges Mutterschaf, in Richtung der auflaufenden Flut zu entkommen, doch beide Collies sind aufmerksam und treiben sie zur

Gruppe zurück. Nur zwanzig Minuten später sind alle Schäfchen im Trockenen.

»Er hat eindeutig Talent, dein Belmondo. Du willst ihn wirklich nicht hergeben?«

Die Herde grast friedlich auf dem Grundstück, die Hunde liegen hechelnd im Schatten, und ich bin ganz schön durchgeschwitzt.

»Ich sehe gar kein Wasser.«

Nur wenige Minuten später rauscht eine Welle auf dem Ay entlang, Möwen jagen vorneweg. Überall im Havre gluckert und gluckst es jetzt, füllen sich Gräben und Wasserlöcher mit sprudelndem Meerwasser. Wo wir vor Kurzem mit den Schafen gelaufen sind, erstreckt sich eine blaugraue Wasserfläche. Nur noch wenige vorwitzige Binsen ragen hervor, ein paar Mäuse und Kaninchen retten sich in letzter Sekunde zu uns auf die Weide.

»Wir haben hier den höchsten Tidenhub in ganz Europa«, erläutert mir Camille, und schweigend sitzen wir eine Weile zwischen den Schafen und dem Wasser, beobachten Reiher, Möwen und Eisvögel beim Flug über die spiegelnde Fläche. Belmondo rückt an mich heran – er scheint zufrieden mit der Wahl unseres neuen Aufenthaltsorts zu sein.

Was Paul wohl gerade macht? Er kommt sicher um vor Sorge, und dennoch gehört es zu meinem Plan, ihn nicht einzuweihen. Für mich selbst herauszufinden, wie es weitergehen soll, nachdem so mitten im Leben eine unerwartete Zäsur alle Lebensentwürfe pulverisiert hat. Paul hätte tausend gut gemeinte Ratschläge gehabt. Hätte natürlich dabei sein wollen und damit mein Vorhaben konterkariert. Ein bisschen nagt das schlechte Gewissen an mir, aber ich schiebe die Gedanken an meine innere Tilly – »Na, etwa fremdgegangen?« – schnell weg.

Rund eine Stunde später hat sich das Wasser weitgehend zurückgezogen, die Straße zu Camilles Grundstück ist wieder frei. Ich hole Baguette und Käse aus dem kleinen Gemischtwarenladen in Saint-Germain-sur-Ay und fahre auf den Campingplatz zurück, setze einen Espresso in der Kanne auf. Mein Nachbar ist unterwegs, wahrscheinlich einen Markt in der Nähe abklappern. Der Kaffee ist stark und warm, das Baguette knusprig. Jean macht es sich auf meinem Schoß bequem. Nach dem Frühstück brechen wir erneut auf Richtung Strand. Diesmal erklimmen die Tiere und ich eine steile und hohe Düne, um einen Überblick zu bekommen. Die Aussicht überwältigt mich. Zu meiner Rechten liegt das Meer, das schon wieder bei den Kanalinseln angekommen zu sein scheint und einen goldgelben Strand hervorgezaubert hat. Vor mir erstreckt sich die Bucht, durch die sich der Ay und die anderen beiden Flüsse des Havres bis zum Ozean schlängeln. Sie sind brav in ihre Betten zurückgekehrt, nichts erinnert mehr daran, dass das Meer heute Morgen mit Macht ins Landesinnere drängte. In der Bucht und am Strand laufen Dutzende Menschen herum, schwer bewaffnet mit Harken, Rechen, Käschern und Eimern. Sie fischen zu Fuß, das hat mir Camille am Vormittag erklärt. In den zahlreichen kleinen Tümpeln und Prielen finden sich bei den Grandes Marées Muscheln, Meeresschnecken, Krebse und sogar Hummer. Eine stattliche Mahlzeit lässt sich so sammeln.

Zur Linken mache ich den Marktflecken Saint-Germain-sur-Ay aus. Der Kirchturm ist weithin sichtbar, auch das kleine Wachhäuschen, der Corps de Garde, der einst zum Schutz des Hafens diente und jetzt eine Kapelle ist, wie Camille mir heute Morgen erläutert hat. Nur eines stört die Idylle: Direkt auf dem Gipfel der Düne befindet sich eine Bunkerruine. Wahrscheinlich die Reste des Atlantikwalls. Ein hässliches, rundes Betonteil.

Auf der Mauer hat es sich der Kater gemütlich gemacht und rekelt sich entspannt in der Frühlingssonne. Belmondos Interesse hingegen gilt den Kaninchen. Er steckt mit Kopf und Vorderpfoten in einem Bau. Ab und zu fliegen die Grasbüschel.

Leider hat mein Hund die unangenehme Angewohnheit, alles zu fressen. Wie ein Welpe, der die Welt durch Ich-nehms-ins-Maul erkundet, wandert so wirklich alles, was nur im Entferntesten nach Essbarem aussieht, im Magen des Border Collies. Kaninchenkot, Bambibömbchen, Katzenscheiße, Hundekot, Taschentücher, Grillkohle, Socken, Weinkorken, Liebesbriefe, Rechnungen, Steuerbescheide, Insekten, Restmüll, Plastikverpackungen, Hundespielzeug. Alles landet in Belmondos Verdauungssystem, das sich zum Glück immer als strapazier- und leidensfähig erweist. Auch jetzt scheint Bébel wieder etwas gefunden zu haben, was er unwiderstehlich findet. Ein Steinchen. Oder einen Kaninchenknochen? Einen Knochen, aber nicht von einem Kaninchen? Ganz bestimmt nicht von einem Kaninchen! Was Belmondo stolz in seinem Maul präsentiert, sind die Überreste einer menschlichen Hand.

»Bah!«, schreie ich meinen Hund an, der erschrocken seine Beute fallen lässt. Ich bücke mich und sammle die Hand auf. Die Leiche scheint schon sehr lange in dem Loch gelegen zu haben, die Hand ist vollständig skelettiert. Etwas muss diesem Menschen wichtig gewesen sein, denn die Hand oder besser das, was davon übrig ist, ist zu einer Faust geballt. Seit Jahren hält sie einen kleinen Zettel fest umklammert. Vorsichtig fummle ich das vergilbte Stück Papier hervor. Es ist trocken und dünn. Auf den ersten Blick ist nichts zu erkennen, mit dem zweiten werde ich einer verblassten Schrift gewahr. Eine Kombination aus Zahlen und Buchstaben. »30 UXV 626010 5478292«. Sonst nichts. Kein Name, kein Ort, kein Hinweis. Nur: 30 UXV 626010 5478292.

Während ich über dem Fetzen mit der Inschrift grüble, macht Belmondo sich wieder über die Knochen her, von denen jetzt so gut wie nichts mehr übrig ist außer ein bisschen Fingerfood. Ich ziehe die Reste aus meines Hundes

Maul und packe sie schnell in die Bauchtasche zu Leckerli und Kotbeuteln. Wie erkläre ich so etwas auf der Gendarmerie? Mein Hund hat eine Leiche gefressen, und das ist alles, was von ihr übrig ist? Ich stopfte den Zettel zu den Fingern und beschließe, Camille um Hilfe zu bitten. Ein Schwarm Brandgänse zieht über unsere Köpfe hinweg und lässt sich in einer benachbarten Düne häuslich nieder, ein winziges Kaninchen hoppelt den schmalen Dünenpfad entlang. Der Kater liegt ausgestreckt in der Sonne, und mein Hund hat einen Menschen gefressen. Oder zumindest einen Teil davon. Mit etwas Glück kann ich morgen früh die Knochen aus dem Kot sammeln. Ich wähle Camilles Nummer: »Ich habe ein Problem und brauche Hilfe«, gestehe ich und schildere meinen Fund, »ich bekomme das allein nicht geregelt.«

»Wir treffen uns auf der Gendarmerie in Lessay«, hilft die Schäferin mir aus der Patsche.

Die Gendarmerie in Lessay ist fünf Kilometer entfernt, ein schmuckloser Bau an einem Kreisverkehr, ein Supermarkt, eine Tankstelle, ein Pizzaautomat und ein Restaurant schmiegen sich in der Nachbarschaft an den Round Point. Lieutenant Matthieu Desquiret, ein Mittvierziger mit glänzender Glatze, unverkennbarem Bauchansatz und einer runden Brille, empfängt uns in seinem Büro, das in kräftigem Apricot gestrichen ist. Zwei flimmernde Monitore zieren einen dunklen Schreibtisch. Darüber hängt in einem Glasrahmen ein Gedicht, handgeschrieben. Auf einem weiteren Sekretär türmen sich in einem Eck die Akten. Auf der anderen Seite ist eine Schreibtischlampe mit einem grellgrünen Lampenschirm platziert. An der Wand hängt eine Karte des Einsatzgebiets, das bis in die Unterpräfektur in Coutances reicht. Irgendwo im Hintergrund quäkt aus einem Gerät der Polizeifunk. Ständig klingelt das Telefon.

Der grüne Linoleumboden wurde von Generationen eifriger französischer Putzfrauen gehegt und gepflegt, wie das Sediment aus unterschiedlichen Bohnerwachsschichten bezeugt. So mancher Delinquent ist in den letzten vierzig Jahren nervös in einem der kunstlederbezogenen Clubsessel hin- und hergerutscht und hat seine Finger in die Armlehnen gekrallt. Diese haben links und rechts am Rücken Löcher und gelber Schaumstoff quillt hervor.

»Nicht gerade viel«, bemerkt der Polizist, als Camille ihre wortreichen Erklärungen beendet hat. »Wirklich nicht gerade viel«, deutet er auf die paar Knochen, die von Belmondos Attacke übrig geblieben sind. »Wir werden unsere Vermisstenkartei durchgehen, einen DNA-Abgleich in Paris durchführen, soweit das möglich ist, und ich schicke jetzt gleich einige Männer raus, um zu schauen, ob wir noch mehr finden. Unter Umständen lassen sich weitere menschliche Überreste sicherstellen, die wir der Rechtsmedizin übergeben können. Zeigen Sie mir auf der Karte, wo genau Ihr Hund die Knochen ausgegraben hat?« Ich markiere die Stelle mit einem Stift. »Da ist ein alter Bunker, direkt daneben, es lässt sich kaum verfehlen.«

Der Gendarm nimmt Personalien und Aussage auf, schnell flitzen die Finger über die Tastatur, die laut ist wie eine Maschinenpistole. Unterschreiben muss ich digital auf dem Grafiktablet, dann drückt er mir den Ausdruck in die Hand. Es hat etwas Surreales, meinen Namen in dem Formular zu lesen. NOM: Mendel, PRÉNOM: Brigitte, DATE NAISSANCE: 07/07/1967.

»Was könnte das für ein Code sein?«, hakt Camille nach.

»Das werden wir bald rausfinden.« Lieutenant Desquiret wippt auf seinem Drehstuhl. »Wir haben bei der Gendarmerie für solche Fälle eine Spezialeinheit. Bitte bleiben Sie in der Nähe, bis wir über den Fall Klarheit haben.«

Ich seufze innerlich, denn eigentlich will ich nie lange an einem Ort verweilen, lieber jeden Tag ein bisschen weiterfahren, beweglich sein, nicht ortbar, sichtbar werden. »Ja, sehr gerne. Ich wohne auf dem Campingplatz in Saint-Germain.«

Camille lädt mich ein, bei ihr zu Hause auf den Schreck hin einen Tee zu trinken, zubereitet aus den Kräutern der Salzwiesen. Kurz darauf sitze ich in der Küche ihres normannischen Langhauses. Dicke Mauern und kleine Fenster, dunkel gestrichene Deckenbalken versetzen mich in ein früheres Jahrhundert. Eine Katze liegt zusammengerollt in frisch versponnener Schafwolle, und der Tee schmeckt nach Sonne und Meer, ein bisschen salzig, wie eben die Luft auf Camilles Schafweide. Mit ihm lässt sich vortrefflich der Geschmack des Todes von der Seele waschen. Wieso muss ausgerechnet mein Hund eine Leiche ausgraben?

Kapitel 2

»Was mag das nur für ein merkwürdiger Code sein?« Camille greift zu der Kopie des verblassten Zettelchens, die Lieutenant Desquiret netterweise für uns gemacht hat. »30 UXV 626010 5478292. Ganz ehrlich: das habe ich noch nie so gesehen, hier in der Gegend. Sieht ja aus wie ein Geheimcode oder irgendwelche Koordinaten, aber ein modernes Navigationsgerät kann damit sicher nichts anfangen.«

»Friedrich könnte uns helfen. Mein Parzellennachbar. Der ist Geologe oder so etwas und kennt sich ja vielleicht auch mit Karten aus.«

Wir haben Glück, Friedrichs fliegender Condor steht wieder auf seinem Platz. Auf dem Rolltisch liegt die Beute des vormittäglichen Marktbesuchs. Frisches Brot, kleine Törtchen, eine Flasche Calvados, ein paar neue Geschirrtücher. Friedrich selbst ist in ein Buch vertieft, die Zigarette im Mundwinkel. Doch Bébels Fund begeistert ihn auf der Stelle. »Was für eine Geschichte, dann zeig mal her, deinen Zettel mit dem Geheimcode zum Piratenschatz.« Er mustert den Zettel eingehend. »Das sind UTM-Koordinaten, wie sie beim Militär gebräuchlich sind. Erstaunlich! Denn die Schrift lässt vermuten, dass sie ganz schön alt sind. Schaut euch an, wie die Buchstaben gemalt sind, so schweifig und bauchig, und die Ziffern ganz akkurat geformt. Das sieht aus wie deutsche Sütterlinschrift. Das V ist eher ein Y. Man weiß, dass die Wehrmacht 1942 oder 1943 eine Form des UTM-Systems entwickelt hat. Erst vor einigen Jahren hat man im Bundes-Militärarchiv alte Wehrmachtskarten gefunden, die mit dieser Projektion erstellt wurden. Ich glaube, sie waren sogar aus der Normandie.«

»Das heißt, unsere Leiche ist ein Wehrmachtssoldat?«

»Wahrscheinlich, ziemlich sicher sogar. Aber die Polizei wird bestimmt weitere Hinweise finden, etwa Uniformreste oder Waffen. Wenn der Zettel die Zeit überstanden hat, dann auch mehr.«

»Es werden hier immer wieder noch Soldaten aus dem Zweiten Weltkrieg gefunden«, stimmt Camille zu. »Längst nicht alle wurden nach der Befreiung geborgen, dazu war das Chaos der Schlacht zu groß. Manche kommen beim Pflügen des Feldes wieder ans Tageslicht. Andere werden vom Meer dort freigespült, wo die Küstenerosion die Dünen frisst. Oder werden bei Straßenbauarbeiten oder in einem neuen Baugebiet entdeckt.«

»Was passiert mit ihnen?«

»Erst neulich hat ein Kind bei Gatteville an der Ostküste beim Spielen am Strand einen Soldaten ausgegraben. Stand groß in der Ouest-France. Der wurde an das nationale Institut für kriminalistische Forschung in Paris überführt. Ihre Untersuchungen dauern eine gewisse Zeit, und ich weiß nicht, was aus dem Skelett bei Gatteville geworden ist. Allerdings, wenn das Alter ungefähr stimmt und der Tote nicht identifiziert werden kann, dann wird davon ausgegangen, dass es ein deutscher Soldat war. Die Überreste werden in diesem Fall in La Cambe, dem größten deutschen Soldatenfriedhof in der Normandie, beigesetzt. Meist bekommt er einen Grabstein mit ›Unbekannter deutscher Soldat‹.«

»Also nichts wirklich Besonderes.« Ich bin enttäuscht. Kein Krimi mit französischen CSI-Einheiten, die jeden Quadratzentimeter der Düne von Saint-Germain-sur-Ay umgraben und unter das Mikroskop legen, um einem lange gesuchten Massenmörder auf die Spur die zu kommen. Nur eine traurige Geschichte des letzten Kriegs.

»Der Zettel ist bestimmt außergewöhnlich«, tröstet Camille mich, »auch in Lessay konnten sie ja nichts damit anfangen.«

Friedrich kramt derweil im Wohnmobil und kommt mit einem Laptop wieder zum Vorschein. »Zum Glück gibt es das Internet. Heute können wir die Koordinaten einfach in ein Umrechnungstool eingeben und schauen, wo wir damit rauskommen.«

Er fährt den Rechner hoch und gibt die Zahlen auf einer Website ein. Vor unseren Augen erscheint ein blauer Marker, irgendwo auf einem Feld.

»Das ist nicht weit von hier, in Foucarville«, schaltet sich Camille ein. »Lasst uns hinfahren und schauen, was da ist. Ob da überhaupt etwas ist. Die Schafe stehen ja noch auf der Trockenweide, die sind gut versorgt für heute. Wir nehmen meinen Jeep. Nur der Kater sollte vielleicht nicht mit auf die Laderampe, nicht, dass er verloren geht.« Jean hat sich ohnehin in den Bus verzogen und widmet sich seinem Schönheitsschlaf. Wir schließen alles ab und machen uns auf den Weg. Friedrich macht es sich mit Belmondo auf der Pritsche bequem, ich klettere zu Camille ins Führerhaus.

Es sind rund vierzig Kilometer vom Campingplatz bis zu dem blauen Marker auf der Karte, quer durch das Landschaftsschutzgebiet »Marais du Cotentin et du Bessin«, wie Camille mir unterwegs erläutert. »Früher war das ein richtiges Sumpfgebiet, zwischen hier und Carentan, und alles, was nördlich davon liegt, also der Cotentin, war eine echte Halbinsel. Nur an zwei Stellen bist du überhaupt trockenen Fußes auf die andere Seite gekommen. In Carentan, das auch Sumpfhauptstadt genannt wurde, und bei uns, in den Lessayer Heiden. Die Wikinger konnten, als sie diesen Landstrich erobert haben, noch von der Westküste zur Ostküste durchfahren. Heute hat man den Sumpf entwässert und trockengelegt. So nutzen die Landwirte die Flächen als Weiden und zum Teil für den Getreideanbau. Im Winter aber, wenn es viel regnet, wird das alles wieder zum Sumpf. Oder besser noch: zu einer Seenlandschaft, ganze Landstriche stehen unter Wasser. Wir nennen das *wenn die Sümpfe weiß werden*, denn alles ist in ein helles Grau getaucht, die Landschaft, der Himmel. Es ist total faszinierend, mindestens so sehr wie die Grandes Marées von heute früh.«

Wir fahren durch Sainte-Mère-Église. Am Straßenrand sind einige Willys Jeeps abgestellt, US-Soldaten lungern lässig im Städtchen umher, friedlich vereint mit ein paar jungen Burschen in Wehrmachtsuniform. Am Kirchturm hängt ein verunglückter Fallschirmspringer, der von Zivilisten mit Fotoapparat und Smartphone ins Visier genommen wird.

»Ja, so ist das hier«, lacht Camille, »der Erinnerungstourismus spielt eine enorme Rolle an diesem Küstenabschnitt. Du befindest dich an der Landungsküste Utah-Beach, hier startete mit dem D-Day am 6. Juni 1944 die Befreiung Europas vom Hitlerfaschismus. Sainte-Mère—Église gehört zu den ersten Städten überhaupt, die von den Amerikanern befreit wurden. Das wird bis heute gefeiert, mit Schwerpunkt Anfang Juni. Dann kommst du hier gar nicht mehr durch. Dieses Jahr wird es besonders voll, denn da steht auch noch ein Jubiläum an: fünfundsiebzig Jahre D-Day. Auch die Regierungschefs aller alliierter Staaten werden dann in der Normandie zu Gast sein, inklusive Präsident Trump. Vorausgesetzt, es regnet nicht, vor den Feierlichkeiten zum Kriegsende des Ersten Weltkrieges letztes Jahr hat er sich wegen des schlechten Wetters gedrückt.« Sie gluckst. »Angeblich schüttet es in der Normandie ja immer.«

»Ich weiß nur sehr wenig von diesem D-Day, dieser Teil der Geschichte ist irgendwie an mir vorbeigegangen«, gestehe ich, als Camille erneut wegen eines Trupps amerikanischer Soldaten in voller Kampfmontur bremst. Sie stehen auf der Hauptstraße und schießen Selfies.

»Oh, wirklich nicht? Am D-Day landeten hier an der gesamten Küste von Cherbourg bis Caen Amerikaner, Briten,

Franzosen, Kanadier, Polen, Neuseeländer und Norweger. Diese Militäroperation wurde Operation Overlord genannt und eröffnete eine zweite Front im Krieg gegen das Dritte Reich. In den ersten Tagen nach dem D-Day brachte eine gigantische Armada viele Hunderttausend junge Männer über den Ärmelkanal an diesen Küstenabschnitt. Nicht nur die Landung selbst war unglaublich verlustreich, auch die Kämpfe in der Bocage, die bis in den August hinein andauerten, forderten viele Opfer. Aufseiten der Alliierten, der Deutschen und auch der Zivilbevölkerung. Den Film »Der Soldat James Ryan« hast du gesehen?«

»Aber ja, im Kino.« Hinter mir hatte eine Clique Jugendlicher Popcorn gegessen und Coke getrunken, geflüstert und gelacht, während endlose Gräberreihen und ein fürchterliches Gemetzel auf der Leinwand zu sehen waren.

»Die Stimmung auf dem amerikanischen Soldatenfriedhof in Colleville hat Steven Spielberg gut eingefangen.« Camille tritt erneut in die Eisen, da einige Passanten schnell die Straßenseite wechseln. »Um zu verstehen, welchen Stellenwert der D-Day in der Erinnerungskultur der Alliierten, aber auch der Franzosen hat, empfehle ich jedem den Besuch. Der Ort macht sehr demütig vor dem Geschehen.«

Wir folgen schmalen Sträßchen, die links und rechts von riesigen Hecken gesäumt sind. Und von Straßengräben. Camille rauscht unvermittelt weiter, den Kurven zum Trotz. Dann stehen wir vor einem Gatter. »Hier gehts nicht weiter«, stellt unsere tollkühne Pilotin fest, »aber dahinten muss es sein.«

Wir sehen nichts. Außer ein paar jungen Maispflänzchen. Die wachsen dafür auf mehreren Hektar. So weit das Auge reicht, Mais. Die nächste Enttäuschung. Friedrich sortiert auf der Pritsche seine Knochen, stöhnt leise. »Es muss hier aber mal etwas gewesen sein.« Belmondo hebt die Schnauze und wittert, ob sich wohl etwas zum Fressen findet. Auch er scheint enttäuscht.

»Lasst uns in den Ort fahren«, schlägt Camille vor, »irgendjemand muss ja wissen, ob hier zum Beispiel eine bedeutende Schlacht war.«

Foucarville ist keine Stadt, noch nicht einmal ein Dorf, sondern eine Straßenkreuzung. Ein paar zufällig hingeworfene Steinhäuser, eine Kirche. Ein großes Gebäude, auf dessen Hof eine französische Flagge weht und das sich als Rathaus entpuppt. Wir hören eine energische weibliche Stimme »Bonne journée!« sagen und treten ein.

Eine zierliche, alterslose Frau versinkt hinter einem stattlichen Schreibtisch, ein Schild weist sie als Stéphanie Lagalle und die Bürgermeisterin von Foucarville aus. Camille trägt unser Anliegen vor.

»Ja, wir sind dabei, die Geschichte richtig aufzubereiten. Denn ehrlich: Als das da endlich verschwunden war, waren die meisten Anwohner froh und wollten nicht mehr an den Krieg und die Nachkriegszeit erinnert werden. Hier in Foucarville, dahinten auf dem Acker, war ab Juni 1944 ein großes Kriegsgefangenenlager für die deutschen Soldaten, der sogenannte *Continental Central n°19*. Zunächst sollten hier nur zwanzigtausend Mann untergebracht werden, schließlich waren es über sechzigtausend, die hier durchgeschleust wurden, auch Generäle und Admiräle waren darunter. Es entstand eine kleine Stadt, die alles hatte, elektrische Beleuchtung, Straßen, eine eigene Eisenbahn, Geschäfte, eine Bäckerei, eine Pumpstation für frisches Quellwasser, eine Kirche und sogar ein Krankenhaus. Die Amerikaner hatten für ihre Gefangenen an einen Friseur und an ein Kino gedacht. Es gab ein Theater für die Deutschen und eines für die amerikanischen Soldaten. Die US-Truppen sorgten gut für ihre Häftlinge, denen es sicher besser ging als der Bevölkerung auf dem Cotentin. So waren die Deutschen immer noch präsent, obwohl die Besatzung längst beendet war. Dazu kam ein riesiges Heer an alliierten Soldaten. Wir waren zwar befreit worden, haben aber einen hohen Preis und

Blutzoll dafür bezahlt. Das Lager erinnerte daran, bis es abgebaut wurde.«

»Was haben all diese Menschen in dem Lager gemacht?«, will Friedrich wissen.

»Ein Teil der Gefangenen arbeitete auf dem Feld, sie bauten das Gemüse an, das im Lager benötigt wurde. Ein anderer Teil wurde als Minenräumkommando eingesetzt, um die von den Nazis verminten Strände zu säubern. Zwei Jahre war das Lager in Betrieb, dann wurden die Gefangenen entweder entlassen oder in die USA, nach England oder Kanada gebracht. Alle Anlagen wurden in den Folgejahren zurückgebaut, es ist nichts mehr davon übrig. Eine kleine Stele befindet sich links an der Straße, wenn Sie nach Ravenoville fahren. Anfang Juni kommt eine Handvoll ehemaliger Insassen zur Gedenkveranstaltung. Wie gesagt, wir wollen die Geschichte noch aufarbeiten. Wo haben Sie den Soldaten gefunden?«

»Wir wissen nicht, ob es wirklich ein Soldat ist.« Camille hat aufmerksam zugehört. »Könnte es sein, dass er versucht hat zu fliehen? Und etwas Wichtiges im Lager zurückgelassen hat?«

Stéphanie Lagalle schüttelt den Kopf. »Darüber ist nichts bekannt. Aber allgemein heißt es, dass es den Deutschen sehr gut ging, und keiner versucht hat, die Flucht zu ergreifen. Allerdings sind einige von ihnen beim Minenräumen ums Leben gekommen. Gar nicht wenige. Sie wurden auf dem Friedhof in Orglandes beigesetzt, das ist nicht weit von hier. Vielleicht gehörte Ihr Mann dazu, und es hat ihn niemand geborgen? Eines ist aber sicher: Wenn er dort im Lager etwas versteckt hat, so ist es bestimmt nicht mehr da.«

Wir bedanken uns artig, besuchen die Stele am Ortseingang. Auch hier, außer dem bescheidenen Gedenken, nur Mais und Wiesen.

»Mysteriös bleibt es aber«, fasst Friedrich am Abend auf dem Campingplatz das Erlebte zusammen. Camille ist nach

Hause gefahren, und wir rekapitulieren den Tag, den Calvados vor uns auf dem Tisch stehend.

»Hat deine Suche heute früh eigentlich etwas ergeben?«

Friedrich schüttelt nur den Kopf. »Nein, ich habe niemanden gesehen, der Susan auch nur im Entferntesten ähnlich ist. Wahrscheinlich bin ich ganz umsonst in die Normandie gereist.«

»Eine solche Ungewissheit ist schrecklich. Genauso wird es den Angehörigen unseres Unbekannten gehen. Sie haben nie wieder etwas von ihm gehört, und fünfundsiebzig Jahre fehlte von ihm jede Spur. Meinst du, es gibt da noch jemanden in seiner Familie, der ihn vermisst? Am Ende sucht, so wie du Susan suchst?«

Kapitel 3

Die Nacht wird wieder lang. Wir plaudern, über dieses und jenes, den Krieg, Susan. Friedrich erzählt Anekdoten aus seinem Leben. Er ist viel rumgekommen, hat in Afrika, Asien und Australien bei Forschungsprojekten mitgewirkt. Er kam aus Ghana mit einer Malaria zurück, war für lange Zeit in ärztlicher Behandlung. Anschließend hat es ihn nicht mehr auf Expeditionen in die Ferne gezogen. Zusammen mit zwei weiteren Geologen wagte er den Sprung in die Selbstständigkeit, fertigte vor allem Gutachten für Bauvorhaben an. Seine Expertise wurde geschätzt, das Büro florierte. Durchaus eine Erfolgsgeschichte.

Irgendwann kommt die Sprache auch auf mich. Mit Abenteuern kann ich nicht dienen, ich versuche es mit der Wahrheit: »Ich bin vor meinem Leben geflüchtet. Ich muss eigentlich alleine sein und mir darüber klar werden, wie es weitergehen soll. Dass ich arbeitslos und mit knapp über fünfzig nicht mehr gebraucht werde, muss ich verarbeiten. Irgendwie einordnen. Der Plan war doch, bis zur Rente so weiterzumachen und dann den Ruhestand zu genießen. Dass es da einen Bruch in meinem Lebenslauf geben könnte, war nicht vorgesehen und unvorstellbar.« Jetzt ist es raus, zumindest ein Teil. »Mein Mann weiß nicht, wo ich bin, er sucht mich sicherlich, vielleicht auch die deutsche Polizei. Aber ich möchte mich im Moment noch nicht melden und hoffe sehr, dass du schweigen kannst.«

Ich wundere mich über mich selbst, dass ich nach so kurzer Zeit zumindest teilweise offen zu einem Fremden sein kann. Aber Friedrich ist innerhalb von wenigen Stunden kein Unbekannter mehr. Auch wenn er in vielem das komplette Gegenteil von mir ist, erscheint er mir seltsam vertraut, als würde ich ihn seit Jahren kennen.

Am nächsten Morgen ist es gerade mal neun, als das Telefon klingelt. »Die Gendarmerie hat sich bei mir gemeldet.« Camille klingt etwas hektisch. »Sie brauchen unsere Unterstützung. Kommst du? Oder ihr?«

»Erst einen Kaffee, sonst bin ich nicht lebensfähig!«, japse ich. Gegen zehn sind wir zu dritt bei der Polizei.

»Wir haben da etwas gefunden. Notizen. Zettel. Und so etwas wie Tagebücher. Aber wir können das beim besten Willen nicht entziffern. Es ist in einer unleserlichen Schrift verfasst, und es ist auf Deutsch.« Lieutenant Desquiret drückt mir einen ganzen Stapel Papier in die Hand. Es ist dieselbe Handschrift wie auf dem Zettel, den ich, oder vielmehr mein Hund, in der Faust des Skeletts gefunden habe.

»Sütterlin ist auch für uns aus Deutschland schwer zu lesen, da wir heute ganz anders schreiben«, antworte ich dem Polizisten. »Darf ich das mitnehmen? Oder Kopien davon?«

»Ich habe einen richterlichen Beschluss beantragt, um Sie als Zivilistin einzubeziehen«, erklärt Desquiret. »Wundern Sie sich nicht, Madame, die bürokratischen Mühlen bei uns in Frankreich mahlen gelegentlich etwas langsam. Es kann also dauern. Deshalb habe ich mir gedacht, Sie fangen mit den Kopien schon mal an. Unter dem Mantel der Verschwiegenheit, versteht sich. Digitalisiert haben wir den Fund für unsere Akten schon.«

»Gibt es sonst etwas Neues?«, frage ich, nachdem wir den Lieutenant von unserer gestrigen Recherche in Kenntnis gesetzt haben.

»Wir konnten weitere menschliche Überreste sicherstellen. Und Uniformstoff. Der Rechtsmediziner geht von einer sehr langen Liegezeit aus, kann aber die Dauer nicht genau beziffern. Es war wohl ein Mann. Aber leider gibt es keinen Hinweis auf die Identität des Toten. Keinen Ausweis, keine Erkennungsmarke. Es wäre uns sehr geholfen, wenn Sie in den Aufzeichnungen entsprechende Hinweise finden könnten.«

Einen ganzen Stapel Papier unterm Arm treten wir ins Freie, an die frische Normandieluft. Die Sonne blitzt verhalten durch die Wolkendecke. »Lasst uns erst noch ein zweites Frühstück einnehmen«, schlägt Camille vor. »Unser Städtchen hat zwar nicht viel zu bieten, aber *Le Concerto* ist nett. Und der Kaffee ist richtig gut.«

Die kleine Bar liegt auf einem Platz an der Rue de la Saint-Croix, direkt gegenüber einer Abteikirche in romanischem Stil. Sie ist die einzige Sehenswürdigkeit der Kleinstadt, die in der Schlacht um die Normandie nahezu vollständig zerstört wurde. Auch von der mächtigen Kirche war im Sommer 1944 nur ein Trümmerhaufen übrig, erklärt Camille. »Die deutschen Truppen haben sie auf ihrem Rückzug gesprengt.«

Dohlen umschwärmen keckernd den Kirchturm. Ein paar Bistrostühle, rot-weiße Sonnenschirme und ein Reklameschild für Eis locken die Besucher ins Café. Am Tresen im Innenraum stehen einige Männer in mittleren Jahren, ausgebeulten Hosen und lässigen Arbeitsjacken. Sie fixieren gebannt einen Bildschirm, über den ein Trabrennen flimmert. Die Bedienung unterbricht das Zapfen des Bieres, nimmt unsere Bestellung auf und ist wenige Minuten später mit drei Tassen Kaffee und einem Teller Schokocroissants zurück.

»Wo sollen wir nur anfangen?« Der Aufgabenberg aus der Gendarmerie scheint mir unüberwindlich. Eine Taube streift zwischen den Tischen umher und versucht, ein paar Krumen unseres Frühstücks zu erhaschen. Bébel ist angesichts des frechen Mitessers nur wenig amüsiert und wickelt sich eifrig um Stuhl-, Tisch- und Menschenbeine.

»Wir verschaffen uns als Erstes einen Überblick.« Camille stippt das Hörnchen in die schaumige Crema ihres Kaffees. »Vielleicht haben wir ja Glück, und finden einen Namen oder eine Adresse. Einen erhaltenen Brief, ein offizielles Dokument oder dergleichen.«

Zurück auf dem Campingplatz sortieren wir Kopien der Zettel, Feldpostbriefe und Notizbücher. Die Hoffnung auf einen schnellen Glückstreffer erweist sich als trügerisch. Es ist nichts Hilfreiches zu finden, die alten Buchstaben auf dem Papier tanzen vor unseren Augen. Eng beschriebene Seiten, mit einem stumpfen Bleistift hingekritzelte Hieroglyphen, wahrscheinlich auf brüchigem Papier, das heute vom Anschauen zu Staub zu werden droht. Die Kopien lassen den Zerfall erahnen. Wir greifen uns eine Vervielfältigung der Notizbücher raus, und Friedrich liest, langsam und stockend:

»Diese Gefangenschaft hier in Foucarville möchte ich nutzen, meine Erinnerungen an den Krieg und die Zeit davor aufzuschreiben, aber es ist eine Qual, all diese Jahre noch einmal zu durchleben. Doch viel Sinnvolles kann ich hier nicht tun, außer mich immer wieder den Minenräumtrupps anzuschließen, um all das Verderben, das wir hier an den Stränden hinterlassen haben, zu beseitigen.

Meine Kameraden lauschen den Vorträgen, die die US-Armee uns anbietet, andere singen im eigens gegründeten Männerchor. Die Army hat eine richtige Universität eingerichtet, um uns auf unser neues Leben ohne Faschismus vorzubereiten.

Viele Männer arbeiten in den Werkstätten, stellen Möbel und Spielzeug her, die an die Bevölkerung des Umlandes verschenkt werden, die immer noch sehr unter den Folgen der Besatzung und des Krieges leidet.

Es gibt zahlreiche Annehmlichkeiten hier im Lager, wir werden nicht wie Feinde behandelt. Viele der Inhaftierten sind blutjung, noch keine siebzehn Jahre alt. Der Jüngste zählt gerade zwölf Lenze. Sie sind in sogenannten »Baby-Cages«

untergebracht, speziellen Abteilungen für die jugendlichen POWs. Auch wenn der Name es vermuten lässt, es sind keine Käfige, sondern eben in sich geschlossene Lagerbereiche, in denen diese Soldaten, ja, diese Kinder, zusammenwohnen.

Hauptsächlich die Jungen, aber manchmal auch wir Älteren, werden von Zeit zu Zeit nach Cherbourg abkommandiert, um anlandende Versorgungsschiffe zu löschen. Das ist für uns ein besonderer Tag. Im großen Kreis, Mann hinter Mann, transportieren wir die Verpflegungskartons aus dem Bauchraum der Schiffe auf bereitgestellte Lastwagen. Immer wieder kommt es vor, dass einer der unsrigen einen Karton fallen lässt. Meist ist das kein Versehen. Doch die US-Soldaten lachen und sehen darüber hinweg, wenn wir die verschiedenen leckeren Sachen aus einer aufgeplatzten Kiste einsammeln oder gleich im Mund verschwinden lassen.

In Foucarville in der Normandie ist es eisig. Wir haben Pfingsten, bereits Ende Mai, wir schreiben das Jahr 1945, und doch haben wir jede Nacht Frost. Am Morgen sind alle Pfützen gefroren. Selbst unter unseren Decken in den Baracken greift die Kälte nach unseren Leibern. Schon fast ein Jahr bin ich hier im Lager, und mittlerweile hat Hitler den Krieg endgültig verloren.

Ich bin nicht als Nazi in diesen Krieg gezogen. Ich war nie Nazi. Ich wollte nur den Krieg überleben. Hoffte, irgendwann mit meiner geliebten Germaine Lucie ein neues Leben als Zivilist in Frankreich anfangen zu können. Und auch wenn ich sie seit Jahren nicht mehr gesehen habe: Ich hoffe das immer noch. Ich habe keines der Verbrechen begangen, von denen uns die amerikanischen Lehrer in der Lageruniversität berichten. Aber ich habe gelernt: Ich bin hier, weil dieser Krieg als solches ein unvorstellbares Verbrechen war.«

»Da haben wir zumindest einen Namen: Germaine«, strahlt Friedrich.

»Ein echter Allerweltsname in Frankreich zu Beginn des 20. Jahrhunderts«, wendet Camille ein, »er war bis zu den Zwanzigerjahren wirklich populär, doch dann sank seine Beliebtheit rapide. Mit der Besetzung Frankreichs durch die Deutschen, den verhassten Boches, im Zweiten Weltkrieg verschwand er nahezu ganz von der Bildfläche. Alles, was wir mit Sicherheit sagen können, ist, dass die Dame wahrscheinlich Jahrgang 1920 oder älter ist.«

»Also mittlerweile hundert«, konstatiert Friedrich.

»Unterschätze die Hundertjährigen nicht. Bei den US-Veteranen sind einige Hochbetagte dabei, die noch immer mit dem Fallschirm zu den D-Day-Feierlichkeiten abspringen. Okay, nicht mehr alleine, sondern im Tandem. Aber immerhin.«

Friedrich blättert im Notizbuch. »Da ist noch mehr.« Er liest uns vor:

»Der Krieg, er war zunächst für uns so etwas wie eine Abenteuerreise. Uns interessierte nicht der Führer, wir ignorierten die Gräueltaten aus dem Ersten Weltkrieg. Die Besetzung Frankreichs erschien uns logisch und folgerichtig, nicht als Verbrechen oder Terror. Wir waren schlicht junge Männer in Uniform, die danach dürsteten, aufzubrechen und sich zu beweisen. Wir waren Soldaten, die Dinge taten, die ein Gefreiter tun muss: die Pflicht erfüllen. So ist das im Krieg. Unter einen gewissen Fatalismus mischte sich Entdeckerlust. Wir reisten nach Paris. Wir bekamen einen Marschbefehl in die Normandie.

Auf dem Weg aus der Hauptstadt an die Atlantikküste kamen wir durch Orte, die wir aus Geschichtsbüchern kannten. Oder den Erzählungen unserer Väter. Wir erinnerten uns an die Schilderungen von den Stellungskämpfen des Weltkriegs, den mörderischen Schlachten, aus denen kaum einer lebend entkam.

Auch jetzt erblickten wir auf unserem Vormarsch die Zeugnisse der Panzerschlachten. Wir hörten von absoluten Gräueltaten, sahen Zerstörung und Elend. Ein Großteil der Landbevölkerung war geflohen, weit in den Süden, aus Angst. Panik vor den Deutschen. Vor uns.

Unsere Herzen erreichte dieses Elend nicht, wir waren stolz, zu der siegreichen Wehrmacht zu gehören. Die Verlegung in unser neues Hauptquartier in Cabourg dauerte mehrere Tage. Cabourg war vor dem Krieg, wie die Seebäder Deauville und Trouville, ein beliebter Badeort für reiche Touristen aus aller Herren Länder gewesen. Ja, in Cabourg soll über mehrere Jahre der Schriftsteller Marcel Proust gearbeitet, am Strand entlanggegangen sein und geschrieben haben, erfuhren wir. Von diesem Literaten hatte ich bislang gar nichts gehört. Er galt als schwere Kost, auch hier in Frankreich. Dass er homosexuell und Halbjude war, interessierte seine Jünger nur wenig. Sie waren auf der Suche nach der verlorenen Zeit.

Meine Unwissenheit bezüglich dieses literarischen Werkes sollte sich in Cabourg ändern. Wir bezogen unser Quartier im Grand Hotel. In jenem Grand Hotel, in dem einst Proust weilte. Ein riesiger Prunkbau der Belle Epoque direkt am Strand. Schon in dem Moment, als wir die Eingangshalle betraten, fühlten wir uns wie die Könige. Das Licht strömte durch die großen Glastüren vom Meer herein und tauchte das Vestibül in eine überirdische Atmosphäre. So viel Eleganz, Feinheit, Stil, Geschmack.

Auf den Geschmack kam ich auch beim proustschen Tee. Lindenblütentee, in den ich meine Madeleines tauchte, um mir das Gebäck selig schmatzend, schlürfend, gurgelnd und kauend einzuverleiben. Ich genoss die Seeluft und vergaß den Krieg.

Angeblich bringen bestimmte Geschmackserlebnisse uns die Kindheit in die Seele zurück. Man genießt Madeleines und wird wieder acht Jahre alt, sitzt bei der Großmutter auf dem Schoß, ist unbeschwert und unschuldig. Uns jungen Soldaten war der Geschmack des Feingebäcks gänzlich unbekannt, gemundet hat es uns aber auch ganz ohne proustsche Magie.

Erst jetzt, Jahre später, ist mir klar, dass die »Suche nach der verlorenen Zeit« eine Allegorie auf mein weiteres Leben ist. Wie oft habe ich auf Beobachtungsposten in Sainte-Marie-du-Mont gesessen, und diesen Tagen in Cabourg hinterhergetrauert. Meiner Liebe.

Ich hatte eine wahrhaft fürstliche Suite bezogen. Ein paar Schritte den Gang entlang, auf der anderen Seite mit Blick zur See, residierte Germaine. Germaine Lucie. Sie erschien mir göttlich, wie sie anmutig und entschlossen zugleich den Gang hinunterging, ja, -schwebte. Wo sie war, übte sie eine unglaubliche Präsenz aus. Selbst das prachtvolle Grand Hotel wurde in ihrer Gegenwart zu reiner Staffage.

Ich konnte die Augen nicht von ihr abwenden. Ich schaute und schaute. Und irgendwann schaute sie zurück. Der Blick hatte Unergründliches, Bestimmendes, Forderndes. Darin hatte ich mich sofort verloren.

Wir schrieben uns kleine Nachrichten, einige Tage ging das hin und her, wie zwischen verliebten Pennälern, die heimlich unter der Bank durch oder in einem Eck auf dem Pausenhof kommunizieren. Und dann, eines Tages, lud sie mich ein in ihr Zimmer, zu Tee und Madeleines und einem atemberaubenden Blick über das Meer. Und doch hatte ich nur Augen für sie. Strich vorsichtig eine Strähne ihrer dunklen Lockenmähne aus ihrem Gesicht. Berührte ihre Finger, hielt ihre Hand. Umfing sie mit meiner ganzen Zärtlichkeit, die sie mit leidenschaftlicher Hingabe erwiderte.

Es war eine einzigartige Form der Völkerverständigung, die wir im großen Bett ihrer Suite praktizierten, wann immer ich dienstfrei hatte. Sie war zierlich, biegsam, anschmiegsam und entführte mich in Gefilde, von denen ich nicht zu träumen gewagt hatte. Ich sehnte mich nach ihrem Körper, den ich begehrte. Ich liebte ihren Geist, ihren Humor und Witz, ihr Wissen. Sie war stark und unbeugsam, gebildet und kultiviert.

Ihre Stimme war dunkel wie Zartbitterschokolade, ihre Küsse schmeckten nach Lavendel, Karamell und Calvados. Noch nie in meinem Leben hatte ich so geliebt, nie wieder würde ich so lieben.

Dabei wusste ich nicht mehr als ihren Namen. Sie war vor der Wehrmacht aus Paris geflüchtet, weit in den Westen der Normandie. Sie schien vermögend, redete jedoch nie von ihrem Besitz. Germaine Lucie blieb undurchschaubar. Sie sagte, sie sei Sängerin, und ein paarmal trat sie im Grand Hotel auf, sang mit ihrer unvergleichlichen Altstimme, flirtete mit dem Pianisten. Um dann zu vorgerückter Stunde meine Seele und meinen Körper in Besitz zu nehmen, zu zerlegen und neu zusammenzusetzen. Sie war die perfekte Geliebte, aber weit mehr als das. Wir wanderten den Strand entlang, liebten uns in den Dünen, philosophierten, stritten, genossen gemeinsam, eine zu kurze Zeit.

Ja, ich war ein Verräter, als ich Germaine liebte. Ich übte Verrat am Vaterland. Und zu Hause wartete Erika, die ich erst vor Kurzem geehelicht hatte, mit dem Versprechen, alsbald aus dem Kriege zurückzukehren. Erika verblasste und verschwand, wie alles in diesen Tagen, das nicht mit Germaine verknüpft war.

Doch dann kam der Tag der Trennung. Unsere Einheiten sollten verlegt werden, weiter westlich, in einen Ort, der Sainte-Marie-du-Mont hieß. Wir standen ein letztes Mal auf ihrem kleinen Balkon, ließen uns die salzige Seeluft und eine Zigarette schmecken. Mein Herz war schwer.

»Mein Liebster, ich muss dir etwas anvertrauen«, sagte sie. »Ich bin durch meinen früheren Arbeitgeber an eine Schatulle gekommen. Sie sei sehr wertvoll, hat er mir anvertraut. Auf keinen Fall dürfe sie in falsche Hände gelangen. Nimm du sie mit, verwahre sie gut. Bei dir wird sie keiner suchen. Wir werden uns nach dem Krieg wiedersehen, hier im Grand Hotel in Cabourg. Ich werde jeden Mittwoch auf dich warten, um zwölf Uhr in der Eingangshalle, sollte das Hotel zerstört werden, auf

*der Strandpromenade. Verwahre sie gut. Schau nicht hinein,
stelle keine Fragen. Je weniger du über die Schatulle weißt,
desto sicherer für dich. Umso einfacher.«*

*Und so trennten wir uns, 1941. Mein Herz war schwer, und
in meinem Gepäck war die Schatulle einer hinreißenden Fran-
zösin, von der ich nicht mehr als den Namen kannte.«*

»Lasst uns schauen, ob wir da noch mehr finden.« Friedrichs
Jagdeifer ist geweckt.

»Ohne mich. Die Schafe rufen mich«, verabschiedet sich
Camille.

»Ich brauche ein bisschen Zeit für mich.« Belmondo steht
freudig neben dem Bus, und ich wäre gerne allein. »Ich
fuchse mich da jetzt rein«, verkündet Friedrich. »Das meiste
ist zwar völlig unleserlich, aber vielleicht finde ich etwas.«
Er verschwindet mitsamt den Kopien von Tagebüchern und
Zetteln im Inneren des Walfischbauchs seines Condors.

Wir marschieren vom Campingplatz zum Hauptstrand.
Uns begleitet wiederum eine Heerschar von Franzosen, die
zum Pêche à Pied aufbrechen. Manche wirken in ihrer Voll-
gummikluft, als zögen sie gegen eine gefährliche Seuche ins
Feld. Das Meer ist unendlich weit weg und glitzert nur in
der Ferne verführerisch herüber. Belmondo tut das, was ein
guter Hund beim Anblick eines riesigen Strandes machen
muss: Möwen jagen, sich im Sand panieren, Muscheln knacken und in stinkendes Brackwasser hüpfen.

Das Laufen am Strand erfrischt. Den Wind um die Nase,
den Salzgeschmack auf der Zunge.

Die ganze Aufregung um die Leiche hat mich abgelenkt.
Kein Gedanke über meine Gegenwart und meine Zukunft
finden Platz zwischen Schriftstücken, Geheimcodes und Ske-
letteilen. Jetzt holt das Unbehagen mich ein.

Gut behütet und geliebt – so war mein bisheriges Leben
verlaufen. Auch wenn meine Freundin Sandra immer neid-
voll von unserem »aufregenden Alltag« geschwärmt hatte.

Das tat sie nur bis vor vier Jahren, als sie einen anderen Mann kennenlernte. Einen mit Harley unter dem Hintern und Rock'n'Roll im Herzen. Seitdem war sie mit ihrer neuen Liebe unterwegs, die Sonne putzen.

Ich hatte mich über die Jahre gemütlich eingerichtet zwischen Zufriedenheit und Burn-out. Bis dann der Job weg war. Von diesem Moment an hat mich die Floskel »Was machst du?« verfolgt. Denn das einzig gültige Definitionsmuster unter fleißigen Schaffern und Häuslebauern im Schwabenland ist die Arbeit. »Ich bin derzeit bei einer Bundesbehörde in Nürnberg beschäftigt«, geht nicht als zufriedenstellende Antwort durch. Mein Job, meine Identität.

In meiner Jugend war das Ziel, wie bei so vielen, »irgendetwas mit Medien«. Geworden ist es dann irgendetwas mit BWL und ein krisensicherer Job bei einer Bausparkasse. Doch Finanzkrise und Fusionen mischten die Karten in meinem Lebensspiel neu, ich zog statt einem Ass die Karte Stellenabbau und neue Synergien. Und eine, auf der stand: »Begib dich aufs Arbeitsamt, gehe nicht über Los.« Immerhin, eine Abfindung war Teil des Sozialplans.

»Das wird ganz schwer in Ihrem Alter«, hatte die nette Arbeitsvermittlerin durchblicken lassen, und »Wo sehen Sie sich in fünf Jahren?«, fragte der Personalsachbearbeiter, bei dessen Unternehmen ich mich für eine auf ein halbes Jahr befristete Stelle beworben hatte.

Währenddessen spülten die sozialen Medien Werbung für Rheumadecken in meine Timeline und Angebote für eine Sterbeversicherung. Mit 50 plus gehörst du schlagartig in eine andere Zielgruppe. In die, die sich beim Nachmittagskaffee über »Rücken« austauscht, statt über das Konzert der Lieblingsband. Zu der Generation, die die Nacht durchmachen gegen schlaflos wach liegen oder die senile Bettflucht getauscht hat. Und darüber hinaus am besten unsichtbar bleiben soll.

Als hätte es nicht gereicht, dass mein Körper sich veränderte. Die Speckpolster runder, das Bindegewebe schwabbeliger und die Libido schwächer wurden.

Durch all das hätte ich mich tapfer durchgekämpft. Nur nicht jammern. Stell dich nicht so an! Nach vorne schauen. Der Plan war gewesen, Paul an unserem Hochzeitstag mit dem restaurierten Bus zu überraschen. Eine Reise quer durch Europa zu unternehmen.

Und dann war das mit Rainer passiert. Meinem Rainer, meiner Sandkastenliebe. Schon im Kindergarten hatten wir uns in ein kleines Wäldchen abgesetzt, ein Versteck gebaut und uns Geschichten erzählt. Waren durch die gesamte Schulzeit gegangen, hatten autoritären Lehrern und Lateinvokabeln getrotzt, Sport getrieben und die Hausaufgaben voneinander abgeschrieben. Kurze Zeit waren wir ein Paar gewesen, unmittelbar vor dem Abi, als wir im Kleinwalsertal auf einer Skihütte eingeschneit waren. Schließlich mussten wir uns die Zeit vertreiben, während draußen die Straßen zunehmend unpassierbar wurden und wir vergeblich auf den Schneepflug warteten. Unsere Liebe war nicht von langer Dauer, dafür heftig, intensiv, leidenschaftlich. Durch das Studium verschlug es uns in entgegengesetzte Richtungen.

Aus den Augen verloren haben wir uns nie. Wir sahen uns nur selten, aber immer war die Zeit dazwischen bedeutungslos, zählte nur der Augenblick. Unsere Treffen waren voller Vertrauen und Vertrautheit.

Rainer erzählte mir am Telefon: »Ich fange noch mal etwas Neues an, die Zeitung läuft nicht mehr so gut, das Anzeigengeschäft ist rückläufig. Wir stellen das Projekt auf ein Online-Magazin um. Ich brauche den Kontakt zu Menschen, ich eröffne einen Bioladen, habe schon eine geeignete Räumlichkeit angemietet, Lieferantenverträge unterschrieben. Es soll ein Café geben, einen Verkaufsraum für lokale Künstler und Kunsthandwerker. Du musst zur Eröffnung kommen, Brigitte.« Seine Begeisterung war ansteckend. Er klagte, dass es anstrengend sei, er habe abgenommen und öfter Bauchkrämpfe, »aber das ist sicher nur der Stress.«

Kurz darauf erhielt er die Diagnose Bauchspeicheldrüsenkrebs. Es blieben ihm noch drei Monate, eine viel zu kurze Zeit. Wir konnten uns nicht voneinander verabschieden.

Seitdem klafft eine Lücke in meinem Leben. Ich habe nicht eine Träne vergossen. Ich konnte nicht mit Paul über den Verlust reden – er war immer ein bisschen eifersüchtig auf unsere Freundschaft gewesen.

Leere machte sich in meinem Leben breit.

Weitermachen wie bisher? Sich neu erfinden, wie es die Artikel in Frauenzeitschriften in den schönsten Farben ausmalen? Ist das Leben nicht viel zu kurz?

Ich änderte meine Pläne, ziemlich spontan, aus dem Bauch raus. Statt der gemeinsamen Reise durch Europa wollte ich mich alleine auf den Weg machen. Heimlich, auch wenn ich dieses Verhalten selbst als hinterhältig empfand. Erst mal weg von allem. Raus. Aus dem alten Leben.

Ich habe mir große Mühe gegeben, meine Spuren zu verwischen, habe mein Smartphone zu Hause gelassen und stattdessen einen günstigen China-Kracher mit Prepaidkarte geholt. Ein Online-Bankkonto eröffnet, mich aus allen sozialen Netzwerken abgemeldet und bei meinem Autoschrauber als Ziel »Kroatien« angegeben. Keiner weiß, wo ich bin, ich bin wieder ein weißes Blatt Papier.

Dabei hatten Paul und ich jahrelang gemeinsam an unserem Lebensroman geschrieben. Wir hatten kaum einen Tag ohne den anderen verbracht. Obwohl Paul wirklich immer etwas um die Ohren hatte, sich beim Roten Kreuz engagierte und im Hospizverein, schließlich auch bei den Tafeln. Paul liebt die Herausforderung – bei der Arbeit und in der Freizeit. Unser Leben war reich gewesen, ein Füllhorn von kleinen und großen Abenteuern, die ich nie hätte alleine bestehen können. Aber eben mit Paul. Und plötzlich bin ich allein.

Und da steht sie nun, die Frau in den sogenannten besten Jahren, am Meer und lauscht dem Wind. Die See ist aufgewühlt und kommt mit Macht zurück.

Eine Möwe landet zu meinen Füßen und äugt, ob es bei mir etwas zu holen gibt.

Ein bisschen laufen, Belmondo springt durch die Wellen. Es gibt keine Spuren mehr im Sand außer meinen eigenen. Vorsichtig setze ich einen Schritt vor den nächsten.

Das Meer ist heilsam, es vermag physische und psychische Wunden zu heilen. Ich streife Schuhe und Socken ab und springe mit dem Hund in die Gischt.

Wie ein Sandkorn im Universum lasse ich mich durch diesen Nachmittag treiben. Kuschel mich mit dem Border Collie in die Dünen. Beobachte kleine Kaninchen in ihren Sandkuhlen und die Schiffe auf See.

Erst kurz nach Sonnenuntergang schleichen wir uns zurück und fallen müde in unser Refugium. Der Kater schnurrt neben mir. Immer wieder wandern meine Gedanken zu Paul und zu meinem alten Leben zurück. Was zum Teufel hat mich nur geritten, dass ich ohne meinen Mann losgezogen bin?

Kapitel 4

Das Wochenende steht bevor, und der Campingplatz füllt sich merklich. Babylonisches Sprachgewirr aus Englisch, Französisch, Holländisch und Deutsch schwirrt durch die Frühsommerluft. Ich schlendere zum Sanitärgebäude, den Waschbeutel unter den Arm geklemmt, während Friedrich ein Auge auf Belmondo und Jean hat und vom Kaffee zum Café-Calva übergeht. Auf dem Rückweg ist die Parzelle 311, direkt an der Ecke zu unserer Zufahrt, belegt. Ein rundlicher kleiner Mann hat seinen geräumigen Caravan dort platziert, sitzt in der Sonne und mampft genüsslich etwas aus einer blau-gelben Melanin-Schüssel. Ich grüße freundlich, doch er schaut kaum auf, ist in den Inhalt seiner Boule vertieft.

»Den Typ auf der 311 habe ich schon mal gesehen«, berichte ich Friedrich, »doch ich weiß nicht mehr wo. Ich glaube, er war in meinem Traum neulich. Allerdings als buddhistischer Mönch.«

»Das bildest du dir ein. Der hat so gar nichts Mönchisches und Gelassenes an sich«, kommentiert mein Parzellennachbar. »Der kommt aus Holland und hat die Familie auf dem Nachbarplatz gerade zur Schnecke gemacht, weil ihre Mugge zu laut war. Dabei war nichts zu hören, jedenfalls hier nicht.«

Hund und Kater schwänzeln um mich herum, als wäre ich für Wochen im Packeis verschollen gewesen.

Wir beschließen, noch einmal den Tatort zu Inspizieren in der Hoffnung auf weitere Erkenntnisse oder Funde.

Oben auf der Düne steht ein hagerer Mensch inmitten des schwarz-gelben Flatterbandes, den Blick konzentriert in den Himmel gerichtet. »Bsssss«, macht es über unseren Köpfen. Die Drohne fliegt tief, umkreist Belmondo mit einem eleganten Schlenker. Er springt, versucht, das unbekannte Flugobjekt zu erhaschen. Schnell gewinnt die Drohne an Höhe, schwirrt ein Stück in den Havre hinein.

Der Pilot auf dem Gipfel bleibt gelassen. Er ist hochgewachsen, hat grau meliertes Haar, trägt eine lässige Lederjacke und schwarze Jeans. Er stellt sich als Philippe vor. Rund um den Tatort hat er sich häuslich niedergelassen, ein Picknickkorb lehnt am Bunker, ein Fotorucksack daneben.

»Sind Sie von der Polizei?«, will ich wissen.

»Nein, nein, ich mache das nur zum Spaß. Hobby.« Die Drohne setzt zur Landung an, ein kleines weißes Fluggerät mit einer Kamera. Belmondo kläfft und sucht zunächst das Weite. »Ich bin hier in der Gegend aufgewachsen. Jetzt arbeite ich in Paris. Doch wann immer ich kann, fahre ich in die Normandie zurück«, erklärt der Pilot. »Früher habe ich die Dünen mit meinen Kumpels per Pedes durchstreift, jetzt entdecke ich sie neu. Durch das Objektiv meiner Kamera, mit dem ich Dinge sichtbar mache, die dem normalen Blick verborgen bleiben. Und aus einer völlig anderen Perspektive mit meiner Drohne. Der Havre mit seinem weitverzweigten Netz an Zuflüssen und kleinen Wasseradern ist unglaublich faszinierend. Ein Mikrokosmos, der jedes Mal wieder neu ist.«

»Was verändert sich denn?« Meine Neugier ist geweckt.

»Der Flusslauf des Ay zum Beispiel, der wandelt sich ständig. Bis um 1900 rum gab es einen schiffbaren Hafen in Saint-Germain-sur-Ay, doch dann wurde die Zufahrt zu gefährlich, die Kurven zu eng. In den letzten Jahren hat sich das Ein- und Ausströmen des Wassers stark modifiziert. Die Fluten kommen wieder höher und dringen weiter ins Landesinnere vor. Die Erosion an den Dünen hat eine unglaubliche Dynamik entwickelt, zum Teil geht über einen Meter Düne pro Jahr an das Meer verloren.«

»Ist Erosion nicht ein natürlicher Prozess?«

»Ja, aber das, was wir die letzten Jahre beobachten, geht weit über die normale Abtragung hinaus. Mit meinen Luftbildern visualisiere ich das. Sie verstehen es auch so: Schauen Sie zum Strand, da sehen Sie Betonreste liegen. Das war ein Bunker wie dieser hier, und in meinen Kindheitstagen stand der auf einer Düne, fast so hoch wie diese. Jetzt liegt der Bunker weit draußen am Strand, abgerutscht ist er zur Jahrtausendwende, von der Düne ist nichts übrig.« Sein Finger weist auf einen weiteren Punkt am Horizont. »Rechts sehen Sie das rosa Haus. Auch da ist nicht mehr viel Dünenmasse, um es zu schützen, und das Haus des linken Nachbargrundstücks fiel einer Sturmflut vor einigen Jahren zum Opfer. Von einer Nacht auf die andere mussten die Bewohner es verlassen, weil das Fundament ins Rutschen gekommen war, zwei Jahre später nahmen es die Wellen endgültig mit. Nichts erinnert heute mehr daran.«

»Das ist ja spannend.«

»Nicht, wenn Ihre gesamte Existenz dranhängt. In anderen Orten, wie in Gouville, ist das Problem drängender, da ist die Düne, die den Ort geschützt hat, mittlerweile komplett weg. Die haben wirklich nicht mehr viel Zeit. Interessiert Sie das? Ich habe viele Fotos und Videos zum Thema. Ich lade Sie ein – Samstagnachmittag zum Kaffee?«

Ich blicke zu Friedrich, er nickt.

»Wir kommen sehr gerne. Aber eigentlich sind wir wegen des Skeletts da, mein Hund hat es gefunden. Vielleicht haben Sie den Bericht in der Zeitung gelesen?«

Philippe schüttelt den Kopf.

»Wenn Sie hier aufgewachsen sind, haben Sie eine Idee, was hier vorgefallen sein könnte?«, frage ich. »Die Polizei vermutet, dass es sich um einen deutschen Wehrmachtsangehörigen handelt, und hat einige Unterlagen geborgen.«

»Oh, als ich Kind war, gab es hier einiges zu entdecken. Es war nicht ungefährlich, auch in den Dörfern nicht, die ja weitgehend zerstört waren. Überall fanden sich Munition, Granaten und Bomben. Und manchmal auch Leichen. An denen war damals noch mehr dran, als an der armen Seele, die Ihr Hund ausgebuddelt hat. Klar haben wir Kinder unsere Fundsachen mit nach Hause genommen. Die ganze Natur war ein riesiger Abenteuerspielplatz.«

»Ist denn nie etwas passiert?«

»Erstaunlicherweise, nein. Wir hatten eine ganze Heerschar von Schutzengeln um uns vereint, die ihren Job gewissenhaft erledigten. Und Claude. Claude war ein Unikum, immer ging er mit seinem Metallsuchgerät durch die Dünen auf der Suche nach verlorenen Schätzen. Er hat aufgespürt, was über die Jahrhunderte vergessen wurde, nicht nur im letzten Krieg. Es war viel Schrott darunter, aber auch echte Wertgegenstände. Claude hat uns viel über den Umgang mit Munition und Blindgängern beigebracht. Unseren Eltern war auch das ein Dorn im Auge, und sie verboten uns, mit ihm durch Dünen und Havre zu streichen.«

»Wo finden wir ihn denn, den Claude?« Friedrichs Neugierde ist geweckt.

»Ich weiß nicht, ob er noch lebt, ich habe ihn schon ewig nicht mehr gesehen. Er müsste jetzt alt sein, vielleicht ist er nicht mehr so gut zu Fuß. Und ich bin ja nur am Wochenende hier und in den Ferien im Juli und August, dann aber mit der ganzen Familie. Er hat ein bisschen außerhalb gewohnt, auf einem Gehöft im Landesinneren. Ich zeige Ihnen das kurz auf der Map.«

Er zieht sein Handy aus der Tasche und öffnet die digitale Landkarte, streift mit den Fingern über Straßen und Gehöfte: »Hier müsste es sein.« Er visiert einen Punkt an, irgendwo im Nirgendwo. »Grüßen Sie ihn von mir, Philippe Delcampe. Vielleicht erinnert er sich noch an den vorlauten Bengel, der ich mal war.«

Wir telefonieren mit Camille und treffen uns in der Ortsmitte von Saint-Germain auf dem großen Parkplatz zwischen Rathaus, Dorfwirtschaft und Grundschule und begeben uns auf die Suche nach dem Haus, das Philippe uns beschrieben hat.

Nach etwas ziellosem Hin-und-her-Fahren entdecken wir es, zurückgesetzt im Labyrinth der Bocage, den meterhohen Wallhecken, die im Landesinneren die Straßen säumen. »Eine Zeit lang hat man alles Gestrüpp abgeholzt«, erzählt Camille, »denn es ist einer effektiven Bewirtschaftung mit großen Maschinen im Weg. Mittlerweile weiß man es besser: Wir brauchen den Schutz der Hecken. Sie erzeugen ein Mikroklima und schützen den Boden vor Austrocknung und Erosion. Deshalb pflanzen wir jetzt überall wieder welche an. Es gibt sogar Unterstützung für die Landwirte, die wieder aufforsten.«

Hinter der engen und etwas matschigen Zufahrt eröffnet sich uns ein großer, gekiester Hof. In dessen Mitte steht das Hauptgebäude, ein kleines, nicht allzu schmuckes Haus, mit verwitterten Fensterläden. Eine der Scheiben im Erdgeschoss hat ein Loch, das provisorisch mit Karton und Klebeband repariert wurde. Wilder Wein rankt den Giebel empor und liefert sich ein Wettrennen mit dem Efeu, der die Front des Hauses dominiert. Ans Gebäude angebaut ist eine kleine Scheune. Rechts davon verwildert ein ehemaliger Gemüsegarten, hinter meterhohem Unkraut kann ich einen verwunschenen Pool ausmachen und einen weiteren Bau. Linker Hand ist ein orangener, in die Jahre gekommener Renault-Traktor vor einem halb offenen Stallgebäude geparkt. Weit ins Feld hinein lässt sich eine schlanke Halle aus Metallbauteilen entdecken. Sie scheint das jüngste Gebäude auf dem Areal zu sein, ist aber an drei Seiten üppig von Brombeergestrüpp überwuchert. Davor parkt ein weißer Citroën C15 auf den Felgen, die Reifen sind schon lange ohne Luft.

Belmondo hebt witternd den Kopf, ein stattlicher Rehbock hat sich am Unkraut gütlich getan und sucht jetzt das Weite. Eine etwa vierzig Jahre alte rundliche kleine Frau kommt aus dem Haus. »Sie müssen die Interessenten sein, kommen Sie doch rein.«

Camille bemüht sich, das Missverständnis aufzuklären. »Nein, Claude lebt nicht mehr. Ich bin die Maklerin, die Erbengemeinschaft will das alles hier möglichst schnell veräußern. Was gar nicht so einfach ist, das gesamte Anwesen ist bis unter das Dach mit Sperrmüll gefüllt. Ich hatte schon drei Antiquitätenhändler da, und alle drei haben dankend abgelehnt. Und die meisten potenziellen Käufer wollen den Krempel auch nicht haben.«

Drinnen ist es dunkel. Langsam gewöhnen sich meine Augen an das spärliche Licht, das durch die kleinen Fenster des Steinhauses blinzelt. Wir stehen in dem, was mal als Salon gedient haben mag. Dunkle, vom offenen Kamin rußgeschwärzte Deckenbalken. Möbel aus dunkel gebeizter Eiche. Ein Sofa im Stil Ludwigs XIV. nimmt die gesamte Breite des Raums ein. Auf das flaschengrüne Polster sind ein altes Jagdgewehr und eine Armbrust drapiert, oberhalb des Sofas funkeln mich ein paar Glasaugen drohend an. Belmondo knurrt. Der Rest der Bestie hat die besten Zeiten hinter sich. Der kleine Bretonische Spaniel ist alt, weiß seine Schnauze, leicht gebeugt der Stand, die langen Ohren hängen traurig herab. Er ist ausgestopft, genauso wie sein Kumpan derselben französischen Hunderasse daneben, der zweifelsfrei schon in jüngeren Jahren das Erdenrund verlassen hatte und insgesamt deutlich frischer wirkt.

Die Maklerin schubst uns aus einem professionellen Reflex heraus durch die Küche ins Schlafzimmer, das fast freundlich und hell wirkt. Die Wände sind gelb gestrichen, ein großes Pflegebett nimmt nahezu den ganzen Raum ein. »Hier hat der arme Claude die letzten fünf Jahre seines Lebens zugebracht. Mit dem Rollator hat er es noch aus dem

Bett ins Bad und auf die Toilette geschafft, das wars. Einmal am Tag kam eine Pflegekraft, eine Nachbarin hat für ihn gekocht. Seine Verwandtschaft hat sich hier nicht blicken lassen, die hat sich nicht um den alten Mann gekümmert. Auch seine Freunde haben ihn nur spärlich besucht.« Fast redet sich die Maklerin in Rage. »Dabei kannte er wirklich fast jeden im Umkreis von zwanzig Kilometern.«

»Mich nicht«, gesteht Camille, »aber ich bin auch erst vor einigen Jahren in die Region gekommen.« Sie erläutert den Grund unserer Anwesenheit: »Wir haben erfahren, dass Claude viele wertvolle Dinge am Strand gefunden hat. Hinterlassenschaften aus dem Zweiten Weltkrieg, Schätze, die er mit dem Metalldetektor gehoben hat.«

»Ja, das war wohl ein Teil seiner Leidenschaft, der ganze Hangar ist voll davon.« Die Maklerin deutet auf die Halle. »Und ganz ehrlich, ich überlasse Ihnen alles, wenn Sie es nur mitnehmen. Aber wirklich alles.«

Auf dem Hof hupt es. Ein elegantes Ehepaar schwingt sich aus dem SUV. »Oh, welches Idyll!«, jauchzt die Frau, eine adrette Mittfünfzigerin. »Schau doch nur, Christophe. Da steht sogar ein kleiner Gîte für unsere Gäste, und einen Pool gibt es auch. Und das Licht. Hier könnte ich malen!« Sie stöckelt begeistert durch den Kies.

Wir nutzen die Gunst der Stunde und besuchen den Hangar, dessen Tür sich unter lautem Ächzen und Quietschen öffnet. Die Maklerin hat nicht zu viel versprochen. Die Halle misst circa acht auf fünfzehn Meter. Jeder Quadratzentimeter wurde vom Besitzer ausgeschöpft. Stabile Hochregale, in denen sich Kisten türmen. Werkzeuge und Maschinen, eine Grube, ein Schweißgerät, eine Hobelbank, ein wuchtiges Küchenbuffet aus dem 18. Jahrhundert.

Am Eingang gibt es zwei Ecken, die mit mehr Platz ausgestattet sind. Rechts befindet sich eine kleine Bar, aus Strandgut selbst gezimmert und mit Muscheln verziert. Durch ein Fensterchen scheint ein Lichtstrahl auf Flaschen und Gläser.

Daneben steht ein riesiger Poolbillardtisch. Die Queues liegen sorgfältig hindrapiert auf dem Tisch, als wären die Spieler nur kurz weggegangen, um Biernachschub zu holen. Es findet sich kein Staub, kein Dreck, kein Krümelchen, alles ist sauber geputzt und sieht benutzt aus. Und gepflegt.

»Findet ihr das nicht auch merkwürdig?« Friedrich inspiziert eine halb volle Calvadosflasche, zieht den Korken heraus, schnuppert, nimmt einen Schluck und verkorkt die Flasche wieder. »Ein guter Tropfen. Und noch genießbar«, befindet er mit Kennermiene. »Mal im Ernst, angeblich kam Claude nicht mehr weiter als bis zum Klo. Wieso steht hier noch guter Calvados und ist alles in Ordnung, als wenn jemand ein und aus ginge? Das ist doch unlogisch.«

»Hier ist Wein«, vermeldet Camille, »ein ganzes Lager. Und auch noch eine angebrochene Flasche.« Sie nimmt ein Glas, gibt einen kleinen Schluck hinein und zieht den Duft des Rebensafts über die Nase ein. »Nicht zu verachten. Beeren, Zimt und eine leichte Ledernote ...« Sie nimmt einen Schluck und kaut ihn bedächtig durch. »Sicher nicht der schlechteste, dieser Wein.«

Auf der linken Seite steht eine Staffelei, umgeben von einem Theater an bemalten Leinwänden aus fünf Jahrzehnten. Himmel, Meer, Strand. Strand, Meer, Himmel, alle möglichen Größen von Leinwänden lehnen aneinander, übereinander. Dazwischen Bilder mit saftigem Grün und grasenden Kühen. Eine ganze Serie ist am Wachhäuschen Corps de Garde entstanden und eine auf unserer Düne. Oder auf der Düne unserer Leiche. Auf Philippes Drohnenflugplatz. Einige Werke zeigen den Ort Saint-Germain, wieder andere haben das Strandleben festgehalten. Anders als in der Billardecke hat im Atelier der Verfall eingesetzt, so manche Leinwand ist von Mäusen oder anderen Nagetieren angeknabbert, und eine dichte Staubschicht liegt auf dem gesamten Inventar.

Nach dem Eingangsbereich offenbart sich der ganze Schatz eines langen Lebens als Jäger und Sammler. Maschinen zur Metall- und Holzbearbeitung. Granaten, Tarnnetze, Helme, von Soldaten aus aller Herren Länder. Überbleibsel einer der größten Schlachten der Weltgeschichte. Autoersatzteile. Noch mehr Autoersatzteile. Türen, Kotflügel, Motoren. Weitere Jagdgewehre, alte Möbel, Geweihe. Schlagfallen für Dachse, Füchse, Bisamratten.

Camille zieht einen Karton aus dem Hochregal und schiebt ihn angewidert wieder zurück. »Fragt nicht«, sagt sie und verzieht das Gesicht.

Ein Schrei ertönt aus dem Wohnhaus. Kurz darauf hören wir Autotüren schlagen, den Motor des SUV aufheulen, den Kies über den Hof prasseln. Der Starenschwarm in der Wiese macht sich mit einem lauten Flapp-Flapp erschrocken davon.

»Wo soll man hier nur anfangen?« Friedrich sieht sich hilflos im Chaos um. »Selbst wenn es hier etwas gäbe, wir würden es erst nach Jahren finden.«

Camille greift zu einem kleinen Metallkoffer. »Hiermit. Den schmuggeln wir jetzt an der Maklerin vorbei, bevor sie uns zu den neuen Besitzern dieses Reichs der Finsternis macht.«

Wir treten den Rückweg an, Friedrich läuft der Maklerin entgegen, erklärt ihr wortreich, dass wir kein Interesse an den Antiquitäten haben, während Camille den Koffer auf die Pritsche wirft. Belmondo springt hinterher.

Zurück auf dem Campingplatz, Inspizieren wir unseren Fund. Der Koffer ist aus alten Metallfilmdosen zusammengeschweißt. KODAK steht in roten Buchstaben auf gelbem Grund.

»Alte Fotos«, kann ich meine Enttäuschung nur schwer verbergen, nachdem Friedrich die Schlösser mit einem Stemmeisen geknackt hat. Fotos, Negative, ein Zeitungsartikel aus der Ouest-France vom Februar 1972. »Star-Seherin sagt Tsunami voraus«.

Claude war ein begnadeter Knipser, das muss man ihm lassen. Ein Bild sticht unter allen anderen heraus. Es ist ein großer Abzug, dreißig auf vierzig, die Kontraste des Schwarz-Weiß-Fotos sind bestechend. Es zeigt eine Frau in den besten Jahren, halblange dunkle und lockige Haare, trainierte Figur. Sie steckt in einem Overall, trägt hohe Jagdstiefel. Um die Taille ist ein breiter Ledergürtel gebunden. Herausfordernd und entschlossen blickt sie in die Kamera. Siegessicher. In ihren Händen hält sie einen Metalldetektor. Sie steht auf einem großen Feld, das unendlich weit erscheint. Im Hintergrund sind weitere Menschen zu erkennen, klein, verschwommen, außerhalb des Fokusbereichs.

Ich drehe das Foto um. »Germaine, 16. März 1972.«

»Nicht noch eine Germaine.«

»Vielleicht ist es ja auch dieselbe?« Friedrich mustert das Gesicht der Dame. »Altersmäßig könnte das hinhauen«

Von Germaine finden sich weitere Fotos im Koffer, die alle aus der gleichen Zeit stammen könnten. Mal ein verträumter Blick aus dem Fenster, mal spazieren gehend am Strand, dann liegend auf dem Sofa. Und dann auf einem Bild nackt, an der Staffelei stehend und malend, ihr Körper wird modelliert vom Licht.

»Wer immer diese Germaine ist, sie sieht gut aus«, urteilt Friedrich und pfeift anerkennend durch die Zähne. »Schade, dass auf dem großen Foto mit dem Metalldetektor der Ort nicht dabeisteht.«

»Das könnte jede unserer Weiden auf dem Cotentin sein«, befindet Camille, »aber auch der Acker in Foucarville. Schaut mal den Verlauf der Wallhecken an, die Horizontlinie. Da könnten wir tatsächlich vor zwei Tagen selber gestanden haben.«

»Morgen ist Markt in Valognes, der soll ganz gut bestückt sein, und da war ich noch nicht, um Susan zu suchen«, lässt uns Friedrich an seinen Gedanken teilhaben. »Er wurde mir ausdrücklich als einer der großen Märkte der Region empfohlen, zu dem auch Beschicker aus der erweiterten Region kommen. Von Valognes aus drehen wir dann eine Runde nach Foucarville. Vielleicht entdecken wir ja doch noch etwas Aufschlussreiches zwischen Quecken und Mais.«

»Wir können nicht so einfach auf fremdem Grund herumspazieren.« Beim Gedanken an wild gewordene Wildschweinrotten oder einen erbosten normannischen Landwirt ist mir nicht wohl.

»Ach was«, zerstreut Friedrich auf seine unbekümmerte Art meine Bedenken, »ich habe einen schicken Klappspaten dabei, wir können ja einfach mal ein Loch graben, an der Stelle der Koordinaten oder da, wo diese Germaine auf dem Foto steht. Und dann könnten wir noch ein wenig die Küste auf der anderen Seite Inspizieren, also das, was Utah Beach ist. Kommt Ihr mit?«

»Überzeugt.« Ich packe meine Sachen für den nächsten Tag, richte Belmondos Trockenfutter her und stopfe zum Hundeproviant das Foto von Germaine in den Rucksack. Der stolzen Germaine, die mit einem Metallsuchgerät auf einem Acker steht. Die restlichen Fotos und den Zeitungsartikel verstaue ich wieder im Koffer und schiebe ihn unter die Liegefläche im VW-Bus.

In der Nacht sind sie wieder da, Campino und der Mönch. Ich stehe mit Belmondo in den Salzwiesen, allerdings korrekt bekleidet. Mein Collie wetzt um die Schafe herum. Campino hat eine Ukulele in den Händen, singt eine deutsche Version von »Wish You Were Here« und behauptet, ich hätte meine Statistenrolle im Krieg zugunsten einer Hauptrolle im Käfig aufgegeben. »Hör auf, deine Runden im Goldfischglas zu drehen«, fordert er mich auf.

Der Mönch schleudert seine blau-gelbe Schüssel in Richtung des Sängers, die trockenen Haferflocken verteilen sich im normannischen Wind. »Godverdomme! Dat is zwaar klote! – *Verdammt noch mal, das ist bescheuert!* – du kannst hier doch keinen solchen Lärm machen«, schimpft er und rennt wild gestikulierend auf mich zu.

In diesem Moment ist mir der Morgen gnädig, und ich erwache schweißgebadet. Alles ist im Bus an seinem Platz. Der Kater liegt neben mir auf dem Kopfkissen und schnurrt mir leise ins Ohr, Belmondo schnarcht zufrieden und deutlich lauter zu meinen Füßen. Von Friedrich ist nichts zu sehen. Auch nicht vom Holländer. Oder Mönch. Die Sonne schiebt ihre ersten Strahlen zaghaft über die Bäume des Campingplatzes und vertreibt meine Albträume. Ein merkwürdiger Typ, dieser Mönch. Ich spähe aus dem Fenster.

Doch nichts regt sich auf der Parzelle 311.

Kapitel 5

Nach dem Frühstück empfängt uns Valognes, eine kleine Stadt auf dem Cotentin, mit zahlreichen Blöcken, die entlang der Schnellstraße und der Zufahrt zur Innenstadt einen Wall mit günstigen Wohnungen bilden.

»In einem Reiseführer habe ich gelesen, dass Valognes das Versailles des Nordens genannt wird«, referiert Friedrich. »Aber nach Versailles sieht das nicht aus. Eher trist.«

Camille lacht. »Die Bezeichnung ist schon ein paar Jahre alt. Der berühmte Sonnenkönig hatte ehrgeizige Stadtentwicklungspläne für Valognes, die er jedoch nicht umsetzen konnte. Trotzdem blühte das Städtchen auf, und zahlreiche Stadtpalais entstanden. Die brachten Valognes den besagten Titel ein. Der Schlossplatz war ein veritables Zentrum der Region, vor allem der Viehhändler. Artisten zeigten waghalsige Kunststücke, und Ballonfahrer demonstrierten die abenteuerliche Fahrt im Luftschiff. Valognes war die Hauptstadt des Cotentin, lockte Menschen aus dem gesamten Umland an. Mit dem Zweiten Weltkrieg war das natürlich vorbei, von der alten Pracht ist nur wenig übrig. Doch der Markt ist heute fast so legendär wie seinerzeit. Nur die Artisten und Luftschiffe gibt es nicht mehr.«

Eine riesige Freifläche eröffnet sich uns im Stadtzentrum, eine Asphaltwüste mit nur wenigen Bäumen, umgeben von Häuserreihen mit dem unverkennbaren Charme des modernen Architekturstils Brutalisme. An Liebreiz haben die stringenten Bauten aus rohem Sichtbeton wegen Wind, Wetter und Zeit verloren. Am oberen Ende drängen sich die Marktstände, kuscheln sich Schirme dicht an dicht. Aus einer Ecke steigt Rauch auf, der sich über die gesamte Szenerie legt. Verführerisch duftet es nach Holzkohle, spritzendem Fett, frischem Brot. Mein Magen meldet sich sofort.

Wir schlendern durch die Marktgassen, und die Versuchung wächst mit jedem Schritt. Saftige Erdbeeren, knackige Salate. Das Beste aus dem Meer wird an vielen Ständen feilgeboten. In den Auslagen finden sich Hummer, Wellhornschnecken, Rotbarsch und sogar Hai und Rochen. Dazwischen parken Verkaufswagen mit hundert unterschiedlichen Käsesorten oder Salami in exotischen Geschmacksrichtungen. Ein altes Ehepaar bietet auf einem Tischchen die Erzeugnisse aus dem eigenen Garten an. Zwischendrin rührt ein emsiger Gastronom seine Paella um, sein Nachbar bereitet mit großer Kunstfertigkeit Crêpes zu. In einer weiteren Gasse sind Bekleidung, Küchenutensilien und Kinderspielzeug zu haben, eine ganze Ecke ist für einen Antiquitätenhändler reserviert. Wir probieren Calvados und Pommeau, der uns zum Testen angeboten wird, und kaufen eine große Packung Kekse. Doch von Friedrichs Susan keine Spur.

Lange Schlangen bilden sich vor den Bratwurstständen, den Verursachern des Qualms und Bratenduftes. »Ihr müsst sie probieren«, rät uns Camille. »Die Bratwürste sind jede Kaloriensünde wert.« Sie verspricht nicht zu viel, die Grillwürste triefen vor Fett und haben das Aroma des offenen Feuers geatmet, sie sind köstlich. So gestärkt treten wir die Weiterreise nach Foucarville an.

Auf dem Feld ist kein Mensch zu sehen.

Wir drücken uns am Rande der Wallhecken über den Maisacker. Schrecken ein Fasanenpärchen auf, das meckernd das Weite sucht.

Ich hole das Foto von Germaine aus dem Rucksack. Konzentriert versuchen wir, Abbild und Feld deckungsgleich zu bekommen, bewegen uns in Richtung unserer geheimnisvollen Koordinaten.

Friedrich schaut auf sein Smartphone. »Noch fünf Schritte nach rechts, das müsste eigentlich die Stelle sein.«

Er misst majestätisch die Strecke ab und steckt den Spaten ins Erdreich. Der Boden ist dunkel und leicht. Schnell entsteht ein großes Loch, ein Haufen lockerer Erde daneben, auf den Belmondo sich mit Vergnügen stürzt. Die Brocken und zarten Maispflänzchen fliegen über den Acker.

»Fertig!«, rufe ich meinem Collie zu, der nicht versteht, warum das lustige Spiel zu Ende sein soll. Seine Nase ist voll mit schwarzer Erde, die Pfoten ebenso. Das Loch hat beachtliche Ausmaße angenommen. Doch nichts kommt zum Vorschein. Kein Schatz. Keine neuen Hinweise. Keine Knochen. Einfach nur Leere.

»Da ist nichts«, erkennt Friedrich. »Lasst es uns wieder zuschieben.«

»Los, Bebel, jetzt darfst du«, versuche ich, meinen Hund zu animieren. Doch der hat einen Punkt am Horizont fixiert, fällt in Hütestellung und knurrt leise. Dann sehen wir es. Über den Acker kommen zwei Männer gelaufen. Ein kleiner und ein großer. Der kleine trägt undefinierbare Stangen unter dem Arm, der große irgendwelche Papierrollen. Sie nähern sich rasch, bleiben dann aber stehen. Der große gestikuliert und scheint von irgendetwas begeistert.

Der kleine, etwas runde Kerl zieht an dem Ärmel des anderen, drängt ihn zum Weitergehen. Doch der hat kein Interesse, neue Laufrekorde auf dem Maisacker aufzustellen. Er inspiziert das Land, die Umgebung, schaut in die Luft, breitet die Arme aus. Das energische Männchen an seiner Seite drängt, wird ungehalten. Wild gestikulieren die beiden auf dem Feld von Foucarville.

Wir nutzen die Gelegenheit und treten den Rückzug an, das Loch bleibt, wie es ist, offen. Erstaunlich flott erreichen wir den Wagen, Belmondo springt diesmal lieber zu mir ins

Führerhaus. In Sainte-Mère-Église bleiben wir kurzzeitig in einem Militärkonvoi aus Jeeps und Mannschaftswagen stecken, als Camille auf der Suche nach einem Bäcker durch den Ort kurvt. Mit unserem Proviant fahren wir weiter Richtung Utah Beach.

Camille lenkt ihren Jeep vorbei am Museum, vor dem sich große Menschentrauben versammeln. Hier bringen uns keine Militärfahrzeuge zum Stehen, sondern zahlreiche Wohnmobilfahrer, die versuchen, einen Parkplatz zwischen den Pkws zu ergattern. Wir lassen die kleine Feriensiedlung von Utah Beach links liegen und sind wieder alleine, nur ein paar Radfahrer kreuzen unseren Weg.

Das Sträßchen wird zunehmend enger, eine Taverne »Chez Roger« kuschelt sich an einen Bunkerüberrest, scheint aber schon geschlossen. Geradeaus führt die Straße in eine morastige Salzwiese. Die Welt ist zu Ende, und Camille stellt das Auto ab, greift zu den Lebensmitteln und bedeutet uns, dass wir das Ziel erreicht haben. Wir klettern auf die Befestigungsmauer, und Camille breitet Baguette, Käse und Cidre vor uns aus. Wir greifen zu und sind für Minuten schweigend in das rustikale Mahl vertieft. Belmondo macht einen Satz und hofft, zumindest etwas Brot ergattern zu können.

»Was mögen die wohl gewollt haben?« Den kleinen Mann habe ich schon mal gesehen. Ganz sicher. »Der Holländer! Der Mönch aus meinem Traum! Das war derselbe Typ!«

»Das bildest du dir ein«, beschwichtigt Friedrich, »wobei, eine gewisse Ähnlichkeit mit dem Camper auf dem Platz ist nicht von der Hand zu weisen. Allerdings waren sie noch ziemlich weit weg.«

»Von unserem Fund wurde groß in der Presse berichtet«, weiß Camille. »Manche Libre, La Presse de la Manche und Ouest-France haben Artikel über das Skelett in den Dünen veröffentlicht. Auch, dass es vielleicht ein deutscher Soldat war. Nur unseren Zettel mit den Koordinaten kennen sie nicht, sie wissen nichts von den Tagebuchaufzeichnungen. Es ist daher eher unwahrscheinlich, dass die Männer sich auf unserer Spur oder der unseres unbekannten Toten befinden.«

»Was für ein bezaubernder Platz.« Ich lasse die Füße vom Mäuerchen baumeln und fühle mich mit mir und der Welt im Reinen. Vor uns erstrecken sich Marschland und Meer, am Horizont ist die Küste des Calvados zu erkennen. »Hier in der Bucht gibt es sogar Robben«, erklärt uns Camille, »und sie vermehren sich die letzten Jahre wieder. Leider werden sie immer mehr von den Urlaubern gestört, die unbedingt mal ein Robbenbaby streicheln oder ein spektakuläres Foto machen wollen. Möglicherweise wird die Baie des Veys sogar in den Sommermonaten gesperrt, damit die Tiere in Ruhe ihre Jungen aufziehen können.«

»Der Mensch ist schon eine ziemlich dämliche Spezies.« Friedrich spendiert Belmondo ein Stück Brot mit feinstem normannischem Camembert. »Wir alle suchen die unverfälschte und heile Natur und zerstören dabei, was wir suchen.«

»Ja so ist es. Aber es ist vor allem unsere Generation, also meine und die Jahrgänge darüber, so in deinem Alter, die es verkackt hat. Aber so was von«, werfe ich ein. »Wollten wir in jungen Jahren nicht alle die Welt retten? Etwas bewegen? Es anders und besser machen als die Eltern und Großeltern? Wollten wir nicht einmal der Teil von etwas Neuem, Wunderbaren, Schönem sein?« Ich hole Luft: »Wir legen heute Wert auf unsere Individualität, und doch unterscheiden sich unsere Biografien nur marginal: Schule, Ausbildung, Erwerbsleben, Familiengründung, Haus kaufen, Schulden bezahlen, auf die Rente warten, in Rente gehen.«

»Und da bin ich jetzt, in Rente«, grinst mein Gegenüber. »Das ist nicht das Schlechteste. Auch wenn ich natürlich keine Lust hatte, mein Geld mit Bodenproben zu verdienen, die einem Untergrund seine Eignung für die Ablagerung von Dioxin, Atommüll und sonstigen Abfällen bescheinigen. Aber das ist der Lauf der Welt. Wer jung ist, hat Träume, bis ihm die Gesellschaft erklärt, dass der Daseinszweck Arbeiten, Konsum und Normalität heißt. Aber ich versuche jetzt wenigstens, ein Stück Leben nachzuholen.«

Friedrich fordert mich heraus. Er provoziert mich. »Also bist auch du als Revoluzzer gestartet und als Spießer gelandet. Dein Leben ist der Flokkati-Teppich deiner Träume und Ziele. Und heute fährst du mit einem Trumm von Wohnmobil durch die Gegend, mit dem du nirgends einen Parkplatz bekommst. Das zwanzig Liter Diesel auf hundert Kilometer in die Luft pustet, Feinstaub und Stickoxide inklusive. Wie eben alle, die nur ihre persönlichen Besitzstände wahren wollen. Schweineschnitzel und SUV sind die Insignien unserer Macht, seit wir alle kleine Kapitalisten geworden sind. Statt zu wollen, dass es den nachfolgenden Generationen besser geht, setzen wir alles daran, dass ihnen die Lebensgrundlage entzogen wird.« Ich habe mich in Rage geredet.

»Meine Ökobilanz ist besser, als wenn ich im Hotel, in einer Pension oder im Ferienhaus wohnen würde«, rechtfertigt sich Friedrich. »Mein Haus habe ich verkauft, ich lebe nur im Mobil. Für mich entstehen keine Gärten des Grauens, und ich sorge auch nicht dafür, dass immer mehr Landschaft für Einfamilienhäuser zubetoniert wird. Zum Bäcker fahre ich mit dem Rad. Alles öko. Als Kind war ich öko, da haben wir die Milch mit dem Kännchen vom Bauern geholt, und die Süßigkeiten gab es beim Krämer im Glas, ohne Plastikverpackung. Wir sind jeden Meter zu Fuß gelaufen oder mit dem Rad gefahren. Oder mit dem Bus, mit öffentlichen Verkehrsmitteln. Ich habe mich gegen das Waldsterben engagiert, die Nachrüstung, die WAA in Wackersdorf und habe nur Recyclingpapier und Jutetaschen benutzt.«

»Es geht doch gar nicht darum, wie öko du als Kind warst, sondern dass du jetzt – wie wir alle – über deine Verhältnisse lebst. Auf Kosten der Erde, unseres Planeten«, wende ich ein. Heute bin ich auf Krawall gebürstet.

»Ich habe mein ganzes Leben gearbeitet, um mir jetzt diese Freiheit gönnen zu können. Frei von Verpflichtungen. Das tun und lassen, wonach mir der Sinn steht. Das lasse ich mir nicht nehmen.« Friedrich greift begeistert die Bälle auf, die ich ihm zuwerfe. »Außerdem wirst du die Sintflut, die nach uns kommt, ohnehin nicht mehr aufhalten können. Es braucht Innovationskraft und Erfindergeist, um die Folgen beherrschbar zu machen.«

»Wieso bist du eigentlich Single?« Ich wechsle das Thema und nehme Anlauf für das nächste Fettnäpfchen.

»Nicht immer, aber immer länger. Ganz einfach, die Frauen, die man kriegt, will man nicht. Und die man will, kriegt man nicht.«

»Was für ein übler Chauvi-Spruch.« Meine Streitlust ist ungebrochen.

»Aber wahr. Und andersrum ist es doch genauso.«

»Bei mir nicht«, protestiere ich.

»Deshalb bist du jetzt auf der Flucht in der Normandie, und dein Mann weiß nicht einmal, wo du dich aufhältst. Außerdem, lass es dir gesagt sein, wird es mit zunehmendem Alter immer schwieriger mit neuen Bekanntschaften. Kaum wirst du mit jemand richtig warm, wird diejenige vielleicht auch schon kalt.« Friedrich kaut auf Baguette und Camembert herum und lässt sich durch die Diskussion nicht aus der Ruhe bringen.

»Deshalb wärmst du jetzt deine alte Liebe auf? Die Susan, die du nicht haben konntest?«

»So in etwa.«

»Ich habe mich daran gewöhnt, alleine durchs Leben zu gehen«, seufzt Camille. »Schäferin ist ein harter Job, jegliche Romantik geht zwischen Knochenarbeit und Existenzängsten verloren. In Paris, da hatte ich jemanden. Einen außergewöhnlichen Mann, vielleicht den Mann meines Lebens. Nur leider entpuppte er sich, wie ihr im Deutschen so schön sagt, als Schürzenjäger.« Sie betont jede einzelne Silbe. »Ständig hat er ein hübsches Mädel umgarnt und ein neues Bett getestet. In Liebesdingen war er völlig heimatlos. Genau genommen ist Jean-Baptiste einer der Gründe, warum ich heute in der Normandie bin. Und alleine. Wobei man mit einer Herde Schafe nie wirklich einsam ist. Apropos Schafe: Wir sollten langsam zurück.«

Wir nehmen den Weg über Sainte-Marie-du-Mont. In der Mitte des kleinen Städtchens thront eine riesige Kirche, der Turm strahlt fast weiß weithin sichtbar über den Plains der Normandie. Zielsicher steuert Camille den Wagen durch die Marais-Landschaft von Carentan bis La Haye und zurück zum Campingplatz.

Es ist dunkel, als wir ankommen. Camille lässt uns am Eingang raus. Friedrich und ich genehmigen uns einen Absacker am Pool, strecken die Füße ins Wasser. Friedrich qualmt eine Selbstgedrehte, wir schweigen die meiste Zeit und treten den Weg zu unseren rollenden Rückzugspunkten an. Auf vielen Parzellen ist jetzt Betrieb, auch die Mobilhomes sind zunehmend belegt. Das Kling-kling der Gläser, Stimmen und Lachen erfüllt den lauen Abend.

Nur auf Parzelle 311 ist es dunkel und still. Kein Holländer zu sehen.

Jean kommt uns laut maunzend auf dem Weg entgegen.

»Wo kommst du denn her? Ich hatte dich doch in den Bus gesperrt!«

Der Kater streicht unter Protest um meine Füße, reibt seinen Kopf an dem von Belmondo.

Die Schiebetür vom Bus ist nicht abgeschlossen.

»Merkwürdig. Das sieht aus, als hätte sich jemand daran zu schaffen gemacht.«

Auf den ersten Blick ist im Inneren alles in Ordnung. Der Schlafsack liegt so zerwühlt auf dem Bett, wie ich ihn heute Morgen zurückgelassen habe. Auch der Kaffeebecher vom

Frühstück steht in der Spüle, das Gepäck im Hochdach ist ebenfalls an seinem Platz.

»Was zur Hölle?«

Ich bücke mich und greife unter die Liegefläche.

Der Fotokoffer ist weg!

»Jemand hat den Fotokoffer geklaut!«, rufe ich zu Friedrich rüber. »Hier war ein Einbrecher, in meinem Bus. Sind unsere Unterlagen von der Gendarmerie noch alle da?«

»Moment!«

Kurze Zeit später steht mein Nachbar mit den Papieren bei mir. »Es scheint alles vollständig zu sein. Bei mir war auch keiner im Fahrzeug. Hat eben auch Vorteile, ein Mordstrumm als Wohnmobil zu fahren und nicht einen altersschwachen Bus.« Er grinst mich frech an.

»Keine Scherze jetzt auf meine Kosten. Wer macht denn so etwas? Da waren doch nur alte Fotos drin. Wir müssen morgen auf die Gendarmerie und das anzeigen.«

»Und was genau willst du melden? Dass dir ein Koffer gestohlen wurde, den du am Tag zuvor aus einem fremden Haus hast mitgehen lassen?« Friedrich schüttelt den Kopf. »Das kannst du getrost vergessen. Schlaf drüber. Morgen überlegen wir, was zu tun ist. Heute erreichst du ohnehin niemanden mehr.«

Kapitel 6

Weder Mönch noch Holländer stören meinen Schlaf, und so wache ich ausgeruht auf. Die Sonne blinzelt vorsichtig über den Horizont, und ich beschließe, einen ausgedehnten Morgenspaziergang mit Belmondo zu unternehmen.

Wir wählen den Weg durch die Dünen, laufen im Morgenrot am Corps de Garde, dem Wachhäuschen, vorbei. Es ist winzig, und die Vorstellung, dass in dem kleinen Raum zehn Männer zusammensaßen, um Feinden den Zugang zum Hafen zu verwehren, ist bedrückend. Nach dem Zweiten Weltkrieg drohte das Häuschen in den Havre zu stürzen, ein Verein aus dem Ort hat es gerettet und zur Kapelle umgewidmet, so eine Tafel an der Wand. Sie berichtet zudem, dass immer am 15. August eine Prozession mit Kerzen, Fackeln und Taschenlampen zum Wachhaus stattfindet, um der Toten zu gedenken. Fotos von Familienangehörigen, handgeschriebene Gedichte, bemalte Steine, abgebrannte Kerzenstummel legen Zeugnis davon ab, dass das ganze Jahr über der Corps de Garde ein spiritueller Ort der Einkehr ist. Belmondo und ich halten kurz inne und setzen unseren Weg fort. Von einer Weide sind die Kühe entflohen, die ungezügelt ihre Freiheit genießen. Wild und ausgelassen erobern sie Feldweg, Dorf und fremde Weiden. Diese jungen Normandie-Bullen, sie kosten ihr Leben aus. Jetzt. Sie wissen nicht, dass sie schon bald stückweise in den Auslagen des örtlichen Metzgers liegen, der sie gedanklich letzte Woche portioniert hat.

Auch mein Hund und ich stoßen an diesem Morgen auf die Natur und das Leben an, leben intensiv im Hier und Jetzt. Belmondo beschnüffelt mit großer Intensität jeden einzelnen Grashalm, kostet Schafkacke und trinkt Wasser aus einer Pfütze, den letzten Rest nächtlicher Niederschläge. Und ich sauge Steinhäuser, Gärten, Blumen, verschlafene Miezen, spielende Kinder und schlepperfahrende Bauern mit Augen und Seele ein.

Wir passieren Saint-Germain, in dem die Hühner durch den Ort patrouillieren und hinter jedem zweiten Zaun ein Hund unser Kommen ankündigt. Die Wouf-Wave begleitet uns durchs Dorf. Zwei dicke Kater, ein roter und ein schwarz-weißer, bewachen einen mit Müllsäcken beladenen Hänger und verteidigen diesen unter Fauchen, als wir ihm zu nahe kommen. Der Austernzüchter am Ortsausgang reinigt seinen Schlepper mit dem Hochdruckreiniger. Algen, Sand und Salz spült er die Felgen hinunter.

Wir landen in einem weiträumigen Kiefernwald. Der Kuckuck ruft, und ein Specht malträtiert einen Stamm. Ein friedlicher Samstagmorgen.

Bébel ist in seinem Element, schnüffelt mit wachsendem Interesse, nimmt eine Witterung auf. Ein Reh kreuzt den Weg, und kurz überlegt mein Hund, ob er es hüten solle, verwirft die Idee aber wieder. Wir zweigen auf einen grasbewachsenen Waldweg ab. Starre Baumleichen recken ihre Äste in den jungfräulichen Himmel. Der Wald ist sumpfig und morastig, so wie er vor Jahrhunderten war – eine Moorlandschaft.

Ich rufe Belmondo, doch von meinem Border ist nichts zu sehen. Ich pfeife. Nichts.

Nach einer gefühlten Ewigkeit kommt er aus dem Morast, die weißen Beine voller stinkendem Schlamm. Mein Hund hat ein Moorbad genommen. Und er hat schon wieder einen Knochen im Maul. Diesen legt er freudestrahlend vor mir ab. »Schau mal, was ich Tolles gefunden habe.«

Dem Gebein haftet dieses Mal nichts Menschliches an. Ein langes Schienbein, das in einen Paarhuf mündet. Schaf oder Ziege? »Wo hast du das gefunden? Zeig es mir!«, fordere ich den Hund auf. Der verschwindet wieder im Feuchtgebiet. Ich hechle hinterher. Tatsächlich ist da noch mehr. Die gesamte Decke, der Kopf, ein Hinterlauf. Was mag dieses Schaf nur hier mitten im Wald gesucht haben? Camilles Trockenweide ist einige Kilometer entfernt, der Havre ebenso. Ich fummle mit morastigen Fingern das Smartphone aus der Jackentasche, wähle Camilles Nummer.

»Ich schaue mir das an«, verspricht sie. »Wo bist du genau?«

Ich gebe ihr meine Position durch und unterbreche die Verbindung. Kurze Zeit darauf höre ich ihr geländegängiges Vehikel durch den Wald schaukeln.

»Ja, das ist eines von meinen«, konstatiert Camille, nachdem sie die Überreste in Augenschein genommen hat. »Sieht ganz danach aus, als wäre es von meiner Weide gestohlen und vor Ort geschlachtet worden. Sieh nur, alles Verwertbare ist weg, übrig sind nur das Fell, die Unterläufe und der Kopf. Wenn das ein Tier gewesen wäre, zum Beispiel ein wildernder Hund oder ein Wolf, sähe das völlig anders aus.«

»Gibt es Wölfe in der Normandie?«

»Nein, auch wenn es immer wieder Menschen gibt, die behaupten, einen gesehen zu haben. Das hier war sicher ein zweibeiniger Räuber. Der hat das nicht hier im Sumpf getötet, sondern vorne am Weg, lass uns schauen, ob wir weitere Spuren finden.« Tatsächlich entdecken wir niedergetrampeltes Gras und frisches Blut unweit eines kleinen Waldparkplatzes. »Hier geschlachtet, zerlegt und abtransportiert, die Reste im Dickicht entsorgt. Armes Schaf.«

»Kommt so etwas häufig vor?«

»Leider ja, Schafe werden sehr viel geklaut und gemetzelt. Es gibt Banden, die machen nichts anderes, als ganze Herden zu stehlen. In der Normandie ist es nicht so schlimm, aber weiter im Süden kämpfen die Schäfer wirklich wegen dieser Verbrecher um ihre Existenz. Vor allem im Frühjahr kommen die Plünderer, nehmen oft alle Tiere mit.« Camille ist wütend und traurig. »Es ist ja nicht nur der materielle Wert. Klar ist es nur ein Schaf, aber jeder Schäfer, den ich kenne, macht das auch aus Leidenschaft für die Tiere, aus Idealismus, anders geht das nicht. Wenn du dann alte Landrassen züchtest wie ich, kann dir so eine Diebesbande über Nacht die Arbeit von vielen Jahren zerstören.«

»Wieso sperrt ihr die Tiere nicht ein?«

»Das ist keine Lösung, die Gangster gehen in die Ställe. Im Gegenteil – du erleichterst ihnen das Geschäft, denn im Stall müssen sie die Schafe nicht einzeln fangen, sie können das gesamte Kollektiv verladen und in die Schwarz-Schlachterei fahren. Und meine Schafe hassen den Stall, sie fühlen sich unwohl, wenn sie ein Dach über dem Kopf haben. Im Winter muss das sein, es gibt zu wenig zu fressen in den Salzwiesen, und die Lämmer kommen zur Welt. Sie dauerhaft einzustallen, würde die Schafe todunglücklich machen. Im Havre hat das Schaf eine reelle Chance, einer Killerbande zu entkommen. In anderen Regionen, wie im Département Loire-Atlantique, zeigt die Polizei Präsenz, die Schäfer setzen Herdenschutzhunde und Esel ein und organisieren sich gegen die Diebe. Es wird gemunkelt, dass sie sich dieses Jahr bewaffnet haben.«

»Auch wenn ich einen Border Collie habe, so wirklich beschäftigt habe ich mich mit Schafen bislang nicht«, gestehe ich.

»Ein schwerer Fehler. Schafe sind toll. Und gar nicht so dumm, wie die meisten Menschen glauben. So können sie zum Beispiel komplexe Entscheidungen treffen, Gewohnheiten entwickeln und Gesichter unterscheiden. Nicht nur bei ihrer eigenen Spezies, sondern auch bei uns Menschen. Sie können sich eine getroffene Entscheidung über einen relativ langen Zeitraum merken und sich korrigieren«, schwärmt

Camille. »Lass uns bei der Gendarmerie anrufen und das hier melden, mehr können wir nicht tun. Soll ich dich zum Campingplatz bringen?«

Ich lehne den Lift nicht ab und kaufe bei der Bäckerei einige Croissants und ein Baguette. Mit Camille verabrede ich mich zum Abendessen in einem Restaurant in Portbail. »Die Miesmuscheln dort sind wirklich sensationell«, verspricht sie. Trotz des traurigen Vormittags kehre ich beschwingt zum Platz zurück.

Auf Parzelle 311 ist immer noch niemand zu sehen, der Holländer scheint ausgeflogen zu sein.

Friedrich wühlt in unseren Akten und liest laut:

»Ich erinnere mich an diese Tage nach der Invasion, ständig waren wir in Bewegung. Häufig schliefen wir im Freien, nur das schützende Blätterdach eines Waldes über dem Kopf. Wir haben unendliche Flüchtlingsströme gesehen, die Zivilbevölkerung floh in langen Kolonnen, mit dem gesamten Hausrat auf den Karren. Oft war eine Kuh oder ein Pferd vor den Wagen gespannt, manchmal schoben und zogen die Männer. Die Frauen und Kinder liefen nebenher, ständig den Himmel absuchend, ob ein neuer Luftangriff drohte. Es war schrecklich, in ihre ängstlichen, ausgemergelten Gesichter zu sehen. Mir wurde klar, dass mit jedem Tag Invasion das Leid der Zivilisten größer und kaum ein heiler Ort in diesem Landstrich übrig bleiben würde. Die Kleinstädte um uns herum waren schon vollständig zerstört. So wie der kleine Ort, in dem wir Rast gemacht hatten und der den Bomben zum Opfer fiel, kaum dass wir ihn verlassen hatten. Der Feind hatte uns angreifen wollen und die Zivilbevölkerung getroffen. Wir wurden indes mehrfach auch von Franzosen attackiert, und Partisanen machten das Land unsicher. Im Dunkeln wurde sowieso nicht lange gefackelt und sofort geschossen.

Nachdenken durften wir nicht, der ganze Krieg war so sinnlos. Und doch hofften einige, die Invasion eindämmen und auf-

halten zu können. So manch einer hat selbst in der Hölle der Bocage den Glauben an den Endsieg nicht verloren.

Gemüse holten wir auf unserem Irrweg von den verlassenen Feldern der Bauern, und in manchem Keller fiel uns Schnaps, Likör und Wein in die Hände. Einige Kameraden waren fürchterlich betrunken, während das Grollen der Schlacht um uns tobte. Doch der Calvados ließ sie trotz der widrigen Umstände selig schlafen.

Irgendwann hatte unsere kleine Einheit es in einer Nacht- und-Nebel-Aktion geschafft, durch die Frontlinien zu brechen und sich Richtung Saint-Lô durchzuschlagen, wo sich weitere Verbände befanden. Wir gerieten in ein Inferno. Ohne Pause zogen die alliierten Flugzeuge über uns hinweg, prasselten Bomben auf uns herein, außer Staub und Qualm war nichts mehr zu sehen. Hinterher glich die Bocage einer Mondlandschaft, überall lagen verkohlte Leichen herum. Von unseren Truppen blieb nicht viel übrig, wer nicht gefallen war, der war verwundet, taub oder verrückt. Den Einheiten der Alliierten erging es nicht besser, der Bombenteppich legte sich über alles, was sich am Boden regte.«

»Man kann sich das gar nicht mehr vorstellen, was das für ein Gemetzel war. Und heute diese friedliche Landschaft, die schönen Dörfer und die freundlichen Menschen.« Ich gestehe mir ein, bis zum heutigen Tag nicht allzu viele Gedanken an die Schlachten in der Normandie verschwendet zu haben.

»Und doch atmet jeder Stein in der Normandie Geschichte«, entgegnet Friedrich, »überall, wo wir die letzten Tage waren, siehst du Bunkerreste, Monumente, Stelen, sogar Panzerwracks. Und ja, du findest sogar immer noch Gefallene, wie unseren unbekannten Toten. Die Menschen der Normandie haben einen hohen Preis für die Freiheit bezahlt. Aber nicht auszumalen, wo wir heute stünden, hätten die Alliierten es nicht gewagt. Wäre der D-Day nicht geglückt – und hätte Hitlerdeutschland den Krieg gewonnen – wir würden wohl kaum heute auf diesem Campingplatz sitzen und uns die Sonne auf den Bauch scheinen lassen.«

Beklemmung macht sich bei mir breit. »Deswegen ist es richtig, die Befreiung zu feiern, wie die Normannen es praktizieren. Wir sollten dankbar sein, dass das damals gelungen ist. Auch wenn es etwas befremdlich ist, dass einige Krieg spielen.« Ich denke an die Szenen in Sainte-Mère-Église.

»Auf den Trümmern des Krieges wurde das neue, das friedliche und vereinte Europa aufgebaut, so wie wir es heute kennen und genießen«, pflichtet Friedrich mir bei. »Mehr als siebzig Jahre Frieden in Europa ist etwas Einmaliges. Auch wenn das eine sehr subjektive Wahrnehmung unsererseits ist, denn Frankreich und England haben in der Nachkriegszeit rund um den Globus Krieg geführt. Das französische Kolonialreich zerfiel in blutigen Aufständen, auf Madagaskar und in Kamerun, in vernichtenden Kriegen gegen Indonesien und Algerien. Ja, noch nicht einmal Europa ist wirklich vom Krieg verschont geblieben, erinnern wir uns nur an die Balkankriege. Und doch ist die Nachkriegsgeschichte eine Hoffnung gewesen, ein Versprechen auf ein Europa ohne totalitäre Regime, ohne Krieg.«

»Aber es scheint oft so, als hätten wir nichts aus der Geschichte gelernt. Es gibt sogar Leute, die das Rad der Geschichte zurückdrehen, die die Erinnerung und das Gedenken an den Nationalsozialismus und die von ihm verübten Verbrechen am liebsten abschaffen wollen.«

»Das wäre in der Normandie in der Tat eher undenkbar, mit der Vielzahl der Museen und Erinnerungsstätten. Es wäre auch schlichtweg nicht vermittelbar, in dem Land, wo so viele Menschen für die Freiheit und gegen den Faschismus gekämpft und dabei ihr Leben verloren haben.« Er nimmt einen Schluck Kaffee und ergänzt: »Und außerdem lehrt uns die Chronik der Menschheit, dass die Entwicklung nach vorne geht, nicht zurück. Also von der Höhle in die Hütten und nicht umgekehrt. Wann immer jemand versucht hat, einen

Prozess gewaltsam umzukehren, kam dabei nichts als Krieg und Verderben heraus.«

»Hast du sonst etwas gefunden, einen Namen?«, will ich wissen. »Eine Feldpostnummer oder dergleichen, irgendetwas, was die Polizei weiterbringt?«

»Leider nein, aber es ist noch Papier da.« Er deutet auf den Stapel auf dem Tisch. »Bedien dich.«

Eine ganze Weile lesen wir, doch das meiste bleibt uns verschlossen. Zu klein und zu unleserlich die Schrift, zu alt, zu verwaschen. Die Arbeit des Kopierers der Gendarmerie hat ihren unschätzbaren Beitrag dazu geleistet, manche Worte lösen sich in abstrakten Formen auf. »Hier ist der Anfang eines Briefes an seine Frau. *Mein liebes Frauchen!,* fängt der an, dafür würde er heutzutage einen Shitstorm ernten.«

Friedrich schüttelt den Kopf: »Heute darfst du noch nicht mal eine Hundehalterin so titulieren.«

»Oh! Paul nennt mich durchaus so, vor allem, wenn er mit Belmondo redet. Geh mal zu Fraule und schleck ihr das Ohr aus. Der einzige Befehl übrigens, den mein Hund zuverlässig kann.« Zur Bestätigung springt mein Hund an mir hoch, stupst feuchte Nase und Zunge in meinen linken Gehörgang. »Aber damals war es völlig normal«, sinniere ich weiter. »Kein Vorname, kein Kosename, sondern ein Besitzanspruch. Was verdeutlicht, wie sich Macht- und Herrschaftsverhältnisse, Bewusstsein und Sprache gegenseitig bedingen. Und beeinflussen.«

»Und heute reden wir davon, dass alles gegendert werden muss. Doch das zerstört unsere Sprache, verhackstückelt sie«, murrt Friedrich.

»Sprache verändert sich nun mal«, kontere ich. »Wir reden heute nicht mehr wie im Mittelalter, Goethes Stil oder Shakespeares Dichtung erscheinen uns fremd. Selbst Texte, die nur hundert Jahre alt sind, kommen uns altertümlich verstaubt vor. Wobei ich vieles in unserem heutigen Sprachgebrauch als gruselig empfinde. Diese grassierenden Anglizismen lassen in meinen Augen jeden Stil und jegliches Niveau vermissen.«

»Für unsere moderne Gefühlswelt passt das Amerikanische nun mal besser«, gibt Friedrich zu bedenken. »Oder wolltest du von Prallkissen reden statt von Airbag? Oder von Mobilrechner statt Notebook?«

»Klingt nicht wirklich elegant. Allerdings, die Franzosen machen es so: Sie nennen das Handy ›Mobile‹, den Computer ›Ordinateur‹, die E-Mail ›Courriel‹. Es gab in Frankreich sogar ein Gesetz, das vorschrieb, französische Begriffe zu verwenden oder zumindest Fremdwörter zu übersetzen, damit Sprache für jeden verständlich bleibt.« Ich gehe ins Vorzelt, hole etwas Käse aus der Kühlbox, ein Messer aus dem Besteckkasten und schmiere mir ein Stück Baguette. »Sprache ist eine ungeheure Waffe. Sie beschönigt oder dramatisiert. Sie ist Ausdruck der Lebenswirklichkeit und nimmt Einfluss auf unser Bewusstsein. Sie zementiert Machtverhältnisse oder stellt sie infrage.« Ich beiße in ein Stück vom Baguette, kaue und spüle mit einem Schluck Kaffee nach. »Und dennoch reflektieren wir unseren Sprachgebrauch selten, genauso wenig wie die Strukturen, die dahinterstehen, oder die Perspektive, die Sichtweise, die bestimmte Wörter, Begriffe oder Redewendungen implizieren.«

»Hast du außer der Sprache etwas Erhellendes gefunden?«, schwenkt Friedrich zurück zu unserer eigentlichen Mission.

»Leider ist dieser Brief unseres Unbekannten ein Fragment geblieben, fünf Sätze dazu, dass es ihm gut geht und er gesundheitlich auf dem Damm ist, und das wars. Keine Erklärung und kein Hinweis darauf, wann und wo dieser Brief entstanden ist.«

Friedrich schaut auf die Uhr. »Haben wir nicht eine Verabredung mit unserem Drohnenpiloten um zwei? Dann sollten wir uns sputen!«

In Windeseile räumen wir die Akten zusammen, achten darauf, dass Friedrichs Condor besser verschlossen ist wie Alcatraz. Auch Jean darf im Luxuswohnmobil residieren, die Rolle des gefährlichen Wachkaters einnehmen und sich auf dem weichen Bett ausstrecken.

Philippe wohnt in der Rue de Savoie, nur einen Steinwurf vom Strand entfernt, einer Querstraße zum Boulevard Maritime. Wir brauchen zu Fuß nur eine Viertelstunde und stehen vor einem winzigen grauen Häuschen unter Kiefern und Zypressen, die vom Wind geformt wurden. Der Gastgeber empfängt uns am Tor und hat hinterm Haus den Kaffeetisch gedeckt. In der Mitte thronen Schokotörtchen und kleine Obstkuchen. Sie zergehen auf der Zunge.

»Waren Sie bei Claude erfolgreich?«, fragt Philippe.

»Leider nein, er lebt nicht mehr, das Haus wird verkauft. Und die Lagerhalle ist völlig unübersichtlich, bis zur Decke voll mit Antiquitäten und skurrilen Fundstücken.«

»Das ist traurig. Claude war ein Unikum und für uns Kinder eine echte Institution. Ein bisschen Forscherdrang ist gewiss wegen ihm an mir hängen geblieben.«

Als alle Kaloriensünden den Weg in unseren Verdauungstrakt gefunden haben, zeigt uns Philippe die Ergebnisse seiner Aufklärungsflüge. Anhand alter und neuer Fotos lässt sich die Dynamik der Küstenerosion nachvollziehen.

»Wie schon gesagt: Am schlimmsten ist Gouville-sur-Mer dran«, erläutert Philippe, »das liegt etwa fünfzehn Kilometer südlich. Bei gutem Wetter können Sie den vorgelagerten Leuchtturm von Saint-Germain aus sehen. Diese Postkarte habe ich auf einem Flohmarkt gekauft, sie ist etwa fünfzig Jahre alt.« Das kolorierte Foto zeigt zwei Zeltplätze, eine Straße und eine riesige, vorgelagerte Düne, auf der einige kleine Hütten mit bunten Dächern stehen. »Vom Campingplatz bis zum Strand waren es gut fünfzig Meter. Und so sieht es heute aus: Das Meer hat die gesamte Düne mitgenommen. Nur ein schmaler Streifen Sand trennt den Ozean noch von der Straße und den ersten Mobilhomes.«

»Das ist wirklich erschreckend.«

»Und die Dynamik hat in den letzten Jahren enorm an Fahrt gewonnen. Noch vor zehn Jahren glaubten die politisch Verantwortlichen, dass das Dünengebiet nicht gefährdet sei. Der aktuelle Besitzer des vorderen Campingplatzes ...« Philippe zeigt auf ein Gelände seines aktuellen Fotos. »... hat damals gekauft, als ihm der Präfekt grünes Licht gegeben hat. Er habe an diesem Standort nichts zu befürchten, er sei sicher vor Wellen und Wind. Und jetzt heißt es, dass die Düne und die beiden Campingplätze nicht zu retten seien, bei jeder Sturmflut könne es zur Katastrophe kommen. Er solle weiter ins Landesinnere umsiedeln, aber sowohl der Besitzer als auch die Eigner der Mobilhomes, die zum Teil schon ihr ganzes Leben Urlaub und Freizeit dort verbringen, weigern sich standhaft.«

»Und was passiert jetzt?«

»Die Gemeinde wird weitere Sicherungsmaßnahmen ergreifen, hat Geotubes, eine Art große Sandsäcke, entlang der Düne installiert. Doch es ist ein Spiel auf Zeit.«

Er zeigt uns andere Fotos, fast überall zeichnet sich dasselbe Bild ab: Das Meer ist auf dem Vormarsch, und mit jedem Millimeter des steigenden Meeresspiegels wird es ein Stück grimmiger.

»Aber Ihr Haus ist nicht bedroht?«, frage ich Philippe.

»Keiner weiß so genau, wie sich der Klimawandel in den nächsten Jahren auswirken wird. Wie heißt es so schön: Nach uns die Sintflut.« Er zuckt mit den Schultern. »Noch hat technischer Fortschritt die Menschheit immer vor dem Schlimmsten bewahrt. Darauf setze ich meine Hoffnung. Und ich versuche, jeden Tag hier mit jeder Faser meines Lebens aufzusaugen. Das hier, das ist mein Stück vom Paradies.«

»Warum sind Sie denn nach Paris gegangen, anstatt hierzubleiben, wo Ihr Herz schlägt?«

»Weil es viel zu wenig Jobs gab in der Normandie. Damals nicht, als ich ins Leben startete. Vielleicht noch in der Wiederaufbereitungsanlage von La Hague. Und heute gibt es zwar Jobs, aber die Infrastruktur verfällt. Schulen werden geschlossen, die kleinen Dorfläden ebenso, zum Teil auch die Bars, die ein wichtiger kommunikativer Mittelpunkt sind. Ärzte und Fachärzte sind absolute Mangelware. Ein Teufelskreis: Wenn immer mehr Menschen in der Stadt wohnen, gibt es auf dem Land weniger Angebote. Weniger Angebote locken immer weniger Menschen. Das geht so weit, dass ein Bürgermeister aus der Eure per Zeitungsanzeige um Familien mit Kindern geworben hat, damit sie in seine Gemeinde ziehen. Weil er sonst die Schule schließen muss.«

»Aber es stehen doch so viele Häuser hier«, wundert sich Friedrich.

»Das meiste sind Zweitwohnsitze und nur wenige Wochen im Jahr bewohnt. Bestenfalls werden sie an Feriengäste vermietet. Doch mit ihnen alleine können Sie kein Gemeinwesen aufrechterhalten. Der Tourismus schafft allenfalls Saisonarbeitsplätze. Und sorgt auf der anderen Seite dafür, dass es nur wenig bezahlbaren Wohnraum für die gibt, die zur Belebung der Region beitragen könnten, junge Familien etwa. Wie gesagt, ein Teufelskreis.«

Am Abend holt uns Camille ab. »Mein Magen hängt in den Kniekehlen«, gesteht sie, »seit dem toten Schaf von heute Morgen habe ich nichts gegessen, der Appetit war mir vergangen.«

Wir fahren nach Portbail, ein hübsches Städtchen, in dem auch jetzt, in der Vorsaison, zahlreiche Menschen unterwegs sind. Wir überqueren eine alte Steinbrücke über den dortigen Havre und passieren ein paar traurige Schiffswracks, die am Uferrand vor sich hin modern. Am Ende der Straße wartet die »Bar de la Plage« auf uns, ein halbes Dutzend chromblitzender Harleys steht auf dem Parkplatz davor, der Trupp französischer Easy Rider hat sich auf der Terrasse niedergelassen und lässt den Tag mit einer Ladung Bier hochleben.

Wir finden im Restaurant einen netten Tisch am Rand, Bébel kriecht gehorsam in Erwartung abfallender Krümel und Pommes darunter. Schon bald stehen einige Kir Normand vor uns. »Ich sagte ja schon, die Moules hier sind sensationell. Müsst ihr probieren, am besten auf normannische Art, mit viel Créme«, ermuntert uns Camille.

Während wir auf das Essen warten, drehe ich eine Runde durch die Kneipe. Neben dem Restaurant befindet sich die eigentliche Bar. Um den großen Billardtisch sind einige Fischer versammelt. Das Ölzeug, das sie bei ihrer Arbeit vor Wind und Salzwasser schützt, haben sie abgelegt, doch ein leichter Fischgeruch verrät ihr Metier. In einem Nebenzimmer hängt eine Dartscheibe, und eine stattliche Anzahl von Pokalen lässt erahnen, dass die lokalen Spieler es zu einiger Meisterschaft gebracht haben. Ein weiterer Nebenraum beherbergt einen Babyfoot-Tischfußball und einen alten amerikanischen Flipper. Überall an den Wänden hängen Emailleschilder, Flaggen aus ganz Europa zieren die Decke. Hinter dem dunkelbraunen Tresen wirbelt der Wirt zwischen Zapfhahn, Siebträgermaschine und Kühlschrank umher. Füllt Pastis- und Whiskygläser und pfeift einen Sommerhit mit, der im Fernseher über die Mattscheibe flimmert: »Nimm mich mit ans Meer, ich will aus dem Ozean trinken, dich im Wind lieben«, singt die Band. Die Musiker sitzen auf Teppichen und Poufs am Strand, die See im Hintergrund ist aufgewühlt, der Wind spielt mit ihren Haaren. Die Dünen dienen als Kulisse und sehen dem Fundort unserer Leiche zum Verwechseln ähnlich.

Zwei Pärchen prosten sich an der Bar zu. Hinten im Eck sitzt noch einer, der zu niemandem gehört. Er hält sich an

seinem frisch gezapften Pression fest und knabbert gelangweilt auf seinen Erdnüssen herum. Ich schätze ihn auf Anfang sechzig. Eine fast jungenhafte Gestalt, etwas hager mit
leichtem Bauchansatz, die grauen Haare akkurat geschnit-
ten. Dazu kontrastieren der Dreitagebart und der Anflug
von normannischer Erde unter den Fingernägeln. Typ Jean
Reno, nur zehn Jahre jünger. Seine Lederjacke hat er salopp
über den Barhocker geworfen. Ich habe den schon mal gesehen, nur wo?

Unsere Moules kommen, und ich begebe mich an den
Tisch zu meinen Freunden. Die kleinen Meeresfrüchte sind
ausgezeichnet, Camille hat nicht zu viel versprochen, die Bedienung bringt mehrmals Brot zum Tunken der Soße nach
und Wein.

Während meine Freunde versunken in Moules und Créme
das Abendessen genießen, schiele ich immer wieder heimlich zu dem Fremden an der Bar. Er scheint auf etwas oder
jemanden zu warten, nervös schaut er immer wieder zur
Wanduhr.

Als sich unsere Blicke wie zufällig begegnen, verfinstern
sich seine Gesichtszüge.

Kapitel 7

Wir ordern etwas Käse zum Nachtisch und eine Runde Calvados.

»An der Bar sitzt einer, den habe ich schon mal wo gesehen, mir fällt nur nicht mehr ein, wo das war. Ich würde den jetzt, wenn wir gehen, einfach kurz ansprechen, um meinem Gedächtnis auf die Sprünge zu helfen.«

»Ein Mönch, ein Holländer oder ein deutscher Punkrocker?«, lästert Friedrich, als wir zahlen. »Welcher deiner Traummänner ist es denn diesmal?«

Ich ziehe eine Grimasse. »Geht doch schon mal vor.«

Er sitzt nahezu unverändert an der Bar, ich klemme mich auf den Hocker daneben. »Kenne ich Sie nicht?«

»Aus dem Kino? Ich bin Léon Belanger. Filmregisseur, Schauspieler. Eigentlich aus Belgien, aber beruflich viel lieber in Frankreich unterwegs.«

»Entschuldigen Sie meine Unwissenheit, aber ich habe noch nie von Ihnen gehört. Wobei ich mich im belgischen Film nicht auskenne, muss ich zu meiner Schande gestehen.«

»Ein großer Fehler, Madame. Das belgische Kino ist sehr innovativ, ein bisschen verrückt, surrealistisch, gesellschaftskritisch, melancholisch. Ich gebe zu, im restlichen Europa sind wir belgischen Filmschaffenden eine Randerscheinung.«

»Drehen Sie einen neuen Film? Hier, in der Normandie?«

»Ich versuche ein Projekt zu verwirklichen, das mich schon länger beschäftigt.«

»Sie machen mich neugierig. Was für ein Projekt?«

»Eigentlich dürfte ich Ihnen das nicht erzählen, die Geldgeber halten sich derzeit noch etwas bedeckt, wollen nicht zu viel Aufmerksamkeit. Was trinken Sie?«

Er hat Charme, der Belgier. Ich lasse mich zu einem Glas Rosé verleiten.

»Das Projekt heißt *Sur les pas des héros – In den Spuren der Helden*. Ich bin der Künstlerische Leiter. Im Prinzip geht es um ein Theater, aber ganz anders, als Sie das kennen. Kein kleiner Saal, nichts Statisches. Dieses Theater wird in der Lage sein, Sie direkt ins Geschehen zu befördern, ins Geschehen des Juni 1944.«

Ich höre aufmerksam zu. Camille und Friedrich haben sich mittlerweile an einem der Tische auf der anderen Seite des Billardtischs niedergelassen und ordern weitere Getränke. Bébel liegt den Billardspielern im Weg, was diese mit akrobatischen Einlagen und großem Gelächter quittieren.

»Wir setzen die Zuschauer auf eine Bühne. Sie steht auf Schienen und fährt durch Raum und Zeit. Durch ein normannisches Dorf an der Küste, durch das Schlachtfeld, durch verbrannte Erde. Dazwischen gibt es immer wieder Filmsequenzen über den D-Day, aber so plastisch wie in einer Virtual Reality. Mit echten Menschen, mit echtem Pulverdampf, mit so drastischen Szenen wie am 6. Juni. Und an den Tagen danach, als die Schlacht durch die Bocage tobte und die Dörfer des Cotentin in Schutt und Asche legte. Wir zeigen den D-Day erstmals so, wie er wirklich war.«

»Hm.« Ich denke an das Skelett, das in Paris untersucht wird. An die Aufzeichnungen des unbekannten Soldaten. An Bilder von verkohlten Leichen und zerstörten Städten. »Finden Sie das nicht etwas respektlos, den ganzen Opfern dieser Schlacht gegenüber?«

Léons Gesicht trübt sich ein. »Das ist das, was uns vorgeworfen wird, und der Grund, warum wir eher im Geheimen operieren. Wir haben wirklich ehrenwerte Ziele, glauben Sie mir, wir wollen den Opfern ein Denkmal setzen, nicht sie verhöhnen. Unsere Gegner behaupten natürlich, wir würden einen Vergnügungspark planen. Ein D-Day-Land, ein Puy-de-Fou der Normandie oder ein Disneyland des Zweiten Weltkriegs. Doch das ist alles nicht wahr.« Er nimmt einen tiefen Schluck von seinem Bier und bestellt ein weiteres. »Diese ganze Kritik entzündet sich an den Eventstationen, die die Besucher nach der Vorführung besuchen können. Da wird es möglich sein, sich in ein Widerstandsnest zu setzen und die anrückenden Truppen zu beschießen oder mit dem Panzer durch die normannische Landschaft zu fahren. Das ist aber nicht mein Part, genauso wenig wie das historische Dorf, in dem viele kleine Läden lokaler Erzeuger ihren Platz finden werden. Ich bin nur der Künstlerische Leiter des Schauspielbereichs, das ist es, wofür ich brenne. Ich bin der Historie der Normandie sehr verbunden. Jetzt interessiert mich die Geschichte der Menschen, die die Befreiung erlebt haben. Oder überlebt oder eben auch nicht. Der D-Day hat eine große Wunde in der Normandie hinterlassen, bis heute eine schmerzhafte Narbe.« Seine Hände werden lebhafter, versuchen dem Gesagten Nachdruck zu verleihen und fegen dabei fast das Bier vom Tresen ins Spülbecken. »Wenn wir hier etwas völlig Neues schaffen, dann auch, um den nachfolgenden Generationen etwas vom Krieg und dem damit verbunden Leid zu erzählen. Sie müssen die Menschen da abholen, wo sie stehen. Und die heutige Jugend begeistert sich nun mal nicht mehr für Museen. Sondern eher für Computerspiele. Oder Serien der Streaming-Dienste. Genau diese Menschen holen wir mit unserem Projekt in die Normandie, wo sie mehr erfahren können.«

Mit einem Schlag holt mich mein Gedächtnis ein. Ich weiß wieder, wo ich Léon gesehen habe!

»Warum waren Sie ausgerechnet in Foucarville?«, platzt es aus mir heraus. Er war das, der Lange mit den Rollen unterm Arm, zusammen mit einem anderen Menschen, dem Holländer! Gemeinsam sind sie über den Acker gestolpert.

Er blickt mich erstaunt an. »Sie waren dort? Wir haben niemanden wahrgenommen, waren zu vertieft in die besondere Atmosphäre dieses Ortes. Das Gelände ist ideal, wir brauchen zwischen dreißig und vierzig Hektar, um dieses aufwendige Theater verwirklichen zu können. Das ehemalige POW-Camp in Foucarville ist um ein Vielfaches größer. Ein Großteil gehört ohnehin schon der Gemeinde und ist an die Bauern nur verpachtet. Eine Umwidmung wäre schnell und unbürokratisch zu bewerkstelligen, quasi reine Formsache. Wir schauen uns aber weitere Gelände an, zum Beispiel in Carentan und Bayeux. Ich favorisiere ja Bayeux, weil es zentraler an den Landungsstränden liegt und wir die Geschichte der kanadischen Soldaten mit einbeziehen können, die allzu oft vergessen wird. Ich würde auch gerne ein Kapitel der belgischen Brigade Piron widmen, aber ich fürchte, im Gesamtkontext war sie zu bedeutungslos für unsere Geldgeber. Der Bürgermeister von Carentan will unbedingt, dass wir *Sur les pas des héros* bei ihm verwirklichen, er präsentiert uns sein Gelände und alle möglichen Vergünstigungen auf dem Silbertablett. Der Technische Bauleiter, der mich begleitet, ist allerdings ein bisschen von Foucarville besessen. Er sagt, es gebe ein Geheimnis auf dem Grundstück, eine ehemalige Kommandozentrale der Nazis. Und einen Schatz. Da aber mit dem Abbau des Kriegsgefangenenlagers alle Unterlagen verschwunden sind, existieren für diese Behauptung keinerlei Belege. Allerdings haben wir bei unserer Besichtigung ein Loch im Maisacker gefunden. Wir sind nicht die Einzigen, die sich für Foucarville interessieren. Sie ja auch.«

Vor Schreck bleibt mir der Schluck Rosé im Hals stecken und löst einen Hustenreflex aus.

»Ihr Technischer Bauleiter, ist der zufällig Holländer?«

Léon nickt.

»Ich glaube, er wohnt auf demselben Campingplatz in Saint-Germain wie wir, kann das sein?«

»Ja, das ist er! Ich habe ihn gefragt, warum alle Holländer so einen Campervirus haben, und er antwortete: Nein, das ist kein Virus und auch kein besonderes Gen. Unser Land ist nur zu klein für so viele Menschen – deshalb muss die Hälfte von uns quasi immer im Wohnwagen unterwegs sein.« Monsieur Belanger lacht vergnügt und macht dem Wirt ein Zeichen, dass er sein Glas nochmals füllen möge.

Camille bedeutet mir, dass es Zeit für den Aufbruch wäre. »Meine Freunde warten«, entschuldige ich mich. »Es hat mich sehr gefreut, Sie kennenzulernen, Monsieur Belanger. Ich bin noch eine Weile hier in der Gegend, vielleicht sieht man sich noch mal wieder.«

Auf dem Heimweg fasse ich die Informationen zusammen.

»Pfff«, Camille ist nicht amüsiert, »als wenn wir das nicht mitbekommen hätten in der Normandie, trotz Geheimhaltung. Wir leben ja nicht hinterm Mond. Nicht im letzten Jahrhundert.« Etwas ruppig schaltet sie in den nächsten Gang. »Ich würde deinem Léon gerne glauben, dass er einer der Guten ist. Doch es gibt viele Gründe, die gegen sein D-Day-Land sprechen. Zum einen die Geheimhaltung selbst, eine Kommandosache, als wenn es um einen Staatsstreich ginge. Keine Transparenz, wer eigentlich die Geldgeber sind und was sie bezwecken. Und dann der gigantische Landverbrauch, bestes Ackerland, das uns Landwirten fehlt.« Sie holt Luft. »Auch die Veteranen sind dagegen. Die französischen, die britischen und amerikanischen. Völlig zu Recht kritisieren sie, dass die Toten schnöde vermarktet und für die Volksbelustigung missbraucht werden. Ja, die Normandie hat das Trauma des Krieges nur schwer überwunden, und keine Familie wurde verschont. Aber wir brauchen keinen Vergnügungspark, der die Wunden wieder aufreißt. Die Idee ist einfach monströs.«

Sie nimmt die Abzweigung Richtung Saint-Germain-sur-Ay-Plage, ohne zu bremsen, und wir werden durchgeschaukelt. »Außerdem haben wir in dieser Gegend genügend schlechte Erfahrungen mit windigen Investoren gemacht«, fährt Camille fort. »Anfang der 1990er-Jahre zauberte ein solcher den Traum vom Eigenheim direkt in den Dünen aufs Reißbrett. Aquatour – ein neues Baugebiet in Pirou-Plage, das ist nur ein paar Kilometer von hier. Ein Städtchen, nur einen Möwenschiss von Dünen und Strand entfernt. Schicke Bungalows, ein Hotel, ein Pool, Tennisplätze. Ein Traum, den zahlreiche Menschen mit träumten, Grundstücke kauften und schon Kinderlachen und Meeresrauschen hörten. Ein Traum auch fürs damals darbende örtliche Handwerk, das sich auf die Aufträge stürzte und die Pavillons in den feinkörnigen Sand setzte, auch wenn sämtliche Infrastruktur noch fehlte.« Camille schaltet in den nächsten Gang. »Diese Traumstadt war natürlich buchstäblich auf Sand gebaut. Die Bank drehte dem Investor den Geldhahn zu. Und weil überhaupt keine Baugenehmigung vorlag, wurde das gesamte Projekt gestoppt. Der Traum war ausgeträumt, der Investor pleite. Die geprellten Handwerker holten aus dem Gebiet von Aquatour alles, was nicht niet- und nagelfest war, bis die Polizei der Piraterie Einhalt gebot. Prozesse wurden geführt, Grundstücke zurückgekauft. Ein langwieriger Prozess. Fünfundzwanzig Jahre lang moderte das einst so ehrgeizige Bauprojekt vor sich hin. Vor zwei Jahren wurde es dann abgerissen, nachdem die Geisterstadt zur Touristenattraktion für Sprayer, Geocacher und Drohnenflieger geworden war. Ein paar Gebäude stehen noch, weil sie hochgradig asbestverseucht sind.«

Wir sind fast am Campingplatz.

»Auf jeden Fall ist der Bauleiter des D-Day-Lands interessiert an dem Gelände in Foucarville«, unterbreche ich Camilles Tirade. »Belanger nannte ihn gar ›etwas besessen‹.

Ob er der gleichen Geschichte auf der Spur ist wie wir? Oder gibt es da noch mehr?«

»Wir werden ihn fragen müssen. Aber nicht mehr heute.«

»Lass uns das morgen machen, falls er auf seiner Parzelle zu sehen ist. So ganz unverbindlich, von Camper zu Camper«, schlägt Friedrich vor.

»Morgen ist Flohmarkt in Bretteville«, wechselt Camille das Thema. »Da ist manchmal auch ein Aussteller mit vielen Militaria. Ich weiß allerdings nicht, ob der die hier irgendwo geborgen hat oder ob das nicht längst Repliken sind, die auf alt getrimmt wurden. Aber vielleicht bringt der euch, uns auf eine neue Spur.« Wir verabreden uns für den nächsten Vormittag.

Als wir an Parzelle 311 vorbeikommen, liegt sie im Dunkeln. Vom Holländer keine Spur.

In der Nacht hat es ordentlich gestürmt, der Bully hat mich in den Schlaf geschaukelt. Jetzt am Morgen ist der Tag frisch gewaschen, hell und licht. Regen, Salzwasser und Blütenstaub mischen sich und verleihen dem Sonntag ein individuelles Bukett.

Bretteville-sur-Ay, die Nachbargemeinde von Saint-Germain, ist ein Haufendorf, das sich rund um seine Kirche gruppiert. Aus allen Himmelsrichtungen strömen die Menschen in den Weiler, die halbe Manche scheint auf dem Weg zum Vide Grenier zu sein. Für diesen hat ein Landwirt seine Kuhweide geräumt und akkurat gemäht, nur vereinzelte Dungfladen erinnern daran, dass vor Kurzem auf dem Grünland wiedergekäut wurde. Rund fünfzig Marktbeschicker haben sich in drei Gassen aufgebaut. Da steht die Mutter, die die zu klein gewordene Kleidung ihrer Sprösslinge an die Frau bringen will. Der Werkzeugmacher gegenüber bietet hochmodernes Gerät feil, hat aber auch exotische Zangen, Hebel und Scheren im Angebot. Diese Reliquien sind mit einer feinen Rostschicht überzogen und erinnern an mittelalterliche Folterinstrumente.

Camille greift sich scherzhaft Friedrichs Zopf und nimmt eines der Schneideinstrumente. »Damit haben die Schäfer noch vor ein paar Jahren die Schafe geschoren auf dem Cotentin. Soll ich dir mal zeigen, wie das geht?«

Einer der Verkäufer am Stand erhebt sich aus seinem Monoblock-Sessel und humpelt auf uns zu. Er ist knorrig wie eine der Zypressen in Philippes Garten und ebenso krumm. Das Gesicht ist voller Falten, die Hände von Altersflecken übersät. Er trägt eine Baumwollweste, in der er fast versinkt. Einst muss er sehr groß und stattlich gewesen sein. »Kann ich Ihnen behilflich sein?«, fragt er.

»Oh, wir amüsieren uns nur ein bisschen«, lächelt Camille den Greis an. »Das ist wirklich eine sehr schöne Sammlung alter Werkzeuge. Vorher stammt sie?«

»Das ist alles von meinem Hof. Habe ich zu meiner aktiven Zeit als Landwirt noch genutzt. Doch jetzt bin ich alt. Meine Söhne, Enkel und Urenkel haben beschlossen, dass ich meine Scheunen räumen muss. Meinem Enkel gehören die modernen Maschinen und Werkzeuge, er ist sehr erfolgreich damit. Seine Idee war es, dass ich meinen alten Krempel an seinem Stand verkaufe. Darf ich mich Ihnen vorstellen, mein Name ist Georges Bisson.«

Er formt die Worte mit Bedacht, als traute er seiner Sprache nicht. Die Stimme ist leise, melodisch und kommt tief aus seinem Inneren. Sie erzählt von einem Sommertag auf dem Feld, Schwielen an den Händen, einem flüchtig hingehauchten Kuss. Sie klingt nach Calvados, Ricard und Gitanes, von denen eine erloschen in seinem Mundwinkel klebt. Seine Stimme schmeckt wie Blues und Boogie-Woogie.

»Sehr erfreut, Monsieur Bisson«, sagt Camille, die uns der Reihe nach präsentiert und auch Belmondo nicht vergisst. »Sie sind nicht hier aus der Gegend, ich habe Sie hier noch nie gesehen.«

»Das stimmt. Ich wohne in der Orne, grob gesagt zwischen Domfront und Bagnoles de l'Orne, in einem Waldgebiet. Ich weiß nicht, ob Ihnen der Wald von Andaines etwas sagt?«

»Flüchtig, aber dort gewesen bin ich noch nie. Gibt es da nicht einen riesigen Flohmarkt, auf dem Sie Ihre Schätze hätten verkaufen können?«

Der Alte lächelt. »Doch, den größten Flohmarkt in der Normandie. Das, was Sie hier sehen, sind die kümmerlichen Überreste meines Besitzes. Mein Enkel meinte, es sei eine gute Idee, die nächsten paar Wochen durch die Manche zu tingeln und an den Landungsstränden unser Glück zu versuchen. Da fahren wir anschließend hin. Wissen Sie«, er greift nach Camilles Hand, »ich bin fast hundert. In dieser Ecke hier war ich zuletzt als junger Bursche, bevor ich auf meinem Hof sesshaft wurde. Wir Alten, wir kennen das noch nicht so wie die heutige Jugend, ständig unterwegs und immer auf dem Sprung und ohne Zeit. Für mich ist dieser Ausflug schon ein Abenteuer, vielleicht mein letztes.«

»Hundert, sagen Sie? Das Alter sieht man Ihnen aber nicht an!« Friedrich ist wie immer etwas zu direkt.

»Danke, Monsieur. Aber selbst optimistischen Schätzungen zufolge habe ich den Großteil meines Lebens hinter mir. Von daher ist es schon richtig, dass mich meine Verwandtschaft zum Verkauf meines Besitzes nötigt. Man soll seine Dinge regeln, solange man das noch kann.«

Ich denke an Claudes Scheune. An Claude, der offensichtlich nichts mehr erledigen konnte, bevor ihm das Leben ein Pflegebett zuwies.

»Es hat uns sehr gefreut, Sie kennenzulernen.« Camille schenkt dem Landwirt ein Lächeln. »Bestimmt begegnen wir uns in der nächsten Zeit noch öfter. Wir sind gerne auf Flohmärkten unterwegs.«

Wir schlendern zwischen Büchern, Schallplatten, Blauglockenbäumen, Geschirr und Möbeln umher.

»Ah, Delphine«, strahlt Camille und läuft zielstrebig auf einen Stand zu. Die beiden Frauen begrüßen sich herzlich, die Schäferin macht uns bekannt: »Delphine ist unsere Kräuterhexe und wohnt in Fenouillière, nicht weit von hier. Sie baut Kräuter und Heilpflanzen an, sammelt über den Sommer zusätzlich unsere herrlichen Wildkräuter im Havre und in der Bocage und verarbeitet sie zu sensationellen Produkten.«

Delphine ist Anfang, Mitte vierzig, kräftig und energiegeladen. Sie drückt Friedrich und mir zwei hingehauchte Küsschen auf die Wange. Ihre blauen Augen strahlen uns herzlich an. Unterm Tisch kommt eine Hundenase hervorgekrochen, zaghaft erst, dann neugierig. »Trau dich, Hope«, ermuntert Delphine ihre grau melierte Border-Hündin. Bébel ist schockverliebt in die Blue-Merle-Schönheit und mir die Kräuterfrau äußerst sympathisch.

Eine junge Frau läuft schwer bepackt auf den Stand zu, während wir in lebhafte Gespräche über die Flora der Normandie vertieft sind. Sie wirft ihre Kostbarkeiten hinter Delphines Stand. »Das hat sich gelohnt, kannst du das für mich mitnehmen, Delphine?«

»Da werde ich heute aber noch viele Tees und Salben verkaufen müssen, Manon«, entgegnet die Angesprochene. »Meine Damen und Herren, ich präsentiere Ihnen: Manon, meine Ziehtochter und so etwas wie kleine Schwester. Meine liebste Nachbarin und Engel für viele Menschen hier auf dem Land, denn sie arbeitet als freie Krankenschwester und sorgt dafür, dass Wunden versorgt, Blut genommen und Spritzen verabreicht werden. Eine Heldin unserer Zeit. Und außerdem ist Manon Wahrsagerin.«

»Wer betreibt denn im 21. Jahrhundert noch Wahrsagerei? Ich dachte, dieser Zweig der Esoterik sei längst ausgestorben«, entfährt es mir.

»Madame, Sie tun mir unrecht«, wehrt sich Manon. »Das Wahrsagen ist ein ehrbarer Beruf, und das zweite Gesicht

wird in unserer Familie mütterlicherseits vererbt. Meine Urgroßmutter war eine sehr gefragte Wahrsagerin, selbst die
französischen Präsidenten holten ihren Rat ein.«

»Was für ein Humbug!« Ich verziehe das Gesicht.

»Urteilen Sie nicht so abwertend über Dinge, die Sie gar
nicht kennen. Es ist sogar wissenschaftlich nachgewiesen,
dass wir Menschen Zugriff auf unser zukünftiges Wissen haben, also hellsehen können.« Die junge Frau scheint von
meiner Ablehnung sichtlich getroffen. »Also im Prinzip
könnte das jeder. Das ist so ähnlich wie mit dem Wetter: Ein
Fischer oder Landwirt kann die Zeichen für einen Wetter-
umschwung lesen und sein Verhalten danach ausrichten.
Der Städter, oder allgemein der moderne Mensch, kann das
nicht oder nicht mehr. So ähnlich ist es mit dem Wahrsagen:
Die Zeichen sind für jeden sichtbar, doch die meisten Menschen haben die Fähigkeit verloren, sie zu erkennen. Außerdem hat Wahrsagung nichts mit Hokuspokus zu tun, nichts
mit Zaubersprüchen oder schwarzer Magie. Nach heutigen
Maßstäben sind wir nichts anderes als Lebensberater oder
Coaches. Und die haben in den modernen und unübersichtlichen Zeiten Hochkonjunktur. Eine gute Wahrsagerin muss
vor allem Empathie und Einfühlungsvermögen besitzen, sich
ganz auf ihr Gegenüber einlassen. Nur aus der Gegenwart
und der gesamten Persönlichkeit heraus kann sie die Zukunft erkennen und mögliche Handlungsweisen skizzieren.«

»Brigitte, eine Wahrsagerin ist doch genau das, was du
brauchst«, scherzt Camille. »Bei Manon bist du in guten
Händen.«

»Ich glaube an diesen ganzen Quatsch aber nicht.«

»Ich stimme Ihnen zu, dass es sehr viele Scharlatane gibt.
Deren einzige Gabe besteht darin, den Menschen das Geld
aus der Tasche zu ziehen. Diesbezüglich haben Sie recht.
Aber eine gute Wahrsagerin macht nichts anderes, als einen
Routenplan für Ihr Leben zu entwerfen. Sie liefert eine An-
weisung zum Handeln, wenn jemand orientierungslos ist.

Und das sind heute viele Menschen.« Sie ergreift meine Hand. »Sie übrigens auch.« Ein Zucken durchläuft die junge Frau, ein Krampf. »Sie haben den Schlüssel.« Ihr Gesicht ist aschfahl geworden, sie stößt meine Hand von sich und fährt zurück. »Das kann nicht sein«, murmelt sie. »Ich muss weiter«, wendet sie sich hastig ab und entschwindet schnell über die Wiese.

»Was war das denn?«, frage ich Delphine.

»Sie hat etwas gesehen«, kommentiert die Angesprochene, »sie hat wirklich das zweite Gesicht. Das ist kein Gerede und kein esoterischer Quatsch. Sie hat eine Gabe.«

»Ja, klar«, lache ich mein Unbehagen weg.

Wir drehen eine weitere Flohmarktrunde, ohne Aufschlussreiches zu entdecken. Der Händler mit den Devotionalien aus dem Krieg scheint nicht aufgebaut zu haben. Friedrich ersteht einige Calvados-Gläser mit Deckel, Camille alte Postkarten und ich für Belmondo einen Kauartikel, den er zur Feier des Tages über den Platz tragen darf. Wir verabschieden uns von Delphine, deren Herzlichkeit trotz des Disputes mit Manon ungebrochen ist.

»Wollt ihr nicht zum Kaffee vorbeikommen?«, lädt sie uns ein, und wir verabreden uns für die kommende Woche.

Zurück auf unserem Campingplatz, glänzt Parzelle 311 immer noch mit Leere, es ist keine Menschenseele zu sehen. Friedrich hat vom Markt in Valognes Fisch im Kühlschrank seines Luxuswohnmobils, den er grillt und zusammen mit Salat zum Abendessen serviert.

»Ich wäre ohne deine Kochkünste schon verhungert«, gestehe ich.

Camille pflichtet mir bei: »Dafür, dass du kein Normanne bist, machst du die Sache ganz ordentlich.«

Die Dämmerung zieht herauf, das Wochenende neigt sich dem Ende zu. Der Campingplatz versinkt allmählich im Schlaf. Gelächter und Gläserklingen verebben und machen dem durchdringenden Schrei der Schleiereule Platz. »Wer käme denn als Kofferdieb noch infrage, wenn es der Holländer nicht war?« Diese Frage lässt mir keine Ruhe. »Jemand, der in der Halle war, als wir ihn gemopst haben. Oder der uns hier auf dem Platz beobachtet hat.«

Für Friedrich ist der Fall klar. »Erinnert ihr euch, die Billardecke war blitzblank, und zu trinken gab es außerdem. Da wohnt jemand, wenn auch sicher nicht legal. Und der konnte uns beobachten, bis zum Camping verfolgen und den Koffer zurückstehlen. Wir sollten nochmals zu Claudes Haus fahren. Am besten sofort.«

Kapitel 8

Es ist stockfinster. Neumond. Nur die Milchstraße erstreckt sich über unseren Köpfen. Claudes Haus liegt verlassen da. »Hier ist keiner.« Friedrich setzt ein paar Schritte ins Finstere. »Niemand zu Hause.«

Da hören wir es, rhythmisch, kurz laut und hell, klack, klack, klack, klack, gefolgt von einem etwas dumpferen Klack und Rourrr. Der Billardtisch in der Halle wird bespielt.

»Ich liebe dieses Geräusch«, schwärmt Friedrich. »Zum Glück verursachen Billardkugeln keine Explosionen mehr wie vor 150 Jahren die Prototypen aus Kunststoff. Dann wäre Billard bis heute brandgefährlich.«

Wir haben das kleine Fenster erreicht. Klack, klack, klack, klack! Schnell wie Maschinengewehr sind die Geräusche der Billardkugeln jetzt.

»Putain de merde! *Verdammter Mist!*«

Vorsichtig werfen wir einen Blick hinein. Zwei junge Männer stehen am Billardtisch, trinken Bier aus schwarzen Dosen, ein Pizzakarton liegt auf dem Bartisch. Der größere von beiden nimmt sich ein Stück, stopft es sich, ohne zu kauen, in den Mund, spült mit Bier nach, rülpst, wischt die Hand an der Trainingshose mit den drei Streifen ab. Nimmt abermals einen Schluck und verschwindet aus unserem Blickwinkel. Die Tür der Halle quietscht vernehmlich.

Mist, was macht der da?

»Hallo? Wer sind Sie?« Unbemerkt hat sich der Große bis zu uns geschlichen. Camille bleibt cool: »Wir haben uns vor ein paar Tagen das Haus angeschaut und wollten noch mal nachschauen, ob es auch eine wirklich ruhige Lage hat.«

Er schnaubt verächtlich, streicht mit einer fahrigen Handbewegung die lockigen blonden Haare aus seinem Gesicht, baut sich drohend vor uns auf. »Mumpitz. Kommt mit!« Wir folgen ihm in die Halle. »Schau mal, Romain, wir haben unangemeldeten Besuch.«

Der Angesprochene schaut verdutzt hoch, seine fast schwarzen Augen schimmern vom Bier und Calvados. Auch er trägt Jogginghose und Sweatshirt und erweckt den Anschein, die Zivilisation in den letzten Tagen gemieden zu haben. Er ist deutlich kleiner und weniger kräftig als sein Kumpel, wirkt drahtig und agil.

»Seid ihr wegen des Schönen Igor hier?«, fragt er.

»Nein, eigentlich suchen wir unseren Koffer. Einen gelben Koffer mit rotem Kodak-Aufdruck, der aussieht, als wäre er aus lauter alten Filmdosen zusammengeschweißt. Er wurde uns letzte Nacht gestohlen.«

»Und den sucht ihr hier?«

»Er war ... eine Leihgabe.« Friedrich bleibt souverän. »Also, von hier. Wer ist der Schöne Igor?«

»Ihr seid nicht im Forum?«

»In welchem Forum?«

»Im internationalen Schatzsucherforum. Der russische Sondler Pawel hat da einen totalen Hype ausgelöst.« Camille schüttelt den Kopf. Der Mann, der sich Romain nennt, mustert uns misstrauisch. »Pawel ist ein Weltkriegsfreak. Also so einer von der extremen Sorte. Er ist rund um Moskau unterwegs gewesen und hat dort zunächst nach Waffen, Munition, persönlichen Sachen von Soldaten und manchmal auch menschlichen Überresten gegraben. Er war in Schützengräben, Unterständen, befestigten Abschnitten und Granattrichtern unterwegs. Sehr gefährlich.« Romain nimmt einen Schluck Bier, knüllt die Dose zusammen und wirft sie treffsicher in einen schwarzen Mülleimer. »Anschließend hat er sich auf die Gegend um Sankt Petersburg verlegt. Dort soll es neben Hinterlassenschaften aus dem Zweiten Weltkrieg auch einen legendären Goldschatz geben. Die Schatzsucher aus St. Petersburg suchen seit Jahrzehnten danach, konnten aber nie was finden. Pawel hat jetzt behauptet, der Schatz sei schon lange nicht mehr in Petersburg, sondern in der Normandie, er sei bereits vor dem Krieg nach Frankreich gekommen und von den deutschen Truppen in die Normandie verschleppt worden.«

»Was denn für ein Schatz?«, fragt Friedrich.

»So genau weiß das keiner, vielleicht hat es ihn nie wirklich gegeben. Aber die Geschichte geht so: Der Meisterdieb Grigorij Orlow soll zu Zeiten der Revolution in die Rote Armee eingetreten sein, hat dann aber im russischen Bürgerkrieg aufseiten der Weißen gekämpft. Nach dem Bürgerkrieg lungerte er zunächst in Petrograd herum, fand aber keine Arbeit. Wohl deshalb verlegte er sich aufs Stehlen. Er erbeutete Geld, Halsketten, Armbänder, Ohrringe, Ringe und andere Schmuckstücke.«

»Oh, ein russischer Lupin!«, entfährt es Camille.

»Ganz und gar nicht, Grischa war alles andere als ein Gentleman. Nicht wenigen seiner Opfer soll er hinterrücks die Kehle durchgeschnitten haben. Doch die GPU blieb nicht untätig, konnte ihn in seinem Versteck aufspüren und erschoss ihn. Zum Beweis, dass der fiese Räuber wirklich geschnappt und tot sei, wurde Orlow auf Anordnung der Behörden öffentlich ausgestellt. Das Volk defilierte vorbei, es war ein gesellschaftliches Ereignis. Zu identifizieren war der Leichnam trotzdem nicht. Selbst Freunde und Verwandte waren dazu nicht in der Lage, denn – dem Dieb war das Gesicht zerschossen worden. Deshalb ranken sich bis heute viele Legenden um den »Adler«. In Wirklichkeit habe er überlebt, sei ins Ausland geflohen, so das Gerücht. Andere Quellen sagen, er sei ein bezahlter Spitzel gewesen. Wollt ihr was trinken?«

Wir sagen nicht Nein, und Romain zaubert aus den Tiefen der Halle eine ungeöffnete Flasche Rotwein und drei saubere Gläser.

»Die russischen Schatzsucher glaubten Jahrzehnte, dass Grischas Beute noch in Petersburg sei. Irgendwo in geheimen unterirdischen Gängen, von denen es in der Stadt einige gibt. Gefunden haben sie indes nur Werkzeug und Waffen, aber kein Diebesgut. Pawel behauptete also vor ein paar Wochen im Forum, Orlow habe einen Komplizen gehabt, der sich 1923 mit einem Großteil der Beute nach Frankreich abgesetzt habe. Diesen Spießgesellen nennt er den ›Schönen Igor‹. Doch auch dem Schönen Igor war kein glückliches Leben beschieden, er soll in Frankreich in etliche krumme Geschäfte, Korruption und Betrug verwickelt gewesen sein. Angeblich hat er sich umgebracht, doch so genau weiß man das laut Pawel nicht. Und als wäre das nicht schon alles wirr genug, sei das Diebesgut vorher in die Hände mehrerer Anwälte in Paris gewechselt, um es in Sicherheit zu bringen. Bei der Besetzung von Paris durch die deutschen Truppen haben diese den zumeist jüdischen Advokaten den Schatz geraubt und ihn beim Vormarsch in die Normandie mitgenommen.«

»Und ist das real? Oder sind das Fake-News? Eine wilde Räuberpistole?« Mir klingt die gesamte Geschichte doch zu sehr an den Haaren herbeigezogen.

»Das weiß wirklich keiner, aber aus dem Schatzsucherforum dürften sich einige in die Normandie aufgemacht haben, um Grigorijs und Igors Goldschatz zu finden.«

»Und was macht ihr dann hier in Claudes Halle?«, bohrt Camille nach.

»Wir sind aus der Gegend, Maxime und ich. Claude ist so etwas wie der Sondel-Papst der Normandie, er hat über Jahrzehnte die Gegend mit Metalldetektoren abgesucht. Er ist unter uns regionalen Schatzsuchern sehr berühmt, und was er nicht über das, was da in der Erde der Normandie schlummert, weiß, das lohnt sich gar nicht zu wissen.« Romain öffnet eine weitere Büchse Bier, nimmt einen Schluck und wischt den feinen Schaum von den Lippen. »Oder vielmehr: was er wusste. Leider war er schon verstorben, als wir hier ankamen. Wir haben Claude noch zu Lebzeiten gekannt, er war wirklich einzigartig und so was wie Großvater oder Vater für uns. Wir haben ein bisschen in der Halle gesucht, aber keinen verwertbaren Hinweis auf den Schatz gefunden. Nur Claudes altes Wein- und Calvadoslager. Wäre schade, es verkommen zu lassen, Santé!« Romain grüßt uns mit seiner Bierdose, wir stoßen an. »Was ist das für eine Geschichte mit eurem Koffer?«

»Er wurde gestohlen, aus meinem Bus. Wir hatten ihn hier mitgenommen, weil er interessant aussah. Aber es waren nur alte Fotos drin. Um so erstaunlicher, dass ihn jemand hat mitgehen lassen.«

»Und wieso habt ihr in Claudes Halle einen Koffer entwendet?«

Camille fasst die wichtigsten Stichworte der letzten Tage kurz zusammen, ohne den beiden jungen Schatzsuchern zu viel zu verraten.

»Das könnte aber schon zusammenpassen«, rekapituliert Romain. »Möglicherweise wusste euer Mann aus den Dünen vom selben Schatz, und wir müssen ihn dort in Foucarville suchen.«

»Das haben wir schon gemacht, aber da ist nichts«, winkt Friedrich ab. »Gibt es etwas von Claudes Sammlung, das uns weiterbringen könnte?«

»Nicht wirklich«, erläutert Maxime, der sich bislang aufs Zuhören und Trinken beschränkt hat, »auch wenn das Ganze weit weniger chaotisch ist, als es auf den ersten Blick erscheint. Claude war kein Messi, er konnte nur nichts wegwerfen. Aber es ist alles fein säuberlich sortiert. Die Teile für den Citroën deux chevaux nehmen ein ganzes Regal ein, die für die Renault Quatrelle ein anderes. Alte Munition hat eine eigene Abteilung, genauso wie Geräte für die Holzbearbeitung. Und es gibt eine Gruselecke, gleich hier vorne. Da haben wir nicht weitergesucht.« Er verzieht die Mundwinkel spöttisch nach unten.

»Warum denn nicht?«

»Weil wir eine Urne gefunden haben. Also, eine für menschliche Asche. Voll. Die Sterbeurkunde liegt dabei, es handelt sich wohl um Claudes Mutter, die er unter all dem anderen Trödel gelagert hat.«

Camille lacht. »Ich habe einen Karton mit Schrumpfköpfen ergattert, als wir das letzte Mal hier waren. Er hatte also auch ein morbides Wesen, unser Claude.«

»In Deutschland hätte man einen solchen Chaoten sicher zum Schutz vor sich selbst und der Allgemeinheit in eine psychiatrische Klinik eingewiesen«, resümiert Friedrich. »Ich finde es gut, dass Frankreich augenscheinlich liberaler ist, und die Menschen nach ihrer Façon leben lässt.«

»Ihr Deutschen, ihr seid hoffnungslose Sozialromantiker«, lästert Romain. »Siebenmal habt ihr uns Franzosen überrannt und mit Krieg überzogen, weil wir der Erbfeind sind. Und doch liebt und verklärt ihr uns und habt ein völlig idealisiertes Bild von Land und Leuten. Ja, wir lieben euch auch.« Er nimmt Friedrich in den Arm, drückt ihn und schmatzt ihm rechts und links einen Kuss auf die Wange.

»Wir sind Genießer, Revoluzzer, immer locker, immer im Streik, immer mit einem Baguette unter dem Arm und einem Rotweinglas auf dem Tisch. Wir arbeiten, um zu leben, und nicht umgekehrt. Wir Männer sind galante Verführer und unsere Frauen schlank und schön wie Catherine Deneuve. Im Grunde sind alle Franzosen quasi ein Abziehbild eurer Klischees«, pflichtet Maxime seinem Kumpel bei. »Doch die Wirklichkeit hält euren Vorstellungen nicht stand, zumal sich Frankreich rasant verändert. Und mit der sprichwörtlichen Toleranz der Franzosen ist es auch nicht weit her, wenn ihr euch die Tagesordnungen der Zivilgerichte anschaut. Meine Landsleute zerren ihre Nachbarn liebend gerne vor den Kadi. Der Hahn Maurice wurde landesweit berühmt, weil er nicht mehr krähen durfte. Es gab einen Aufschrei und ein neues Gesetz, das das Landleben unter Schutz stellt.«

»So schlecht kann das Land nicht sein, das solchen Wein und solchen Calvados hervorbringt«, entgegnet Friedrich. »Und Begegnungen wie diese hier.« Er prostet den beiden jungen Franzosen zu und nimmt einen tiefen Schluck vom Roten. Bei mir macht sich langsam der Alkohol bemerkbar, und ich dränge zum Aufbruch.

»Wir werden sicherlich die Tage wieder vorbeikommen«, verabschiedet sich Friedrich, der sich an Bar und Billardtisch sehr wohlfühlt. »Sicherlich können wir eure Hilfe mit den Sonden noch gut brauchen.«

Camille fährt uns zurück zum Platz, etwas vorsichtiger, als wir es von ihr gewohnt sind. Wir schleichen zu Fuß zwischen Mobilhomes und Zelten zu unseren Fahrzeugen. Der Caravan auf Parzelle 311 ist nach wie vor unberührt und unbewohnt. Auch der Security, den wir unterwegs treffen, hat seit Tagen niemanden dort gesehen. »Be quiet«, gibt er uns als Mahnung mit auf den Weg.

»Er könnte mit dem Auto unterwegs sein und etwas erledigen«, grübelt Friedrich. »Allerdings habe ich auf dem Platz noch nie ein Auto stehen sehen, er hat es vielleicht draußen auf dem Parkplatz abgestellt.«

»Lass uns das morgen klären.« Mein Pritschenbett im VW-Bus ruft laut und vernehmlich nach mir. Ich schlafe traumlos und fest.

Bébel kläfft mich wach, der Morgen ist jung, die Sonne nicht aufgegangen. Schlaftrunken öffne ich die Schiebetür und hoffe, dass Friedrich nicht vom lauten »Zong« wach wird. Mit dem Sound hat Volkswagen ganze Arbeit geleistet, er ist unverkennbar und über Generationen von Bullis gleich geblieben. Ein VW-Bus ist der Albtraum des Campingnachbarn. Daran ändert auch der Nachrüstsatz, den ich im Internet erstanden habe, nur wenig.

Belmondo rennt wie der Blitz die Zufahrt hinunter auf Parzelle 311. Steht am Wohnwagen und bellt und knurrt. Ich rufe meinen Collie, der schimpfend und widerwillig gehorcht. Wackelt der Wohnwagen etwa? Oder bilde ich mir das in der Dämmerung nur ein?

»Lass uns noch eine Runde schlafen«, fordere ich meinen Hund auf, der immer noch knurrt und zur Holländer-Parzelle schaut, als hätte er einen Geist gesehen. »Zong«, Tür zu.

Eine halbe Stunde später schlägt Belmondo erneut an, genau in dem Moment, in dem ich wieder glücklich in Morpheus Armen gelandet bin. Ich blinzele durch meine Vorhänge hindurch. Auf Parzelle 311 scheint sich etwas zu bewegen.

»Pst!«

Im Zeitlupentempo öffne ich die Schiebetür, klemme mich nahezu geräuschlos durch einen schmalen Spalt und schleiche in der Deckung des Condor Richtung 311. Vor dem Caravan steht eine Frau im Parka. Ihre langen blonden Haare hat sie zu einem nachlässigen Zopf gebunden. Sie flüstert etwas, wirkt nervös. In diesem Moment bewegt sich die Tür des Wohnwagens, und ein Mann kommt heraus. Es ist nicht der Mönch. Der da steht, ist deutlich größer und wesentlich jünger. Er hat rote, lockige Haare, die wild sein Gesicht umrahmen, helle, sommersprossige Haut. Er ist schlaksig und wirkt ungelenk, als er aus dem Wohnwagen mehr schwankt als steigt und die Tür verschließt. Verunsichert blickt sich die Blonde um, sagt etwas zu ihrem Begleiter. Behände verlassen die beiden den Ort des Geschehens und streben Richtung Pforte. Ich setze ihnen nach, doch sie ziehen das Tempo deutlich an, joggen zunächst und rennen dann los. Jedes meiner überflüssigen Pfunde rund um Bauch, Beine, Po schmerzt beim Versuch, mit ihnen Schritt zu halten. Sie sind weg! Ich hechle weiter Richtung Ausgang, sehe aber nur noch einen alten dunkelblauen Kombi vom Besucherpark-platz fahren. Das rechte Bremslicht ist defekt, das erkenne ich. Keuchend stehe ich am Eingang des Campingplatzes, meine Lungen schmerzen. Wo ist der Security, wenn man ihn braucht?

Kleinlaut krieche ich zurück zum Bus, wecke Friedrich und berichte ihm von den ungebetenen Besuchern. »Was mögen die da nur gesucht haben?«

»Am besten schauen wir nach, bevor der Platz erwacht.«

»Und was, wenn sie den Holländer nur nach Hause ins Bett gebracht haben und wir den dann jetzt wecken?« In meiner Fantasie fliegt eine blau-gelbe Müslischüssel an meinem Kopf vorbei.

»Dann sagen wir, dass wir Fremde gesehen haben, die um seinen Wohnwagen herumschleichen und uns Sorgen gemacht haben. Camper passen aufeinander auf.« Für Friedrich ist der Fall klar.

Der Caravan ist nicht verschlossen. Das Bett ist leer. Nichts deutet auf die Anwesenheit eines Menschen hin. Kein dreckiges Geschirr, keine ungewaschenen Klamotten, keine zerwühlte Decke. Unser Holländer scheint länger ausgeflogen oder zumindest sehr ordentlich zu sein.

»Lass uns nach dem Koffer suchen, wenn wir schon da sind.« Doch der bleibt unauffindbar. »Hast du gesehen, ob die beiden etwas mitgenommen haben?«

»Es war fast noch dunkel!«

In einer Schublade liegt eine Kladde mit allerlei Schriftverkehr, Bauplänen, Skizzen. Manche Schriftstücke sind mit »Sur les pas des héros« beschriftet. Ich ziehe mein Smartphone aus der Jackentasche und fotografiere alles säuberlich ab.

»Hier ist noch mehr.« Friedrich fördert weitere Skizzen zutage. Sie sind deutlich älteren Datums. »Continental Central Enclosure No 19« ist auf einem handgemalten Plan zu lesen. Wir finden ein Theater, eine Kapelle, ein Hospital, einen Shop, ein Baseball Field, einen Garten. Unten in der Mitte sind viele kleine quadratische Gebäude eingezeichnet »2029 th POW O. H. Det.« sind sie beschriftet. Hinweise gibt es auf die »Area C« im Norden und »Area A« im Süden. Richtung Westen führt eine größere Straße, die Stadium Road. Auch eine Eisenbahnlinie ist verzeichnet. Säuberlich banne ich diese und weitere Skizzen auf die Speicherkarte meines Smartphones.

Wir packen alle Funde in die Schubladen zurück, verschließen den Caravan.

»Wir werden wohl nie herausfinden, was unser Pärchen gesucht haben mag, es sei denn, der rechtmäßige Besitzer taucht wieder auf.« Ich lasse mich auf einen von Friedrichs Luxus-Campingstühlen fallen. »Es ist ganz schön entmutigend, wir sind keinen Schritt weitergekommen.«

Frische Rühreier und ein Kaffee, in dem der Löffel stehen bleibt, vertreiben kurzfristig den Frust vom Morgen.

»Lass uns mit dem Studium unserer Unterlagen weitermachen«, schlägt Friedrich nach dem Frühstück vor. »Das ist das Sinnvollste, was wir im Moment tun können: herausfinden, wer der Tote in den Dünen ist.«

Ich nehme mir die Kopien eines der Büchlein vor. Der Bleistift auf den ersten Seiten muss stumpf gewesen sein, die Buchstaben sind kaum voneinander zu unterscheiden. Ich stelle ihn mir vor, den unbekannten Soldaten, wie er in der Ecke des Continental Enclosure in einer Baracke sitzt und versucht, seine Erinnerungen aufzuschreiben. Nachts auf einer Pritsche liegt, eine zu dünne Decke um sich gewickelt und an seine Germaine denkt.

»Warum wohl hat er seine Aufzeichnungen aus dem Lager rausgeschafft?«, grüble ich. »Ist das nicht völlig widersinnig, wenn ich nur zu einem Einsatz gehe, meine Aufzeichnungen mitzunehmen?«

»Vielleicht wollte er doch türmen? Oder seine Tagebücher in Sicherheit bringen, weil er seinen Kameraden nicht über den Weg traute und sie ein Geheimnis enthalten?«

»Aber den Schatz hat er dort gelassen?«

»Den konnte er vielleicht nicht unbemerkt nach draußen schmuggeln.«

»Merkwürdig bleibt es aber doch.«

Ich kämpfe mich durch das Tagebuch.

»Wir waren nur noch ein kleiner Trupp von achtzehn Mann. Um uns herum tobte das Inferno. Wir hörten, dass Saint-Lô, das wir ursprünglich als Ziel angepeilt hatten, von den Alliierten eingenommen worden war und völlig zerstört wurde. Sogar der Flusslauf der Vire habe sich verändert, wurde uns berichtet. Das Wasser fließe zwischen den Ruinen eines einst prosperierenden Stadtteils hindurch. Alle Einwohner der Stadt seien geflüchtet – oder tot. Wir wussten nicht wohin – das Chaos und die Schlacht schienen überall zu sein. Wir fanden Leichen entlang einer beschossenen Straße, eine einzige blutige Masse von Beinen, Armen und Köpfen, verbrannten Leibern. Wir wussten nicht wohin, die Kommunikation war völlig zusammengebrochen. Wir entschlossen uns, nach Westen zu wandern, in der Hoffnung, dass die Front da schon durch wäre. Wir kamen durch entlaubte Wälder und völlig zerstörte Dörfer. Das getötete Vieh lag auf dem üppigen Weideland der Normandie und verweste unter der Sommersonne. Der Gestank nahm uns oft den Atem.

Wir versuchten, allen Menschen aus dem Weg zu gehen. Den Wehrmachtstruppen, weil sie uns für Deserteure halten könnten. Den Alliierten, weil wir fürchteten, sofort erschossen zu werden. Den Franzosen, weil wir ihre Verzweiflung, ihre Wut und ihren Hass erlebt hatten. Meist drückten wir uns im Schutz der Nacht vorsichtig weiter. In der Nähe von Lessay fanden wir eine halbwegs intakte Feldscheune in einem Heideland. Trotz Hochsommer war es morastig hier, aber wir hatten unsere Ruhe. Das Dach war undicht, der Vollmond beleuchtete unser Lager. Von umliegenden Feldern holten wir, was essbar schien, im Nachbarort molken wir heimlich die Kühe eines anscheinend verlassenen Hofes.

Auf den ersten Blick schien die Front weit, doch wir hörten das Grollen der Schlacht aus allen Richtungen. Es war noch nicht vorbei. Noch lange nicht.«

»Das klingt immer ganz schön nüchtern, wie er das aufschreibt. Und dabei ist es unvorstellbar grausam und schrecklich.« Mich bedrücken die Aufzeichnungen unseres unbekannten Toten.

»Viele Soldaten wurden schrecklich traumatisiert in diesem Krieg, die der Alliierten, die der Russen und auch der Deutschen. Gesprochen wurde darüber nie. Jedenfalls nicht in unserer Familie.« Friedrich streichelt gedankenverloren Bébels Kopf. »Mein Vater wurde an der Ostfront schwer verwundet. Doch davon erzählt hat er nichts. Dass er im Krieg war und sogar ein Parteibuch hatte, das wurde nie thematisiert. Doch die Albträume, die haben ihn den Rest seines Lebens verfolgt. Ich hörte ihn oft nachts schreien vor Angst.«

»Hast du je herausgefunden, was ihn geplagt hat?«

»Nein, das hat er mit ins Grab genommen.«

»So wie unser Unbekannter hier alles mit in sein Dünengrab genommen hat. Ich wünschte, wir könnten das große Geheimnis seines Todes entschlüsseln.«

Kapitel 9

»Entschuldigen Sie, kenne ich Sie nicht irgendwoher?«

Léon Belanger hat sich unbemerkt zu uns gesellt. Ich mache ihn und Friedrich miteinander bekannt. »Was führt Sie denn hierher?«

»Ich suche meinen Begleiter. Das da vorne ist sein Wohnwagen, aber er ist nicht da. Wir hätten heute früh einen Termin beim Bürgermeister von Carentan gehabt, aber er ist nicht aufgetaucht. An sein Handy geht er auch nicht.«

»Wir haben ihn seit Tagen nicht gesehen, Monsieur. Nur heute Morgen, da waren im Wohnwagen zwei Fremde.« Unbehagen breitet sich in mir aus. »Vielleicht sollten wir besser zur Gendarmerie gehen?«

Das Polizeigebäude in Lessay scheint verlassen, das Tor ist zu. Auf unser Klingeln meldet sich nur eine Bandansage. »Bitte gedulden Sie sich.«

Wir gedulden uns bis zu dem zweiten, dritten und vierten Schellen. Nach dem fünften kommt endlich Lieutenant Desquiret und sperrt das Türchen auf. »Désolé, ich bin alleine, und heute ist die Hölle los.«

Am Tresen im Eingangsbereich stehen fünf Menschen, sie diskutieren lautstark, und alle reden gleichzeitig, zwischendrin klingelt das Telefon. Aus den Tiefen des Gebäudes klingt eine Stimme zu uns: »Das Ende der Welt ist nahe!«

Desquiret rollt mit den Augen. »Den Verrückten haben die Kollegen von der Nachtschicht auf der Route Touristique eingesammelt, nur mit einem Lendenschurz bekleidet. Keine

Ahnung, was der genommen hat, aber er sitzt jetzt in unserer Ausnüchterungszelle.« Der Lieutenant schubst uns in sein Büro. »Bitte nehmen Sie Platz, ich muss zumindest erst diesen Verkehrsunfall loswerden.«

Belanger zwängt sich auf einen der Cocktailstühle, trommelt nervös auf der Lehne herum, rupft am hervorquellenden Schaumstoff. Rastlos inspiziert er den kleinen Raum.

Nach einer gefühlten Ewigkeit kommt der Lieutenant zurück und hört sich unsere Geschichte an. Öffnet ein Formular an seinem PC, fängt an zu tippen. »Wie schreibt man den Namen? Van der Horst? Und Bart ist der Vorname?« Mit zwei Fingern hämmert er die Buchstaben in die Tastatur. »Wohnort?«

»Beethovenstraat in Amsterdam-Zuidas.«

Lieutenant Desquiret pfeift durch die Zähne. »Nicht die schlechteste Adresse.«

»Sehr teuer«, pflichtet Léon ihm bei, »er hat sich mehrmals über die horrenden Mietpreise beschwert.«

»Kennen Sie seinen Familienstand?«

»Unverheiratet. Ob er einen Partner oder eine Partnerin hat, weiß ich nicht«, gibt Belanger Auskunft.

»Können Sie mir etwas über den Arbeitgeber sagen?«

»Bart ist angestellt bei der Nogren Capital Groupe, einer internationalen Gesellschaft mit Hauptsitz in Luxemburg. Er ist beim Amsterdamer Büro beschäftigt, das ein Projekt eines Freizeitparks in der Normandie entwickeln soll. Kurz gesagt geht es um einen Geschichtspark zum Thema D-Day.«

»Davon habe ich schon gelesen«, nickt Desquiret.

»Das niederländische Büro ist auch mein Auftraggeber, ich bin sozusagen für das künstlerische Konzept zuständig, bin aber auf Honorarbasis eingestellt, jedenfalls vorläufig.«

»Haben Sie ein Foto des Gesuchten?«, fragt Desquiret.

»Nur einen Schnappschuss auf dem Smartphone.«

»Das reicht mir, können Sie es an diese Adresse mailen?«
Er schiebt Belanger eine Visitenkarte rüber. »Wann haben
Sie ihn das letzte Mal gesehen?«

»Freitag. Aber wir waren heute verabredet, er ist nicht
zum Termin erschienen.« Desquiret blickt konzentriert auf
den Schirm.

»Wissen Sie, was er für ein Fahrzeug fährt?«

»Zu unseren Terminen kam er auf einer Enduro, leider
habe ich mir das Kennzeichen nicht gemerkt. Er muss aber
auch noch über ein Zugfahrzeug verfügen, mit der Crossma-
schine kann er keinen Wohnwagen schleppen«, führt Léon
aus.

»Wir werden auf jeden Fall eine Suchmeldung an alle Einheiten rausgeben«, verkündet Desquiret.

Léon Belanger hinterlässt Personalien und Hoteladresse,
erhebt sich hektisch aus dem Cocktailsessel. »Ich brauche
dringend frische Luft«, gesteht er, »ich warte draußen auf
Sie.«

Desquiret ist irritiert. »Gibt es noch mehr?«

»Auf der Parzelle des Vermissten war heute früh auch ein
fremdes Pärchen«, gebe ich inklusive einer vagen Personenbeschreibung zu Protokoll.

»Sie bringen ganz schön Unruhe in unsere beschauliche
Gegend«, tadelt mich Desquiret.

»Das war nicht meine Absicht«, entschuldige ich mich.
»Eigentlich wollte ich nur zur Ruhe kommen und schon
längst nicht mehr hier sein. Gibt es etwas Neues von unserem Fund?«

»Leider nein.« Desquiret schüttelt den Kopf. »Das kann
dauern. Sagte ich ja schon.«

Das Telefon klingelt immer noch oder schon wieder, und
die nächsten Klienten für den Lieutenant stehen vorm Tor.

»Ich fahre dann noch mal nach Foucarville«, verabschiedet sich Belanger. »Vielleicht hat Bart doch einen Schatz gefunden und darüber die Zeit vergessen.«

Friedrich und ich kehren zum Campingplatz zurück. »Wir könnten versuchen, mit Belmondo zu trailen.«

»Bitte was?«

»Ich habe mit Belmondo in Deutschland Mantrailing gemacht. Wir könnten versuchen, den Holländer zu trailen, und so rausfinden, wo er abgeblieben ist.«

Es ist eine irrwitzige Idee. Die Spur ist mehrere Tage alt, Tausende von Campern und Ausflüglern sind da drübergetrampelt, der normannische Wind hat jeden Individualgeruch in alle Himmelsrichtungen verteilt. Und ich war zwar mit Belmondo zum Trailen, aber bis zur Einsatzreife haben wir es nie gebracht, auch, weil ich ein Prüfungsversager bin und mich zu entsprechenden Abnahmen gar nicht erst angemeldet habe. Sehr zu Pauls Leidwesen, dessen Herz für die Rotkreuz-Rettungshundestaffel schlägt.

»Wie funktioniert das?« Friedrichs Interesse ist geweckt.

»Der Hund folgt einer Individualspur. Dein Geruch ist so einzigartig wie dein Fingerabdruck. Und die Nase des Hundes so genial, dass sie deinen Duft unter allen anderen herausfiltert. Der Hund riecht, wenn du dich irgendwo länger aufgehalten hast, und kann unterscheiden, ob die rechte oder die linke Spur jünger ist. Mantrailing wird in Deutschland oft benutzt, um vermisste Personen wiederzufinden, zum Beispiel demente Menschen, die aus einem Altenheim abgängig sind. Allerdings ...«, ich blicke zu meinem Hund, »... sind Bébel und ich nur kleine Stümper, wir haben das nur hobbymäßig gemacht, und ohne Trainer an meiner Seite verlaufen wir uns wahrscheinlich hoffnungslos. Wir bräuchten einen Profi, um wirklich Erfolg zu haben.«

»Könnt ihr denn viel falsch machen?«

»Nein, eigentlich nicht. Das Schlimmste, was passieren kann, ist, dass wir desorientiert durch die Plage laufen.«

»Dann lass es uns probieren. Was brauchst du dazu?«

»Geschirr, Leine und einen Geruchsträger. Also ein Kleidungsstück von unserem Holländer. Würdest du noch mal für mich in den Wohnwagen einbrechen? Ein Shirt, Socken, irgendwas. Nur gebraucht sollte es sein.«

Eine Viertelstunde später sind wir startklar, in einem Schrank des Caravans hat Friedrich eine Plastiktüte mit getragenen Kleidungsstücken gefunden. »Und ein Smartphone liegt in einer Schublade, aber es ist leer.«

Ich schnalle Belmondo ins Geschirr, lasse ihn am Klamottensack schnüffeln und gebe ihm das Kommando »Trail«.

Bébel geht sofort auf die Spur, hängt sich in sein Harness und strebt dem Ausgang zu. Mit hohem Tempo flitzen wir an der Rezeption vorbei, Friedrich im Schlepptau. Wir überqueren die Straße, und Belmondo sucht gewissenhaft den Besucherparkplatz ab, zeigt einen weißen, verbeulten Lieferwagen an. XS-743-M steht auf dem niederländischen Kennzeichen. Bingo!

»Immerhin, wir scheinen sein Auto gefunden zu haben.« Friedrich macht ein Foto mit dem Smartphone und schickt es zusammen mit einer Notiz an Desquiret.

Ich versuche, meinen Hund zum Weitersuchen zu bewegen, halte ihm erneut die feinen Düfte holländischer Männlichkeit unter die Nase. Es dauert ein bisschen, dann hat Belmondo verstanden und sprintet wieder los. Mein Border zieht mich die Straße entlang, biegt rechts ab auf die Hauptstraße Richtung Meer. Nimmt links die Strecke zum Plage Naturiste, dreht eine Ehrenrunde an Philippes Haus vorbei. Einige Passanten blicken uns verwundert nach, manche lachen, weil der kleine Hund wie ein Bekloppter zieht. Und Frauchen so gar nichts anderes macht, als brav hinterherzurennen.

Auf einer großen Kreuzung zögert Belmondo. Linker Hand ist in einem ehemaligen Holz-Klohäuschen eine kleine Bibliothek installiert, ein paar Menschen blättern in den Büchern, die jeder ausleihen darf. Eine Familie hat sich auf der Picknick-Gruppe niedergelassen, der Pastis steht auf dem Tisch.

Belmondo hebt den Kopf, schnüffelt in die Luft, und wahrscheinlich steigt ihm die Witterung von frisch Gegrilltem in die Nase. Er stellt sich auf die Hinterläufe und hüpft wie ein Känguru über die Kreuzung. Er hat offensichtlich kein Interesse mehr am Arbeiten, das Leben als Gesamtes ist interessanter.

Mit einem lauten Gekreische bricht ein feuerrotes Monster durch eine Hecke. Der Kater buckelt vor Belmondo, faucht und gibt ihm eindeutig zu verstehen, dass es an diesem Punkt nicht weitergeht. Er ist hier König der Straße, mit Anspruch auf die Weltherrschaft. Belmondo fällt in Hütestellung und fixiert seinen Konkurrenten, der sich keinen Millimeter von der Fahrbahn bewegt. »Weiter! Arbeiten!«, weise ich Belmondo zurecht, doch der ist völlig in eine andere Welt abgetaucht. Endlich ist Friedrich zur Stelle und verscheucht das renitente Katzentier, das unter lautem Protest in einem der Gärten verschwindet. Mein Border hängt kreischend in der Leine. »Fertig!«, raune ich ihn an.

Wir sammeln uns, laufen ein Stück die Spur zurück, und ich setze Belmondo erneut auf den Trail des Holländers – falls es noch seine Spur ist und nicht die eines Ungeheuers aus der Vorhölle.

Etwas unkonzentriert arbeitet Bébel die Kreuzung aus. Bleibt für einen Moment an der Spur des roten Teufels hängen und senkt dann die Schnauze, trabt weiter Richtung Plage Naturiste. Es läuft wieder.

Wir verlassen die Siedlung Plage, nur noch vereinzelt sind Häuser zu sehen. Tiefer und tiefer arbeitet sich Belmondo Richtung Dünen vor, rennt zielstrebig die Schotterpiste entlang. Schließlich stehen wir auf unserer Grabdüne, mitten in den schwarz-gelben Flatterbändern. Belmondo schnüffelt rechts und links, dreht sich in einem Geruchspool und strebt Richtung Havre. Dort ist Ebbe.

Behände stürzen wir uns die Düne hinab, Bébel rennt und nimmt Kurs auf den Ay, ich hinterher. Wir passieren eine

Schicht aus Algen, Muscheln und kleinen Steinen. Belmondo stoppt im nassen Sand und zeigt deutlich: Hier ist nichts mehr.

»Was ist los?« Friedrich hat uns erneut eingeholt.

»Er hat ihn verloren. Hier ist die Spur zu Ende.« Wo mehrmals die Flut drübergegangen ist, kann mein Hund nichts mehr riechen.

Ich belohne meinen Collie, lobe ihn überschwänglich. Noch nie ist er einen so langen Trail gelaufen.

Wir informieren Desquiret, der uns bestätigt, dass das Fahrzeug auf dem Parkplatz auf Bart van der Horst zugelassen ist.

»Ich werde einen Trupp zusammenstellen und dann morgen bei Ebbe die Bucht absuchen lassen«, teilt uns Lieutenant Desquiret mit. »Der Havre ist nicht so harmlos, wie er aussieht, es sind schon öfter Menschen bei den hohen Fluten ums Leben gekommen. Aus purem Leichtsinn.«

Die Dämmerung kriecht zusammen mit der auflaufenden Flut über den Sand. »Lass uns am Strand zurücklaufen«, schlage ich vor, »das ist kürzer als über die Straße.«

Wir genießen die unendliche Weite, Belmondo hüpft selig durch Priele und die heranrollenden Wellen und bekommt das Grinsen kaum mehr aus dem Border-Gesicht.

Einen Kilometer am Strand, und alles ist vergessen. Der Holländer im Havre, die Einbrecher vom Morgen, meine ungewisse Zukunft sowieso. Am Hauptstrand setzen wir uns auf die Bank neben der Seenotrettung und warten, bis die Sonne versinkt. Rings um uns stehen einige Urlauber und genießen das Naturschauspiel, so mancher zückt sein Smartphone, andere halten sich eng umschlungen. »Ich habe am Freitag vergessen, auf dem Markt Calvados mitzunehmen und brauche jetzt neuen«, zerstört Friedrich jeglichen Anflug abendlicher Romantik. »Ich fahre morgen auf den Markt nach Portbail. Kommst du mit? Da Ebbe erst am Nachmittag ist, versäumen wir nichts von der Suchaktion.«

Das kleine Küstenstädtchen empfängt uns am Vormittag mit geschäftigem Treiben. Wir finden etwas außerhalb des Ortskerns einen großen Schotterplatz, auf dem viele Wohnmobile stehen, und parken Friedrichs Kreuzfahrtschiff der Landstraße. Babylonisches Sprachgewirr hängt über der Szene mit französischen, niederländischen, spanischen, italienischen und deutschen Wohnmobilisten. Nebenan auf einer Wiese hat sich eine Familie Gens du Voyage, des fahrenden Volks, ausgebreitet. Ihre Doppelachser-Wohnwagen glänzen in der Sonne, Kinder planschen im Pool, eine Waschmaschine läuft und Wäsche trocknet im Wind.

Wir drängeln uns mit anderen Menschen durch die Gassen des Marktes, vorbei an Gemüse und Obst, Kurz- und Haushaltswaren, bis Friedrich einen Calvados-Stand ausmacht. »Madame, Monsieur, Sie müssen probieren.« Der Brenner schenkt uns zwei Gläser mit der bernsteinfarbenen Flüssigkeit ein. »Oder für Madame eher einen Pommeau?«

Ich winke ab und stecke meine Nase in das Noising-Glas.

»Der Calvados ist mehr als nur ein Schnaps. Er ist das Wasser des Lebens, ursprünglich hieß er Eau de Vie de Sydre und stammt hier von der Halbinsel Cotentin«, erklärt uns der Herr über Cidre und Calvados. »Ein junger Adliger war es, der sich in der Kunst des Destillierens übte und schließlich ein königlich verbrieftes Brennrecht erhielt. Sozusagen die erste urkundliche Erwähnung. Ein wahrer Pionier war er trotzdem nicht: Schon die Gallier der Normandie und Bretagne haben einen vergleichbaren Apfelschnaps hergestellt.«

»Den berühmten Zaubertrank?«

»Wer weiß! Alle meine Kunden würden das sofort bejahen«, antwortet der Calvadosbrenner. »Auf jeden Fall ist der Apfel der Normandie magisch, der ganze Duft von Meer, Weiden und Wald konzentriert sich darin. Am intensivsten natürlich im Calvados.«

Wir geben uns dem Duft und Geschmack hin, Friedrich ersteht einige Flaschen. »Kennen Sie die?« Er hält Susans Foto dem Verkäufer unter die Nase.

Der mustert das Foto eindringlich. »Sie sieht aus wie die junge Frau, die hier in Portbail auf dem Töpfermarkt ihre Werke verkauft. Aber ... das Foto ist alt, Monsieur?«

Friedrich nickt. »Ganz schön alt. Die Dame auf dem Foto ist etwas jünger als ich, dürfte also deutlich älter als auf dem Fotos aussehen.«

»Schade, dann ist sie es nicht. Die, die ich meine – der Name ist mir leider entfallen –, ist so um die dreißig. Aber vielleicht gehen Sie selbst nachschauen. Der Töpfermarkt ist in der Kirche in drei Wochen.«

»Das werden wir auf jeden Fall machen. Vielen Dank für den Hinweis, Monsieur!«

Friedrichs Gang ist deutlich beschwingter geworden, als wir Richtung Wohnmobil zurückwandern, was nicht nur der Kostprobe zuzuschreiben ist. Meine Hinweise, dass es sich unmöglich um Susan handeln könne, vermögen seine exzellente Laune nicht zu trüben. »Eine Wurst, die muss jetzt noch sein, ich lade dich ein«, witzelt er und kommt kurz darauf mit zwei in ein Baguette geklemmten Bratwürsten wieder, die nahezu unwiderstehlich duften.

Belmondo läuft das Wasser in der Schnauze zusammen, er schleckt sich genießerisch über die Nase. Wir finden einen Platz auf einem Bänkchen neben der Kirche, versinken im Wurstgeschmack und schauen dem Wasser beim Einströmen in den Havre zu. Auf der Brücke, die an die Plage führt, herrscht ein Kommen und Gehen. Menschen pilgern zum Markt oder schleppen ihre Beute zurück zum Fahrzeug, Autos drängeln sich an den Menschentrauben vorbei. Bébel erhascht ein Stück Brot mit einem Zipfel Wurst.

»Der bettelt aber ganz schön dreist«, sagt jemand auf Deutsch.

Ich blicke auf. Vor uns steht ein Pärchen, nicht mehr ganz jung. Er kann sicher morgens schon sehen, wer mittags zum Essen kommt, ist über zwei Meter groß, von kräftiger Statur. Bekleidet ist er mit einer Latzhose, deren Grundfarbe unter den verschiedenen Farbschichten kaum noch auszumachen ist. Sie ist mehr als drei Kopf kleiner, ihre roten Haare können sich im Wind nicht für eine Richtung entscheiden und tanzen auf und ab. Auch ihre Kleidung könnte als Kunstobjekt des Malers Jackson Pollock durchgehen.

Friedrich ist erfreut. »Oh, Sie sprechen Deutsch, das ist aber schön«, strahlt er.

»Ja, wir sind in die Normandie ausgewandert, wir haben in der Nähe, in Saint-Rémy-des-Landes, einen alten Manoir gekauft. Den bauen wir derzeit gerade um, wie Sie sicher unschwer erkennen können«, erläutert die Frau. »Machen Sie Urlaub hier?«

»Ja, beziehungsweise auch nicht.« Friedrich erhebt sich, stellt uns vor, schüttelt die Hände des Pärchens, das Melanie und Lars heißt. »Ich suche eine alte Freundin, die ich seit einer Ewigkeit nicht gesehen habe.« Er kramt Susans Fotos aus der Tasche und hält sie den normannischen Neubürgern unter die Nase. »Kennen Sie sie? Ich meine, so unter Auswanderern weiß man doch sicher voneinander.«

Er ist so peinlich! Am liebsten würde ich im Erdboden versinken!

»Sie müssen meinen Bekannten schon entschuldigen«, beeile ich mich zu sagen. »Er ist sozusagen der Labrador unter den Urlaubern. Völlig distanzlos, jederzeit bereit, allen Fremden um den Hals zu fallen und sie abzuknutschen. Und für gutes Essen lässt er alles stehen und liegen.«

Lars lacht. »Und für guten Calvados.« Er zeigt auf die Tüte mit Friedrichs Marktbeute. »Aber das macht doch nichts. Mit diesen Eigenschaften fällt er in Frankreich kaum auf.« Er inspiziert Susans Konterfei ausgiebig. »Nein, tut mir leid. Wobei wir nicht allzu viele Auswanderer kennen. Wir kommen zwar schon einige Jahre zum Urlaubmachen in die Gegend, aber viele Bekannte haben wir noch nicht. Wir haben erst vor Kurzem gekauft und sind noch ganz am Anfang.«

Seine Frau ergänzt: »Die meiste Zeit arbeiten wir. Das Herrenhaus ist in einem verwunschenen Zustand, sozusagen im Dornröschenschlaf. Die ehemaligen Ställe sollen Ferienwohnungen werden. Da hat der Vorbesitzer schon mal angefangen, manches ist sogar fertig geworden, bevor ihm das Geld ausgegangen ist. Wir wollen Wohneinheiten für Urlauber daraus machen, für Urlauber wie Sie, mit Hund. Und sind Sie sicher, dass Ihr Border Collie nicht auch ein Labbi ist?«

Belmondo hat sich ergeben zu Lars Füßen geschmissen. Ich sollte ihn Friedrich schenken, charakterlich harmonieren sie perfekt.

»Neben den Ferienhäusern und einem Naturcampingplatz soll auf dem Gelände ein Gnadenhof entstehen«, erläutert Lars. »Wir waren schon in Deutschland im Tierschutz aktiv. In Frankreich besteht definitiv Nachholbedarf. Wir haben Stallungen und Weiden für Esel und Pferde, wir wollen Hühner halten und geschundenen Tierseelen einen Altersruhesitz verschaffen. Aber noch haben wir sehr viel Arbeit vor uns. Sie können gerne mal vorbeikommen, wenn Sie möchten.« Melanie reicht mir eine Visitenkarte. »Manoir de Vermont«, steht in geschwungenen Goldlettern darauf. Zwei Windhunde rahmen die Adresse. »Wie viele Hunde haben Sie denn?«, frage ich.

»Ein bunt gemischtes Rudel, Galgos und Podencos aus Spanien. Neun sind es zurzeit, die derzeit unseren normannischen Traum hüten. Oder Albtraum.« Melanie lächelt etwas gequält. »Immer, wenn wir auf unser Schloss zufahren, denke ich, dass es eine Filmkulisse aus einem Hitchcockfilm ist. Bates Motel oder so. Es waren auch schon Fotografen im Haus, die Lost-Place-Fotografie betreiben und ihre Stative mitten in unserem Treppenhaus aufgebaut haben. Bis sie von den Hunden umringt waren.«

Lars ergänzt: »Leider ist das Rudel sehr freundlich, alle Einbrecher werden mit Schwanzwedeln begrüßt.«

»Wir kommen auf jeden Fall gerne vorbei, das müssen wir uns anschauen!« Friedrichs Impulskontrolle versagt – mal wieder.

»Wir müssen weiter«, dränge ich zum Aufbruch Richtung Saint-Germain.

Dort sammeln sich nach der Mittagspause auf dem großen Parkplatz an der Plage die Einsatzkräfte. Mannschaftswagen spucken Polizisten aus, einen nach dem anderen. Ein Tross fährt zur Plage Naturiste, ein Hubschrauber kreist über der Szenerie. Ein Haufen Schaulustiger hat sich eingefunden, Handys werden gezückt. Es herrscht Volksfeststimmung.

Lieutenant Desquiret kommt auf uns zu, auf seinem Haupt sammeln sich die Schweißperlen, und die Kopfhaut quittiert die Sonneneinstrahlung bereits mit einem kräftigen Rotton. »Wir werden den ganzen Abschnitt durchkämmen, nicht nur den Havre und das komplette Dünengebiet, sondern auch den Strand bis zur Pointe du Banc. Dort in den Felsen, den Rochers des mortes femmes, *den Felsen der toten Frauen,* sind schon öfter Menschen ertrunken. Eine weitere Einheit kommt von Créances über die Pointe du Becquet, falls er versucht hat, den Havre zu durchqueren. Ein weiterer Such-trupp beginnt in Saint-Germain-sur-Ay-Bourg und unter-sucht den Havre entlang des Ay und die vielen kleinen Grä-ben. Ich warte jetzt nur noch auf die Einheit mit den Lei-chenspürhunden.«

»Können wir irgendetwas tun?« Mir ist flau im Magen.

»Nicht im Weg rumstehen, das wäre wichtig«, knurrt Desquiret, »diese Menschenmassen machen mich kirre. Wir sind extrem gut organisiert, jeder weiß, was er zu tun hat. Wenn Ihr Freund da draußen irgendwo ist, dann finden wir ihn. Außer die Strömung hat ihn weggeschwemmt, dann taucht er in ein paar Wochen irgendwo wieder auf, entweder hier bei uns an der Küste oder irgendwo ganz anders.«

Ein Fahrzeug der équipe cynophile, *der Hundestaffel,* fährt auf den Parkplatz, hektisches Bellen erfüllt die Luft. Nicht nur die Hunde warten angespannt darauf, dass es endlich losgeht. Zum Schluss treffen die Spezialeinheiten mit den Leichenspürhunden ein, begleitet vom Klack-klack, mit dem die Apparate der anwesenden Fotojournalisten von Ouest-France, Presse de la Manche und Manche Libre den Takt vorgeben. Desquiret hat recht: Mit der Ruhe ist es vorbei. Der Hubschrauber der Seenotrettung fliegt in ein paar Metern Höhe über die Küste, klappert systematisch Abschnitt für Abschnitt ab. Die Männer sammeln sich, Desquiret gibt seine Anweisungen durch den Funk. Eine Viertelstunde später stehen nur noch die Gaffer und wir an der Polizeiabsperrung.

»Lass uns zu unserem Grab gehen«, schlage ich Friedrich vor. »Von dort oben bekommen wir einen guten Überblick über den gesamten Havre, und einen Teil des Strands sehen wir auch noch.«

Wir haben eine fantastische Sicht, können überall im Havre kleine Gruppen von Menschen erspähen, die nach Spuren des Holländers suchen. Der Hubschrauber zieht seine Kreise, und weit draußen im Meer kreuzt ein Boot der Seenotrettung. Mein Handy vibriert.

»Wo stecken Sie denn?«, höre ich Léons Stimme. »Ich war gestern und heute noch mal in Foucarville, die Gendarmerie hat mir mitgeteilt, dass eine Suchaktion stattfindet, aber ich bin wohl zu spät.«

Ich erkläre ihm den Weg und kappe die Verbindung.

Nur wenige Minuten später kommt er die Dünen hinauf gehechtet, lässt ein kurzes »Wow!« hören und greift zu seinem Feldstecher. Es wuselt überall von Suchtrupps. Im Havre entsteht Hektik, und mehrere Gruppen von Polizisten strömen auf einen Punkt zu. Der Hubschrauber nähert sich, landet auf einer Sandbank.

Léon reicht das Fernglas an mich weiter. »Sie haben etwas gefunden.«

Die Beamten schleppen etwas aus einem Graben. Sie sind zu viert, wuchten ein Paket aus dem Morast auf den festen Untergrund. Von unserem Beobachtungsposten ist auch mit Fernrohr nicht zu erkennen, ob es Mensch, Tier oder nur harmloses Strandgut ist. Die Männer schleifen das Paket zum Hubschrauber, der sofort abhebt. Danach zerstreuen sich die Menschen wieder in alle Himmelsrichtungen und setzen die Suche fort.

Friedrich versetzt mir einen Stoß mit dem Ellenbogen. »Schau mal, da drüben in Créances, da steht jemand auf einem Beobachtungsposten wie wir.«

Tatsächlich blitzt von einer Düne an der Abbruchkante die Reflexion eines Glases auf. Zwei Personen stehen da, durch mein Fernrohr kann ich einen roten Pumuckl-Haarschopf ausmachen.

»Das könnten tatsächlich die morgendlichen Besucher vom Campingplatz sein«, raune ich Friedrich zu und greife schnell zum Smartphone, um Desquiret zu informieren. Kurz darauf tauchen die beiden Gestalten in den Dünen ab. Der Hubschrauber fliegt über das Gebiet zwischen Havre und Ortschaft, scheint aber nichts zu finden.

Am Spätnachmittag werden die Mannschaften wieder zurückbeordert, und auch wir pilgern erneut zum Parkplatz. Lieutenant Desquiret instruiert die Männer und Frauen, die Anspannung ist nicht aus seinem Gesicht gewichen, ein Hut schützt seine Kopfhaut vor weiteren Verbrennungen. Das Uniformhemd ist durchgeschwitzt.

»Wir durchkämmen morgen den Wald von Lessay«, klärt er uns auf. »Hier hatten wir keinen Erfolg, vielleicht ist er im Landesinneren verschwunden.«

»Aber wir haben gesehen, dass Sie etwas im Havre gefunden und zum Hubschrauber gebracht haben.«

Der Gendarm winkt ab. »Das war nur Kokain. Solche Pakete haben wir öfter am Strand, sie werden von einem Containerschiff mit Fahrtziel Rotterdam gespült, und die Strömung erledigt den Rest. Mittlerweile dient auch Le Havre als Umschlagplatz für harte Drogen, es wird von Jahr zu Jahr schlimmer. Wir hatten Grandes Marées, deshalb hat es das Paket so weit in den Havre geschwemmt. Aber zum Glück haben wir es gefunden und nicht irgendwelche Jugendlichen, die sich das Zeug dann reinpfeifen. Der Stoff ist nämlich sehr rein, der Konsum kann tödlich sein.«

»Und die beiden Menschen in Créances?«

»Die waren schon weg, als der Hubschrauber kam«, antwortet der Gendarm. »Es können einfach Gaffer gewesen sein. Oder Spaziergänger.« Er wendet sich an Léon: »Haben Sie etwas von Ihrem Bekannten gehört? Neue Erkenntnisse?«

Léon schüttelt den Kopf. »Er ist wie vom Erdboden verschluckt. Wenn ich behilflich sein kann, gehe ich mit einem der Suchtrupps mit.«

»Ich glaube nicht, dass wir Verwendung für Sie haben, Monsieur Belanger. Wenn ich Sie telefonisch erreichen könnte, wäre das sehr hilfreich.«

»Möchten Sie nach dem anstrengenden Tag nicht etwas mit uns essen?«, lädt Friedrich, überschwänglich wie immer, Léon ein. »Wir haben frisches Gemüse vom Markt, ein bisschen Fleisch, ein bisschen Fisch, es reicht gut für drei Personen.«

Ein Lächeln huscht über Léons Gesicht. »Warum nicht? In Belgien behauptet man zwar, dass die Deutschen fast so schlecht kochen wie die Briten, aber es kommt auf einen Versuch an.«

»Und in Frankreich sagt man, dass die Belgier nicht die Hellsten und die Schnellsten sind«, kontert Friedrich, »können Sie das so unterschreiben?«

Kapitel 10

Auf dem Platz erwartet uns das gewohnte Bild. Parzelle 311 ist verwaist, auf dem Kiesweg daneben spielen Kinder Boule, aus einer Ecke dringt Musik. Friedrich macht sich in dem Condor an die Zubereitung des Abendessens, ich fülle unsere Gläser mit Cidre.

»Was genau machen Sie hier eigentlich? Normale Touristen scheinen Sie nicht zu sein.« Léons Neugier ist geweckt.

»Doch. Ursprünglich schon. Mein Hund hat ein Skelett gefunden Anfang letzter Woche«, gebe ich zögerlich Auskunft. »Seitdem versuchen wir, etwas über seine Herkunft herauszufinden, alte Aufzeichnungen zu entschlüsseln. Es handelt sich vermutlich um einen Wehrmachtssoldaten, der in Foucarville inhaftiert war. Deshalb waren wir auch neulich dort auf dem Acker. Viel mehr wissen wir aber immer noch nicht.«

»Wie kommen Sie darauf, dass er in Foucarville war?«

»Wir haben entsprechende Tagebucheinträge und Koordinaten gefunden. Aber wie er nach Saint-Germain und ums Leben kam, wissen wir nicht. Wir kennen nicht mal seinen Namen.« Den Schatz verheimliche ich lieber, traue Léon nicht über den Weg.

»Sehen Sie, es gibt so viele ungeklärte Schicksale, so viele offene Geschichten, auch fünfundsiebzig Jahre nach Kriegsende.« Léon schenkt mir ein gewinnendes Lächeln. »Das sind die Storys, die ich erzählen möchte. All diese Vergessenen haben ein Recht darauf, eine Stimme zu bekommen.«

Léon ist ernst geworden. Was für Augen er hat! In seinem melancholischen Blick könnte ich versinken. »Während der Recherchen zu meinem Projekt bin ich über die Geschichte von Billie D. Harris und seiner Frau Peggy gestolpert«, erzählt er, »seiner Frau Peggy, die nie aufhörte, nach ihm zu suchen, viele Jahrzehnte lang.«

»Möglicherweise eine Geschichte wie unsere, wir wissen, dass es eine Affäre einer französischen Germaine mit einem deutschen Soldaten, unserem deutschen Soldaten, gab. Und dass sie sich nicht wiedergesehen haben.«

»Eine Liebesgeschichte auch hier. Peggy Harris wartete Jahrzehnte auf eine Nachricht von Billie. Auf einen Brief, ein Telegramm, eine Mitteilung über seinen Verbleib. Sie wartete und wartete, dabei waren sie überhaupt nur sechs Wochen verheiratet gewesen. Der Krieg nahm ihnen die Flitterwochen, Billie wurde zum Einsatz nach Europa abkommandiert. Nach der erfolgreichen Landung der Alliierten in der Normandie musste er in den folgenden Wochen Bodenziele im Hinterland angreifen. Am 8. Juli 1944 schrieb er an Peggy, er habe jetzt hundert Einsätze geflogen, er dürfe bald nach Hause kommen. Das war das letzte Lebenszeichen, das Peggy von ihrem Mann erhielt. Auf weitere wartete sie über sechzig Jahre lang.«

Friedrich steht in der Tür des Condors und hört aufmerksam zu. »Wie kann denn so etwas passieren?«

»Es sind viele Fehler gemacht worden«, erläutert Belanger. »So bekam Peggy ein Telegramm, dass Billie bereits am 7. Juli im Kampf gefallen sei. Das konnte ja nicht sein, Billie hatte ja noch am 8. Juli geschrieben. Also wurde das Datum vom Kriegsministerium auf den 17. Juli korrigiert. Einige Wochen später hieß es, Billie sei in die Staaten zurückgekehrt – doch bei keinem aus der Familie hatte er sich gemeldet. Vom Roten Kreuz erhielt Peggy die Nachricht, ihr Mann befinde sich in einem Militärkrankenhaus, sei schwer verletzt, aber auf dem Wege der Genesung. So ging das über mehrere Jahre, keiner schien zu wissen, was wirklich mit Billie geschehen war. Mal hieß es, er sei vermisst, mal, er sei gefallen, dann wieder galt er als vermisst. Selbst 2005 noch schrieb ein Kongressabgeordneter an Peggy, Billie gelte als *missing in action.* Peggy blieb beharrlich, und Alton Harvey, ein Cousin von Billie, stieß bei seinen Recherchen auf den Weiler Les Ventes in der Normandie. Dort versuchte man, die Geschichte eines kanadischen Soldaten, der über dem Dorf abgeschossen worden war, zu rekonstruieren. Die Bewohner ehrten den tapferen Kanadier, der durch seinen Heldenmut den Ort vor der Katastrophe bewahrt hatte. Seine Maschine war von den Deutschen schwer getroffen worden und drohte auf den Weiler zu stürzen. Mit viel Geschick zog der Pilot seinen zerstörten Bomber noch mal hoch, und so zerschellte das Flugzeug nicht inmitten der Menschen, sondern im nahe gelegenen Wald. Die örtliche Résistance versuchte, ihn zu bergen, musste aber wegen der deutschen Truppen unverrichteter Dinge abziehen. Sie entzifferten seinen Namen auf der Uniform als Billie D'Harris und nahmen deshalb an, er sei Kanadier. Erst zwei Tage später gelang es, den Leichnam aus dem Wald zu bringen. Er wurde zunächst in Les Ventes bestattet, bevor er 1947 seine letzte Ruhe in Colleville, auf dem großen amerikanischen Friedhof, fand. Nie hat jemand einen Zusammenhang zwischen dem unbekannten kanadischen Helden und dem vermissten Ehemann aus den USA hergestellt, bis zu dem Zeitpunkt, als Alton sich in die Geschichte verbissen hatte. Nach über sechzig Jahren erhielt Peggy endlich Aufklärung über das Schicksal ihres Gatten.« Belanger hält inne, fährt dann fort: »Wieder geheiratet hat sie nicht. »Billie hatte sich entschlossen, den Rest seines Lebens mit mir verheiratet zu sein, und ich habe mich entschieden, den Rest meines Lebens mit ihm verheiratet zu sein«, erklärte sie. Bis heute schickt sie Blumen nach Colleville, die die Mitarbeiter des Friedhofes auf Billies Grab legen. In Les Ventes wird er als Retter verehrt, mittlerweile unter richtigem Namen und mit der vollständigen Geschichte.«

»Was für eine traurige Story!«

»Aber gleichzeitig eine schöne. Über wahre Liebe und echtes Heldentum. Zwei Dinge, die in unserer heutigen Zeit nicht mehr gefragt zu sein scheinen.«

»Das klingt so negativ. Wir sind nur rationaler geworden und weniger emotional.« Friedrich hat seinen Horchposten an der Tür aufgegeben und ist an den Tisch gekommen, stellt eine Salatschüssel in dessen Mitte. »Und das ist doch gut so. Emotional gesehen hinken wir der Evolution hinterher, sind immer noch auf dem Niveau der Steinzeitmenschen. Doch technischer Fortschritt und Wissen sichern der Menschheit den Bestand.«

»Das mag schon sein«, entgegnet Belanger. »Aber wir haben die Effektivität über alles gestellt. Über unser historisches Erbe, unsere Kultur und unsere Leidenschaft. Was ist die Menschheit dann wert? Erst durch Kunst und Kultur gewinnt unser Dasein an Sinnhaftigkeit. Und gänzlich ohne Gefühle, die Kraft der Emotionen, wird keine Symphonie komponiert, keine Kathedrale gebaut und keine Geschichte erzählt. Aber genau diese Fähigkeiten unterscheiden uns von den Tieren.«

»Ich bin mir sicher, dass all unsere Emotionalität in die Irre führt«, lässt Friedrich sich nicht beirren. »Hass und Angst bringen die Menschheit an den Rand des Abgrunds. Oder zumindest in eine Sackgasse.«

»Und Liebe und Empathie vermögen die negativen Gefühle zu überwinden. Damit das gelingt, das mit Mitgefühl für den nächsten, müssen wir uns in die Lage des Gegenübers versetzen«, kontert Léon. »Das glückt im Alltag eher nicht. Aber Literatur schafft es, dass wir unsere Perspektive wechseln. Und noch mehr das Theater. Kunst im weitesten Sinne holt uns da ab, wo wir stehen, und katapultiert uns mitten in ein fremdes Leben, in eine andere Wirklichkeit. Raus aus unserer eigenen Blase und hin zu mehr Verständnis für unser Gegenüber. Deshalb glaube ich an mein Projekt *Sur les pas des héros*.«

»Gut gebrüllt, Herr Regisseur. Dürfte ich jetzt Ihre Aufmerksamkeit auf die Einnahme des Abendessens lenken? Es ist mit Liebe gekocht und wird Ihren Gaumen mit einigen neuen Sinneseindrücken kitzeln.« Friedrich tischt auf, und wir versinken in zartem Lamm und Knoblauch-Crevetten, genießen Ofenkartoffeln und frischen Salat, lassen uns den Cidre schmecken, nehmen zum Abschluss einen Calvados. Ich lehne mich entspannt im Campingstuhl zurück, Belmondo schmachtet Friedrich an, auf dessen Teller Baguettescheiben liegen.

Léon krempelt die Ärmel seines Hemds hoch. Sein rechter Unterarm ist voller Schrammen, Kratzer und blauer Flecken. Schnell schiebt er den Stoff wieder über die Wunden.

»Wo haben Sie sich denn so übel verletzt?« Friedrich ist wie immer sehr direkt.

»Bei unserer Exkursion in Foucarville neulich. Das meiste ist schon gut verheilt, aber es sieht noch sehr wild aus, das muss ich zugeben. Möchten Sie mir noch etwas über Ihr Skelett erzählen?«, wechselt Léon schnell das Thema.

»Wie gesagt, die Polizei hat Aufzeichnungen bei den Überresten gefunden und die Kopien davon uns freundlicherweise überlassen«, erläutere ich. »Wir sollen versuchen, etwas über die Identität des Unbekannten herauszufinden. Leider waren wir nicht sehr erfolgreich damit. Um bei der Wahrheit zu bleiben: Wir können das meiste nur schwer entziffern, und bislang waren es einfach Schilderungen vom Krieg. Und aus dem Lager. Wir wissen aber, dass er zu Beginn der Besatzungszeit eine Affäre in Cabourg hatte, mit einer Germaine. Sie soll ihm eine Schatulle überlassen haben und sie wollten sich nach dem Krieg wiedersehen. Mehr ist aber auch darüber nicht bekannt. Was dachte Bart denn, was in Foucarville sei?« Mein Vertrauen in den Belgier ist in der letzten Stunde erstaunlich gewachsen.

»Ich weiß nicht, ob man das ernst nehmen muss.« Léon nimmt einen Schluck Calvados und lässt ihn langsam im Mund zergehen. »Er hat immer etwas von geheimem Nazi-Gold gefaselt, das die Wehrmacht in die Normandie geschmuggelt haben soll. Und von wertvollen Gemälden, Raubkunst. Die meisten Geschichten entspringen wohl der Fantasie, sind eine Art moderner Mythos. So wie das französische Goldvermögen, das immer wieder irgendwo auftaucht.« Er leert sein Glas und schenkt sich großzügig selbst ein weiteres ein. »Der Sage nach sind einige Kisten beim Verladen in Brest im Juli 1940 ins Wasser gefallen. Vor zwei Jahren erzählte ein Angeklagter in einem spektakulären Mordprozess, die Kisten befänden sich eingemauert in einem Haus in der Bretagne. Daraufhin wurde halb Frankreich mobilisiert, um den Schatz zu bergen. Aber die Sicherheitskräfte fanden nichts. Solche Räuberpistolen grassieren immer wieder. Meist werden in Polen geheimnisvolle Stollen und Verstecke vermutet. Ich kann mir nicht vorstellen, dass dergleichen in Foucarville zu finden ist.«

»Allenfalls eine kleine Schatulle. Das ist das, was den Unterlagen zu entnehmen ist. Wobei in einem internationalen Schatzsucherforum von einem Schatz eines russischen Räubers die Rede ist«, fasse ich die Erkenntnisse aus Claudes Haus für Léon zusammen.

»Wie dem auch sei, wir müssen noch mal dorthin. Vielleicht finden sich auf dem Gelände auch Hinweise auf Barts Aufenthaltsort. Mich beunruhigt es, dass es seit Tagen kein Lebenszeichen von ihm gibt. Würden Sie mich begleiten?«

»Gerne, nur morgen sind wir bereits verabredet. Am Donnerstag? Vormittags um zehn, auf dem Rathaus? Dann könnten wir die nette Bürgermeisterin noch mal befragen.«

»So machen wir es. Ich sollte morgen auf einer Sitzung des Gemeinderats in Bayeux zu unserem Projekt sprechen.

Geplant war das Meeting mit Bart, aber ich mache mir nur wenig Hoffnung, dass er rechtzeitig auftaucht. So werde ich das Beste aus der Situation machen und mein Konzept präsentieren.« Léon verabschiedet sich, nicht ohne Friedrichs Kochkünste zu loben. »Auch Kochen geht nur mit Leidenschaft und Gefühl, Monsieur.«

Lustlos krame ich nach Léons Abgang in den Aufzeichnungen des Unbekannten herum, versuche im Dämmerlicht etwas Erhellendes zu erhaschen. Lese mich an den Schilderungen fest.

»Irgendwann, in diesem Sommer 1944, habe ich einen Kameraden erschossen. Nicht den Feind. Einen der unseren. Wir hatten uns, so gut es ging, in unserer kleinen Welt abseits der Front eingerichtet, in dem sumpfigen Wald. Die meisten von uns hofften, einfach nur zu überleben. Doch einigen aus unserem Trupp reichte das nicht. Vor allem einem nicht, Hauptmann Karl Gerber. Er fühlte sich immer noch als Offizier, und überzeugter Nazi war er sowieso. Er war der Meinung, wir müssten uns nach Süden durchschlagen und die dortigen SS-Panzerdivisionen verstärken, die sich anschickten, die alliierten Truppen zurückzuschlagen. ›Wir haben den Krieg verloren, kämpfen ist sinnlos, Karl‹, hielt ich ihm entgegen. ›Sieh dir diese Übermacht an, wir haben keine Chance!‹ Doch Gerber ließ sich nicht beirren, und eines Tages, als wir zusammen auf der Suche nach Essbarem waren, eskalierte die Situation. Ich lief vor ihm, er versetzte mir einen Schlag in den Rücken, sodass ich stolperte und hinfiel. Schnell drehte ich mich zu meinem Widersacher um. ›Werner, du bist ein verdammter Verräter. Du wirst mit uns allen zusammen für die Ehre unseres Vaterlandes und unseren Führer kämpfen, oder ich werde dich jetzt und hier standrechtlich erschießen.‹ Er hielt mir seine Luger an den Kopf, bereit, mich auf der Stelle zu töten. Ich versetzte ihm einen Tritt in die Eier, und er war derart von meiner Gegenwehr überrascht, dass er die Luger fallen ließ. Er bückte sich,

doch ich konnte die Waffe schnell ergreifen, drückte ab, ohne nachzudenken. Der Schuss saß sauber, das Leben wich sofort aus seinem Leib.

Ich schleifte ihn vom Waldweg weg ins Dickicht, fand ein morastiges Loch. In dieses ließ ich ihn gleiten, die sumpfige Brühe bedeckte seinen Körper komplett. Ich warf die Luger hinterher. Mit Erde und Ästen kaschierte ich das feuchte Grab, so gut es ging, und kehrte zu den Kameraden zurück. Ich ersann eine wilde Geschichte, dass Karl im Wald verloren gegangen sei und bald zurückkehre. Nicht alle glaubten mir, Otto sagte geradeheraus: ›Ich weiß, dass ihr im Clinch lagt. Ich will kein Deserteur sein, aber ich will nicht mehr kämpfen.‹ Auch Oswald beäugte mich misstrauisch. Vor ihm muss ich bis heute auf der Hut sein, er ist mein Schatten, mein verräterischer Schatten. Die Tat lastet schwer auf meinem Gewissen, doch es war ein Unfall, Notwehr, kein Verbrechen. Ich schwöre bei Gott, ich habe den Tod von Karl Gerber nicht gewollt.«

»Schau an, Friedrich, unser Unbekannter hat sich doch die Hände dreckig gemacht. Und er heißt Werner.«

»Was in Deutschland ebenso ein Allerweltsname gewesen sein dürfte wie Germaine in Frankreich. Immerhin, ein Anfang. Was haben sie anschließend gemacht?«

Ich blättere in den Aufzeichnungen: »Sie sind ein Stück weitergezogen. Richtung Küste. Und haben dann in einer anderen Scheune Unterschlupf gefunden. Hier schreibt er Folgendes:

›Der Bauer war freundlich. Er brachte uns Zivilkleidung, Eier, Brot. Für ein paar Wochen lebten wir im Schlaraffenland, hatten ein warmes Bett aus Stroh. Die Frau des Hauses kam in Begleitung ihres Buben, der gerade laufen konnte, und versorgte uns mit den Resten des Mittagessens, das sie für uns zusammengekratzt hatte. Wir könnten bleiben, sagte der Landwirt, er könne Hilfskräfte auf dem Hof brauchen. Und so machten wir

uns nützlich. Kümmerten uns um Schafe, Ziegen und Kühe. Hielten die Gebäude in Schuss, reparierten das Notwendige, flickten das Dach und errichteten neue Mauern. Der Krieg rückte in immer weitere Ferne, zumindest für diese Tage.

Nur die Albträume, die blieben. Träume von Bombardements und Leichenbergen. Ich war nicht der Einzige, der schlecht schlief.

Eines Tages holte uns die Front wieder ein, amerikanische Einheiten besetzten den Hof, und unsere Anwesenheit flog schnell auf. Möglicherweise hatte uns auch ein neidischer Nachbar verraten. Sie trieben uns auf dem Hof zusammen wie Vieh, und unsere kurzzeitige Freiheit fand ein Ende. Auch der Familienvater blieb nicht verschont, wurde der Kollaboration beschuldigt. Ich weiß nicht, was mit ihm geschehen ist. Das Letzte, woran ich mich erinnere, ist Mutter Marie, den schluchzenden Dreikäsehoch auf dem Arm, ihr Blick entgeistert und starr vor Schreck.

Die erste Zeit in Foucarville war der Horror. Die Amerikaner nannten unser Provisorium MUD, Schlamm. Der war wirklich überall. Wir Gefangenen hausten in Zelten, der Stab in den verlassenen Bunkern der Wehrmacht des ehemaligen Widerstandsnestes. Es war kalt, es mangelte an allem.‹«

Mir fallen die Augen zu, ich schäle mich aus meinem Campingstuhl, drücke Friedrich die Papiere in die Hand und plumpse auf die Liege im VW-Bus.

Das kleine Fischerboot kämpft mit den Wellen. Es geht auf, ab, auf, ab. Mein Mageninhalt verschwindet über die Reling. Ich halte mich an ihr fest, versuche, die Balance wieder zu finden. Ein weiterer Strahl ergießt sich in den Ozean. Ein Schrei, ein Klatschen im Wasser. Der Holländer versucht, in Sturm und Wellen zum Boot zu schwimmen. »Mann über Bord!«, rufe ich und werfe einen Rettungsring in Richtung des Verzweifelten. Dann sehe ich ihn nicht mehr, das Meer schäumt und gibt keinen Blick mehr auf ihn frei. »Wir müssen ihn retten«, sage ich zu Campino.

»Zu spät.« Lässig lehnt der Musiker inmitten der Apokalypse im Führerhaus und hält unser Schiffchen auf Kurs. »Aber nicht tragisch, er konnte meine Musik nicht leiden.« Das Boot schwankt auf, ab, auf, ab. Der Wind heult und zerrt an allem, was ihm Angriffsfläche bietet.

Ich bin wach, doch der Sturm ist noch da. Der Bus schaukelt wie eine Nussschale im Ozean. Bébel schleckt beschwichtigend über mein Gesicht, der Kater lässt sich nicht aus der Ruhe bringen, gähnt und rekelt sich. Rollt sich wieder zusammen. Regen prasselt aufs Dach des Busses, ein Ast kracht gegen die Schiebetür. Es blitzt, es donnert. Es ist verdammt ungemütlich.

Ich entkorke eine Flasche Rotwein und mache es mir mit einem Buch gemütlich. Der Wein schläfert ein und schubst mich ins Reich der Träume zurück.

Der Morgen empfängt uns mit klarer Luft und Sonne. Und mit Kopfschmerzen. Die Schiebetür hat eine Beule abbekommen, und Friedrich sammelt unsere Campingsitzgruppe ein, die der Wind auf den Nachbargrundstücken verteilt hat. Auf der Zufahrt zu den Parzellen steht in Pfützen das Wasser, auf Platz 311 ist ein kleiner Teich entstanden, in dem zwei Enten und zehn Spatzen baden. Sie schütteln sich die Wassertropfen aus dem Gefieder und hüpfen erneut in das Planschbecken. Vom Holländer keine Spur.

»Ich habe geträumt, er sei über Bord gegangen und ertrunken«, erzähle ich Friedrich.

Der grinst: »Da könnte ausnahmsweise etwas Wahres dran sein.« Auf seiner Windschutzscheibe klebt ein aufblasbares Zebra, dem auf dem Weg durch die Lüfte die Form abhandengekommen ist. »Aus welchem Zoo mag das entsprungen sein?«

Überall auf dem Campingplatz herrscht geschäftiges Treiben. Nicht alle Bewohner haben den Sturm in der Nacht gut überstanden, Schlafsäcke trocknen auf Leinen, während Heringe erneut in den Boden geklopft und Markisen gerade gebogen werden. Jean hat beim Nachbarn die Reste eines gegrillten Fischs stibitzt und kaut auf dem Kopf eines Pollack herum.

Gegen Mittag kommt Camille. Erneut hat sie ein totes Schaf gefunden, diesmal direkt auf der Trockenweide. »Die dreisten Diebe haben den Sturm ausgenutzt, als keiner draußen unterwegs war. Es war eines von den diesjährigen Lämmern, ich kann mich genau erinnern, die Geburt war nicht so leicht. Ich kenne und liebe jedes meiner Tiere.«

Friedrich fasst für Camille die Ereignisse der letzten Tage zusammen und bringt sie auf den neuesten Stand. »Dieser Landstrich der Normandie ist nicht so friedlich, wie er auf den ersten Blick erscheinen mag«, resümiert er. »Wir haben Schafdiebe, Drogenhändler, einen verschwundenen Holländer, ein mysteriöses Pärchen und einen geheimnisvollen Schatz.«

Wir machen uns auf den Weg zu Delphine. Camille steuert gewohnt rasant den Jeep über die Bocage-Straßen und biegt nach kurzer Fahrtstrecke in den Weiler Fenouillière ein. Das Dorf besteht aus wenigen Häusern, linker Hand grüßen ein paar Ziegen von der Weide, und ein Cattle Dog beschließt, uns nicht ohne Kontrolle weiterfahren zu lassen. Belmondo ist empört und meldet unter lautem Bellen Protest an, bis der Herr des Dorfes die Straße freigibt. Delphines Haus ist das letzte auf der linken Seite, danach kommen Felder, Wiesen und Wald. Das Haus selbst ist ein typischer Steinbau, lang gezogen und schmal. Kleine Fenster, dicke Mauern, ein schiefergedecktes Dach. Vor dem Longère liegt Border-Dame Hope im Schatten und döst vor sich hin. Sie ist sofort hellwach, als sie uns erblickt, und rennt zum Hoftor.

Belmondo bekommt augenblicklich Herzchen in die Augen. Wedelt, fiepst und klappert mit den Zähnen. Kaum sind wir im Garten, beginnt die wilde Border-Hatz, rennen Hope und Bébel um die Wette. Delphine öffnet die Haustür und lacht. »Liebe auf den ersten Blick. Kommt rein.«

Drinnen herrscht Dämmerstimmung, die Fenster lassen nur wenig Licht des Frühsommertages durch. Das Erdgeschoss besteht im Wesentlichen aus einem Raum, einer großen Wohn-Ess-Küche. Massive Holzbalken teilen das Zimmer. An beiden Enden des Longère steht ein Bollerofen für frostige Wintertage. In antiken Vitrinen finden sich Geschirr, Apothekerfläschchen mit undefinierbaren Flüssigkeiten, Andenken und allerhand Trödel. Fotos auf Leinwand zieren die Wände, die meisten Motive stammen aus der Region: Der Corps de Garde vom Meer umspült, die Kathedrale von Lessay, kleine Fischerboote auf dem Meer und die bunten Badehäuschen von Gouville. Das Bücherregal ist vollgestopft mit Romanen, Fachbüchern und Bildbänden. Die Küche ist modern und riesig.

»Hier mische ich meine Kräuter und Tees zusammen«, erläutert Delphine, »deshalb brauche ich sehr viel Platz.«

Im Wohnbereich wartet eine Sitzlandschaft aus uns, der alte Couchtisch ist eingedeckt, in der Mitte thront eine Schüssel mit Keksen. Ich fühle mich sofort wie zu Hause und falle auf die Couch.

»Darf ich euch als Versuchskaninchen missbrauchen? Ich habe eine neue Sommerteemischung kreiert und würde gerne wissen, was ihr davon haltet.«

Kurze Zeit später haben wir alle die dampfende goldbraune Flüssigkeit in unseren Bechern. Der erste Schluck offenbart ein intensives Apfelaroma, mit dem zweiten tasten sich meine Geschmacksknospen Richtung Lakritz vor.

»Was ist da alles drin?«

»Die Grundzutaten sind Grüner Tee und getrocknete Apfelstückchen. Dazu kommen Hibiskusblüten, ein Hauch von

Süßholzwurzel, einige Zichorienwurzeln, Lindenblüten und Mädesüß. Nimm dir ein wenig von meinem eigenen Honig dazu, der verstärkt das Aroma«, empfiehlt Delphine.

»Und das hast du alles selbst angebaut?«

»Alles, bis auf den Grüntee. Den habe ich zwar mittlerweile auch kultiviert, aber die klimatischen Bedingungen in der Normandie sind nicht ideal. Den Grüntee beziehe ich von einem Biobetrieb in Japan.«

»Dieser leichte Geschmack von Lakritz?«

»Kommt vom Süßholz. Dessen Anbau hat mir anfangs Kopfzerbrechen bereitet, aber der Klimawandel macht es möglich, dass diese mediterrane Pflanze hier gut gedeiht, und Winterfröste haben wir ebenfalls kaum. Wollt ihr den Garten sehen?«

Wir treten über die Terrassentür ins Freie. Auf den ersten Blick wirkt Delphines Garten wie gewürfelt, chaotisch, unaufgeräumt. Erst auf den zweiten offenbart sich ihre ordnende Hand. Direkt am Haus ist eine Sitzecke mit Möbeln aus alten Paletten. Es schließen sich Obstbäume an, ein kleiner Teich, einige Bienenstöcke. Hühner und Enten picken im grünen Gras. Belmondo vergisst Hope und beäugt das Federvieh. Er legt sich ins Gras und lässt das Geflügel nicht aus dem starren Border-Blick. Zur Linken erstreckt sich ein großer Gemüsegarten mit Gewächshaus, zur Rechten begrenzen Bäume das Grundstück, dazwischen liegen zwei befestigte Plateaus. »Eines meiner neuen Standbeine. Ich will zwei Tiny-Houses bauen und an Feriengäste vermieten. Nur leider habe ich noch keine Baugenehmigung.«

Richtung Weideland kommt der eigentliche Kräutergarten mit verschlungenen Wegen, Terrassen, Regenwasserspeichern. Delphine erläutert, welche Pflanzen wo wachsen. Für mich sieht alles gleich aus. Nie könnte ich das Grünzeug voneinander unterscheiden. Delphine doziert über die Gewächse, ihren Anspruch an den Standort und ihre Heilkräfte.

»Delphine ist ein wandelndes Kräuterlexikon«, spottet Camille. »Was sie nicht weiß, musst du auch nicht wissen.«

Eine wilde Brombeerhecke versperrt uns den Weg, doch die Gärtnerin weist uns zu einem Durchgang. Es schließt sich ein ordentliches Feld an, auf dem zierliche Jungpflanzen die ersten Blätter aus der Erde strecken. »Das ist mein Safran-Versuchsfeld. Allerdings ist der Anbau wirklich sehr arbeitsintensiv, und ob ich im Herbst genug Helfer für die Ernte haben werde, ist ungewiss.«

»Und was ist das?« Etwas im Abseits liegt ein extra eingezäuntes Grundstück. Der Zaun wirkt auf Delphines Grundstück merkwürdig deplatziert, solide errichtet wie der von Fort Knox. Auch hinter der Festung wächst und gedeiht es, ein Schuppen steht auf dem Terrain und ein weiteres Gewächshaus.

Delphine lacht. »Mein Giftschrank. Die Gemeinde hat mich verdonnert, die gefährlichsten Pflanzen nur noch hinter Schloss und Riegel zu züchten. Kommt mit.« Sie zeigt uns Eisenhut, Stechapfel, Aronstab. »Alles giftig, je nach Dosis.«

»Und diese schöne Staude mit den purpurnen Blättern?«

»Das ist Rizinus, oder auch Wunderbaum. Der blüht erst später im Jahr und bildet knallrote Blüten, später dann auffällige Samen. Aus den Samen presst du Rizinusöl, davon hast du bestimmt schon mal gehört. Der Samen selbst aber ist höllisch giftig, er enthält das Eiweiß Rizin. Das ist schon in einer Dosis von fünfundzwanzig Milligramm tödlich, was einem einzelnen Samen entspricht. Der Wunderbaum sitzt also völlig zu Recht bei mir hinter Schloss und Riegel. Auch wenn ich hier gerade neue Pflänzchen aus den Samen des letzten Jahres ziehe.«

»Ein bisschen gruselig ist das schon.«

»Wartet, bis ihr im Gewächshaus wart.« Delphine öffnet die Tür und zeigt auf mehrere Glaskästen. »Das ist mein Insektarium. Mein ganzer Stolz sind meine Ölkäfer.«

»Ölkäfer?« Die Tierchen in dem Käfig sehen völlig harmlos aus. Und hässlich, für meinen Geschmack. Ihre Panzer glänzen wie Obsidian, die Körper sind länglich und plump. Die Flügel sind winzig und wirken verstümmelt. »Um diese Jahreszeit kommen die Ölkäfer aus dem Erdreich gekrabbelt. Sie ernähren sich von dem, was im Garten wächst, von Bärlauch, Scharbockskraut und Buschwindröschen«, erklärt die Herrscherin über den kleinen Zoo. »Ölkäfer können nicht fliegen. Obwohl sie unglaublich fruchtbar sind, ist die Art bedroht, durch Insektizide, die Zerstörung des natürlichen Lebensraums, Zersiedlung der Landschaft und den Straßenverkehr. Kurzum: durch unsere menschliche Zivilisation. In der Normandie sind sie wirklich selten. Umso mehr habe ich mich gefreut, dass ich letztes Jahr einige Exemplare einsammeln konnte. Ich verschaffe ihnen hier optimale Bedingungen in meinem Mikrokosmos und vermehre sie.«

»Und warum leben sie im Giftschrank?«

»Weil Ölkäfer für den Menschen giftig sind. Sie sondern bei Gefahr eine gelbliche Flüssigkeit aus den Poren der Beingelenke ab. Diese Öltröpfchen enthalten Cantharidin. Wenn du das auf die Haut bringst, erzeugt es nach ein bis drei Stunden eine Rötung, später kleine Bläschen, die zu einer großen, eiternden Wunde werden.«

»Aua! Sind die Ölkäfer für alle Tiere giftig?« Friedrich hat sich unwillkürlich einige Schritte zurückgezogen.

»Für die meisten, ja. Es sind schon Kuhherden verendet, weil sie mit Ölkäfern verunreinigtes Heu gefressen haben. Für den Menschen sind schon geringe Dosen tödlich. Nur Igel und Vögel sind gegen die Waffen des Ölkäfers immun. Die hohe Toxizität hat die Menschen jedoch nie davon abgehalten, mit Cantharidin zu experimentieren. Es wurde als Medikament gegen Darmerkrankungen genutzt und zur Steigerung der sexuellen Potenz. Im alten Griechenland wurde das Gift für Hinrichtungen verwendet und Giftmorde mit Ölkäfern sind bis in die heutige Zeit bekannt.« Die Insassen des Terrariums krabbeln noch immer friedlich durch ihr Gelände.

Friedrich verzieht das Gesicht. »Können wir uns wieder angenehmen Dingen zuwenden?«

»Ja, ich kann verstehen, dass dir das Thema nicht behagt, denn außer als Aphrodisiakum – sagt euch der Begriff Spanische Fliege etwas? – war das Ölkäfergift vor allem bei Frauen beliebt, die sich ihrer gewalttätigen oder ungeliebten Ehemänner zu entledigen suchten. Das geheime Destillat für den fiesen Gattenmord hieß Aqua Tofana.« Unsere Giftmischerin schickt ein gewinnendes Lächeln zu Friedrich, der mit verschränkten Armen Delphines Worten lauscht. »Und nicht nur gefrustete Ehefrauen waren mit der Materie vertraut. Mozart war überzeugt, mit Aqua Tofana vergiftet worden zu sein.«

Delphine verschließt ihr Refugium sorgsam, wir machen uns auf den Rückweg durch den Garten Eden und verweilen eine Weile an einem Teich. »Das ist wirklich schön bei dir, Delphine.« Ich fühle mich heimisch, als wäre ich schon immer hier gewesen. Und auch zu der Frau, die ich erst seit Kurzem kenne, fasse ich Vertrauen, trotz ihrer schaurig-schönen Käfer und Giftpflanzen.

»Camille hat mir erzählt, dass du auf der Suche nach einer neuen Perspektive bist. Ich könnte eine helfende Hand brauchen, und ein drittes Tiny House wäre schnell gebaut.« Sie strahlt mich an.

»Leider habe ich so gar keinen grünen Daumen.« Ich seufze. »Bei mir werden alle Pflanzen für eine Hauptrolle in *Die Hard* gecastet. Die allerhärtesten überleben, wenn auch nicht ohne Folgeschäden an der Pflanzenseele.«

»Das kann man lernen. Überlege es dir, ihr werdet ja noch ein paar Tage mit eurem Skelett beschäftigt sein. Dein Hund jedenfalls sagt Ja.«

Bébel und Hope liegen Seite an Seite im Schatten einer Linde. Ja, mein kleiner Collie sieht glücklich aus. Überhaupt ist er ausgeglichener und zuverlässiger geworden, seit wir in der Normandie sind.

»Bevor ich es vergesse, ihr sollt euch bei Manon melden«, fährt Delphine fort. »Sie ist sichtlich beunruhigt, seit sie euch gesehen hat, und redet wirres Zeug, von wegen ihr hättet einen Schlüssel zu einem Geheimnis. Außerdem will sie einen dunklen Schatten gesehen haben, keine Ahnung, was sie damit konkret meint. Nur fährt sie zurzeit Doppelschichten, am ehesten wird ein Treffen am Wochenende klappen. Sie wohnt nur ein paar Häuser weiter.«

Kapitel 11

Auf dem Rückweg fahren wir bei Claude vorbei. Vor der Halle steht ein großer Container. Romain werkelt im Lager und sortiert das Erbe. »Die Maklerin hat uns am Wochenende erwischt, als sie einigen Interessenten das Anwesen zeigte, die nicht schon im Haus schreiend davongelaufen sind.« Er grinst. »Immerhin, wir dürfen bleiben und die Halle nutzen. Mitnehmen, was wir wollen. Unter der Bedingung, dass wir den Krempel hier rausholen. Wir haben uns ein paar Tage Urlaub genommen. Den ersten Container hat das Abfuhrunternehmen schon getauscht.«

»Irgendwie schade.« Ich werfe einen Blick ins Innere des Containers, kann aber auf Anhieb nichts Begehrenswertes entdecken.

»Ja, aber es kommen echt überraschende Dinge ans Tageslicht. Ich habe in der Malecke das hier gefunden.« Romain kommt mit einem Karton zurück, greift einen Stapel Blätter heraus. »Claude war ein Künstler. Schaut euch das an.«

Er breitet vor uns das Leben eines halben Jahrhunderts aus. Feine Kohlezeichnungen. Sie zeigen Claudes Nachbarn beim trauten Tratsch. Die Kühe auf der Weide. Das ausblutende Schwein in der Scheune. Die Katze, die ihren Kopf in den Milchtopf steckt, den Hund, der den Fasan im Maul trägt. Das Sammeln der Äpfel. Das Pressen der Früchte. Die Mühen von Aussaat und Ernte. Die Farben im Sommer. Die Klarheit des Winters. Menschen mit Holzbündel auf dem Rücken, gekrümmt und müde. Beschwingte Menschen auf dem Dorffest und die Leichenprozession durch den Ort. All das hat er festgehalten, mit meisterhaftem Strich und unzähligen Details. Der Ausflug zum Mont-Saint-Michel ist ebenso zu finden wie Szenen des großen Markts in Lessay, die Ankunft der Dampflokomotive am Bahnhof von Portbail.

»Er war wirklich gut.« Friedrich ist beeindruckt. »Was hast du damit vor?«

»Auf jeden Fall erhalten, vielleicht interessiert sich ja ein Museum dafür? Oder zumindest das Archiv des Départements, aber eigentlich sind diese Zeichnungen zu schade, um nur aufbewahrt zu werden.«

»Das ist wohl wahr.«

Romain nickt. »Je länger wir hier sind, desto näher kommt uns Claude. Wir kannten ihn ja aus Kinder- und Jugendtagen. Er war weitaus mehr, als es seine Hinterlassenschaften vermuten lassen. Er hatte für jeden Zeit, ein offenes Ohr. Er hat allen geholfen. Er war ein begnadeter Autoschrauber und natürlich ein verrückter Sondler. Er liebte gute Musik, vor allem den Blues. Las viel. Hat sich aufopferungsvoll um die streunenden Katzen gekümmert und ihnen ein Zuhause gegeben. Als Mensch konntest du zu jeder Tages- und Nachtzeit bei ihm aufkreuzen. Was zu trinken gab es immer, und die halbe Region ist hier zu Gast gewesen.« Romain seufzt. »Wobei es auch falsch wäre, ihn auf Saufgelage zu reduzieren. Claude war schon etwas Besonderes, jeder konnte sie spüren, seine Einzigartigkeit. Aber er war eben auch ›nicht ganz von dieser Welt‹, eher wie eine ausgestorbene Art. Als menschlicher Saurier war er unendlich kostbar, ich kann das nicht besser ausdrücken. Wir hatten diesen Claude'schen Zauber vergessen, Maxime und ich. Jetzt sind wir wieder eingenommen von seinem Wesen und Charakter. Es ist schade, dass er nicht mehr lebt.«

»Er hatte wohl zu Lebzeiten viele Freunde«, hakt Friedrich nach. »Wo waren die denn, als er krank und pflegebedürftig im Bett lag?«

»Er hatte von seiner Magie verloren, dieser Ort und der Mensch wahrscheinlich auch. Ich sage dir was, das Leben hat nun mal kein Happy End. Auch in der Normandie nicht.«

Wir schweigen, und jeder hängt seinen Gedanken nach. Friedrich, wie immer forsch, ergreift als Erster wieder das Wort: »Wenn ihr eine Schatulle findet, sagt uns Bescheid. Wir fahren morgen noch mal nach Foucarville und wollten fragen, ob ihr mitkommt? Mit den Sonden? Wir treffen uns um zehn am Rathaus.«

»Ja klar, wir helfen gerne!« Romain strahlt in Erwartung des Abenteuers.

Kurz vor zehn sind wir vollzählig. Camille, Friedrich, Bébel und ich. Léon. Maxime und Romain. Es herrscht richtige Goldgräberstimmung. Heute wollen wir einen entscheidenden Schritt weiterkommen.

Stéphanie Lagalle staunt nicht schlecht, als wir ihr Büro entern. Sie schüttelt Léon die Hand. »Monsieur Belanger, welche Freude, Sie wiederzusehen. Auch wenn sich mir der Sinn dieser Versammlung nicht erschließt.«

»Wir haben mittlerweile Hinweise darauf, dass es doch ein Geheimnis auf dem Gelände des POW-Camps geben muss«, vermeldet Friedrich.

»Ich wüsste nicht, wo. Ich habe Ihnen ja schon erzählt, dass nichts übrig ist: Das Lager wurde komplett zurückgebaut. Allenfalls könnte es noch Blindgänger im Boden geben. Die liegen aber so tief, dass kein Pflug sie je an die Oberfläche geholt hat. Sonst ist da nichts.« Auf ihrem Schreibtisch türmen sich Akten, die bei unserem ersten Besuch nicht dort lagen. »Darf ich Ihnen einen Kaffee anbieten?«, fragt die Bürgermeisterin und bereitet uns in der Kapselmaschine, die sich diskret zwischen den verschiedenen Ordnern im Regal versteckt hat, portionsweise einen kernigen Espresso zu. Sie selbst verfeinert ihren mit drei Teelöffeln Zucker und rührt das Gebräu so lange um, bis sich eine Pfütze in der Untertasse bildet.

»Wieso wurde das Camp überhaupt zerstört?«, fasst Friedrich nach. »Wenn ich Sie richtig verstanden habe, war es doch eine komplette Stadt? Hätte man die nicht nutzen können?«

»Es gab solche Pläne, als die Amerikaner das Camp auflösten und das Gelände an die französische Verwaltung zurückfiel«, erläutert das Gemeindeoberhaupt. »Die einen wollten eine Ferienkolonie daraus machen, die anderen zwei touristische Lehrpfade über das Lager führen. Sie sehen also, die Idee mit dem Ferien- und Freizeitpark ist gar nicht so innovativ, wie Monsieur Belanger glaubt. Vielen erschien es damals einfach zu schade, die Siedlung mit ihren gepflegten Gebäuden, Blumenbeeten und dem pittoresken Brunnen zu zerstören. Das Trauma der Bombardierungen lag über allem, und das Land in Ruinen. Das Lager jedoch war intakt, es hatte Theater, Kinos, Kirchen. Es schien manchen unserer gewählten Vertreter geradezu als Schande, es einfach abzureißen.«

»Also warum?« Léon hat seine Tasse auf dem Schreibtisch abgestellt und steht am Fenster, lässt den Blick über die Wiesen und Äcker wandern.

»Ein Teil der Fläche gehörte damals Privatleuten. Landwirten. Sie wollten ihre Grundstücke wieder bestellen und endlich ihre Ruhe und ihren Frieden haben. Außerdem gab es immer noch viele Menschen in La Manche, die kein Dach über dem Kopf hatten. Die Baracken wurden hier abgebaut und in den Dörfern und Städten wieder zusammengesetzt. Alles war genau geregelt, wer eine der Holzhütten haben wollte, musste einen Antrag stellen. So wurde das Kriegsgefangenenlager über die gesamte Manche verteilt: In dem einen Ort entstanden Wohnhäuser, im anderen wurden Balken für eine neue Kapelle gebraucht. Das Theater des Lagers ist in Coutances wieder auferstanden. Es heißt auch, dass die

Bauarbeiter Wertgegenstände und Geld beim Abbauen gefunden haben sollen, aber es war nichts Großes dabei. Es ist zumindest nichts dergleichen überliefert.«

»Gibt es heute noch Baracken aus der damaligen Zeit?«, will Camille wissen.

»Ganz wenige. Die meisten wurden im Laufe der Zeit abgerissen, und die paar, die übrig sind, müsste man mittlerweile unter Denkmalschutz stellen. Sie gehören zum Kulturerbe, genauso wie Kirchen aus dem 11. Jahrhundert oder die neu gestaltete Innenstadt von Le Havre. Die Gebäude der Rekonstruktion werden mittlerweile als Monuments Historiques, *historische Denkmäler,* qualifiziert, die Holzhütten, die übergangsweise überall in der Normandie standen, zählen aber nicht dazu und fallen meist der Stadtplanung zum Opfer.«

»Wie ging es denn weiter, als die Gebäude weg waren?«

»Lange Zeit herrschte Chaos. Alles, was nicht verwertbar war, lag auf dem Gelände herum und moderte vor sich hin. Einige Landwirte ließen ihr Vieh auf den Weiden grasen, die Parzellen waren noch nicht an die ursprünglichen Eigentümer zurückgegeben worden. Erst Jahre später war alles wieder in seinen Ursprungszustand zurückversetzt worden.«

Mein Blick fällt aus dem Fenster. Am Horizont sehe ich das Meer, zur anderen Seite den Acker, der einst das Camp war. Alles erscheint mir unwirklich, nur wenige Generationen später.

»Wir haben mittlerweile einen Vornamen, Werner«, verleihe ich meinen Gedanken Ausdruck. »Er war im Mai 1945 noch hier, das geht aus den Aufzeichnungen hervor. Gibt es ein Verzeichnis von Soldaten, die entlassen wurden? Irgendwelche Akten?«

»Nicht bei uns.« Stéphanie Lagalle winkt ab. »Womöglich in amerikanischen Archiven. Seit einigen Jahrzehnten bestehen Kontakte zu ehemaligen Gefangenen des Camps, und jedes Jahr zum D-Day halten wir gemeinsam mit einer Delegation aus Deutschland und den USA eine Gedenkveranstaltung an den

Stelen ab. Auch dieses Jahr werden einige Besucher aus Deutschland bei uns zu Gast sein, die Zeremonie ist am 8. Juni, also in zehn Tagen. Sie kommen ein paar Tage vorher hier an und sind bei Gastfamilien untergebracht. Ich stelle Ihnen den Kontakt gerne her. Vielleicht haben Sie ja Glück, und einer hat Ihren Werner gekannt und weiß mehr über seine Geschichte. Die Chancen stehen nicht allzu gut, sechzigtausend Mann sind eine Mittelstadt, da kannte nicht mehr jeder jeden. Die einzelnen Abteilungen hatten auch nicht allzu viel Kontakt miteinander, das war so gewollt. Es herrschte auch eine gewisse Fluktuation. Außerdem sind die Anreisenden zum Großteil mittlerweile die Kinder und Enkel der ehemals Inhaftierten. Diejenigen, die noch leben, sind zu alt für die weite Reise. Aber einen Versuch wäre es wert.«

»Das wäre großartig! Wir suchen nicht nur nach der Geschichte, sondern auch nach einer Schatulle.« Ich schöpfe Hoffnung. »In einem Schatzsucherforum ist die Rede von einer russischen Beute, die in der Normandie versteckt sein soll. Ich weiß, es klingt total verrückt und Sie haben ja schon gesagt, dass da nichts sein kann. Aber dürfen wir trotzdem nachschauen?«

Friedrich lässt seinen ganzen Charme spielen. »Wir haben zwei erfahrene Sondler dabei«, sagt er und weist auf Romain und Maxime, »und würden einfach gerne eine Runde über den Acker drehen. Wir machen nichts kaputt und passen auf den Mais auf.«

Mein schlechtes Gewissen erinnert mich an das Loch, das Friedrich und mein Hund vor einigen Tagen gegraben haben.

»Meinen Segen haben Sie. Aber bitte: Seien Sie vorsichtig. Wegen der ehemaligen deutschen Stellung gibt es noch unzählige Fliegerbomben im Boden, die nach dem Krieg niemand entschärft hat. Wenn Sie dergleichen entdecken, auch nur den Hauch eines Verdachts haben, brechen Sie die Aktion sofort ab und kommen zu mir. Ich informiere dann das

Bombenräumkommando. Und wenn Sie wirklich einen Schatz finden, müssen Sie das natürlich melden.« Die Bürgermeisterin kann sich ein Schmunzeln nicht verkneifen. »Viel Glück!«

Romain und Maxime holen ihre Metallsuchgeräte aus dem Auto. Es ist kurz vor Mittag, die meisten Bewohner von Foucarville sind auf den Weg zum Mittagessen, aus manchem Haus zieht der Essensduft und vermischt sich mit dem der Geranien im Blumenkübel vor dem Rathaus. Friedrich schultert den Klappspaten, Léon hält unsere Truppe auf dem Smartphone fest. Ein Bauer fährt auf seinem Schlepper vorbei und winkt uns gut gelaunt zu, der Schulbus spuckt drei Kinder an der Bushaltestelle aus. Mit den geschulterten Ranzen hüpfen sie die Dorfstraße entlang.

Wir machen uns auf den Weg, Belmondo vorneweg, die Rute keck als Ringelschwanz über dem Rücken getragen. Ich versuche, mit meinem Hund Schritt zu halten, der Rest folgt gemächlicher mit etwas Abstand. Romain ist mit Léon ins Gespräch vertieft. Camille diskutiert mit Friedrich. Bébel liefert sich eine Schlacht mit einem kleinen Terrier, der in einem Anflug von Größenwahn aus einem Grundstück geschossen kommt und sich drohend vor meinem Collie aufbaut, dann aber doch lieber wieder im heimischen Terrain verschwindet. Von der Kirchturmuhr schlägt es zwölf.

Wir verlassen den Ort, Bébel läuft wie gehabt an der Spitze und markiert die normannische Bocage.

Urplötzlich erstarrt er. Kneift den Schwanz ein, sträubt die Nackenhaare. Dreht um und rennt wie von der Tarantel gestochen Richtung Ort zurück.

»Belmondo, hier!«

Eine Welle zieht mir die Füße weg. Etwas ergreift mich. Atomisiert mich. Zerlegt mich in jedes einzelne meiner Moleküle. Nimmt mir die Luft. Es wird dunkel.

Ich sterbe ohne einen Laut.

Kapitel 12

Ich berühre die Sterne, küsse die Wolken. Meine Finger versinken im Sand, das Meer umspült meine Füße. Es ist hell, das Licht taucht die Landschaft in eine unwirkliche Stimmung. »Schön, dass du hergefunden hast«, erzählt eine körperlose Stimme. Ein Dackel schwänzelt um mich herum. Mein erster Hund! Ich nehme ihn auf den Arm und schwebe über die Landschaft. Da unten stehen sie, Camille, Friedrich, Léon, Romain und Maxime. Um sie herum unglaublich viele Fahrzeuge, es blinkt und funkelt wie an Heiligabend.

»Brigitte, Brigitte.«

Was ist das für ein Druck auf der Brust?

»Brigitte, bleib bei mir.«

Ich versuche, die Augen zu öffnen. Neben mir kniet Petrus, der Himmel ist blau, er singt irgendwas und macht Bewegungen, die ich nicht zuordnen kann. Mir ist schlecht. Augen zu.

Es klatscht an meine Wangen. »Brigitte!«

Mein Schädel dröhnt.

»Der SAMU müsste gleich da sein.«

Wer ist der neben Petrus?

»Sie kommt zu sich.«

Ich kriege keine Luft.

Etwas greift nach mir, hebt mich in die Luft. Ich versuche zu schreien.

»Flapp, flapp, flapp, flapp.«

Dunkelheit.

Schmerz.

Dunkelheit.

Petrus ist bei mir, er ist deutlich verjüngt. Ein heller Schein rahmt sein Antlitz. Der Himmel ist hellgrün, keine Wolke ist zu sehen.

»Auf einer Skala von eins bis zehn, wie stark ist der Schmerz?«

»Zwölf.«

Wieso habe ich Schmerzen, wenn ich im Himmel bin? Wieso spüre ich jeden Knochen, jede Sehne, jeden Muskel, jedes Band, jeden Zentimeter meiner Haut?

»Gleich wird es besser, versprochen.« Petrus beugt sich zu mir herab.

Dunkelheit.

Mir ist schlecht.

Schmerzen.

Dunkelheit.

Petrus an meinem Bett. »Gleich wird es besser.«

Dunkelheit.

Der Himmel ist hellgrün, keine Wolke ist zu sehen.

»Sie haben sehr viel Glück gehabt.« Ein zweiter Mann neben Petrus. »Sie haben jetzt noch starke Schmerzen, aber wir versuchen, Ihnen die, so gut es geht, zu nehmen. Sie müssen schlafen.«

Dunkelheit.

Jede Faser meines Körpers schmerzt.

»Wie geht es dir?«

Camilles Stimme. Meine linke Hand tastet ins Leere, bekommt etwas Warmes zu fassen. Ein leichter Duft von Holunder.

»Alles wird wieder gut.«

Ich öffne die Augen, und der Himmel ist immer noch hellgrün. Aber Petrus hat Feierabend. Stattdessen: Camille.

»Wo bin ich?«

»Im Universitätskrankenhaus von Caen. Du hast wahnsinniges Glück gehabt, es ist nichts gebrochen, keine Organe wurden verletzt. Lediglich das Gesicht sieht aus, wie wenn du Picasso Modell stehen wolltest. Dazu kommen Prellungen und oberflächliche Schnittwunden. Sieht wild aus, ist aber nicht gefährlich. Und eine Gehirnerschütterung hast du auch.«

»Was ist passiert?«

»An was kannst du dich erinnern?«

»An nichts. Nur an Petrus.«

»Ich muss dich enttäuschen, heute wird nicht gestorben, und der Himmel muss noch ein bisschen warten.«

»Was ist passiert?«

»Auf dem Gelände des Kriegsgefangenenlagers in Foucarville ist eine Bombe explodiert. Du wurdest mehrere Meter weit geschleudert, dein Herz hat kurz ausgesetzt, Friedrich hat dich wiederbelebt. Die Rettungsmannschaften haben dich mit dem Hubschrauber nach Caen geflogen. Aber du hast keine ernsthaften Verletzungen davongetragen.«

»Was für eine Bombe?«

»Das wissen wir noch nicht. Wahrscheinlich ein Blindgänger aus dem Zweiten Weltkrieg.«

»Wir waren doch noch gar nicht auf dem Gelände.«

»Keiner weiß, warum es die Explosion gab. Das Bombenentschärfungsteam geht davon aus, dass es ein dummer Zufall war. Eine Bombe mit einem chemischen Zünder, die Jahrzehnte im Boden geschlummert hat.«

»Was ist mit den anderen?« Ich versuche mich zu orientieren, doch noch dreht sich alles.

»Wir haben nur ein paar Kratzer abbekommen. Die zwei Schatzsucher konnten in einen Graben springen und waren hinterher etwas schlammig. Léons rechte Hand ist gebrochen, weil er sich vor den umherfliegenden Brocken schützen wollte. Außerdem hat er ein Knalltrauma. Die ganze Situation war völlig unwirklich. Ich sah einen Blitz, hörte einen gewaltigen Schlag und sah dich durch die Luft fliegen, dann flog ich schon selbst, mitgerissen von der Druckwelle. Alles um uns herum hat es zerrissen, es flogen Steine, Splitter, Äste. Auch scharfkantige Bombensplitter. Es war absolut schrecklich.«

In Camilles Gesicht zeichnen sich die Spuren des Erlebten ab, sie wirkt müde und zerschlagen. »Wir sind ambulant in Valognes versorgt worden und konnten noch am selben Tag nach Hause. Das Schicksal hat es echt gut mit uns gemeint. Wären wir schon auf dem Acker gewesen, hätten wir wohl nicht überlebt.«

»Welcher Tag ist heute?«

»Samstag.«

»Welcher Tag? Monat? Jahr?«

»1. Juni 2019. Du warst zwei Tage unter Drogen, damit sich dein Körper erholen kann.«

»Und Belmondo? Was ist mit Belmondo? Lebt er?«

»Mach dir keine Sorgen.« Camille lacht. »Dein Hund ist schlauer, als du es je für möglich halten würdest. Er ist schon vor der Explosion Richtung Foucarville zurückgelaufen und hat so gar nichts abgekriegt. Nicht die kleinste Schramme. Die Gendarmerie hat ihn zu Delphine gebracht, und er genießt dort seinen Heldenstatus. Er wird nach Strich und Faden verwöhnt, himmelt Hope an, du musst dir keine Sorgen machen.«

Ich versuche, den Kopf zu schütteln, es tut höllisch weh.

»Autsch! Ich will hier raus!«

»Das musst du mit den Ärzten klären, aber ich fürchte, deine Chancen stehen schlecht. Sie werden dich noch ein paar Tage hierbehalten wollen.«

Als hätte er nur auf das Stichwort gewartet, betritt ein weiß gekleideter Mann das Zimmer. Er stellt sich als Professor Eric Renouf vor, blättert in der Krankenakte. »Wir dachten schon, wir müssten Sie aus sämtlichen Einzelteilen zusammensetzen, bei der Einlieferung erweckten Sie den Eindruck eines blutigen Haufen Breis. Aber es sah schlimmer aus, als es ist. Sie haben Prellungen erlitten, recht oberflächliche Wunden, die allesamt von meinem Team gut versorgt wurden. Ihr Schutzengel hat Überstunden gemacht, als die Bombe hochging. Und der Ersthelfer natürlich. Sie hätten tot sein können.«

»Ich habe ein helles Licht gesehen. War das eine Nahtoderfahrung?« So langsam kommt die Erinnerung zurück.

»Wenn Sie das spirituell oder religiös sehen möchten, dann nennen Sie das so. Medizinisch ist nicht ganz geklärt, welche Prozesse dafür verantwortlich sind, allerdings sind ähnliche Erfahrungen bei Drogenmissbrauch oder Krankheiten wie Epilepsie bekannt. Letztendlich gehen Wissenschaftler von einer Hirnfunktionsstörung aus. Lassen Sie es mich vereinfacht erklären: Das Herz steht still, das Blut zirkuliert nicht mehr, das Gehirn wird nicht ausreichend mit Sauerstoff versorgt. Bekommt das Hirn zu wenig Sauerstoff, funktioniert es nicht richtig und überträgt Signale nicht mehr korrekt. So entstehen am Hinterhauptslappen Lichtvisionen. Im Bereich des Scheitel- und Schläfenlappens, die wichtig für das Selbsterleben sind, entstehen außerkörperliche Wahrnehmungen. In dem Moment, wo wieder genug Sauerstoff in das Gehirn gepumpt wird, hört das auf. Aber das ist nur eine Theorie.«

Mein Blick wandert aus dem Fenster, zwischen den Betonwänden der umliegenden Gebäude ist ein kleines Stück Rasen zu erkennen, über dem Häusercarré kann ich einen Hauch von Himmel ausmachen. Ansonsten sind Betongrau, Weiß und Hellgrün die vorherrschenden Farben. »Wann kann ich hier raus?«

»Oh, wir dachten daran, dass Sie noch mindestens eine Woche unser Gast sind«, erläutert Professor Renouf, »damit wir sicher sein können, dass alles gut verheilt und sich keine Spätfolgen zeigen.«

»Kommt nicht infrage. Ich will raus.«

»Können wir da Montag drüber reden?«, schlägt er vor. »Am Wochenende hat unser Salon de Sortie ohnehin geschlossen, da können wir Sie nicht entlassen. Ich würde nochmals vorbeischauen, und wenn alles in Ordnung ist, darf Ihre Freundin Sie mitnehmen. Es steht Ihnen natürlich frei, das Krankenhaus jederzeit gegen meinen ärztlichen Rat zu verlassen. Aber ich empfehle Ihnen dringend, den von mir beschriebenen Weg zu gehen.«

Ich nicke.

Renouf wendet sich an Camille: »Können Sie eine Schwester organisieren, damit die Wunden nach der Entlassung fachgerecht versorgt werden?«

»Aber ja, ich habe sogar schon eine bestimmte im Auge.« Camille schaut mich an. »Was hältst du von Manon? Sie soll wirklich gut sein, und sie wollte ja ohnehin noch etwas mit dir bereden.«

»Ich hoffe, sie kann besser Pflaster kleben und Fäden ziehen als wahrsagen. Denn diese Katastrophe hat sie nicht vorhergesehen.«

»Sie sagte zu Delphine etwas von einem dunklen Schatten, erinnerst du dich?«, ruft Camille mir ins Gedächtnis. »Und willst du gar nicht wissen, was sie für ein Familiengeheimnis hat?«

»Mein Bedarf an Abenteuern ist fürs Erste gedeckt.«

Professor Renouf stimmt zu. »Guter Plan. Wir sehen uns Montag«, entschwindet er aus dem Krankenzimmer.

»Komm, wir fahren in die Cafeteria«, schlägt Camille vor und holt einen Rollstuhl aus der Ecke. »Das Gelände des Universitätskrankenhauses ist riesig, da nehmen wir lieber den kleinen Flitzer hier.« Camille hilft mir in den Rolli, und los geht eine Irrfahrt durch das Labyrinth des CHU. »Wusstest du, dass Guillaume le Conquérant das erste Krankenhaus in Caen gegründet hat?« Camille schiebt mich in den Aufzug und drückt auf den Knopf fürs Erdgeschoss. Der Lift quietscht, knarrt und ächzt, als trüge er selbst die Bürde des tausendjährigen Vermächtnisses auf den Treibscheiben.

»Keine Sorge, das Gebäude ist keine tausend Jahre alt«, lacht Camille, »sondern stammt aus den 1970er-Jahren. Der Aufzug wird einmal pro Jahr gewartet.«

In der Kantine versorgen wir uns mit Törtchen und Kaffee, finden einen Platz mit Blick auf den Innenhof. Die Kuchen zerfallen auf meiner Zunge. »Mhhh.«

»Willst du nicht mal Paul Bescheid sagen, wo du bist?«, schneidet Camille ein heikles Thema an. »Es bedrückt mich schon seit Donnerstag. Du hättest tot sein können, und ich habe nicht einmal eine Adresse, keine Telefonnummer.«

Ich seufze. So erfolgreich habe ich meine Wirklichkeit die letzten Tage verdrängt und weggeschoben. So willkommen war die wilde Geschichte um Werner und Germaine, so nett meine neuen Freunde.

Ich kritzle Camille eine Adresse und Nummer auf einen Zettel. »Für den Notfall, aber wirklich nur für den Notfall. Ich hätte gerne noch ein paar Tage ohne Mann, ohne Deutschland, ohne die verfluchte Realität. Ich würde gerne zuerst mit euch das Rätsel lösen, und das kann ich mir abschminken, sobald Paul hier aufkreuzt. Und er würde sofort alles stehen und liegen lassen, wenn er hört, was passiert ist.«

»Man könnte es ihm nicht verdenken.« Camille schüttelt den Kopf. »Ich finde das nicht gut. Im Kino würden jetzt alle Buuuh schreien, wenn die Heldin sich so verhält«, bohrt sie den Finger etwas tiefer in die Wunde.

»Ich weiß. Es hat auch gar nichts mit Paul zu tun. Es ist nicht nur der verlorene Job und die Perspektivlosigkeit. Ein paar Wochen, bevor ich in die Normandie aufgebrochen bin, ist mein Jugendfreund innerhalb von ein paar Wochen gestorben, so schnell, dass ich mich nicht einmal von ihm verabschieden konnte. Und er hatte sich so viel vorgenommen. Ich konnte bislang nicht um ihn trauern. Es ist nur eine einzige Leere, weil er immer da war in meinem Leben und jetzt fehlt, auch wenn wir nur noch sporadisch Kontakt hatten. Er fehlt mir! Mein Leben ist in den letzten Wochen mehrmals an mir vorbeigezogen, nicht nur in den paar Minuten, in denen ich nicht mehr unter den Lebenden war. Wenn mir vielleicht nur noch ein paar Tage und Wochen bleiben, wie will ich sie verbringen?«

»Das Thema hätte sich vor zwei Tagen fast von selbst erledigt«, entgegnet Camille und verzieht das Gesicht. »Hältst du Das-Leben-in-der-Normandie-Aushauchen für eine brauchbare Alternative?«

»Du weißt, dass das nicht geplant war. Aber ich gebe zu, dass mir die Ablenkung mit dem Skelett, der Schatulle, mit Germaine und Werner, mit Léon, Delphine und dir mehr als willkommen war. Ich habe keinen Gedanken mehr an meinen Mann verschwendet. Auch nicht an Rainer, meine Sandkastenliebe. Oder daran, wie es überhaupt weitergehen soll. Ich habe die Sorgen um meine Zukunft einfach unterbunden.«

»Das ist aber kein Zustand, Brigitte. Das weißt du auch.«
Ich nicke betroffen. Sie hat recht.

»Ich kann mich ja selbst nicht leiden im Moment. Aber: Können wir eine Woche warten? Oder zwei? Machen, was wir uns vorgenommen haben? Die ehemaligen Gefangenen treffen, auf den Töpfermarkt nach Portbail gehen, um Friedrichs Susan zu finden? Die D-Day-Feierlichkeiten erleben? Zuhören, was deine Manon zu sagen hat? Sodass mein Aufenthalt in der Normandie einen Abschluss hat?«

»Also, klär das doch mit deinem Mann. Ihr seid doch erwachsen, oder?«

Ich seufze. Nehme das Smartphone und wähle die vertraute Nummer. Mein Herz pocht im Rhythmus des Freizeichens.

»The person you are calling is not available«, verkündet eine Bandansage.

»Ein Wink des Schicksals«, konstatiere ich. »Ich versuche es später noch mal. Versprochen.«

Camille schiebt mich in mein Zimmer zurück und hilft mir ins Bett. Ich fühle mich noch immer, als wäre ich vom Pont de Normandie gesprungen. Ohne Fallschirm.

Meine Gedanken kreisen um das Gespräch mit Camille. Verdammt, es ist leider wahr! Nicht einen Schritt bin ich weitergekommen, habe nichts von dem umgesetzt, was ich mir für meine sogenannte Flucht vorgenommen hatte. Weder war ich unterwegs, um Europa besser kennenzulernen, noch habe ich mich aktiv mit meiner Situation auseinandergesetzt. Ich habe das gemacht, was ich die letzten Jahre mit großem Erfolg praktiziert hatte: mich durch das Leben treiben lassen, wie eine Möwe im Sommerwind.

Im Laufe der Zeit ist aus einer wissbegierigen jungen Frau ein altes Weib ohne Eigenschaften geworden. Mehr Bücher lesen? Ein Instrument lernen? Alte Hobbys aufleben lassen? Freundschaften pflegen? Fehlanzeige!

Allein Rainer hatte es bis zum Schluss geschafft, mich mit seiner Begeisterungsfähigkeit anzustecken. Aber Rainer ist nicht mehr da. Was bleibt, ist der Schmerz. Und der ist gerade sehr real. Überwältigt von meinem Selbstmitleid drücke ich einige Tränen ins Kopfkissen.

Zum Glück kommt eine Schwester und schickt mich mit einem Cocktail an Schmerzmitteln ins Reich der Träume.

Die Station erwacht um sechs Uhr morgens zum Leben mit Pillenschachtel und Fieberthermometer. Um sieben trifft das Frühstück ein.

Gegen Mittag läuft Friedrich auf. »Mein Retter!«, strahle ich ihn an.

Was ist das? Ich wundere mich. In meinem alten Leben wären wir uns kaum begegnet. Und wenn doch, so hätten sich unsere Wege schnell wieder getrennt. Menschen wie Friedrich lösen in mir einen Fluchtreflex aus. Normalerweise. Hier in der Normandie ist aus unserer Nachbarschaft

151

Freundschaft geworden. Dabei hat mich anfangs seine ganze Art provoziert. Doch hinter dem Freak steckt ein liebenswerter Mensch mit Bodenhaftung. Der jedem anderen zunächst mit Sympathie begegnet, sich für jedes Exemplar der menschlichen Spezies begeistern kann. Ein Labrador auf zwei Beinen eben.

Der verfrachtet mich abermals in den Rollstuhl. »Wir müssen doch testen, ob du überhaupt in der Lage bist, am Leben teilzunehmen«, erklärt er mir.

Er schiebt mich durch den Vorort von Caen, der aus Häuserblocks aus der Zeit der Rekonstruktion besteht. Der Sichtbeton ist ergraut, an einigen Balkonen hängen Blumenkästen. Dazwischen verkündet ein Transparent die Parole »Tous Dans la Rue – alle auf die Straße!«, obwohl kaum eine Seele zu sehen ist. Auf einem Hinterhof kicken vier Jugendliche auf ein improvisiertes Tor, das sie meist verfehlen. Mit einem lauten Scheppern knallt das Leder gegen die übervollen Mülltonnen.

Nach rund einer halben Stunde stehen wir vor den eindrucksvollen Mauern des Château. Friedrich nimmt Anlauf und schiebt mich den Kiesweg zur Burg hinauf, keuchend passieren wir das schwere Burgtor und die ehemalige Zugbrücke und stehen schließlich in dem weitläufigen Innenraum der Festung. Friedrich atmet tief durch und steckt sich eine Fluppe an, bevor er den Rollstuhl weiter durch das Schlossgelände schiebt. Die Feste gilt als Wiege der Normandie, kein Geringerer als Wilhelm der Eroberer hat sie erbaut, vor fast tausend Jahren. Einst gehörte sie zu den mächtigsten Burganlagen in ganz Europa. »Was willst du sehen? Den Skulpturengarten? Das Museum der schönen Künste, das Normandiemuseum? Oder willst du hoch auf die Burgzinnen?«

»Das ist wohl kaum barrierefrei«, deute ich auf die schmalen Stiegen, »und ich habe ohnehin Höhenangst.«

So beschränken wir uns auf einen kleinen Rundgang, genießen den Blick auf die Stadt und statten den bizarren Gestalten im Skulpturenpark einen Besuch ab. Durch den Burggraben, der von einigen stattlichen Burgkatzen bewohnt wird, rollen wir Richtung Innenstadt. Ein Schild weist uns den Weg ins mittelalterliche Viertel Vauqueux, in dem die Stadt ihren einstigen Charakter erhalten hat. So muss sie ausgesehen haben, die Siedlung um die Burg, bevor der Krieg ihre Seele geraubt und vielen Einwohnern das Leben genommen hat. Von diesem Quartier sind nurmehr einige Gassen erhalten geblieben, verwinkelte Straßenzüge und krumme Häuschen. Ateliers, Boutiquen, Restaurants und Bars reihen sich aneinander. Beharrlich quält Friedrich sich mit meinem Rollstuhl über das Pflaster der Fußgängerzone.

»Mich bedrückt das sehr, dass wir immer wieder auf den Krieg zurückkommen«, beichte ich Friedrich. »Und wenn du mal angefangen hast, auf die Spuren zu achten, siehst du sie überall.«

»Ich bin mir sicher, dass die meisten Urlauber das nicht so wahrnehmen. Sie gehen baden, wo die alliierten Soldaten starben, und bauen Sandburgen, beißen in ihre Sandwiches und genießen die Sonne.«

»Ich würde gerne an einer dieser echten Gedenkveranstaltungen teilnehmen. Zum Beispiel direkt am 6. Juni, morgens an Utah Beach. Camille hat davon erzählt.«

»Das ist zu einer nachtschlafenden Zeit, da geht gerade erst die Sonne auf. Weißt du, wann du da aufstehen musst, damit wir rechtzeitig da sind?«

Ich nicke. »Kommst du mit?«

»Natürlich, die Erinnerungskultur ist wichtig. Das Leben aber auch! Komm, wir schauen uns den Rest der Innenstadt an.«

Wir wechseln auf die andere Seite der Burganlage in die neu angelegte Fußgängerzone. Die Straße ist breit, die Häuser sind neu, die Läden schick. Wir wagen einen Abstecher jenseits des Hauptstroms. In den Hinterhöfen rechts und links der Flaniermeile versprühen die Wohnblocks unübersehbar Tristesse. Nur rote, grüne, gelbe und blaue Markisen an den Balkonen setzen Farbtupfer zwischen den Betonplatten. Im sechsten Stock trocknet vorwitzig Damenwäsche im Wind. Ein einstiger Prachtbau modert vor sich hin, Schilder untersagen das Betreten, auf der ausladenden Treppe sonnen sich magere Katzen jeden Alters.

Friedrich schiebt mich in den Fußgängerbereich zurück. Auf einem nostalgischen Karussell liefern sich die Kinder auf dem Rücken der Einhörner, Esel und Tiger ein Wettrennen. Das Pflaster ist hier rollstuhlfreundlicher, und die Schaufenster der Läden sind von liebevoller Hand dekoriert. Zwischen den hochmodernen Häuserfronten sind Zeugen des alten Caen zu entdecken, wie etwa die Buchhandlung, deren Fassade mit aufwendigen Schnitzereien verziert ist. »Librairie générale du Calvados« prangt in braunen Jugendstillettern über dem Eingang. Mein Chauffeur biegt in die Rue Froide ab, eine schmale Gasse, in der über allem der Geruch von Räucherstäbchen hängt, der aus einem der Läden emporsteigt. Drei Restaurants, fünf Bars und zwei Antiquariate weiter öffnet sich vor uns ein Platz, auf dem Flohmarkthändler ihre Ware feilbieten.

»Schau«, sagt Friedrich, »unser Hundertjähriger ist auch dabei.« Tatsächlich bewacht der Greis, den wir in Bretteville kennengelernt haben, den üppigen Stand mit neuen und alten Werkzeugen.

Georges Bisson erkennt uns, winkt uns zu. »Was haben Sie denn gemacht, Madame? Sie sind in viel schlechterem Zustand als ich, obwohl sie nur halb so alt sind.«

»Ich hatte einen Unfall, aber morgen darf ich voraussichtlich wieder nach Hause.«

Sein Enkel, ein langes, dünnes Elend, macht sich im hinteren Teil des Standes an seinen Exponaten zu schaffen, räumt hastig einige Kisten in seinen weißen Transporter, an den ein doppelachsiger Hänger gekoppelt ist. Er blickt nur kurz auf, nickt und werkelt weiter. Wir bestaunen weitere Marktstände, Friedrich bleibt an einer Sammlung alter Vinylplatten hängen.

Am Ende der Fußgängerzone erwartet uns der Justizpalast im neoklassizistischen Stil. Hohe Eisengitter und alles überwuchernde Gänseblümchen zeugen davon, dass die Rechtsprechung ein neues Domizil gefunden hat. Auf der anderen Seite des Kreisverkehrs grüßen majestätisch das Rathaus und die Abteikirche. Im barocken Garten vor dem Komplex posieren Urlauber vor den roten Buchstaben Caen und schießen Selfies. Direkt daneben grinst eine fette Katzenskulptur frech auf die Szene, eine weitere schützt sich mit Schirm vor dem sprichwörtlichen normannischen Regen, der heute wieder mit Abwesenheit glänzt. Ein Schild klärt uns darüber auf, dass es sich um die Ausstellung Le Chat handelt, die Manifestation einer beliebten Comicfigur von Philippe Geluck. Wir folgen den Katzenspuren auf dem »Cat Walk« durch den Park. Die Katze übt sich in Schlangen-, Vogel- und Hundedressur und streckt den fetten Katerbauch zufrieden von sich. Auf der anderen Seite des Kreisverkehrs treten wir den Rückweg an. Rund um die Trümmer der Église Saint-Étienne-le-Vieux sitzen Stadttauben in der Sonne und pflegen sich gegenseitig das Gefieder. Sie sind, wie die Kirche, in einem desolaten Zustand.

»Im Reiseführer habe ich gelesen, dass die Kirche schon seit der Revolution nicht mehr als Gotteshaus genutzt wurde. Bereits im 19. Jahrhundert drohte sie einzustürzen.« Friedrich verfügt über ein beneidenswertes Gedächtnis. »Der Zweite Weltkrieg gab ihr dann den Rest. Eine Bombe krachte ins Kirchenschiff, weil eine deutsche Panzerkolonne daneben rastete. Jetzt kam sie zu zweifelhaften Ehren, sie wird unter den schönsten Ruinen Frankreichs auf Platz vier geführt.«

Flott schiebt Friedrich mich durch die Stadt. Entführt mich in den Botanischen Garten, der für Delphine ein Paradies sein müsste. Wir betrachten einheimische Pflanzen der Normandie, den Heilpflanzengarten, schlendern durch Steingärten und ein Arboretum. Wir tauchen ein in die exotische Welt, die im Gewächshaus ihren Platz gefunden hat. Meine Aufnahmefähigkeit ist am Ende für diesen Tag, lethargisch hänge ich im Rollstuhl. Mein persönlicher Bodyguard sucht einen Weg zurück zum Universitätskrankenhaus. Die Sonne scheint auf die geschundenen Knochen. Irgendwann muss ich eingenickt sein; als ich aufwache, sind wir wieder mitten im unvergleichlichen Odeur von Desinfektionsmitteln und Katheterbeuteln.

»Eine sonderlich unterhaltsame Gesprächspartnerin bist du heute nicht«, neckt mich Friedrich, während er mich ins Krankenzimmer zurückverfrachtet. »Camille und ich kommen morgen Vormittag. Camille hat ein Auto geliehen, damit wir dich komfortabel transportieren können. Delphine wird dich zunächst aufnehmen, der Campingplatz ist für die nächsten Tage eher suboptimal. Dein Kater ist ohnehin bei mir eingezogen.«

Kapitel 13

Eric Renouf macht nicht viel Federlesen. »Wenn Sie unbedingt wollen, können Sie gehen. Aus rein medizinischer Sicht spricht nichts dagegen, ich habe hier Rezepte für Schmerzmittel, das Verbandsmaterial und die Dienste der Infirmière, der Krankenschwester. Sie soll alle zwei Tage vorbeischauen, das erste Mal am Mittwoch.«

»Ich habe das in die Wege geleitet«, versichert Camille, »und wir sorgen auch dafür, dass die Patientin sich noch einige Tage schont.«

Dabei geht es mir schon viel besser.

Ich bekomme meine Dokumente und Entlassungspapiere und verlasse das CHU Caen. Mit den Gehhilfen schaffe ich es von der Tür bis zum Parkplatz. Camille hat ein geräumiges Fahrzeug organisiert, sie und Friedrich, den sie morgens am Campingplatz aufgelesen hat, bugsieren mich in den Hochdachkombi.

Es ist kurz vor Mittag, als Camille auf die RN 13 Richtung Westen abbiegt. »Ich würde gerne nach Foucarville fahren und mir die Schäden der Bombe ansehen. Ich habe immer noch nicht begriffen, was genau passiert ist«, bitte ich sie.

»Ein bisschen Zeit haben wir ja«, meint Camille, »Delphine erwartet uns erst am Spätnachmittag.« Sie braust über die Schnellstraße und verlässt diese in Sainte-Mère-Église. Die Kleinstadt hat sich bereits für die D-Day-Feierlichkeiten herausgeputzt, überall wehen amerikanische Fahnen. Auf dem Parkplatz vor der Kirche stehen zahlreiche Reisebusse und Touristengruppen wälzen sich durch die Gassen. Auf dem Weg aus dem Städtchen begegnen uns Militärkonvois, sogar einige Panzer pressen sich über die schmalen Bocage-Wege.

In Foucarville ist die Straße noch gesperrt, zwei Gendarmen erklären uns, dass das gesamte Gelände tabu sei. In der Ferne sehen wir die Männer und Frauen des Kampfmittelräumdienstes den Acker absuchen. Die Maisernte fällt dieses Jahr aus. Selbst von unserem Standort aus können wir den hässlichen Krater erspähen, den die Bombe gerissen hat. Er hat einen Durchmesser von rund fünfzehn Metern, schätze ich. Und er ist genau an der Stelle, wo wir in unserem jugendlichen Leichtsinn gegraben hatten. Nicht auszudenken, was passiert wäre, wenn die Bombe ein paar Tage früher gezündet hätte.

Camille wendet und findet einen Schleichweg in den Ort. Dort erwartet uns ein Bild der Verwüstung. An nahezu allen Häusern sind die Fenster zerborsten. Die Explosion hat an rund einem Dutzend Gebäuden die Dächer abgedeckt. Große Müllberge entlang der Hauptstraße zeugen davon, dass bereits fleißig aufgeräumt wird. Auf den Hof des größenwahnsinnigen Terriers hat es ein Auto hingeworfen, das allenfalls nur noch Schrottwert besitzt. Stéphanie Lagalle steht in Jeans, Shirt und Arbeitsschuhen auf dem Nachbargrundstück und ist ins Gespräch mit Sicherheitskräften und Anwohnern vertieft. Es wird mit Sicherheit eine Weile dauern, bis wieder Normalität herrscht.

Camille stellt den gemieteten Peugeot mitten auf die Straße und begrüßt die Bürgermeisterin, die zu uns ans Auto kommt.

»Was bin ich froh, dass Ihnen nichts Schlimmes passiert ist!«, sagt sie, als sie mich bemerkt.

Ich winke ab. »Immerhin weiß ich jetzt, warum man bei uns in Deutschland sagt, jemand habe den Knall nicht gehört. Habe ich nämlich auch nicht. Kennt die Polizei mittlerweile die Ursache?«

»Ja, es war eine Fliegerbombe mit einem chemischen Langzeitzünder. Diese wurden sowohl von britischen Royal Air Force als auch den United States Army Air Forces in großem Umfang während des D-Days verschossen. Sie explodieren erst Stunden nach dem eigentlichen Angriff. Der Feind, der sich in seinen Bunkern verkriecht, denkt, dass die Luft wieder rein ist, und verlässt die Schutzräume, um dann der zeitverzögerten Explosion zum Opfer zu fallen. Ziemlich effektiv.« Lagalle seufzt. »Hier, in unserem weichen, sandigen Boden, haben sich diese Bomben tief ins Erdreich gebohrt, mit der Spitze nach oben. Die Chemie, die den Zünder auslösen sollte, ist verdampft, die Bombe wurde zum Blindgänger. Heute können sie von der kleinsten Erschütterung hochgehen, wie Sie ja an eigenem Leib erfahren haben. Auch Korrosion kann eine Explosion auslösen. Die Entschärfung ist schwierig, da man nichts über den Zustand der Zünder weiß. Auch sind diese Fliegerbomben oft mit Ausbausperren versehen, um das Entschärfen quasi unmöglich zu machen. Deshalb werden solche Funde meist kontrolliert gesprengt, um jegliches Risiko für die Zivilbevölkerung auszuschließen.« Sie lässt den Blick über ihr einstmals idyllisches Dorf schweifen. »Die Räumkommandos suchen jetzt den gesamten Acker ab, ob sich weitere Bomben auf dem ehemaligen POW-Gelände befinden. Wohnortnah sind sie bislang erfolglos geblieben, sodass wir die Häuser wieder für die Anwohner freigeben konnten. Die Schäden im gesamten Ort sind beträchtlich. Kein einziges Haus blieb verschont, selbst am Rathaus sind die Scheiben zerborsten.«

»Es ist schrecklich.« Mir ist flau im Magen, beim Gedanken an diesen Donnerstag. »Gab es weitere Verletzte?«

»Nein, es ist ein Wunder«, konstatiert Stéphanie Lagalle, »dabei konnte der Erdbebendienst die Erschütterung messen, und die Wolke war weithin sichtbar. Der Knall der Explosion war noch in Valognes zu hören. Es gab einen Aufruhr in den sozialen Medien, einige dachten, im Kernkraftwerk in Flamanville sei ein Unfall passiert, andere glaubten an einen Terroranschlag. Aber es kamen weder Mensch noch Tier ernsthaft zu schaden, eine Kuh hat verkalbt. Dazu kommen Ihre Verletzungen und die Hand von Monsieur Belanger. Das wars! In ein, zwei Tagen werden wir alle Sperrungen aufheben können. Auch unsere Gedenkveranstaltung am Wochenende kann wie geplant stattfinden.«

Wir unternehmen ein paar Schritte durch den Ort und inspizieren die Verwüstungen. Die Sachschäden sind enorm, doch die Bürgermeisterin bleibt gelassen. »Wenn die Sprengstoffexperten durch sind, können wir sicher sein, dass da nichts mehr ist. Und stellen Sie sich mal vor, der Landwirt hätte gerade seinen Mais gedüngt. Eine Katastrophe wäre gewesen, wenn die Bombe während der D-Day-Veranstaltungen hochgegangen wäre. So hatten wir Glück im Unglück, und alles andere lässt sich reparieren.«

»Wenn da eine Schatulle war, was wäre dann mit ihr passiert?«

»Was immer da vergraben war außer der Bombe, Sie können sicher sein, dass nicht mehr viel davon übrig ist. Sie können Ihre Suche also einstellen.«

Mir entfährt ein Seufzer.

»Wie auch alle anderen Schaulustigen und Schatzsucher, die von der Explosion angelockt wurden wie die Mücken vom Licht.« Die Bürgermeisterin kann ihre Verärgerung nur schwer verbergen, jegliche Gelassenheit weicht aus ihren Augen. »Seit Tagen versuchen wir, den Ort so gut zu sperren, wie es nur geht, aber zwischenzeitlich war es das reinste Volksfest. Jeder wollte das Loch sehen, Selfies mit Krater machen und viele haben versucht, über die Absperrung zu gelangen und nach dem mutmaßlichen Schatz zu suchen. Auch Bombensplitter sind als Souvenir heiß begehrt. Das erschwert die Arbeit der Sicherheitskräfte enorm. Ich hoffe sehr, dass sich der Auflauf wieder legt.« Sie zieht ein Paar grobe Arbeitshandschuhe über. »Ich geh dann mal wieder mit anpacken.«

Wir verabschieden uns von der Bürgermeisterin und treten die Fahrt durch die Bocage zu Delphine an. Sie hat die Couch im Wohnzimmer in ein komfortables Bett verwandelt, einen Stapel Bücher auf dem Couchtisch platziert und erwartet uns mit Tee und einer buttertriefenden Brioche. Bébel begrüßt mich stürmisch, leckt mir immer wieder übers Gesicht, jault und quietscht. »Ich weiß genau, dass du treulos warst und mich nicht vermisst hast«, tadle ich meinen Collie, der nicht von meiner Seite weicht.

»Gibt es eigentlich etwas Neues von unserem Holländer?«

»Er ist nach wie vor abgängig«, berichtet Friedrich. »Die zweite Suchaktion verlief ergebnislos. Die Polizei verteilt überall Flugblätter, die Anwohner durchkämmen die Wälder auf eigene Faust, aber keiner hat ihn gesehen. Es bleibt ein Rätsel.«

»Was ist mit Léon?«

»Er hat sich nicht mehr blicken lassen die letzten Tage. Ich weiß es nicht, ist er wie alle anderen auf Barts Spuren? Außerdem muss er sich ja um sein Projekt kümmern, wobei ein Standort jetzt mit Sicherheit nicht mehr in der engeren Wahl ist.« Camille ist nicht traurig über die Sabotage der Baupläne.

»Vielleicht hat jemand die Bombe manipuliert? Um zu verhindern, dass wir den Schatz finden? Oder um das D-Day-Land zum Scheitern zu verurteilen?«

»Die Polizei in Cherbourg und die Sprengstoffexperten des Militärs schließen das derzeit aus.«

Delphine schneidet die Brioche auf. Ich nehme ein Stück und tunke es in den dampfenden Tee.

»Ich muss zu den Schafen und vorher noch den Leihwagen zurückbringen«, erklärt Camille. »Soll ich dich wieder am Campingplatz absetzen, Friedrich?«

Der nickt. »Brigitte, ich habe dir die Aufzeichnungen unseres Unbekannten mitgebracht. Vielleicht kannst du dich ein bisschen damit beschäftigen, während du nur faul rumliegst«, gibt er mir zum Abschied auf den Weg.

Dann sind Delphine und ich mit den Hunden alleine. Belmondo kuschelt sich an mich, und irgendwann liegen wir nebeneinander auf Delphines gemütlicher Couch. Ich ziehe die Aufzeichnungen an mich heran und lese in den Erinnerungen des Unbekannten.

»Immer wieder muss ich an unsere letzte Station vor der Gefangennahme denken. Diese freundliche Bauernfamilie, die uns so ganz ohne Vorbehalte aufgenommen hat und sicherlich für ihre Gastfreundschaft bestraft wurde. Ob wohl der Familienvater wieder bei den Seinen ist? Und der Pimpf, wie mag es ihm nur gehen? Ich hatte den Kleinen in mein Herz geschlossen.

Aus unserer ehemaligen Einheit ist nur einer in meiner Abteilung in Foucarville. Ausgerechnet Oswald. Dieser Mensch ist eine Heimsuchung. Wir sind in derselben Stadt geboren, waren zusammen auf dem Realgymnasium. Der gleichen Schule, an der Generalfeldmarschall Rommel sein Abitur gemacht hat. Dieser Umstand erfüllt Oswald bis heute mit Stolz, zu gerne wäre er seinem großen Vorbild in der Normandie begegnet.

Oswald war schon zu Schulzeiten speziell, ein Streber und ein Denunziant. Wegen ihm habe ich so manche Stunde im Karzer unterm Dach zugebracht und aus Langeweile Inschriften und kleine Kunstwerke in den Putz geritzt. Dass ich ausgerechnet ihn in den Wirren des Krieges hier in der Normandie wieder getroffen habe, ist ein hinterhältiger Winkelzug des Schicksals. Dass er mir in Foucarville immer noch im Pelz sitzt, ist mir oft unerträglicher als die Gefangenschaft selbst.

Im Lager geht das Gerücht, dass unsere Tage hier gezählt seien. Wir könnten schon bald entlassen werden. Oder nach Amerika überführt. In beiden Fällen gestaltet sich meine Zu-

kunft schwierig. Ich will weder nach Deutschland noch in die
USA. Ich möchte in Frankreich bleiben, Germaine suchen. Aber
wie soll ich das anstellen?«

Claude, Bart und das unbekannte Skelett sitzen auf den Hockern der Bar de la Plage in Portbail und pfeifen. Sie sind
ausgelassen, und das Skelett ordert eine Runde Bier für alle.
Campino schenkt voll: »Aber langsam und mit Bedacht
trinken, Jungs, so im Jenseits verträgt man das schlechter.«
Sie lachen. »Erzähl keinen Mist, Junge, das läuft runter wie
Öl«, grölt der Knochenmann. Unter seinem Hocker hat sich
eine Pfütze gebildet, das Interieur der Kneipe spiegelt sich
darin. Sie stimmen Monty Pythons »Always Look on the
Bright Side of Life« an, schunkeln untergehakt auf den Bar-
hockern.
Claude winkt mir zu, lässt all seinen Charme spielen.
»Komm, trink mit uns!«, fordert er mich auf. Doch mir ist es
zu früh, und ich verlasse fluchtartig das Lokal. Ich höre eine
Detonation und versuche, hinter einem Monoblock-Sessel in
Deckung zu gehen. »Jetzt ist es nicht mehr zu früh«, sagt
eine Stimme.
Ich schreie laut auf.

»Danke, ich freue mich auch, dich zu sehen.« Friedrich steht
neben meinem Lager.
»Ich habe schlecht geträumt«, erkläre ich matt.
»Es ist schon elf.«
Mit einem Stöhnen wälze ich mich herum. Bébel liegt
neben mir und nimmt mehr als die Hälfte der Liegefläche
ein. Unglaublich, wie viel Platz so ein kleiner Hund bean-
sprucht, wenn er völlig entspannt auf dem Sofa lümmelt.
»Gibt es was Neues?« Verschlafen reibe ich mir die Augen.
»Nein, eigentlich nicht, Bart ist immer noch verschwunden, und Léon hat sich seither auch nicht mehr gemeldet.

Ich fahre jetzt mit dem Rad ein bisschen die Gegend anschauen, das Landesinnere erkunden. Außerdem habe ich einen Tipp für ein Kultlokal in Blainville bekommen. Das *La Cale* wird wahlweise als das schlechteste oder das beste Restaurant Frankreichs gehandelt, auf jeden Fall ist es eine Institution. Und die Muscheln und das Lamm vom offenen Feuer sollen beide sensationell sein. Diesen Ausflug habe ich mir nach der Aufregung der letzten Tage verdient.«

»Und was ist mit mir?«

»Du sollst dich schonen, wenigstens noch ein paar Tage.«

Mein Protest verhallt, denn Friedrich ist längst vor der Tür. Delphine kommt herein, parkt ihre Einkäufe auf der großen Anrichte.

»Kennst du ... kanntest du Claude?«, frage ich beim zweiten Kaffee.

»Aber ja! Ich glaube, jeder hier in der Region kannte ihn, er war bekannt wie ein loup blanc, *ein weißer Wolf.* Wie heißt das bei euch?«

»Bunter Hund.«

»Außerdem war er ein echter Filou. Er hat viele Frauen um den Finger gewickelt. Ich glaube sogar, dass meine Mutter auch mal etwas mit ihm hatte.«

»Aber du bist nicht seine Tochter?«

»Nein, nein, das war erst viel später, als mein Vater über alle Berge war. Ich weiß nicht, was sie an ihm gefunden hat. Wahrscheinlich war die Zuneigung einer Art Mutterinstinkt geschuldet, dass sie ihn unbedingt beschützen wollte. Oder er war eine Granate im Bett. Oder beides. Ziemlich sicher beides.« Sie lacht.

»Er ist heute Nacht zusammen mit dem Holländer und unserer Leiche in meinem Albtraum aufgetaucht. Und es gab erneut eine Explosion.«

»Du solltest etwas auf andere Gedanken kommen, das ist gut für den Schlaf und für deinen Körper. Ich habe dir ein paar richtig gute Bücher rausgesucht.« Sie deutet auf den

Stapel auf dem Couchtisch. »Lies von Claudie Gallay *Les Dé-ferlantes – Die Brandungswellen*. Es spielt ganz oben am Cap, da, wo der Cotentin zu Ende ist. Sie fängt die Stimmung sehr gut ein.«

»Ich glaube, ich habe nicht den Kopf dafür. Wir waren in Caen im Botanischen Garten, das fand ich sehr beeindru-ckend. Wie bist du denn zu den Kräutern gekommen?«

»Oh, Caen ist eine ganz andere Nummer als mein beschei-denes Reich. Großartig, was die alles kultivieren und pfle-gen. Zuerst wollte ich nur wohlschmeckenden Tee zuberei-ten. Die Auswahl in der näheren Umgebung war nicht allzu gut. Also habe ich angefangen, damit zu experimentieren. Und dann hatte ich eine Bronchitis, die sehr hartnäckig war. Deshalb habe ich mich mit altem Heilwissen beschäftigt.«

»Und wie hat das dir bei der Bronchitis geholfen?«

»Kennst du Eibisch? Aus dem hat man früher Hustensaft hergestellt, genauer gesagt aus der Wurzel. Eibisch wächst in Massen in den Salzwiesen, da, wo Camilles Schafe grasen. Also habe ich die Wurzeln ausgegraben und Hustensaft ge-wonnen. Und erfahren, dass der Sirup der Vorläufer zu den berühmten Marshmellows ist. Am Originalrezept arbeite ich noch, aber das wird eine süße Verführung für meinen Stand.«

»Und wieso die vielen Giftpflanzen? Und die Killerkäfer? Willst du jemanden umbringen?«

»O nein! Niemals. Die letzten Tage haben dir nicht gutge-tan«, tadelt sie mich. »Die Dosis macht das Gift, das wusste schon Paracelsus. Nimm nur die Käfer und ihr Gift, das Can-tharidin. Die traditionelle chinesische Medizin verwendet es seit mehr als zweitausend Jahren zur Behandlung von Krebs. Hier im Westen weiß man das, allein die hochtoxische Wir-kung auf die Nieren hat bislang verhindert, es in der westli-chen Medizin zur Krebstherapie einzusetzen. Trotzdem wird seit einigen Jahren intensiv daran geforscht, Schlaganfälle und Koronarerkrankungen mit Cantharidin zu lindern oder

Erinnerungsschwächen zu reduzieren. Auch zur Steuerung des Blutzuckerspiegels soll es hilfreich sein. Und die Homöopathie kennt das Käfergift als Cantharis, das in Tablettenform oder als alkoholische Lösung Anwendung findet.«

»Ich glaube, ich habe kein allzu großes Vertrauen in die sogenannte alternative Medizin.«

»Ich verstehe dich voll und ganz«, pflichtet Delphine mir bei. »Da ist viel Geldmacherei darunter, ein Großteil lässt sich wissenschaftlich nicht belegen, und gerade im Internet werden Gutgläubigkeit und Verzweiflung der Patienten ausgenutzt. Da bin ich ganz bei dir.« Sie geht zu einem ihrer Regale und zieht einige alte Bände hervor. Sie riechen nach altem Papier und jahrhundertealtem Wissen. Etwas Staub angesetzt haben sie auch. »Ohne Wissenschaft, Medizin und Forschung wären wir Menschen heute nicht da, wo wir stehen. Und dennoch fasziniert mich dieses alte Heilwissen. Die Natur hält einiges bereit, das vorbeugend oder unterstützend wirkt, darauf sollten wir nicht verzichten. Außerdem zählt dieses Wissen zum Kulturerbe, das es zu erhalten und zu pflegen gilt. Diese alten Bücher hier sind eine unerschöpfliche Quelle.«

»Und deine Wunderbäume, die du aus giftigen Samen ziehst? Hast du nicht Angst, dass aus Versehen ein Kind die verschluckt?«

»Deswegen ist doch alles sorgsam abgeriegelt. Du wirst dich aber wundern, in wie vielen Gärten er einfach wächst, ohne dass der Hobbygärtner um ihre Gefährlichkeit weiß. In anderen gedeiht völlig ungehemmt Stechapfel, mit dem du dich direkt in die Vorhölle katapultieren kannst.« Delphine ist ernst geworden. »Die Samen des Wunderbaums sind zwar höllisch giftig, aber durchs pure Verschlucken stirbt kaum jemand. Selbst dann nicht, wenn er sehr intensiv darauf herumkaut. Das Gift wird nur sehr schlecht im Verdauungstrakt absorbiert. In der Regel bekommst du höllische Bauchschmerzen. Ich weiß, es klingt paradox, denn Rizin in

Reinform fällt unter das Kriegswaffenkontrollgesetz. Die Samen sind aber frei verkäuflich.« Erneut steht sie auf, verlässt das Haus und kehrt kurze Zeit später mit einer Packung zurück.

»Das hier sind Hornspäne, sie sind im biologischen Anbau sehr beliebt. Die Grundsubstanz stammt aus Horn und Huf von Schlachtrindern und eignet sich hervorragend als natürliches Düngemittel. Hunde haben es zum Fressen gern. Leider wird immer noch unter die Hornspäne Rizinusschrot gemischt. Meist ist es Presskuchen, der bei der Gewinnung von Rizinusöl entsteht. Das giftige Rizin bleibt in diesem Presskuchen, und wenn es den Hornspänen beigemischt wird, entsteht für Hunde ein tödliches Gift.« Sie hält mir die Schachtel hin. »In diesem Dünger ist kein Rizin, zum Glück. Denn dreißig bis vierzig Gramm von dem Presskuchen reichen, um zehn Kilo Hund zu meucheln.« Sie bringt den Karton vor unseren Border Collies wieder in Sicherheit. »Kaum ein Hundehalter ist sich dieser Gefahr bewusst, auch viele Kleingärtner nicht. Menschen mit Rizin zu töten, ist deutlich schwieriger, schon weil sie keine Hornspäne unkontrolliert in sich reinschlingen würden. Um sicherzugehen, müsstest du schon Chemiker sein und das Rizin deinem Feind injizieren.« Sie stellt den Tee, den sie nebenbei aufgebrüht hat, in einem Stövchen auf den Tisch und schenkt uns ein. »Ein spektakulärer Fall ging als das Regenschirmattentat in die Geschichte ein. Der Killer, vermutlich ein Agent, hat in London einen bulgarischen Dissidenten scheinbar versehentlich mit einer Regenschirmspitze verletzt und dabei eine Kugel in den Unterschenkel seines Opfers gespritzt. Diese hat langsam das Gift Rizin abgesondert; bis das Opfer die Vergiftungserscheinungen erkannte, war es bereits zu spät.«

»Ein bisschen unheimlich ist mir dein Giftschrank schon.«

»Glaube mir, ich hege keine bösen Absichten«, beschwichtigt mich Delphine. »Im Gegenteil. Mit den Heilpflanzen und auch mit den Käfern bin ich seit ein paar Monaten mit einem spannenden Start-up in Cherbourg in Kontakt. Die entwickeln AlzTec, ein neuartiges Medikament gegen Alzheimer, das wirkungsvoll alle krankheitsspezifischen Eiweiß-Ablagerungen aus Beta-Amyloid quasi wegbrennt. Unter anderem untersuchen sie, inwieweit organisches oder künstliches Cantharidin eingebaut werden kann. Und wie die Nebenwirkungen reduziert werden. Das ist schon mitreißend und inspirierend, ich will sie mit natürlich gewonnenem Käferöl unterstützen. Für Millionen von Menschen wäre ein solches Medikament die Rettung. Über das Projekt und meine Beteiligung hat neulich sogar die Presse ausführlich berichtet. Leider kommen Lokalreporter nur selten ohne Klischees aus. Die Kräuterhexe des Cotentin haben sie mich genannt.« Delphine verdreht die Augen. »Unter dem Strich macht aber der Giftschrank nur einen ganz kleinen Teil meiner Arbeit aus, im Grunde genommen ist das Hobby. Und harmlos. Mein Hauptaugenmerk liegt auf Tees und Salben.« Sie nimmt den Kopf ihrer Hündin zwischen die Hände und massiert Hope die Ohren. »Ich weiß, wir kennen uns kaum, aber wir Normannen sind von jeher gastfreundlich und offen. Ich kann mich nur wiederholen: Ein Plätzchen finde ich hier für dich. Kost und Logis und kleines Taschengeld, das wäre drin, wenn du auf dem Cotentin bleiben möchtest. Und du kannst dir das in Ruhe überlegen.«

»Das geht nur, wenn ich Paul überzeugen kann. Und ich kenne ihn, er wird mit einem Taschengeld nicht zufrieden sein. Auch nicht mit einem Tiny House.«

»Jobs sind hier rar gesät, aber das weißt du ja schon. Saisonkräfte werden immer gesucht, in den Austernfarmen und zum Gemüseernten. Harte Knochenarbeit, für die es gerade den Mindestlohn gibt. Und in der Gastronomie. Ansonsten sind das Kernkraftwerk in Flamanville und die Wiederaufbereitungsanlage in La Hague die größten Arbeitgeber in der Region.«

Ich schüttle mich. »Nein, das kommt gar nicht infrage!«

Hope schleckt Belmondo das Ohr aus. »Hund müsste man sein«, seufze ich. »Da fällt mir etwas ein: Wir haben vor einer Woche auf dem Markt ein deutsches Auswandererpärchen kennengelernt. Sie haben ein Schloss gekauft oder so etwas Ähnliches und sind am Renovieren. Vielleicht haben die ja noch Jobs zu vergeben? Oder Tipps auf Lager, wie man hier in der Gegend Geld verdienen kann?«

»Weißt du noch, wo das war?«

»Sie haben mir eine Visitenkarte gegeben, aber ich habe keine Ahnung, wo die geblieben ist. Wahrscheinlich mit in die Luft geflogen.«

»An was kannst du dich erinnern?«

»Ein Paar wie Pat und Patachon. Melanie und ... Lasse? Lars? Das Schloss hieß irgendetwas mit Vermouth ... und war ganz hier in der Nähe.«

»Oh, du meinst sicher den Manoir de Vermont! In Saint-Rémy-des-Landes, das ist erst vor Kurzem verkauft worden, und ich glaube, dass es an Ausländer ging. Ein riesiger Landsitz, zumindest für unseren Landstrich. Ich weiß, wo das ist. Sollen wir hinfahren?«

Beim Wort fahren stehen beide Collies an der Tür. »Einstimmig angenommen«, lacht Delphine.

Delphines Fahrkünste stehen denen von Camille nur wenig nach, traumwandlerisch lenkt sie ihren Kastenwagen über verschlungene Wege. Wenn sie mich aussetzt, finde ich nie wieder in die Zivilisation zurück.

Von hinten schießt ein Fahrzeug heran und setzt in halsbrecherischer Fahrt zum Überholen an, mitten in einer unübersichtlichen Kurve. Ein Motorroller kommt uns entgegen, Delphine reißt das Steuer nach rechts, touchiert die Böschung, das Gefährt bricht nach links aus, direkt auf den Kombi und Roller zu. Delphine lenkt abermals nach rechts und bekommt das Fahrzeug wieder unter Kontrolle. Der dunkelblaue Kombi quetscht sich an uns vorbei. Sein rechtes Bremslicht ist defekt. Delphine hält, kontrolliert den Zustand der Reifen. »Die Achse hat sicher etwas abbekommen.«

Der Fahrer des Motorrollers steht in einer Einfahrt zu einer Kuhwiese. Er hat seinen Helm abgelegt und befördert seinen Mageninhalt neben die Weide. Seine Knie zittern, das Gesicht ist aschfahl. »Das war knapp!«, japst er.

»Das war das junge Pärchen, das in den Caravan eingebrochen ist«, berichte ich Delphine, »die hatten genauso einen Wagen, mit kaputtem Bremslicht.«

»Leider kein Alleinstellungsmerkmal, schon gar nicht in Frankreich«, seufzt Delphine, »auf dem Land winkt der Contrôle Technique bei der Hauptuntersuchung oftmals noch alles durch, was sich bei einer Vollbremsung nicht in seine Einzelteile zerlegt. Aber wir sollten trotzdem eine Meldung bei der Gendarmerie machen.«

Ich wähle Lieutenant Desquiret Nummer und berichte von dem Vorfall.

»Haben Sie ein Kennzeichen?«

»Leider nicht, es ging so schnell, ich glaube, das Nummernschild war gelb, möglicherweise ein niederländisches.«

»Wir tun unser Möglichstes, aber erwarten Sie nicht zu viel«, bremst der Gendarm meine Hoffnungen und beendet die Verbindung.

Das Gesicht des Zweiradfahrers gewinnt an Farbe, seine restlichen Vitalfunktionen kehren langsam zum Normalzustand zurück, und er schwingt sich auf sein Gefährt. Wir atmen tief durch. Nichts passiert, hurra, wir leben noch! Fünf weitere Kreuzungen und sieben Kurven, und wir stehen vor dem Schloss.

Melanie hat mit der Beschreibung »Bates Motel« nicht zu viel versprochen. Hinter einem hohen gusseisernen Zaun, der in den Farben Hellblau und Rostrot changiert, breitet sich eine Rasenfläche aus, auf der Haufen von Schutt, Erdaushub und Putz zu finden sind. Hinter ihnen duckt sich das Hauptgebäude. Zwei runde Türme, ein lang gestreckter Palas, auf dessen Dach ein rundum verglastes Türmchen thront – die Rahmen waren einst kunstvoll geschnitzt, doch Witterung und Wurm haben dem Holz zugesetzt. Zwei Treppen führen zur Haupttür, die Stufen sind durchgetreten und vom Unkraut überwuchert, die Geländer verrostet. Die Fensterläden haben sich teilweise selbstständig gemacht und hängen aus den Angeln, zum Teil fehlen sie. Die Fassade schimmert grau, grün, braun, gelb. Ein zarter Pilz scheint alles zu überwuchern.

Rechts und links erstrecken sich Stallungen und Wirtschaftsgebäude. Sie sind stellenweise in besserem Zustand, haben neue Fenster und Türen erhalten. Das müssen die Ferienhäuser sein, von denen Melanie gesprochen hat.

Vor dem Schloss steht eine Linde, sie blüht und verströmt einen süßlichen Duft. Delphine ist begeistert. »Ich liebe Lindenblütentee!«

Melanie öffnet die Schlosstür, die nur unter Ächzen und Knarzen ihrer Aufgabe nachkommt, und eine wilde Hundemeute umringt uns. »Erinnern Sie sich? Wir haben uns in Portbail auf dem Markt kennengelernt.«

»Ja! Auch wenn Sie nur schwer wiederzuerkennen sind. Was haben Sie gemacht?«

»Ich bin in eine Explosion geraten.« Verlegen fixiere ich meine Schuhspitzen.

»Sie waren das? Die ganze Region redet vom lauten Boum letzte Woche. Wollen Sie reinkommen? Haben Sie Ihren Hund dabei? Den können Sie mit meinen laufen lassen, das Rudel ist sehr sozial.«

Wir holen Bébel und Hope aus dem Auto. Einer der großen Podencos ist sofort in die beiden Border verliebt, das Eis zwischen den Tieren schnell gebrochen. Die wilde Hatz tobt über das Gelände.

»Keine Sorge, sie können nicht weg. Das sind mehrere Hektar Land, einst war es ein richtiger Schlossgarten, doch nun hat die Wildnis das Terrain zurückerobert. Ein riesiger

Abenteuerspielplatz für unsere Hunde.« Sie reicht mir die Hand. »Sollen wir uns nicht duzen? Ich bin Melanie.«

»Sind eure Hunde alle aus dem Tierschutz?«

»Ja, wir haben überwiegend Podencos und Galgos aus Spanien adoptiert. Ich weiß, viele Menschen haben ihre Vorbehalte gegen den Auslandstierschutz. Aber uns gehen die Schicksale dieser Hunde ans Herz. Wenn du als Galgo in Spanien geboren wirst, erwartet dich kein Leben auf der gemütlichen Couch, in Liebe und Geborgenheit, wie bei uns in Deutschland. Der Galgo ist ein reiner Gebrauchshund, er wird zur Jagd eingesetzt und gnadenlos ausgemerzt, wenn er sich als untauglich erweist oder zu alt ist.« Melanie folgt ihrem Rudel mit den Augen, das hier das Hundeparadies gefunden hat. »Es gibt Hunderte von Spielarten, sich seiner Hunde zu entledigen. Sie werden ausgesetzt, fortgejagt, angebunden, zu Tode gequält. Habt ihr schon mal von dem sogenannten Klavierspielen gehört?« Delphine und ich schütteln synchron den Kopf. »Eine besonders barbarische Methode, um einen Hund zu töten. Der Galguero, das ist ein Jäger, der sich auf die Jagd mit Galgos spezialisiert hat, legt ein Seil um den Hals eines Tieres. Er hängt den Hund an einen Ast, gerade so, dass die Zehenspitzen seiner Hinterbeine den Boden noch berühren. Der Hund versucht nach Kräften, sich aus der tödlichen Schlinge zu befreien. Dabei schlagen die Hinterläufe auf den Boden, wie die flinken Finger des Klavierspielers über die Tasten, daher der Name. Das arme Geschöpf, es spielt das Lied vom Tod. Irgendwann kommt die Müdigkeit, brechen die Beine weg, und dann ist es vorbei. Rund fünfzigtausend Galgos, so schätzen Tierschützer, werden jedes Jahr von den spanischen Jägern entsorgt, mit etwas Glück geben ihre Besitzer die Tiere am Ende der Jagdsaison im Tierheim ab. Doch in Spanien will kaum einer die Hunde haben, ihre tollen Charaktereigenschaften wie Sanftmut und Sozialkompetenz sind auf der iberischen Halbinsel weitgehend unbekannt. Ähnlich verhält es sich mit den Podencos. Sie sind meiner Meinung nach eine Mischung aus Hund, Katze und Philosoph, sehr eigenwillig. Sicher keine Hunde für jedermann, diese besonderen Wesen brauchen auch besondere Menschen. Es sind wundervolle Tiere, wenn man Geduld und Achtsamkeit mitbringt. Und Respekt. Nicht ohne Grund wurden diese Rassen früher als Gottheiten verehrt.«

Der große Podenco mit bernsteinfarbenem Fell, der Bébel und Hope als Erster begrüßt hat, steht bei uns. Er stupst seine Nase vorsichtig in meine Jackentasche, wo ich die Leckerchen hineingestopft habe.

»Doof sind sie auf alle Fälle nicht.« Ich stecke dem sanften Riesen ein Stück Hundekeks zu.

»Das ist Gandalf«, stellt Melanie den Rüden vor.

»Ja, er hat schon eine gewisse Ähnlichkeit mit einem weisen Zauberer.« Ich streichle dem Podenco sanft über die Nase.

»Gandalf ist unser erster Hund aus dem spanischen Tierschutz und mittlerweile unser Methusalem. Er ist schon vierzehn. Aber geistig absolut auf der Höhe.«

»Habt ihr auch Elben unter Euren Hunden?« Ich fühle mich ohnehin ins Herz von Mittelerde versetzt; die gegenwärtige Zivilisation scheint am rostigen Hoftor zu enden.

»Ja, klar«, entgegnet Melanie, »wir haben alle Hunde nach Figuren von Tolkien benannt, wir sind große Fans.«

Sie stellt uns vor: »Eowyn ist die helle Galga da hinten. Sie war verletzt und schwer traumatisiert, als wir sie bekamen. Tauriel ist der Schatten von Lars, deshalb sitzt sie vorne an der Tür und wartet, dass wir wieder reingehen. Sie ist ein absolutes Papa-Kindchen. Galadriel ist noch sehr jung, aber ihr Körper ist übersät mit Narben. Das ist die schwarze Hündin, die sich gerade von euren Hunden jagen lässt. Sie liebt es, für andere den Hasen zu spielen. Arwen ist sehr schüchtern, ihr werdet sie kaum zu Gesicht bekommen. Und dann haben wir da die Rüden: Bilbo und Frodo, zwei rauhaarige Podencos. Sie sind unkompliziert und pflegeleicht. Der gestromte Galgo ist Legolas, er könnte den ganzen Tag umherrennen und mit anderen Hunden spielen. Leider hat er einen ausgeprägten Jagdtrieb. In den Dünen wäre er unweigerlich weg. Der kleine Struppi ist ein Mischling. Seiner geringen Größe wegen haben wir ihn Gimli genannt.«

»Sie sind toll, alle! Ich kann verstehen, dass ihr sie gerettet habt. Aber ursprünglich bin ich wegen des Schlosses gekommen und sehr neugierig.«

»Dann kommt mal rein in unseren Palast!«

Ein riesiger Saal eröffnet sich uns, sämtliche Zwischenwände sind dem Arbeitseifer der beiden Deutschen zum Opfer gefallen. Der Putz an den Außenwänden ist zum Großteil abgeschlagen, es riecht muffig und die Wände blühen vom Salpeter. Die Decke über dem Saal weist Löcher auf. Lars steht auf einer großen Bockleiter und legt die Balken frei. Auch hier ist in so manchem Holzstück der Wurm zu Hause.

Lars winkt »Herzlich willkommen! Ich bin mitten in der Arbeit und komme jetzt nicht runter, Melanie soll das mit der Schlossführung übernehmen!«

»In Wirklichkeit versucht Lars zu entschlüsseln, ob die Holzwürmer lateinisch reden oder von den Wikingern eingeschleppt wurden«, lästert seine Frau.

Der Boden besteht aus edlem Marmor, der an die prachtvolle Vergangenheit des Gemäuers erinnert.

»Wisst ihr etwas über die Geschichte?«, frage ich Melanie.

»Nicht viel, das ursprüngliche Schlossgebäude stammt aus dem 16. Jahrhundert, von ihm ist aber nur der Keller erhalten, der Rest ist jüngeren Datums. Es wurde wohl immer wieder etwas erweitert und umgebaut. Kommt, wir gehen nach oben.«

Eine Wendeltreppe führt in einem der Türme Richtung Himmel. »Bitte lauft nur dort, wo die Markierungen sind, alles andere ist nicht wirklich tragfähig«, weist uns Melanie ein, als wir das erste Obergeschoss erreicht haben.

Vorsichtig balancieren wir entlang der bunten Klebebänder. Rechts und links des Gangs liegen Zimmer, zu einem stößt Melanie die Tür auf: »So sehen die Bäder aus, hier sind wir schon sehr weit, aber es liegt noch viel Arbeit vor uns.« Helle Fliesen zieren Boden und Wände, die Dusche ist bodentief eingelassen, LEDs sorgen in der abgehängten Decke für eine stimmungsvolle Beleuchtung. »Und so ist der Originalzustand«, verrät unsere Gastgeberin und öffnet eine weitere Tür. Einer der früheren Schlossherren hat sich hier ausgetobt und ein kunstvolles Mosaik aus Kacheln in verschiedenen Rosa- und Lilatönen an die Wände gezaubert. Mitten im Raum steht eine alte Badewanne auf Füßen. »Und sie ist original, keines der Retromodelle, die gerade so gehypt werden«, stellt Melanie fest, »es wäre eine Schande, sie wegzuwerfen. Nur die Kacheln, die gehen gar nicht.« Sie schüttelt sich. »Die Vorliebe der Franzosen für die Farbe Rosa wird mir ewig fremd bleiben.« In der Mitte des Gangs führt eine weitere Wendeltreppe nach oben. Eine extrem enge und steile Wendeltreppe. »Fasst nicht an das Geländer, es könnte euch falsche Sicherheit vermitteln. Es ist hochgradig morsch und dient nur noch der Zierde.«

Vorsichtig klettern wir empor. Mit zwanzig Kilo mehr Lebendgewicht auf den Rippen würde ich in der letzten Windung stecken bleiben. Oben werden wir reich belohnt: Wir sind in dem Türmchen angekommen.

Der Blick reicht weit über die Bocagelandschaft bis zum Meer, das in Türkisblau schimmert. »Wow, ein Blick zum Verlieben!«

»Genauso ging es mir bei der ersten Besichtigung, und da war es um mich geschehen«, gesteht Melanie, »aber um ehrlich zu sein, Liebe macht blind, zumindest beim Hauskauf. Der Turm wird nicht zu retten sein, ein originalgetreuer Wiederaufbau würde ein kleines Vermögen kosten, Geld, das wir dringend anderweitig brauchen.«

Wir lassen die Aussicht etwas auf uns wirken, stehen schweigend an den Fenstern. »Es ist ein Jammer.«

Der Abstieg ist noch abenteuerlicher als der Aufstieg, die Treppe ist so steil, dass ich sie langsam auf dem Hosenboden runterrutsche. Bloß keine weitere Verletzung riskieren.

Melanie schleust uns den Gang entlang, zeigt uns Löcher in Decken und Wänden, aber auch echte Schmuckstücke. Ein kleiner Salon ist komplett fertig, in einem Brocante hat Melanie barocke Sitzmöbel und einen passenden Tisch gefunden. In einer Ecke stehen ein Kaffeevollautomat und einige Humpen, eine Emailleschüssel dient als Spüle. »Hier starten wir in den Tag«, erläutert die Hausherrin, »wir wohnen in zwei Mobilhomes, die wir günstig erwerben konnten, weil sie nicht mehr ins Bild des Campingplatzes passten, und hier verleihen wir unseren Träumen vom herrschaftlichen Schlossleben Ausdruck. So wenigstens für eine Stunde am Tag.«

Vorsichtig tasten wir uns das Ende des Gangs entlang und eine weitere Wendeltreppe hinunter.

»Ich zeige euch noch die Stallungen. Da sind wir fast fertig.«

Wir treten auf den Hof hinaus, überqueren diesen und wehren elf vorwitzige Hundeschnauzen ab. Melanie öffnet eine große Flügeltür. »Bitte schön.«

Alles ist blitzblank. Die freigelegten Balken sind dunkel gestrichen, der Boden ist poliert. In eine Ecke wurde eine moderne Küche eingebaut, am Kamin steht eine Sitzecke. Wäre nicht das Chaos vor der Tür, könnten sofort Gäste einziehen. Eine Terrassentür führt hinaus in den Garten, der separat eingezäunt ist.

»Es sind nur noch so lästige Details«, seufzt Melanie. »Bevor wir mit der Vermietung starten, muss der Hof in Ordnung sein. Und wir brauchen eine neue Fosse, eine Klärgrube, die groß genug ist, um das Abwasser des Schlosses und der vier Gîtes aufzunehmen. Der Handwerker, der sie einbauen sollte, hat uns leider schon mehrfach versetzt.«

Auch die anderen drei Ferienhäuschen sind bezugsfertig. Wir schlendern über das weitläufige Gelände, das zum Teil Wiese, zum Teil Dschungel ist. Hinter einer Mauer kommen wir in einen umfriedeten Bereich mit einem modernen Tor. Ein geschotterter Platz eröffnet sich uns, fünf Parzellen, auf einer ist ein Wohnwagen abgestellt.

»Hier entsteht unser naturnaher Minicampingplatz«, erklärt Melanie. »Und hier sind wir auch schon sehr weit. Wir hoffen, dass wir diesen Sommer die ersten fünf Plätze vermieten können. Wie ihr seht, haben wir bereits die ersten Gäste.« Sie zeigt auf den Caravan. »Ursprünglich waren das sogar zwei, aber der eine Gast ist nach ein paar Tagen wieder abgereist, weil wir ihm zu wenig Komfort geboten haben. Er fand unsere ökologische Trockentoilette gruselig und vermisste einen Pool oder Whirlpool. Auch unsere improvisierten Sanitäranlagen fanden in seinen Augen keine Gnade. Aber das ist nicht unsere Zielgruppe, wir wollen hier kein Glamping, sondern ursprüngliches Campen, wie es früher war. Ohne Komfortzone. Dafür mit viel Natur drum herum und frischen Eiern unserer eigenen Hühner. Wir setzen da ganz auf nachhaltigen Slow-Tourismus, auch bei den Ferienhäusern. Geplant ist auch, noch eine Wiese zum Biwakieren und Zelten zu installieren, da hinten, wo ihr bis jetzt nur Brombeeren seht. Aber das werden wir dieses Jahr nicht mehr schaffen.«

»Ich wollte fragen, ob ihr Arbeit habt«, nehme ich meinen ganzen Mut zusammen. »Für mich und für meinen Mann. Ich spiele mit dem Gedanken, in der Normandie zu bleiben.«

»Also, im Moment brauchen wir jemanden fürs Grobe, bestimmt noch ein ganzes Jahr lang. Ist dein Mann handwerklich begabt?«

»Er ist eigentlich ITler, aber zwei linke Vorderfüßchen hat er nicht. Er kann sogar ziemlich viel.« Ich grinse beim Gedanken, Paul zusammen mit Lars in dreieinhalb Metern Höhe Balken abklopfen zu sehen. Auch einer gepflegten Konversation mit den Holzwürmern ist mein Standesamtsmitbringsel sicher nicht abgeneigt.

»Sobald wir Gäste in den Wohnungen haben, benötigen wir auf alle Fälle eine Reinigungsfee, die beim Wechsel die Wohnungen wieder in Schuss bringt. Also eher an ein, zwei Tagen die Woche und nicht sofort. Der Campingplatz soll möglichst pflegeleicht bleiben, aber auch da wird eine Putzkraft für die Sanitärgebäude vonnöten sein. Noch sind Dusche und WC in dem Container da drüben untergebracht.«

»Ich werde drüber nachdenken. Und das natürlich mit meinem Mann besprechen.« Die Aussicht, mit Wischmopp und Staubsauger durch die Ferienwohnungen zu wirbeln oder vollgeschissene Toiletten zu reinigen, deprimiert mich. Meine Zukunft habe ich mir anders vorgestellt, nicht mit Aushilfsjobs, mit denen ich vor Jahren mein Studium finanziert habe.

»Es wäre ein Anfang«, urteilt Delphine auf dem Rückweg. »Dafür lebst du in der Normandie. Am Meer. Mit uns. Es könnte wahrlich Schlechteres geben.«

Und damit liegt sie nicht falsch.

Kapitel 14

Friedrich wartet vor Delphines Haustür. »Wo wart ihr denn? Ich habe mir schon Sorgen gemacht.« Während Delphine Wasser für den Tee aufsetzt, fasse ich für Friedrich die Ereignisse des Tages zusammen.

»Rosig sind unsere Berufsaussichten nicht. Aber ich brauche eine Arbeit.«

»Das ist das, womit wir alle aufgewachsen sind. Nur Arbeit macht dich glücklich und zufrieden, so heißt es«, wendet Friedrich ein. »Ich will das gar nicht in Abrede stellen, aber wie viele Menschen arbeiten und sind unglücklich mit dem, was sie tun? Finden ihren Ausgleich nur im sogenannten Freizeitspaß, sozusagen als Ersatzdroge? Arbeit sollte auch insgesamt sinnerfüllend sein.«

Ich zucke mit den Schultern. »Habe ich denn eine Wahl? Die wenigsten Menschen machen das, was sie beseelt. Sie machen eine Arbeit, die ihren Lebensstandard und einen gewissen finanziellen Wohlstand sichert, kaufen Dinge, die sie nicht brauchen, deren Produktion aber wiederum Arbeitsplätze anderer Menschen sichert, die aber auch nicht wirklich zufrieden mit ihrer Tätigkeit sind. Unsere gesamte Gesellschaft funktioniert auf diese Weise.«

»So betrachtet, eine traurige Angelegenheit«, räumt der Geologe ein. »Aber auf der anderen Seite brauchen die meisten Menschen ihren festen Tagesablauf, die Routine, den Alltag. Wir Menschen sind Gewohnheitstiere, kommen mit Veränderungen nicht wirklich gut klar. Deine eigene Geschichte ist ein gutes Beispiel dafür.«

Da hat er mich wieder erwischt. Eine Maus läuft über einen der Holzbalken in Delphines Salon und beäugt interessiert die Hunde, die demonstrativ Desinteresse heucheln.

»Ich verstehe das Lob der Arbeit durchaus«, spinnt Friedrich seine Gedanken weiter. »Doch wenn wir ehrlich sind, fußen wirklicher Fortschritt, Innovationskraft und Erfinderreichtum auf Faulheit. Weil wir Menschen uns vieles einfacher machen wollen, haben wir nützliche Hilfsmittel entwickelt, die uns die Plackerei abnehmen. Dennoch verbringen wir unser Leben damit, in Jobs zu arbeiten, die die Welt nicht braucht. Wir haben die Arbeit zu einem Wert an sich gemacht. Aber das Leben, das Individuum, das sind die Werte, die zählen.«

»Du bist ja heute richtig radikal«, neckt Delphine ihn.

»Nenn mich einen Träumer, aber ich bin nicht der Einzige, um es mit Lennon zu sagen. Ich halte sogar das Grundeinkommen für eine gute Idee, weil es das individuelle Potenzial jedes Menschen viel besser fördert.«

»Mich würde das restlos überfordern«, gestehe ich, »ich verfüge über kein herausragendes Talent. Außerdem fehlt mir die zündende Idee, was die Welt wirklich braucht, um besser zu werden.«

»Jeder kann seinen Beitrag leisten«, ermutigt mich Delphine. »Ich versuche, meine kleine Welt ein bisschen besser zu machen, sinnvolle Produkte zu erzeugen, meinen Nachbarn zu helfen. Nicht jeder muss alles richtig und besser machen, aber wenn jeder einen kleinen Teil zum Gesamten beiträgt, werden wir etwas verändern.« Missmutig schaut sie Richtung Balken, die Maus sitzt da noch immer, ziemlich unbeeindruckt. »Aber ohne Arbeit, Friedrich, geht das alles nicht. Es ist schwer, Kuchen zu genießen, während die Mäuse dabei zuschauen.« Die Angesprochene trippelt weiter, verschwindet in einem Loch in der Wand. »Ich werde eine Katze brauchen«, murrt die Hausherrin, »bei Hope genießt alles, was im Haus kreucht und fleucht, ihren besonderen Schutz.«

»Ich möchte morgen noch mal an den Strand«, wechsle ich das Thema, »kannst du mich fahren, Delphine? Ich würde Hope mitnehmen, damit die beiden Hunde nach Herzenslust rennen können.«

»Ich komme auch mit. Es sind wieder Grandes Marées, zwar nicht so hohe wie vor zwei Wochen, aber eine schmackhafte Mahlzeit finden wir in den Prielen an der Plage Naturiste allemal.« Friedrich schließt sich ebenfalls an, und so verabreden wir uns für den nächsten Nachmittag.

Wir sind nicht die Einzigen, die zu den Fanggründen zwischen den Felsen pilgern. Camille ist mit einer Gruppe unterwegs. »Touristen aus Paris«, erklärt sie uns, »zum Teil alte Bekannte, die sehen wollen, wie es sich so lebt in der normannischen Diaspora.«

Die Männer und Frauen sind zünftig eingekleidet, die Gummistiefel und Regenjacken haben den Weg direkt aus dem Regal an die normannische Luft gefunden, der Landwirtschaftshändler in Créances hat einen beträchtlichen Umsatz verbucht. Zwischen den Duft von Seetang und Salz mischt sich Chanel No 5 und das Aroma von E-Zigaretten. Zusammen marschieren wir los und verteilen uns, es wird ausgiebig geschaut und gerecht. Camille zieht etwas Rundes aus dem Schlamm. »Das ist eine echte Rarität«, erzählt sie uns Umstehenden, »eine europäische Auster, ein Pied de cheval. Sie war früher hier heimisch, ist aber mittlerweile vom Aussterben bedroht. Die Austern aus Aquakultur sind überwiegende pazifische Felsenaustern.« Sie lässt ihren Fang in einen Eimer ihrer Gruppe fallen. Schnell füllen sich die Gefäße mit Garnelen, Taschenkrebsen, Strandschnecken, Venusmuscheln, Austern und Miesmuscheln. »Ihr müsst aufmerksam hinschauen und etwas Geduld haben«, weist Camille die Nachwuchsfischer ein, »mit etwas Glück fangt ihr einen Hummer.«

Die Novizen verteilen sich, ein paar wandern Richtung Felsen, zu den Rochers des mortes femmes, versinken im Scharren und Graben.

»Camille, Camille, Hilfe!«

Der Schrei kommt aus den Felsen, Camille spurtet los, Friedrich und Delphine hinterher, die Hunde nehmen das Wettrennen auf. Nur ich bin immer noch gehandicapt und humple los. Mittlerweile hat sich eine Traube um eine der Pariserinnen gebildet, die angewidert ihren Fang im Käscher präsentiert: einen blauen Gummistiefel. Ein Gummistiefel Größe 44 oder 45, in dem ein Stück Unterschenkel steckt, sauber vom Körper getrennt.

»Camille, ist das ein echtes Bein?«, fragt eines der Kids.

»Ich glaube schon.« Camille fingert nach dem Handy. »Ihr bleibt bitte da, wo ihr seid, und rührt euch nicht. Ich muss die Gendarmerie informieren. Möglicherweise ist das ein Tatort. Also lauft nicht wild in der Gegend herum, sondern bleibt an eurem Platz, bis euch die Polizei neue Anweisungen gibt.«

Ich rufe die Hunde zu mir, nicht, dass Belmondo versehentlich etwas Menschliches zwischen die Zähne bekommt.

Kurze Zeit später landet ein Hubschrauber, und Geländewagen der Gendarmerie brausen über den festen Sand der Gezeitenzone. »Miese Sauerei«, mault Matthieu Desquiret, »sieht nach einem Fischereiunfall aus. Unsere Einheiten werden jetzt schauen, ob sich noch mehr findet, was in eine Schiffsschraube gekommen ist. Bitte sammeln Sie sich alle am Begrenzungsschild *Plage Naturiste* an den Dünen. Wir werden sofort Ihre Zeugenaussagen aufnehmen.«

Das Schiff der Seenotrettung kreuzt am Horizont, Hubschrauber fliegen den Strand ab. Einer landet, die Männer verfrachten etwas in einen grauen Sack und hieven diesen hinein.

»Das sieht nicht gut aus«, bemerkt die Finderin des Fußes, die immer noch sehr blass unter dem sorgsam geschminkten Gesicht wirkt. Zwei Spaziergänger stehen an der Dünenkante, beobachten das Geschehen aus sicherem Abstand und drehen schnell um, als sich die Polizei unserer Gruppe nähert.

Matthieu Desquiret kommt zu uns. »Wir haben einen Toten gefunden. Der Fuß passt zum Rest. Allerdings, wie ein Einheimischer sieht der Tote nicht aus. Vielleicht ist es auch unser Vermisster Bart van der Horst.« Er wendet sich an mich: »Könnten Sie ihn identifizieren? Fingerabdrücke nehmen scheidet aus, die Wachshaut ist schon zu weit fortgeschritten.«

»Ich kenne ihn nur flüchtig, vom Campingplatz. Monsieur Belanger ist da der bessere Ansprechpartner.«

»Wir versuchen bereits, ihn zu erreichen, aber er geht nicht an sein Mobile.«

»Ich versuche es. Wir haben auch schon seit Tagen keinen Kontakt mehr zu Monsieur Belanger.«

»Sie müssten nach Saint-Lô zur Unité Médico-Judiciaire ins Krankenhaus«, instruiert mich Desquiret. »Ich sage Bescheid, dass Sie kommen.«

Ich blicke zu Delphine. Sie nickt.

»Ich schließe mich an«, offeriert Friedrich, »ich habe ihn auch auf dem Campingplatz gesehen.«

Zu dritt ziehen wir los, die Hunde im Schlepptau, die in den Dünen Kaninchen- und Fasanenspuren verfolgen.

Die Fahrt führt uns weit ins Landesinnere der Manche. Quer durch die Kleinstadt Périers und dann auf einer schnurgeraden Strecke quer durch Sümpfe und Bocage. Mehrmals muss sich Delphine gewaltsam bremsen, um nicht statt der erlaubten 80 mit 120 km/h die Straße entlangzuschweben.

Das Krankenhaus von Saint-Lô, einst von den Amerikanern errichtet, liegt am Rande der Stadt. Die Rechtsmedizin hat sich im Keller der Notaufnahme versteckt. Wir tasten uns durch den spärlich beleuchteten Gang. In einem schmalen Büro am Ende des Flurs ist Licht. Dr. Nolwenn Depin empfängt uns. Sie wirkt etwas verwegen und wild, lange schwarze Haare umspielen ihr Gesicht, das Züge amerikanischer Ureinwohner und bretonischer Schamanen zu vereinen scheint.

»Setzen Sie das auf.«

Sie drückt jedem von uns eine chirurgische Maske in die Hand. Trotz der Schutzmaßnahme trifft mich der süßlich-modrige Geruch wie ein Keulenschlag, als wir den Obduktionssaal betreten. Der Anblick des Toten, den die Rechtsmedizinerin entblößt, steht dem Gestank in nichts nach. Der Körper ist aufgedunsen, die Haut von Schürfwunden übersät. Tiefe Schnitte zieren den linken Oberarm. An manchen Stellen scheint sich die Haut vom Leib zu lösen, die Fingernägel und Haare schwinden dahin, sind filigran und wirken zersetzt. An den Händen ließe sich die Hautschicht wie ein Handschuh abziehen. An anderen Stellen ist die Dermis von bunten Algen bewachsen. Ich kann den Brechreiz nicht unterdrücken, und Dr. Depin springt mir mit einem Eimer zur Seite.

Das Erstaunlichste an der Leiche ist das Gesicht. Die Augen sind weit aufgerissen, als verstünde der Sterbende nicht, was ihm geschieht. Das Grauen quillt mitsamt der Augäpfel hervor, der Mund ist zu einem stummen Schrei geformt.

»Was ist nur mit ihm passiert? Das ist ja schrecklich!«

»Das werden wir nach der Obduktion wissen«, erläutert Dr. Depin. »Das meiste, was den Toten entstellt, wurde ihm post mortem beigefügt. Das abgetrennte Bein rührt wahrscheinlich von einer Schiffsschraube her, genauso wie die Verletzung am Oberarm. Diese Abschürfungen sind vermutlich Treibverletzungen, die durch die Strömung entstanden sind. Der Gesamtzustand ist ebenfalls der langen Zeit im Wasser geschuldet. Können Sie ihn identifizieren?«

»Er könnte es sein. Es könnte aber auch jeder andere mittelalte Mann sein, so gut kannten wir ihn nicht.« Friedrich bleibt cool und gelassen.

Die Medizinerin deckt den Leichnam zu. »Wäre ja auch zu schön gewesen. Aber das ist so bei Wasserleichen – oft können noch nicht einmal die Angehörigen den Toten eindeutig erkennen. Wir werden seinem Geheimnis auch so auf die Spur kommen.«

Ich bin unendlich dankbar, wieder vor die Tür des Krankenhauses treten zu dürfen. Das Licht blendet mich, die Luft ist frei von Fäulnisgasen. Wobei ich diesen speziellen Geruch immer noch in der Nase und auf der Zunge habe.

Wir laufen zurück zum Parkplatz, als uns eine bekannte Gestalt entgegenkommt. »Léon! Wo haben Sie gesteckt?«

»Zuerst im Krankenhaus, der Bruch der Hand musste operiert werden. Außerdem wurde mein Handy bei der Explosion atomisiert, ich war ein paar Tage nicht erreichbar. Das Hotel hat mich informiert, dass Bart eventuell gefunden wurde. Konnten Sie ihn identifizieren?«

Ich schüttle den Kopf. »Für mich ist das ein Monster aus der Tiefe, das nur wenig gemeinsam mit dem Menschen hat, der vor zwei Wochen noch auf dem Campingplatz saß. Vielleicht haben Sie mehr Glück!«

»Möchten Sie warten? Wir könnten noch in Saint-Lô einen Kaffee trinken gehen. Oder etwas Stärkeres«, schlägt Léon vor.

Delphine winkt ab. »Wir haben ein Rendezvous mit Manon, der Krankenschwester. Madame Brigitte braucht neue Pflaster und Cremes nach ihrer Schönheits-OP.«

Verdammt! Manon habe ich völlig verdrängt.

»Friedrich und ich wollen morgen früh bei der Zeremonie in Utah-Beach dabei sein. Vielleicht haben Sie Interesse, ihr ebenfalls beizuwohnen?«, unterbreite ich dem Regisseur. »Die Veranstaltung beginnt zwar erst um halb sieben, aber da die Straßen wegen der Staatsgäste ab sechs gesperrt sein werden, wollen wir spätestens dann dort sein. Die Veranstaltung wird sicherlich beeindruckend.«

»Das ist eine ausgezeichnete Idee, bis morgen! Jetzt versuche ich, der Rechtsmedizin zu helfen.« Er winkt kurz und eilt Richtung Notaufnahme.

Ich schaue ihm nach, und mein Herz macht einen kleinen Hüpfer. *Hoppla!*

Zurück in Delphines Domizil dusche ich ausgiebig und bemühe mich, den Geruch aus dem Keller von Saint-Lô aus den Poren meiner Haut und aus meiner Seele zu bekommen, bevor die Krankenschwester eintrifft. Es gelingt mir nur ansatzweise.

Abends stapft Manon gegen sieben in Delphines Haus und versorgt meine Wunden schnell und professionell. »Das sieht schon gut aus«, urteilt sie.

»Und jetzt, Brigitte, müssen wir reden.«

»Aber nicht über Hellseherei.«

»Nein. Ja. Doch. Über meine Urgroßmutter. Und dass ihr mit ihr verbunden seid. Das kann ich spüren.«

Ich verdrehe die Augen und schicke ein stilles Stoßgebet zum Himmel.

Manon erzählt: »Ich versuche, alles von vorne zu berichten, bitte unterbrecht mich nicht, denn manches an der Überlieferung ist nur bruchstückhaft. Meine Urgroßmutter wurde ein Jahr nach Ende des Ersten Weltkriegs in Paris geboren und wuchs zusammen mit vier Geschwistern unter ärmlichen Verhältnissen auf. Ihre Eltern starben früh, bereits Mitte der Zwanziger, die älteste der Schwestern und eine ledig gebliebene Tante brachten die Familie durch. Tante Jeanne war ein großes Vorbild: Sie war selbstständig und gebildet, arbeitete als Krankenschwester in einem Pariser Krankenhaus. Während des Ersten Weltkriegs hatte sie in einem Lazarett, in Couville, auf dem Cotentin, französische Soldaten gesund gepflegt, so manchen sterben sehen und in den Tod begleitet. Jeannes Charisma weckten bei meiner Urgroßmutter den Wunsch, Medizin zu studieren und Ärztin zu werden. Sie wollte Menschen helfen. Doch für das aufwendige und lange Studium mangelte es an Geld. So wurde sie zunächst Sekretärin und verdingte sich in Schreibstuben. Gleichzeitig verkehrte sie mit Künstlern und Literaten, allerhand illustrem Volk, las zeitgenössische Literatur, trank und rauchte und genoss das Leben. Sie trat als Sängerin und Tänzerin auf und verdiente sich so ein Zubrot. Sie war eine schöne junge Frau, die Verehrer standen Schlange. Sie hatte nicht wenig Liebschaften, und manche in meiner Familie vermuteten, dass sie als Dirne gearbeitet habe, um das nötige Vermögen für das Studium zu verdienen. Verbürgt ist das aber nicht.« Manon atmet tief durch. »Sie war gerade achtzehn, als sie die Privatsekretärin eines angesehenen jüdischen Anwalts wurde. Er war gut zwanzig Jahre älter als sie, aber er nahm meine Urgroßmutter zu seiner Konkubine. Er führte sie ein in die Kniffe des französischen Rechtswesens, und was sie in Liebesdingen noch nicht beherrschte, das lernte sie von ihm ebenfalls. Peter Stein war ein echter Sohn des Jahrhunderts, schon 1933 aus Nazideutschland nach Paris geflohen. Er fand viele Mandanten unter den russischen Juden, die sich in Paris niedergelassen hatten. Sie waren vermögend und clever. Steins Klientel bewegte sich nicht immer im legalen Rahmen, doch das interessierte den Advokaten nicht, solange der Rubel beziehungsweise der Franc rollte. Bei ihm ging ein und aus, was zur damaligen Zeit Rang und Namen hatte. Er gab Empfänge und Bälle, und dieses Leben muss meiner Urgroßmutter gefallen haben, so lautet jedenfalls die Überlieferung. Peter Stein stillte ihren intellektuellen und sexuellen Hunger, und es heißt, ihr Appetit sei groß gewesen. Ich habe Fotos aus dieser Zeit, auf denen sie für ihren Geliebten als Aktmodell posiert, in Stellungen, die wir selbst heute noch als gewagt bezeichnen würden. Kann ich ein Glas Wasser bekommen, Delphine?« Sie nimmt einen langen Schluck und räuspert sich. »Alleine, die goldenen Zeiten sollten auch in Paris bald vorbei sein. Die Juden hatten sich zu Beginn des 20. Jahrhunderts in Frankreich großes Ansehen erarbeitet, berühmte Künstler wie Pissarro oder Chagall hatten zur großen Anerkennung beigetragen, aber auch Politiker wie Léon Blum, der 1936 nicht nur der erste sozialistische, sondern auch erste jüdische Premierminister Frankreichs wurde. Doch schon vor dem Einmarsch der Wehrmacht nach Frankreich war es vorbei, die Regierung Daladier verfügte bereits im September 1939, dass alle Männer zwischen achtzehn und fünfundfünfzig aus feindlichen Nationen in Sammellagern interniert werden sollten. Das betraf auch die deutschen Juden, die nach Frankreich geflohen waren. Also auch Peter Stein. Er beschloss, sich nach Marokko abzusetzen. Meiner Urgroßmutter vertraute er einige wichtige Akten, Papiere und wohl auch ein kleines Vermögen an, in der Hoffnung, sie würde als französische Katholikin von den Deutschen verschont bleiben. Denn für Stein war es ausgemachte Sache, dass die Deutschen es nicht beim Überfall auf Polen belassen würden und die Besetzung Frankreichs unmittelbar bevorstünde. Nicht zu Unrecht. Als die Deutschen einmarschierten, fühlte sich meine Urgroßmutter in der Hauptstadt nicht mehr sicher. Sie beschloss, Richtung Westen zu fliehen, auch weil ihre Tante Jeanne auf dem Cotentin einen kleinen Hof mit Landwirtschaft und somit ein Auskommen hatte. Sie kam bis in das mondäne Cabourg, in dem vom Krieg nur wenig zu spüren war. Sie war einen ausschweifenden Lebensstil gewohnt und quartierte sich im Grand Hotel ein, verdiente ihren Lebensunterhalt mit Liebesdiensten, vor allem bei den Deutschen Offizieren. Ab und zu sang und tanzte sie in der Hotellobby, sehr zum Vergnügen der deutschen Soldaten. Allerdings wendete sich das Blatt, denn in jenen Tagen in Cabourg trat ein Mann in ihr Dasein, der zur großen Liebe ihres Lebens wurde. Jahrzehnte später noch schwärmte sie ihren Kindern und Kindeskindern von diesem Vulkan an Gefühlen vor. Von der

Zärtlichkeit seiner Hände, deren Berührung sie in Extase versetzte. Von den gemeinsamen, heimlichen Liebesnächten, von denen ihr jeder Kuss auf der Haut brannte. Oh lá lá, meine Großmutter und sogar meine Mutter haben das in den buntesten Farben weitererzählt, mit allerlei pikanten Details angereichert, von denen heute keiner so genau weiß, ob sie nicht der blühenden Fantasie der Nachgeborenen entsprungen sind. Eines ist aber sicher: Dieser Mann, ein deutscher Soldat, der Feind schlechthin, muss eine Saite in ihr zum Klingen gebracht, ihre Seele berührt haben. Doch den Liebenden war kein dauerhaftes Glück beschieden, der deutsche Soldat wurde Richtung Cotentin abkommandiert. Meine Urgroßmutter vertraute ihm eine Schatulle an, die wohl wichtige Papiere, Dokumente, Gold und Schmuck enthielt. Mutmaßlich handelte es sich dabei um einen Teil des Stein'schen Vermächtnisses, so wurde es jedenfalls in unserer Familie überliefert. Sie glaubte, dass der Schatz bei einem deutschen Wehrmachtsangehörigen sicherer wäre als bei ihr selbst. Sie schworen sich ewige Treue und Liebe und wollten sich nach dem Krieg zu einer bestimmten Zeit am Grand Hotel in Cabourg treffen. Jeden Mittwoch um zwölf. Doch sie sollte ihn nie wiedersehen, und den Rest ihres Lebens versuchte Germaine, ihren Werner wiederzufinden.«

Kapitel 15

Es ist still im Raum, keiner sagt ein Wort. Da liegt sie vor uns, die Geschichte von Werner und Germaine, quasi auf dem Silbertablett serviert. Ich höre meinen Herzschlag, laut und kräftig, und oben auf dem Balken trippelt die Maus.

Friedrich fängt sich als Erster wieder. »Wir haben ein Skelett in den Dünen gefunden. Vielmehr: Brigitte oder ihr Hund. Es gibt Papiere und Aufzeichnungen, die im und beim Grab waren. Und die lassen den Schluss zu, dass es dein Werner ist. Also der Werner von Germaine. Die Geschichte aus Cabourg haben wir schon mal gelesen, in genau diesen Aufzeichnungen, aus einer anderen Perspektive.«

»Ich habe es gewusst. Oder geahnt. Habt ihr die Schatulle auch gefunden?«

Betreten schüttelt Friedrich den Kopf. »Leider nein. Wir hatten einen Hinweis auf das ehemalige Kriegsgefangenenlager in Foucarville. Doch der hat sich leider in Luft aufgelöst.«

»Die Explosion letzte Woche?«

»Ja.«

»Was ist aus Germaine nach dem Krieg geworden? Wie ist ihre Geschichte weitergegangen?«

»Sie hat nie aufgehört, ihren Werner zu suchen. Kaum war er mit den Truppen weitergezogen, bemerkte sie, dass sie schwanger war. Ein Abbruch wäre für sie, die gläubige Katholikin, nie infrage gekommen. Sie trug das Kind aus, eine Tochter, die sie Marie-Theres nannte. Sie wurde 1942 geboren. Eine Zeit lang hielt sich Germaine als Amüsierdame und Sängerin über Wasser, doch Ende des Jahres 1943 zog sie mit ihrer Tochter zu ihrer Tante auf den Cotentin, möglicherweise, weil sie auf Werners Spuren war. Dann kam der D-Day, und der Cotentin wurde befreit. Nicht für alle Franzosen war es wirklich eine Erlösung. Auch nicht für Germaine. Sie wurde der horizontalen Kollaboration beschuldigt, aus dem Haus ihrer Tante gezerrt. Ihre Landsleute schoren ihre Haare und trieben sie durch den Ort wie ein Stück Vieh. Rechts und links standen die Nachbarn Spalier. Sie wurde als Nutte beschimpft, bespien und geschlagen. Da sie ein enfants maudits, ein verdammtes Kind hatte, wurde ihr besonders übel mitgespielt. Schließlich wurde sie in einem Lager in Tourlaville bei Cherbourg interniert, wo sie auf ihr Urteil warten sollte. Sie hatte Angst und war verzweifelt, stand auf ihren Verrat doch im schlimmsten Fall sogar die Todesstrafe. Die kleine Marie-Theres blieb bei Jeanne auf dem Hof, doch auch sie war traumatisiert von den Ereignissen. Germaine hatte Glück, sie durfte das Lager im Frühsommer 1945 verlassen. Bis auf die Knochen abgemagert, seelisch und körperlich misshandelt, kehrte sie auf Jeannes Hof zurück. Der Krieg war endgültig beendet und Germaine reiste für mehrere Monate nach Cabourg, doch Werner tauchte nicht auf. Jeanne drängte sie, zurückzukehren, auf dem Feld wurde jede Hand benötigt, die kleine Marie-Theres brauchte ihre Mutter. Meine Urgroßmutter war keine junge, strahlende Frau mehr zu diesem Zeitpunkt, sie war vom Leben gezeichnet, zerfressen von der Enttäuschung über ihren Werner, der sie verlassen und betrogen hatte. Doch sie war viel zu tough, um an ihrem Schicksal zu zerbrechen. Sie blieb über Jahre bei Jeanne auf dem Hof, zog ihre Tochter auf, eröffnete einen Gemischtwarenladen und pflegte die Tante die letzten Jahre vor ihrem Tod. Als diese ihre letzte Ruhestätte gefunden hatte und Töchterlein Marie-Theres ihr Glück in Paris suchte, war die Zeit für Germaine gekommen, einen neuen Anfang zu wagen. Schon immer hatte sie so etwas wie das zweite Gesicht gehabt – das jedenfalls sagt meine Großmutter – und bereits Anfang der 1960er hatte sie begonnen, sich intensiv mit Astrologie auseinanderzusetzen und Karten zu legen. Sie wagte erste bescheidene Gehversuche, mit Auftritten in den Supermärkten der Region und einem Horoskop in der Tageszeitung. Sie traf den Nerv der Zeit, als Madame Luna wurde sie schnell bekannt. Sie erhielt eine Show im Fernsehen, und ihre Sendung war ein echter Straßenfeger. Wenn Madame Luna in die Sterne schaute und die Zukunft voraussagte, saß die französische Fernsehnation in der heimischen Stube und hing an ihren Lippen. Sogar ein französischer Staatspräsident holte ihren Rat ein. Als junge Frau hatte sie mit Tanz und Gesang die Menschen in den Bann geschlagen, im besten Alter war es Madame Lunas Charisma. Sie war das, was wir heute eine Influencerin nennen. Jeder in Frankreich kannte sie aus dem Fernsehen.«

»Was ich nicht verstehe«, unterbreche ich Manons Erzählung, »wenn sie doch das zweite Gesicht hatte, warum hat sie dann nicht gespürt, dass Werner tot und die Schatulle verlorenen gegangen ist? Warum hat nicht sie das Grab gefunden? Sondern ich, Jahrzehnte später?«

Manon zuckt mit den Schultern. »Wir können sie leider nicht fragen, sie lebt schon seit Jahrzehnten nicht mehr, ich habe sie nie kennengelernt. Nach den Berichten meiner Großmutter und Mutter wollte sie nie wahrhaben, dass Werner nicht mehr lebt. Ich kann ihn noch spüren, soll sie gesagt haben. Ich spüre ihn noch in mir. Ich gebe allerdings zu bedenken, dass das zweite Gesicht dir nie für dein eigenes Schicksal hilft. Deine persönliche Geschichte siehst du nicht, kannst du nicht erspüren, da bist du quasi blind. So wie wir ja alle blind sind für das, was unser eigenes Leben ausmacht. Ohne die Reflexion eines Gegenübers gibt es keine Entwicklung, das gilt für den persönlichen Bereich genauso wie in der Gesellschaft. Erst durch den Austausch unterschiedlicher

Meinungen und das Einnehmen einer anderen Perspektive gelangen wir zu einem Gesamtbild.« Sie streicht sich durch die Haare. »Meine Erfahrung hat mich gelehrt, dass ich von meiner eigenen Zukunft nichts sehen kann. Sonst hätte ich schon einen Prinzen geheiratet oder zumindest im Lotto gewonnen.« Sie zwinkert mir zu. »Du siehst: So einfach ist es nicht. Und wahrscheinlich hat sie der Wunsch in die Irre geleitet, wie so viele andere Kriegswitwen auch. Diese unglaubliche Hoffnung, Werner eines Tages wiederzusehen. An einem bestimmten Tag im Jahr ist sie nach Cabourg gefahren und hat auf Werner gewartet. Einmal in all den Jahren will sie einen Mann gesehen haben, der ihm ähnlich sah, doch er gab sich nicht zu erkennen, sondern tauchte wieder in der Menge ab. Aber auch hier könnte sich Germaine geirrt haben.«

»Und wieso hast du sie nie kennengelernt? Wann ist sie gestorben?«

»Sie wurde überfahren. In der Nacht vom 16. auf den 17. Juni 1982, als sie nachts mit dem Rad nach Hause fuhr. Der Fahrer hat Unfallflucht begangen. Hätte er Hilfe geholt, hätte sie den Unfall wahrscheinlich überlebt. So ist sie elend in einem Graben krepiert, ein Nachbar hat sie am Morgen gefunden.«

Manons Augen füllen sich mit Tränen.

»Was hat sie nachts mit dem Rad auf der Landstraße gemacht?«

Manon zuckt mit den Schultern. »Das weiß kein Mensch. Alles, was man bei ihr fand, waren der Geldbeutel, ihre Papiere und ein Zettel, auf dem stand: ›Ich bin dein Orakel im Delphi. Unser Tag, unsere Zeit‹.«

»Und was hat das zu bedeuten?«

»Meine Mutter erzählte, das Delphi sei eine Bar gewesen, drei Dörfer weiter. Der Besitzer war in seiner Jugend mal in Griechenland gewesen und hat die Begeisterung für die Antike mit nach Hause auf den Cotentin gebracht. Er soll der

Erfinder des französischen Tsatsikis sein, das Knoblauch durch Dill ersetzt. Sonst war da nichts Griechisches und nichts Geheimnisvolles an der Bar. Die Jugendlichen, wie meine Mutter zu der Zeit, gingen ein und aus, denn er hatte ein Spielzimmer mit Tischfußball und Billard, schenkte Alkohol an jeden aus und sah darüber hinweg, wenn die Dorfjugend qualmte. Es ist sehr rätselhaft, was Germaine im fortgeschrittenen Alter dort gewollt haben mochte, und der Patron konnte sich auch nicht daran erinnern, dass sie da war an diesem Tag.«

»Hast du sonst noch etwas für uns? Einen Nachnamen von Werner, eine Adresse in Deutschland vielleicht?«

Sie schüttelt mit dem Kopf.

»Deine Großmutter? Marie-Theres?«

»Ist völlig dement und lebt seit einigen Jahren im Pflegeheim in Lessay. Sie erkennt mich nicht, wenn ich sie besuche. Selbst wenn es da einen Nachnamen gäbe, sie könnte sich nicht erinnern.«

»Und deine Mutter?«

»Pfff, ist wie viele Mittelalter-Frauen auf dem Selbstfindungstrip.« In ihrem Blick liegt Verachtung. »Sie steckt in Thailand. Oder auf Bali. Vielleicht auch in Neuseeland. Ich habe keine Ahnung, was sie treibt.«

»Aber wenn ich das richtig verstanden habe«, fasst Friedrich zusammen, »dann ist Werner dein Urgroßvater. Dann müsste sich per DNA-Abgleich ermitteln lassen, ob du wirklich die Urenkelin bist, und wir könnten zumindest diesen Teil deiner Familiengeschichte abschließen. Wir haben dann zwar immer noch keine zweifelsfrei geklärte Identität – und keinen Schatz –, aber einen Urgroßvater. Wenn auch einen toten. Ich würde also vorschlagen, Manon, du gehst morgen zur Gendarmerie und regelst das mit Lieutenant Matthieu Desquiret, der den Fall bearbeitet. Du würdest ihm sicher eine Freude bereiten.«

»Das tu ich gerne.« Manon wischt sich über die Augen und schluckt einige Tränen runter.

»Eine Sache sollten wir noch besprechen.« Sie hat zu ihrer Selbstsicherheit zurückgefunden. »Ihr habt etwas in Foucarville gesucht. Wieso?«

»Weil wir einen Zettel mit alten Koordinaten haben. Die bezeichnen eine Stelle in Foucarville, genau dort, wo letzte Woche die Bombe hochgegangen ist.«

»Germaine, auch wenn sie nicht wahrhaben wollte, dass Werner verstorben war, suchte nicht nur nach ihrem Geliebten, sondern auch nach der Schatulle. Immer wieder, aber besonders aktiv 1971 und 1972.«

»Wie kam es dazu?«

»Sie hatte Claude kennengelernt.« Manon blickt zu Delphine. »Ja, unser Claude hier. Marie-Theres war von ihrem Abenteuer aus Paris nach Hause zurückgekehrt. Nicht ohne ein Kind im Schlepptau, meine Mutter Catherine. Der Vater war wohl irgendein Habenichts aus der Hauptstadt, der fürs Familienleben nicht geschaffen war. Die übliche Geschichte eben. Ende der Sechzigerjahre jedenfalls war Marie-Theres wieder auf dem Cotentin. Und fing eine Affäre mit Claude an, der sowieso nie etwas anbrennen ließ. Nach dem, was meine Mutter mir erzählt hat, hatte er nicht nur was mit Marie-Theres, sondern auch mit Germaine. Deutlich intensiver mit Germaine, die er seine Muse nannte.«

»Oups! War sie nicht deutlich älter als er? Aber das erklärt die Fotos, die wir in Claudes Koffer gesehen haben. Zum Teil mit eindeutig erotischem Einschlag.«

»Na und? Heute ist das sehr modern, dass junge Männer ältere Frauen lieben. Und Germaine war in vielem ihrer Zeit voraus. Was für Fotos? Was für ein Koffer?«

»Ein Koffer in Claudes Scheune, mit sehr guten Fotos. Leider sind Koffer und Fotos, ähm, abhandengekommen. Wir konnten nur eines retten. Auf dessen Rückseite ist ein

Datum vermerkt und der Name Germaine. Könnte das deine Urgroßmutter sein?«

»Wo ist dieses Foto?«

»Hier, in unseren Unterlagen.« Friedrich kramt in den Aufzeichnungen und zieht die Schwarz-Weiß-Aufnahme hervor.

»O ja, das ist sie! Das Bild muss Claude gemacht haben, auf der Rückseite steht sogar ein Datum: 16. März 1972.«

»Weißt du, wo das Foto entstanden ist und was sie da gemacht haben?«

»Ich vermute es. Meine Mutter hat immer wieder mal von Foucarville erzählt, dass da Germaines Schatz liegen würde, Werner ihn dort vergraben hätte. Und Claude hat ihr den Floh ins Ohr gesetzt, dass sie mit dem Metallsuchgerät weiterkämen als mit ihrer Wahrsagerei. Womit er nicht ganz unrecht hatte, aber meines Wissens sind sie auch mit der Sonde erfolglos geblieben. Dabei hat Germaine sogar ihren guten Ruf als Wahrsagerin aufs Spiel gesetzt. Sie hat einen Tsunami auf dem Cotentin prophezeit, der fast eine Massenpanik auslöste. Aber so hat sich niemand um die merkwürdigen Trupps geschert, die da über das Gelände geschlichen sind.«

»Und so einen Quatsch haben die Leute geglaubt? Einen Tsunami im Ärmelkanal?« Ich muss laut lachen und fange mir einen finsteren Blick von Manon ein.

»Madame Luna haben die Leute fast alles geglaubt, damals. Sie prophezeite für diesen 16. März eine dreißig bis vierzig Meter hohe Flutwelle, die bis zu fünfundsechzigtausend Menschen mitreißen würde. Daraufhin blieben Schüler dem Unterricht fern, Arbeiter in Cherbourg streikten und verschanzten sich in der ehemaligen deutschen Stellung Batterie Du Roule, die in hundertzehn Metern Höhe über der Stadt Schutz versprach. Andere zimmerten eilends eine Arche Noah zusammen, Geschäftsinhaber vernagelten ihre Läden und flohen zu Verwandten in den Süden. Es war das perfekte Chaos. Germaine und Claude hatten einige Schatz-sucher zusammengetrommelt, um das Gelände in Foucarville abzusuchen. Niemanden hat das in diesen Tagen gestört, jeder war nur mit dem Tsunami und der Flucht vor ihm beschäftigt. Also konnten sie unbehelligt sondeln und nach Schätzen graben. Später behauptete sie, sie habe sich im Jahrhundert geirrt, so klar sei die Botschaft der Sterne nicht gewesen, die Katastrophe finde erst im Jahr 2072 statt.«

»Wer weiß, ob das in Zeiten des Klimawandels und des Ansteigens des Meeresspiegels nicht sogar wahr wird«, bemerkt Delphine trocken.

»Wieso in Foucarville?«

»Weil es das größte Kriegsgefangenenlager für Deutsche überhaupt war. Um zu orakeln, dass Werner Unbekannt dort gewesen sein konnte, brauchte man keine hellseherischen Fähigkeiten. Laut meiner Mutter haben sie aber nichts gefunden, und irgendwann hat Germaine das Thema zu den Akten gelegt, wohl auch, weil sich das Verhältnis zu Claude deutlich abgekühlt hatte. Weder Germaine noch Marie-The-res wollten wohl nur eine von vielen Gespielinnen Claudes sein. Bis zu ihrem Tod widmete sie sich nur noch der Wahr-sagerei. Die lief weiterhin gut und erfolgreich, trotz der Tsu-nami-Panne.«

»Da fällt mir ein: In dem Koffer war ein Zeitungsaus-schnitt aus der Ouest-France, der die Katastrophe zum Inhalt hatte. Oder vielmehr die Vorhersage des Weltuntergangs. Leider ist der jetzt wie alles in dem Koffer weg.«

»Wer hat euch den Koffer gestohlen und warum?«

»Wenn wir nur wüssten, wer in meinen Bus eingebrochen ist. Du könntest gerne deine hellseherischen Fähigkeiten aktivieren, um ihn wiederzubekommen.«

Manon schneidet eine Grimasse.

Es ist spät geworden, längst ist es dunkel draußen. »Ich muss mich verabschieden, morgen muss ich um sieben bereits in der Praxis sein, wenn die ersten Patienten zur Blutabnahme kommen. Ich bin Freitagabend wieder zur Wundversorgung hier«, verabschiedet sich Manon.

»Habe ich euch zu viel versprochen?«, strahlt Delphine.

»Die Geschichte mit dem Skelett stand in der Zeitung. Und die von der Bombenexplosion in Foucarville auch. Da brauchst du nicht unbedingt eine wahrsagerische Begabung, um einen Zusammenhang zu einer alten Familiengeschichte herzustellen. Eher kombinatorische, gepaart mit einer blühenden Fantasie. Aber weitergebracht hat es uns trotzdem. Und Lieutenant Desquiret wird entzückt sein, dass sich in dem Fall überhaupt etwas tut«, resümiert Friedrich.

»Und wir gehen ins Bett«, ordnet Delphine an, »der Tag war lang genug, und ich erinnere euch daran, dass der Wecker bereits um vier klingelt, damit wir rechtzeitig in Utah Beach sind.«

Camille steht pünktlich um fünf vor der Tür und wir verteilen uns strategisch in ihrem Pritschenwagen. Ich nehme erneut in der Fahrerkabine Platz, Belmondo zieht den Platz neben Hope auf der Ladefläche meiner Gesellschaft vor. Der gesamte Cotentin liegt im Tiefschlaf. Wir rauschen durch Baupte, passieren Carentan und Sainte-Marie-du-Mont. Am Utah Beach ist immerhin ein heller Streifen über dem Meer zu erkennen. Léon wartet auf uns, er wirkt fitter als am Vortag. Camille hat Rosen besorgt, sodass jeder von uns eine Blume in der Hand hat, während wir vom Parkplatz zum Strand laufen.

Die Sonne hängt in den Wolken über dem Horizont, als wir den Sand betreten. Durch die Dämmerung rauschen einige US-Jeeps, direkt an den Dünen steht eine Gruppe von Menschen, die meisten von ihnen in US-Uniform. Manche tragen eine Rotkreuzbinde am Arm, einer der Sanitäter schlendert mit seinem schwarzen Labrador Richtung Meer. Im Licht der aufgehenden Sonne flattert ein amerikanisches Fähnchen. Ein Foto ziert die Rückseite, und jemand hat von

Hand danebengeschrieben: *In memory of my father, DOB FEB 18 1918 DOD JUNE 6 1944*. Die Sonne taucht die Szenerie in ein warmes Licht, der Strand füllt sich. Stühle werden aufgebaut, einige Menschen tragen Instrumente an die Gestade. Ein junger GI hat sein Sturmgewehr in Plastik verpackt, ein Pionier gähnt, einem GI rutscht der Helm fast bis zur Nase. Ein Infanterist verteilt Rosen an die Umstehenden. Rund fünfhundert Personen sind es mittlerweile, die meisten in Uniform, andere in landestypischer Zivilkleidung der 1940er-Jahre.

Auf den Stühlen hat ein Streichorchester Platz genommen. Eine ältere Dame ergreift das Mikrofon, um ihren Hals weht ein Schal in den amerikanischen Farben, leicht wie aus Fallschirmseide. »Wir sind heute hier, um die Männer zu ehren, die am 6. Juni 1944 an Utah Beach an Land gingen. Wir erinnern uns ihrer, wir danken ihnen, wir tragen die Flagge der Freiheit, die sie an diesen Strand brachten, weiter. Viele von ihnen haben diesen Tag nicht überlebt. Es sind ungeschriebene Biografien junger und hoffnungsvoller Menschen, die ihr Leben an Utah Beach ließen. Die Soldaten der Alliierten kamen in schlingernden Booten. Um ihre Köpfe pfiffen Granaten, die See war aufgewühlt vom Sturm und vom feindlichen Feuer, das um sie herum einschlug. Sie sprangen mutig und verängstigt zugleich aus den Booten und landeten in der Hölle. An allen Landungsstränden sahen die Soldaten Szenen, die sie nie wieder loslassen würden. Bilder von Schmerz und Tod. Grausam und erbarmungslos. Auch wenn wir heute den Tag der Befreiung feiern, so sollte es noch Wochen und Monate dauern, bis Hitlerdeutschland besiegt war. Monate voller erbitterter Kämpfe, ein langer, harter Weg mit unzähligen Opfern. Dieser Weg begann hier, in der Normandie, in den Fußstapfen jener tapferen Männer, die als Erste an der Küste landeten. Wir gedenken ihrer, jener Soldaten der Freiheit, die aus Amerika, Frankreich, England, Kanada, Australien und Neuseeland kamen. Sie waren Polen, Tschechen oder Slowaken, waren luxemburgische, belgische, norwegische, griechische oder niederländische Staatsbürger. Sie alle, die Kinder der Welt, hatten sich vereint in dem großen Ziel, für eine Welt des Friedens, der Versöhnung und der Freiheit. Ihr Opfer von damals für unser Leben heute ist eine Verpflichtung. Wir sind verpflichtet den humanistischen Werten, die diese jungen Menschen damals an den Strand der Normandie trugen. Wir werden nie vergessen.«

Sie schweigt. Das Meer rauscht sanft heran, die Sonne scheint in die Gesichter der Umstehenden. Rundum ist es still, bis leise die erste Geige erklingt. Zaghaft fast flattert der erste Ton zwischen uns hindurch, bis weitere Streicher in die Melodie einfallen, sie verstärken wie das Tosen der Wellen. Das Lied greift direkt nach dem traurigen Herzen, steigert sich in unermessliches Wehklagen. Ich sehe die jungen Soldaten an den Strand hüpfen, werde ihres Leidens ansichtig, von einer Salve niedergestreckt. Höre Schreie und spüre stummes Sterben. Der Sand färbt sich rot.

Einer nach dem anderen von uns Heutigen tritt vor, steckt achtsam seine Rose in den Sand von Utah Beach. Das Kammerorchester spielt das Adagio for Strings von Samuel Barber, legt all seine Leidenschaft in die Noten, die den jungen Tag umspülen. Jemand liest die Namen der Gefallenen vor – eine lange Liste.

Dann verstummt das Adagio, wir stehen am Strand und schweigen abermals. Ich schaue mich um, ernst blicken meine neuen Freunde. In Friedrichs Gesicht ist keine Regung zu erkennen, Léon sucht einen fernen Ort am Horizont. Camille und Delphine stehen Hand in Hand, die Hunde zu Füßen.

Auf ein unsichtbares Zeichen hin ziehen alle Anwesenden sich wieder zurück, bilden einen Halbkreis. Kein Wort fällt. Aus unserer Mitte steigen Friedenstauben hervor, es ist ein ganzer Schwarm. Schnell verstreuen sie sich in alle Himmelsrichtungen.

Dann ist die Gedenkveranstaltung zu Ende, ein junger Mann steht grübelnd etwas abseits, kniet sich hin, hebt Sand auf, lässt ihn durch die Finger gleiten. Einer der Uniformierten macht ein Selfie, die Border fordern den Rettungs-Labbi zum Spielen auf. Die Gegenwart hat uns wieder.

Ich wische mit dem Ärmel über die Augen, kämpfe mit den Tränen, dabei ist Sentimentalität sonst meine Sache nicht. Wir treten den Rückweg an, jeder hängt seinen Gedanken nach.

Am Auto sagt Camille: »Wir sollten sehen, dass wir vor dem ganzen Rummel rauskommen. Die offizielle Gedenkfeier ist schon in drei Stunden, und dann werden hier alle Staatsoberhäupter einfliegen von Trump bis May, von Merkel bis Macron. Rund um die Landungsstrände ist Sperrzone, bis nach Carentan rein. Und mir wäre jetzt nach einem handfesten Frühstück.«

Die Rückfahrt ist surreal, überall versperren Polizei und Militär die Straßen. Durch Carentan brausen Jeeps mit fröhlich kostümierten Menschen, und ein Foodtruck wirbt mit »Letzte Pizza vor der Invasion«. Camille lenkt ihr Fahrzeug schnell aus dem Ort, nimmt die Abzweigung über Auvers, rauscht an Bloody Gulch vorbei. Auf einer Wiese stehen zwei Störche und angeln nach Fröschen, eine Kuhherde hat sich daneben bequem niedergelassen und kaut genüsslich wider.

In La Haye, das im Inneren wie immer aus einem unentwirrbaren Knäuel aus Menschen und Fahrzeugen besteht, parkt Camille in einer Seitengasse und kehrt kurze Zeit später mit zwei Tüten bepackt zurück. »Lasst uns ein Picknick machen.«

Sie fährt aus dem Ort, biegt dreimal ab und jagt den kleinen Jeep einen Berg hinauf. Unter Protest flüchtet eine Fasanenfamilie in den Farn. Dann sind wir oben. »Das ist der Mont Doville«, spielt Camille die Fremdenführerin, »einer der höchsten Berge des Cotentin. Immerhin hundertdreißig

Meter hoch, und ihr könnt beide Küsten sehen. Also, im Osten zumindest den Kirchturm von Sainte-Marie-du-Mont.« Sie zeigt auf einen weißen Punkt in der Landschaft. Auf der anderen Seite im Westen grüßt das Meer in Smaragdtönen.

Camille deckt die zwei Picknickgruppen unterhalb des Gipfels mit Baguette, Käse, Wurst, Cidre, Wasser, Apfelsaft, Sekt.

»Was ist das?«, frage ich Camille, nachdem ich mir ein Stück Wurst in den Mund geschoben habe. »Das schmeckt ja wie grüner Pansen!«

»Gar nicht so falsch, das ist Andouille, eine Wurst aus Innereien, schon möglich, dass da Pansen mitverarbeitet wurde. Eine echte Spezialität der Normandie.«

Unauffällig pule ich die Scheibe aus meinem Mund und stecke sie Belmondo zu, der sie klaglos verschlingt. »Bah! Ich habe Kutteln schon immer gehasst!«

Camille lacht. »Oh – Tripes à la mode de Caen sind legendär. Ihr Rezept ist uralt und geht auf einen Mönch zurück, der Koch in der Abbaye-aux-Hommes in Caen war. Noch heute kürt die Tripière d'Or in Caen jedes Jahr die besten Kutteln der Welt. Du musst das probieren, Brigitte.«

Ich verziehe angewidert das Gesicht. »Nein, nein, Kutteln sind dann doch eher Hundefutter.« Wie zur Bestätigung wedelt Bébel mit dem Schwanz.

»Ach, richtig zubereitet und mit einem ordentlichen Schuss Calvados drin, kann das sicher lecker sein«, befindet Friedrich.

»Das Geheimnis sind nicht allein der Calva und der Cidre«, erläutert Camille. »Du brauchst auch noch Rinderfüße, und dann muss das Gericht viele Stunden bei geringer Hitze vor sich hin köcheln. Angeblich haben die anlandenden Truppen am D-Day das zum Frühstück gegessen, in der Gegend von Bayeux und Caen gibt es während des Festivals immer eine Veranstaltung, bei der morgens heiße Kutteln serviert werden.«

Mein Magen rebelliert.

»Apropos D-Day«, ergreift Léon das Wort, der bislang sehr schweigsam war, »morgen, wenn die große Befreiungs-party in Carentan steigt, wollen die Gegner unseres Projekts eine Demonstration und Kundgebung veranstalten. Sie hätten gerne heute protestiert, wenn Macron und Trump sich die Ehre geben, aber das wurde vom Präfekten untersagt. Ich habe den Wunsch, mit den Demonstranten zu sprechen und ihnen meine Sicht der Dinge zu schildern. Mag jemand mit-kommen?«

Camille schüttelt den Kopf. »Ich finde, die Demonstranten haben recht. Diese Gedenkveranstaltung heute früh, sie war schön und angemessen, aber schon das D-Day-Festival droht immer mehr zu einer Kommerzveranstaltung zu werden. Und zu einem totalen Volksfest. Sicher hat alles seine Be-rechtigung, aber noch mehr Erinnerungs- und Massentouris-mus brauchen wir meiner Meinung nach nicht unbedingt. Und schon alleine der gigantische Landverbrauch spricht gegen Ihr Vorhaben.«

»Der ist auch nicht größer als für die Milchpulverfabrik, die die Molkereigenossenschaft vor ein paar Jahren ans an-dere Ende von Carentan gebaut hat«, protestiert Léon. »Und alle waren damals dafür, weil sie Arbeitsplätze in die Region brächte, den Fortbestand der Milchviehwirtschaft auf dem Cotentin sichern sollte. Und heute? Der chinesische Investor ist weg, die Fabrik steht leer, und arbeiten tut dort keiner. Im Ergebnis ein völlig sinnloser Landverbrauch.«

»Lassen Sie uns nicht streiten, Léon«, beschwichtigt Ca-mille. »Ich kann Sie nur nicht unterstützen beim Versuch, die Gegner zu überzeugen. Die haben gute Argumente, sie haben sogar die Veteranen auf ihrer Seite. Und ja, meine volle Sympathie, auch wenn Sie persönlich mittlerweile mein Herz erobert haben.« Sie schenkt ihm ein Lächeln.

»Ich würde mitkommen, wenn Sie mich abholen«, biete ich an, denn mein Herz hat Léon mittlerweile im Sturm genommen, »aber eine große Unterstützung bin ich eher nicht, eher eine stille Beobachterin mit der Geschwindigkeit einer Schildkröte. Konnten Sie eigentlich Bart eindeutig identifizieren?«

Léon schüttelt den Kopf. »Er könnte es sein. Oder aber auch nicht. Ehrlich gesagt, auf mich wirkte er wie ein Zombie, so fürchterlich entstellt. Die Polizei wird wohl versuchen, anhand der Zähne und der DNA zu einem eindeutigen Ergebnis zu kommen.«

»Wie geht es denn eigentlich mit *Sur les pas des héros* weiter, nachdem Bart mutmaßlich die Wasserleiche ist?«

»Keine Ahnung. Ich habe gestern noch den Auftraggeber informiert, sie brauchen ein paar Tage, um eine Lösung zu finden. Solange ich nichts Gegenteiliges höre, will ich aber meinen Teil dazu beitragen, dass unsere gemeinsame Unternehmung ein Erfolg wird.«

Die Hunde fordern uns zu einem Verdauungsspaziergang auf.

»Lauft ein paar Schritte«, ermuntert uns Camille, »es ist schön hier. Ihr könnt auf dem Hochplateau bleiben, dann ist das auch für unser Hinkebein machbar.«

Ein Pfad schlängelt sich durch den Stechginster, Friedrich reicht mir galant den Arm an zwei Stellen, an denen es feucht und matschig ist. Bébel und Hope sind im Dickicht verschwunden. Wir passieren ein zerfallenes Steinhaus, ein Schild weist es als Wachhaus aus. Von hier haben wir eine fantastische Sicht über die See. Einige Hundert Meter weiter erhebt sich ein rundes Türmchen aus der Heidelandschaft.

»Die Überreste einer Windmühle«, klärt Delphine uns auf. »Rund hundert Windmühlen gab es in der Manche zu Beginn des 19. Jahrhunderts. Die meisten sehen heute so aus wie dieses traurige Trümmerstück auf dem Mont Doville. Die einzige noch erhaltene Windmühle auf dem Cotentin ist heute eine Touristenattraktion, Le Moulin à Vent auf dem

Hügel über Fierville-les-Mines. Das liegt zwischen Barneville-Carteret und Portbail, ein bisschen im Landesinneren.«

Von der Windmühle hier ist in der Tat nur wenig übrig geblieben, zwei Stockwerke sorgsam aufeinandergeschichtete Steine. Die Treppe fehlt. Oben spielen einige Dohlen Fangen. Wir drehen um und kehren zu unserem Picknickplatz zurück.

»Sollen wir morgen Abend gemeinsam essen?«, schlägt Delphine vor. »Manon kommt, um unsere Patientin zu versorgen, und ich würde die beiden Schatzsucher dazuholen. Dann könnten wir alles zusammentragen, was sich in unserem gemeinsamen ›Fall‹ ergeben hat. Keine Angst, Brigitte, ich koche keine Kutteln. Friedrich könnte mir in der Küche beistehen. Und Camille natürlich.«

»Das ist eine ausgezeichnete Idee«, begeistert sich Léon, und ich nicke.

»Ich freue mich«, sagt Delphine.

Den Rest des Nachmittags verbringe ich mit den *Brandungswellen* unter einem Baum in Delphines Garten. Sein Stamm kriecht fünf Meter über den Boden, ehe er sich entschlossen hat, zur Sonne zu wachsen. Seine Blätter bilden ein breites Dach, unter dem ich mich zusammenrolle. Fast fühle ich mich wie die namenlose Ornithologin aus dem Buch.

Zwischen die Impressionen des wilden Caps schiebt sich das Bild von Germaine, wie sie auf dem Acker von Foucarville steht.

Könnte es sein, dass sie absichtlich überfahren wurde, weil sie die Schatulle gefunden hatte?

Kapitel 16

»Wir dürfen das Leid, die vielen Toten, den Krieg nicht kommerzialisieren.« Die Demonstrantin, eine resolute Frau in den Fünfzigern, tritt Léon entschlossen entgegen. »Krieg kann keine Touristenattraktion sein. Das verbieten uns die Toten des Zweiten Weltkriegs genauso wie alle, die in der Gegenwart unter Krieg zu leiden haben. Die sterben, ihre Heimat verlieren, schwer verletzt werden. Wir sollten unsere Energie darauf verwenden, Frieden zwischen den Völkern herzustellen, und nicht Krieg als eine Art Volksbelustigung anzusehen. Es verhöhnt die Opfer. Die von damals, die von heute.«

Seit rund einer Stunde sind wir vor Ort, an der Abfahrt der Schnellstraße, wo sich die Gegner des Projekts versammelt haben. Es ist eine beschauliche Veranstaltung, einige Transparente, auf denen »Non au D-Day-Land« zu lesen ist.

Léon will sprechen, doch er wird immer wortkarger. Also hört er zu. Einem Mann in mittlerem Alter, der erzählt, dass er sich im Partnerschaftskomitee für die deutsch-französische Freundschaft eingesetzt hat. Wie aus der Jumelage echte Freundschaften entstanden, die seit Jahrzehnten andauern. »Und wissen Sie, wir sind hier groß geworden, mit dem Blockhaus in den Dünen, der Munition, die beim Umgraben des Gartens zum Vorschein kam. Mit den Museen und Stelen und den Gedenksteinen. Groß geworden im neuen friedlichen Europa, für das wir uns begeisterten. Ich habe viele Menschen aus unserer Partnergemeinde herumgeführt. Ich habe ihnen den Strand gezeigt, die Reste der Bunker und Kasematten. Ich habe es ihrer Fantasie überlassen, zu sehen, zu hören und vor allem zu spüren, was sich hier abgespielt hat. Welches Leid, welches Grauen all die Menschen erlitten haben, damals im Juni 1944. Und jeder kann es spüren, jedes Wort wäre zu viel gewesen. Dazu brauche ich kein Spektakel, keine Show, die doch nur an der Oberfläche kratzt. Dort zu stehen, wo es geschah, oder auf einem der unzähligen Friedhöfe, reicht völlig.«

»Können Sie sich ein Disneyland in Verdun vorstellen? Oder in Oradour-sur-Glane? Wir haben bereits gute Museen und Gedenkstätten in der Normandie, und die Millionen von Euro wären sicher woanders besser angelegt«, spricht ein Demonstrant, in Gummistiefeln und Jeans wirkt er, als käme er direkt aus dem Stall.

Seine Frau ist bei ihm untergehakt, nickt bestätigend. »Ich weiß schon, was Ihnen vorschwebt, Monsieur. Im Freizeitpark Puy de Fou gibt es ja Ähnliches zum Ersten Weltkrieg. Meine Schwester ist dort gewesen, die Besucher laufen durch die Schützengräben, die Erde bebt, Menschen werden verletzt, es herrscht das totale Chaos. Die Besucher machen Fotos vom Schlachtfeld, den Gräbern und dem Kommunikationsleitstand und schreiben dann auf einem Tourismusportal im Internet, sie seien mitten im Geschehen gewesen. Ein nettes Selfie unterstreicht es. Diese Urlauber glauben, sie hätten die Hölle des Krieges erlebt, doch kein ersonnenes, erfundenes Spektakel kann auch nur annähernd an das heranreichen, was Krieg für die Opfer wirklich bedeutet. Keines.«

»Ich bin Lehrerin«, berichtet eine Frau, »ich unterrichte Geschichte. Ich sage Ihnen etwas, Monsieur: Der D-Day, seine Gefallenen, seine Opfer, sie brauchen Zeit und Ruhe. Zeit zum Nachdenken und Andenken. Wir freuen uns, dass die Alliierten damals den Sieg errungen haben, aber eine D-Day-Show, mit Pyrotechnik und Andenkenverkauf, mit Party beim Panzerfahren und leckerem Essensduft über der gesamten Szenerie ist doch pietätlos.«

»Recht haben Sie«, pflichtet ihr ein Mann bei, der um die siebzig oder älter sein mag. Sein Französisch lässt einen englischen Zungenschlag erkennen, er ist der Sohn eines britischen Veteranen. »Mein Vater war einundzwanzig, als er in die Armee eintrat und im Juni 1944 in der Normandie für die Befreiung kämpfte. Er fand sich als Infanterist im Gemetzel an den Stränden wieder, in den Bombardements, der mörderischen Bocage. Er hat seine Erlebnisse nie richtig verarbeitet, war psychisch sein Leben lang gekennzeichnet vom Krieg. Damals wusste man das noch nicht, heute nennen wir das, worunter mein Vater litt, posttraumatische Belastungsstörung. Den Krieg in einer Art Vergnügungspark zu feiern, wäre für ihn unvorstellbar gewesen.«

»Die Politiker der Regionalregierung hoffen, dass wir uns das alles gefallen lassen.« Die junge Frau mit den Dreads gibt sich kämpferisch. »Aber der vor Jahren geplante Wikinger-Freizeitpark verschwand wegen des Widerstands der Bevölkerung sang- und klanglos in einer großen Schublade eines Rathauses in der Orne. Und ja, auch die Normandie braucht eine zone à défendre, *eine Landbesetzungsaktion,* wenn das D-Day-Land auf Biegen und Brechen durchgedrückt werden soll.«

Eine ältere Dame, durchgestylt bis in die Haarspitzen, nimmt Léon mit einer schon fast zärtlich anmutenden Geste zur Seite. »Denken Sie an die Opfer, die überall in der Normandie ruhen. Die Trauer verträgt keine Show. Denken Sie an das Blut der D-Day-Toten, dieser Krieg ist weder Spiel noch Schauspiel, er ist bis heute gegenwärtig. Wenn Sie all das, was Sie als Ihr Ziel formulieren, wirklich ernst meinen, dann investieren Sie Ihre Fähigkeiten nicht in dieses Projekt, das die schnöde Vermarktung der Gefallenen im Sinn hat. Halten Sie ein. Bitte, Monsieur.«

Der Regisseur nickt betreten.

»Sagen Sie doch auch etwas dazu«, fordert mich die Frau auf, »was halten Sie davon, dass Ihr Mann sich an einem solchen Unternehmen beteiligt?«

»Ich … wir … sind nicht verheiratet, Madame«, stottere ich, »wir sind … nur Freunde.« Die Röte schießt mir in das Gesicht. »Und obendrein bin ich Deutsche. Ich finde, ich habe kein Recht, mich einzumischen. Ohne Hitlerdeutschland hätten Sie das ganze Problem mit dem Krieg und dem Gedenken und der angemessenen Form gar nicht. Ich darf mir nicht anmaßen, darüber zu urteilen, wie hier in der Normandie die Erinnerung an die Besatzung und den Krieg aufrechterhalten wird.«

Léon fasst mich am Ärmel. »Lass uns gehen. Irgendwohin, wo wir nachdenken können. Und vielleicht etwas zu essen bekommen.«

In der Innenstadt von Carentan haben wir Pech: Die ganze Stadt ist ein einziger Festplatz. Eine Militärparade zieht durch die Innenstadt, Tausende säumen jubelnd die Straßen. Carentan feiert seine Befreiung, mit Pomp, mit Blasmusik, mit Panzern.

Schließlich landen wir ein Stück außerhalb, am Kanal, der in die Baie de Veys mündet. Ein Parkplatz, eine Wiese, eine Brücke. Nichts zu essen, dafür aber himmlische Ruhe. Ein paar Vögel im Schilf, ab und an ein Freizeitkapitän, der den Kanal entlangschippert. Die Sonne scheint, wir setzen uns ins Gras.

»Wahrscheinlich haben die Demonstranten recht, und die Fußspuren der Helden sind zum Scheitern verurteilt«, seufzt der Regisseur. »Ich habe heute begriffen, dass die Gratwanderung zwischen ehrendem Andenken und einer oberflächlichen Show verdammt schmal ist. Ich weiß nicht mehr, ob ich das, was ich erzählen will, in dem eher kommerziellen Kontext überhaupt erzählen kann. Ich zweifle nicht nur an dem Projekt, sondern auch an mir selbst.«

»Wie kam es denn überhaupt zu der Kooperation mit der Firma?«

»Die Nogren Capital Groupe ist an mich herangetreten, so vor einem halben Jahr. Sie wollten etwas völlig Neues entwickeln, ich hätte einen Namen, einen Bezug zur Normandie, ob ich nicht die künstlerische Ausgestaltung übernehmen wollte. Klang für mich super, zumal ich gerne in Frankreich arbeite. Nun ja, und belgische Regisseure haben immer damit zu kämpfen, überhaupt gebucht zu werden. Also habe ich spontan zugesagt, mich eingehend mit der Geschichte des D-Day beschäftigt, ein Konzept entwickelt. Eines Tages kam der Anruf von dem Amsterdamer Büro, sie würden jetzt in die Planungsphase eintreten, ob ich nicht Interesse hätte, bei der Standortsuche mitzuwirken und den Regionalpolitikern vor Ort das Projekt schmackhaft zu machen. Da ich keine anderen Verpflichtungen hatte, bin ich also angereist.«

»Wer steckt denn hinter der Nogren Capital Groupe?«

»Ganz genau weiß ich das nicht. Ich habe einen Vertrag unterzeichnet, in dem ich mich nach außen hin zu Stillschweigen über das Projekt verpflichte. Der Einzige, den ich persönlich kenne, ist Bart. Und einen CEO aus Luxemburg, Kieffer. Über die Firma weiß ich nur, dass internationale Investoren Geld drinstecken haben. Die Nogren Capital Groupe hat vor zwei Jahren eine französische Firma übernommen, die zahlreiche kleine Freizeit- und Vergnügungsparks betreibt. Diese werden renoviert und ausgebaut. Es sind auch wirklich nette Geschichtsparks dabei, die zum Beispiel die Besiedelung der Loire im Laufe der Jahrhunderte nacherzählen. Den habe ich mir angeschaut und fand ihn wirklich lehrreich und spannend. Aber klar: So ein Investor hat finanzielle Interessen. Das Geschäft scheint gut zu laufen, sonst würden sie nicht neue Projekte in die Welt setzen.«

»Ganz schön naiv, sich auf so eine dubiose Geschichte einzulassen.«

»Hinterher ist man immer schlauer.« Léon starrt aufs Wasser im Kanal, das Wellen von einem kleinen Sportboot schlägt. »Ich finde die Idee auch nach wie vor gut, ich glaube an meine Geschichte, ich vertraue auf meine Fähigkeiten. Aber ich habe heute auch die Demonstranten verstanden, und ich kann ihr Unbehagen gut nachvollziehen.«

»Was passiert, wenn Sie ... wenn du ... aussteigst?«

»Dann wird ein anderer kommen, da bin ich sicher.« Léon seufzt. »Bei einer Investitionssumme von 300 Millionen Euro ist der Regisseur dann doch nur ein kleines Licht. Das Konzept habe ich bereits verkauft, da habe ich keine Rechte mehr dran. Es könnte also jeder umsetzen. Oder fast jeder.«

»Und nun?«

»Ich weiß es nicht. Ich muss nachdenken.«

»Dann sind wir schon zu zweit. Meine Zukunft hängt auch in der Luft.«

»Die Normandie scheint nicht der schlechteste Ort zu sein, um gemeinsam abzuhängen.« Gedankenverloren streichelt Léon Belmondo, der sich in der Schafscheiße gewälzt hat und uns seinen Duft unter die Nase reibt. Wie Guccis Guilty pour Homme riecht es nicht gerade.

»Wir sollten zu Delphine fahren«, unterbreche ich unsere melancholische Stimmung, »dann bekommen wir einen Apéro und bestimmt eine Kleinigkeit zu essen, bevor sie uns das Abendmahl auftafelt.« Wir schlagen einen Bogen um die Demonstration und die Befreiungsparty und stehen eine halbe Stunde später auf dem Hof am Ende der Straße.

Mittendrin auf dem feinen Kies haben Maxime und Romain sich ihren Pétanque-Platz abgeteilt und liefern sich eine Schlacht mit Friedrich und Camille. Mit großem Ernst messen sie den Abstand zwischen Kugeln und Cochonnet, dem Schweinchen. Hope überwacht die Szenerie mit Collieaugen. »Solltest du nicht in der Küche stehen?«, frage ich Friedrich.

»Ich habe meinen Part bereits erledigt. Wie war es bei euch?«

»Ernüchternd. So ernüchternd, dass ich jetzt einen Pastis brauche.« Léon stiefelt los in Richtung Delphines Küche, kommt kurze Zeit später mit zwei randvoll gefüllten Gläsern zurück und drückt mir eines davon in die Hand. »À la Tienne!«, prostet er mir zu.

Wir machen es uns auf Camilles Pritsche bequem, um einen Überblick über die Pétanque-Schlacht zu erhalten, und irgendwann stehen Pastisflasche und Wasser neben uns. Fast schon vertraut sitzen wir da. Hat Léon tatsächlich vorhin etwas von »gemeinsam« gesagt?

Romain und Maxime sind mit allen Wassern gewaschene Spieler, die beiden anderen haben nicht den Hauch einer Chance.

»Ich brauche eine Pause«, schwenkt Friedrich die weiße Flagge, und wir verziehen uns alle in den Garten. »Auf dem Campingplatz haben deutsche Urlauber heute früh die Hakenkreuzfahne gehisst«, gibt Friedrich die Ereignisse des Tages zum Besten. »Der Campingplatzbesitzer hat nicht lange gefackelt und die Polizei gerufen. Die Jungs müssen mit einer saftigen Geldstrafe rechnen, und obdachlos sind sie obendrein. Sie sagten, sie hätten sich nichts dabei gedacht, sie wollten authentisch den D-Day mitfeiern.«

»Und keiner hat ihnen erzählt, wie gering vor fünfundsiebzig Jahren ihre Überlebenschance gewesen wäre?«

»Nein. Was ist denn jetzt mit dem D-Day-Land?«, fragt Camille Léon.

»Die Demonstranten haben mich zum Nachdenken gebracht. Und auch die ganzen Ereignisse der letzten Tage. Diese Zeremonie gestern, die hat mich gepackt, ohne viele Worte. Und heute hat einer der Protestierenden gesagt, dass man das, was passiert ist, spüren kann. Und dass das Gedenken Ruhe und Zeit braucht. Jetzt kann ich mir nur noch sehr schwer vorstellen, dass ein Freizeitpark mit einer kurzen und schnellen Show, für die ich viel Eintritt bezahle, das wirklich leisten kann. Ob sie auch meinem Anspruch gerecht wird. Oder ob dabei das Gedenken nicht einfach mit einer kommerziellen Veranstaltung überkleistert wird. Und somit gar nicht mehr richtig stattfindet.«

Camille nickt anerkennend. »Bravo, Léon! Zumal wir bereits über siebzig kleine und große Museen in der Normandie haben, die die Geschichte aufbereiten. Und genügend Orte der Einkehr. Heißt das, das Projekt wird zu den Akten gelegt?«

»Wahrscheinlich nicht, nur ich werde vermutlich aussteigen. Das berede ich aber die nächsten Tage mit meinem Auftraggeber.«

Delphine kommt mit einer Platte Häppchen und duftenden Käse-Windbeuteln zu uns. »Wir starten sofort, Manon kommt jeden Augenblick. Ich hole noch den Cidre.«

Kurze Zeit später zupft Manon an meinen Fäden, die sie nach gelungener Bergung auf einem Papiertaschentuch ausbreitet. »Das sieht doch schon sehr gut aus«, urteilt sie, »noch ein paar Tage, und du bist fast neu.«

Delphine reicht die Amuse-Bouches. Vor allem die Gougères, die Brandteigbällchen mit rezentem Käse, sind ein Gedicht, mein verfressener Belmondo kommt ebenfalls auf den Geschmack. Nach einer kurzen Verdauungspause fährt unsere Gastgeberin eine Meeresfrüchteplatte mit Austern, Crevetten, Krebsen und Hummern auf.

»Weißt du eigentlich Genaueres über den Inhalt der Schatulle?«, will ich von Manon wissen. »Nein, nur vage. Anscheinend geheime Papiere, Wertpapiere. Ein bisschen Gold. Der Inhalt stammt angeblich von einem Klienten Peter Steins, der die halbe politische Klasse Frankreichs bestochen haben und in dubiose Geschäfte verwickelt gewesen sein soll. Details sind mir nicht bekannt, ich bezweifle auch, dass Urgroßmutter je da reingeschaut hat, bevor sie den Schatz an Werner übergab.«

»Und was ist aus Peter Stein geworden?«

»Der setzte sich zunächst ab, kam aber 1943 nach Frankreich zurück, weil er das Land nicht im Stich lassen wollte. Ein denkbar schlechter Plan: Er wurde verhaftet, interniert und schließlich nach Auschwitz deportiert. Dort wurde er ermordet, wenige Monate vor Kriegsende. Aus Interesse habe ich seinen Namen mal recherchiert.«

»Und der Klient?«

»Der kam schon Mitte der Dreißigerjahre unter ungeklärten Umständen ums Leben. Offiziell hat er Selbstmord begangen, aber Germaine behauptete wohl, er sei vom französischen Geheimdienst ermordet worden.«

Während der nächste Gang anrollt – ein Zwischengang mit Bratwurst und Merguez – hängt Romain an Manons Lippen. »War da vielleicht doch ein russischer Schatz in der Schatulle?«

»Schon möglich«, erwidert Manon, »aber ich weiß es nicht. Diese Aufzeichnungen, die ihr da habt ... darf ich da mal reinschauen? Immerhin könnte es das einzige Zeugnis meines Urgroßvaters sein, das ich je zu Gesicht bekomme.«

»Es wird dir nicht viel helfen, schon wir können Schrift und Sprache nur schwer entziffern, aber gerne«, bietet Friedrich an.

»Ihr glaubt gar nicht, was im internationalen Schatzsucherforum los ist«, berichtet Maxime. »Irgendjemand hat das mit der Bombe gepostet. Und Fotos, wie wir mit den Metallsuchgeräten durch den Ort laufen. Keine Ahnung, wer die gemacht hat, ein relativ neuer User, der sich ›Cartouche‹ nennt. Der behauptet jetzt, der berühmte Schatz des Schönen Igor läge in Foucarville, und deshalb ist das halbe Forum dort. Die Bürgermeisterin hat schon angefragt, ob wir zur Unterstützung kommen, um den Rummel in geordnete Bahnen zu lenken.« Er grinst. »Wir sollen Führungen anbieten, wenn die Jungs von der Kampfmittelbeseitigung durch sind. Und Eintritt verlangen.«

»Auch eine Möglichkeit den Tourismus anzukurbeln.«
Manon hat sich Romain zugewandt: »Was ist das für eine
Geschichte mit dem Schönen Igor?« Romain fasst für sie zu-
sammen, was er darüber weiß.

»Ich mag mir meine Urgroßmutter so gar nicht als gefährliche Kriminelle vorstellen oder als jemanden, der mit solchen Menschen auch nur im Entferntesten zu tun hatte.
Auch wenn ich weiß, dass sie keine Heilige war. Übrigens
hat die Polizei nicht nur von mir DNA-Proben genommen,
sondern auch von Marie-Theres. Die hat leider so gar nicht
verstanden, was los ist, hat gedacht, dass die Kriminaltechni-
ker gekommen seien, um ihr Zimmer zu dekontaminieren.
Es war nicht schön, die ganze Prozedur hat sie verängstigt.
Leider baut sie immer mehr ab in dem Heim, so gut es auch
ist.«

»Du könntest sie doch wieder zu dir holen«, sagt Delphine, die mit dem »Normannischen Loch«, einem Calvados, zu uns an den Tisch kommt.

»Ich muss ja arbeiten. Sonst würde eine freie Schwester in
der Region fehlen. Keiner würde mich ersetzen, was für die
ganzen Patienten eine echte Katastrophe wäre. Und dann ist
Krankenpflege etwas völlig anderes, als eine demente alte
Frau zu betreuen. Und außerdem weißt du, wie der erste
Versuch ausgegangen ist.«

»Wir nehmen jetzt alle einen Schluck, und dann dreht ihr
noch eine kleine Runde, bis der Hauptgang fertig ist«, erklärt Delphine den weiteren Ablauf. Sie zeigt uns einen Wie-
senweg durch die Bocage. »Wenn ihr euch immer rechts
haltet, kommt ihr durch den Ort zurück. Friedrich und ich
kümmern uns um den Hauptgang.«

Wir schlendern los, die Hunde voraus. Die Dämmerung
kriecht übers Land, der leichte Ostwind saugt die letzte
Feuchtigkeit aus dem Boden. Vor uns quert ein Fuchs den
Weg und gibt Gas, als er der Hunde gewahr wird.

»Was meintest du vorhin damit, Delphine wüsste, wie der erste Versuch ausgegangen ist?«

Manon seufzt. »Wir haben es am Anfang probiert. Meine Mutter ist auf ihren Selbstfindungstrip abgezischt und hat Marie-Theres alleine gelassen. Zuerst fiel uns nicht auf, dass etwas nicht stimmt, sie war etwas unkoordiniert, ließ sich gehen, wandelte im Morgenrock durch ihr Dorf oder verursachte einen Zimmerbrand, weil sie die Fertiggerichte aus dem Supermarkt mit der Verpackung in den Gasherd schob. Da begriff ich, dass ihr alltägliche Tätigkeiten zunehmend schwererfielen – und dass das gefährlich für sie ist. Also habe ich sie zu mir in mein kleines Häuschen geholt, aber es war ein Desaster. Weißt du, ihre Welt wird ohnehin schon jeden Tag kleiner und unverständlicher. Sie versteht das, was vorher alltäglich war, nicht mehr, sie erkennt es nicht mehr, kann es nicht mehr einordnen oder richtig abspeichern. Und ich habe sie dann noch in eine fremde Umgebung gebracht. Hier kannte sie ja wirklich nichts, und das hat ihr große Angst gemacht. Sie wurde rastlos, ständig ist sie irgendwo in der Gegend rumgelaufen, was im Winter, wenn es überall sumpfig und morastig ist, auch gefährlich ist. Sie wäre nicht die erste alte Frau, die das Haus verlässt und erst Jahre später als Moorleiche wieder auftaucht. Das Beste, was ihr eingefallen ist, war bei Delphine im Garten zu sitzen. Aber auch Delphine kann sie nicht den ganzen Tag im Auge behalten, und ihre Giftexperimente im Garten sind für eine Patientin wie meine Großmutter absolut kontraproduktiv.«

Sie wischt über ihre Augen. »Glaube mir, es tut mir in der Seele weh, sie so zu sehen. Aber gerade finde ich keine Lösung.«

»Hast du Claude auch medizinisch versorgt als Krankenschwester?«, frage ich Manon. Sie bejaht.

»Wie war er denn so in seinen letzten Tagen?«

»Immer noch sehr charmant.« Manon lächelt. »Er war schon ein besonderer Mensch. Er hat schwer damit gehadert, dass er auf andere angewiesen ist, nicht mehr machen konnte, was er wollte. Dass sein Körper einfach so versagt hat. Aber er konnte immer noch tolle Geschichten erzählen und wusste unglaublich viel. Zu nahezu allen Themen. Seine letzte Freude war, beim Radiosender France Bleu anzurufen und beim morgendlichen Quiz zu gewinnen. Er schlug alle Konkurrenten aus dem Feld, konnte aber mit den Gewinnen, wie einem Museums- oder Konzertbesuch, selber nichts mehr anfangen. Die Karten hat er manchmal an mich weitergegeben.« Sie seufzt. »Er war unglaublich einsam die letzten Jahre, und zum Schluss wurde das, was er im Gehirn hatte, auch immer wirrer und weniger. Für ihn selber war der Tod sicher eine Erlösung, denn er konnte nicht mehr sein eigenes, selbstbestimmtes Leben führen.« Manon schüttelt die traurigen Gedanken ab. »Aber ich kann schon verstehen, warum die Mädels, inklusive meiner Großmutter und Urgroßmutter, früher alle für ihn geschwärmt haben.«

»Hat er denn von deiner Urgroßmutter geredet?«

»O ja, für die schwärmte er immer noch. Leider habe ich nicht rausbekommen, warum sich ihre Wege wirklich getrennt haben.«

Wir hängen unseren Gedanken nach, laufen durch den stillen Ort mit seinen Steinhäuschen. In einem Garten ertönt der Schrei eines Pfaus, und der Cattle Dog, den wir von unserem ersten Besuch schon kennen, schließt mit Bébel Freundschaft. Gemütlich trottet er ein Stück neben unserer Gruppe her, bevor er sich zum Umkehren entschließt.

An einem Hauseck ist ein Bauer mitsamt Wathosen und Gummistiefeln kopfüber in einer Regentonne verschwunden, und im Dämmerlicht brauche ich etwas, um zu erkennen, dass es sich um eine Puppe handelt, die ein Scherzbold zu Dekorationszwecken dort drapiert hat. Auch der Fasan, der zwei Häuser weiter auf dem Briefkasten sitzt und sich trotz der Hunde nicht von der Stelle rührt, ist eine Attrappe.

»Bist du eigentlich in Léon verliebt?«, fragt Manon unvermittelt und schaut dabei tiefer in meine Seele als ich selbst.

»Ja. Und nein«, stottere ich. »Also theoretisch kann man sich doch jeden Tag in einen anderen Menschen verlieben, da jeder Mensch etwas Liebenswertes hat. Das gewisse Etwas. Und Léon hat sehr viel davon. Er fällt eindeutig in mein Beuteschema.« Ich hole tief Luft. »Aber Liebe ist etwas ganz anderes. Liebe heißt, jeden Tag aufs Neue das Gefühl für den anderen durch den Alltag zu retten. Durch die Stürme zu segeln, Veränderungen und Herausforderungen gemeinsam zu bestehen. Ich bin mit Paul mehr als die Hälfte meines Lebens zusammen, und die Liebe wandelt sich zwar, aber sie verschwindet nicht.« Wir biegen in Delphines Garten.

Der Hauptgang findet seinen Weg auf den Tisch, zarte Lammhaxen, -lenden und -kotelett zergehen auf unseren Zungen. »Von meinen Lämmern«, betont Camille, »das Fleisch wird nicht nur von den Kräutern so zart, sondern auch, weil die Schafe den ganzen Tag in Bewegung sind. Sie laufen viele Kilometer durch den Havre. Eingesperrte Tiere sind traurig, das ist nicht artgerecht. Deren Fleisch lohnt zudem kaum die Zubereitung.« Das Lamm ist butterzart, der Geschmack nimmt uns mit, mitten auf Camilles Salzwiesen, lässt uns das Salz und die Salicorne schmecken, den Ozean riechen. Wir schwelgen eine ganze Weile, kaum jemand hat Zeit zum Reden.

»Wirklich hervorragend«, urteilt Léon und lehnt sich in seinem Stuhl zurück. »Aber ich könnte noch einen Trou Normand vertragen.«

»Es ist noch etwas Merkwürdiges passiert.« Romain gurgelt leicht mit seinem Calvados, bevor er ihn schluckt. »Heute war ein Typ da, den habe ich noch nie hier in der Gegend gesehen. Der interessierte sich für Haus und Grundstück, aber hauptsächlich für die Halle. Claudes Werkzeuge hat er sich eingehend angeschaut, aber am intensivsten hat er sich mit dem Hallenboden beschäftigt. Als suchte er eine geheime Botschaft im Beton.«

»Vielleicht ein Teil unseres ominösen Pärchens?«, rätselt Friedrich. »Wie sah er denn aus?«

»Hm, ein Allerweltstyp. Groß, bestimmt eins neunzig. Vielleicht auch zwei Meter. Schlank, fast schon mager. Irgendwas zwischen dreißig und vierzig. Kräftige Hände, an den Schwielen siehst du, dass er mit den Händen arbeitet, die groß sind wie Tellerminen. Die Hände waren das Auffälligste an ihm. Hageres Gesicht, blaue Augen. Gefahren hat er einen weißen Kastenwagen, deswegen haben wir gedacht, dass er zum fahrenden Volk gehört.«

»Eigentlich war der völlig gewöhnlich«, ergänzt Maxime, »ein stinknormaler Handwerker, wie es sie zu Hunderten gibt in der Normandie. Nur sein Verhalten hat uns stutzig gemacht, wie er mitten in Claudes Halle steht und auf den Boden starrt. Dann hat er gesagt: ›Isnichtsdabei‹, und ist verschwunden.«

Unterdessen kredenzt uns Delphine ein feines Sorbet. »Wir sind noch nicht durch«, ermahnt sie uns.

Ich habe das Gefühl zu platzen, aber das Sorbet rutscht sanft in meinen Magen. Im Gebüsch raschelt es, eine Schleiereule startet ihren Angriff direkt über unseren Köpfen. Peilt Bébel an, der zusammengerollt im Gras liegt, verwirft ihren Plan in letzter Sekunde angesichts der Größe ihrer potenziellen Beute. Einige Fledermäuse zischen über uns hinweg.

»Was ist mit deiner Hausmaus, Delphine?«, erkundige ich mich.

»Die hat neulich noch einen Kumpel mitgebracht«, murrt die Gärtnerin. »Ich bringe es nicht übers Herz, sie mit einer Schlagfalle zu töten, und sie in einer Lebendfalle zu fangen und auszusetzen, ist im Prinzip auch nicht humaner. Mäuse sind gesellig, sie brauchen zum Leben die Sozialstruktur mit ihren Artgenossen, darin sind sie uns Menschen sehr ähnlich. Außerdem verhungern sie abseits der menschlichen Zivilisation, weil es auf unseren aufgeräumten Äckern und Fluren zu wenig Nahrung für sie gibt.« Sie geht in die Küche und holt Käseplatten, Brot und Rotwein. »Also werde ich meinen neuen Mitbewohnern den Weg ins Haus versperren, in den Schuppen und auf dem Dachboden können sie meinetwegen ein unbeschwertes Mäuseleben führen.«

»Was soll das Geisterhaus von Claude eigentlich kosten?«, erkundigt sich Léon und nimmt sich ein Stück Livarot von der Platte.

»Zweihunderttausend hat die Maklerin uns gesagt. Plus Courtage und Grunderwerbssteuer«, gibt Romain bereitwillig Auskunft. »Für meine Begriffe etwas zu viel, auch wenn ordentlich Land dabei ist. Du musst renovieren. Strom neu verlegen, das Dach decken. Verputzen. Eine neue Sickergrube einbauen. Das geht ins Geld. Und die Lage, so irgendwo im Nirgendwo, ist auch nicht der Hit.«

»Willst du umziehen?«, will Camille wissen. »Zu uns?«

»Warum auch nicht? Ich fühle mich schon fast wie zu Hause.«

»Kein Nachtisch mehr für mich«, verabschiedet sich Manon. »Zum Glück habe ich es nicht weit, ich kann mich jetzt nach Hause rollen. Ich bin zum Frühstück wieder da.«

Für uns anderen gibt es Kuchen und Espresso. Die Straßenlaternen werden ausgeknipst, Delphine entzündet in einer rostigen Schale ein Feuer, und völlig übersättigt genießen wir die letzte Süße in unseren Gaumen. Unglaublich, wie viel ein Mensch essen kann.

Léon hat recht. Auch ich fühle mich hier schon fast heimisch. Mein Hund ist völlig entspannt, ich mag die Menschen mit ihrer unkomplizierten und offenen Art.

»Wie geht es dem Kater?«, erkundige ich mich bei Friedrich.

»Der liegt die meiste Zeit im Wohnmobil. Oder davor. Der lässt es sich gut gehen. Du musst dir keine Sorgen machen«, beruhigt er mich, »ich passe schon auf ihn auf.«

Wieder raschelt es im Gebüsch, lauter diesmal. Belmondo steht knurrend auf, rennt in eine Ecke des Gartens und schlägt an, finster grollend und wütend wird sein Gebell. Ich rufe ihn zurück, widerwillig kommt er zu mir getrottet. »Was ist denn los?«, frage ich meinen Hund. Dessen Nackenhaare sind immer noch gesträubt, als hätte er ein Gespenst gesehen.

»Ein Igel oder ein Fuchs, vielleicht auch ein Reh«, mutmaßt Delphine, »sonst ist hier draußen nichts. Ich habe für alle auf dem Dachboden ein Nachtlager gerichtet. Ihr müsst also nicht mehr fahren. Ihr solltet auch nicht mehr fahren.«

Sie setzt sich mit der Gitarre ans Feuer, schlägt einige Akkorde an und spielt ein Lied von Zaz, stimmt dann einen klassischen Chanson an. Mir fallen die Augen zu. Das Stimmengewirr dringt zu mir ins Wohnzimmer, als ich mich mit Belmondo auf der Couch ausbreite. Ich bin sofort weg.

Frühmorgens gibt mein Hund erneut Laut, steht wütend an der Terrassentür. Die unverwüstlichen Zecher können es nicht sein, alles ist dunkel, keiner bewacht die letzte Glut auf dem Lagerfeuer. Der Collie ist außer Rand und Band.

»Du weckst ja alle auf«, sage ich und bete inständig, dass die vielen hochprozentigen Getränke im Laufe des Abends ihre Aufgabe erfüllen und alle Gäste tief genug in den Schlaf katapultiert haben. Wer immer durch die Nacht geschlichen ist, der Alarm meines Hundes hat ihn in die Flucht geschlagen.

Kapitel 17

Der Kaffee duftet verführerisch. Delphine hat das Frühstück draußen angerichtet, frische Croissants und Baguette geholt. Dabei bin ich noch vom opulenten Mahl satt. Wenn so Gott in Frankreich lebt, quält er sich gewiss mit überflüssigen Pfunden. Manon und Romain sitzen unter dem Schlangenbaum und sind ins Gespräch vertieft. Die Sonne scheint, es ist ein heller Frühsommertag.

Belmondo und Hope flitzen durch den Garten und verschwinden hinter den Kräutern. Bébels Gebell vom frühen Morgen fällt mir ein, sollte da doch etwas gewesen sein? Ich folge den Tieren und finde sie hinter einer Hecke, eifrig in Delphines Erde grabend. »Stopp!« Die beiden Collies werfen sich ins Platz, die Nasen sind voller Lehm, die Pfoten dreckig. Außer dem Loch sehe ich – nichts. »Das ist doch gar nichts!«, tadele ich die Tiere und untersuche die Umgebung. In etwa zwei Metern Entfernung liegt etwas Kleines, Weißes im Gras. Eine Kippe. Eine Selbstgedrehte.

Ich sammle den Glimm-Gift-Stängel auf und schiebe ihn in die Hosentasche. Keiner von uns war gestern hier unten gewesen. Friedrich dreht seine Zigaretten ohne Filter, und sein Tabak ist dunkel. »Schwarz wie meine Seele«, hat er mir erklärt. Von ihm konnte der Rest nicht sein. Von wem dann?

Die Hunde trotten hinter mir her, aufmerksam und gespannt. Friedrich ist beim Kaffee. »Hast du da unten geraucht, im Garten?« Ich halte ihm meinen Fund unter die Nase.

»Das ist keine von meinen, außerdem habe ich einen Taschenaschenbecher, ich muss nichts in der Natur zurücklassen.« Ich berichte von Belmondos Alarm in der Nacht.

»Wer sollte uns hinterherspionieren wollen?« Friedrich schüttelt den Kopf. »Delphine? Was meinst du dazu?«

»Ich habe schon immer wieder mal Gäste auf dem Hof und im Garten, da kommt das schon vor, dass jemand seinen Müll vergisst. Unschön, aber unvermeidlich. Gib her, ich entsorge das.«

»Unbehaglich ist mir aber doch.«

»Ich habe ein paar Wildkameras, die können wir installieren, wenn es dir damit wohler ist. Du wirst aber außer Fuchs, Hase, Igel und Reh nur wenig Besucher darauf sehen. Und jetzt müssen wir aufbrechen, damit wir rechtzeitig zur Gedenkveranstaltung in Foucarville sind.«

Romain und Maxime haben die Sonden im Fahrzeug liegen, Léon quetscht sich dazu auf den Rücksitz. Camille, Delphine, Friedrich und ich schwingen uns in Camilles Gefährt, Manon muss sich um ihre Patienten kümmern.

»Bitte keine Explosionen am heutigen Tag, ich komme morgen Abend wieder zum Fädenziehen«, verabschiedet sie sich und haucht Romain einen Kuss auf die Wange.

Dort, an den Stelen in Foucarville, sind rund hundert Menschen versammelt, Bewohner des Ortes, ein deutscher Chor, eine Delegation der Bundeswehr, amerikanische Soldaten. Die amerikanische und französische Fahne wehen im Wind. Eine Blaskapelle intoniert die französische Nationalhymne, Kränze werden niedergelegt. Die Bürgermeisterin ergreift das Wort: »1996 konnten wir diese Stelen errichten, zum Andenken an eines der größten Kriegsgefangenenlager der USA auf französischem Boden. Das Lager hat das Leben in unserem Dorf nachhaltig verändert. Es war als Durchgangslager geplant, als Provisorium, und war dann, als es geschlossen wurde, zu einer eigenständigen Stadt herangewachsen. Viele der Lagerinsassen waren sehr jung, manche gerade siebzehn oder achtzehn Jahre alt. Damals sahen wir sie nur als den Feind, heute nehmen wir den Menschen hinter der Uniform wahr. Zum ersten Mal mit Amerikanern und Deutschen zusammen gedachten wir des Krieges und des ehemaligen Gefangenenlagers im Jahr 2004. Das war sechzig Jahre nach dem D-Day. Dabei ist uns die Inschrift Vermächtnis: L'union donne paix et amitié, *die Vereinigung schafft Frieden und Freundschaft.* Wenn Sieger und Besiegte heute in eine gemeinsame Richtung blicken, dann ist der Frieden auf einem guten Weg. Die Geschichte mahnt uns Heutige, niemals wieder Populismus, Extremismus und Intoleranz nachzugeben. Nie wieder Barbarei und Tyrannei zuzulassen. Denn es gibt nichts zu beschönigen: Auch wenn wir in der Normandie 1944 den Frieden wiedergefunden haben, so ist diese Welt kein friedlicher Ort geworden. Es gab und gibt überall Kriege. Unser Frieden ist zerbrechlich; um ihn zu erhalten, braucht es die Anstrengung aller. Wir brauchen mehr als eine vorübergehende Abwesenheit des Krieges, wir brauchen eine Kultur des Friedens.«

Der Chor mit den Gymnasiasten stimmt ein Lied an, begleitet von zwei Gitarren. Zaghaft erst, dann kräftiger. Sie sind jung, so jung wie ein Teil der jugendlichen Insassen damals. Sie haben keinen Krieg erlebt, zum Glück.

Sie singen »No Man's Land« von Eric Bogle. Die Melodie trägt das Gewehrfeuer aus den Schützengräben in den Junitag, die Gräberreihen, die sinnlosen Tode. Die Schmerzensschreie der Verwundeten, der Sterbenden klingen mit im Gesang der Gymnasiasten.

Ein alter Mann steht am Mikro, sein Anzug ist schon seit einigen Jahren zu groß.

»Liebe amerikanische und französische Freunde, liebe Landsleute, ich bin sehr bewegt, heute hier zu stehen. Viele Jahre sind ins Land gegangen, da ich in Foucarville im Lager war, ein junger Bursche, der vom Leben nicht viel mehr gesehen hatte als Krieg und Verderben. Ich gehörte zu den

Letzten, die das Hitler-Regime eingezogen und an die Front geschickt hatte. Ich war in festem Glauben an die Naziideologie aufgewachsen, war voller Begeisterung für den Führer. Wir hatten nicht viel Zeit, uns in der Normandie zurechtzufinden, wir kamen erst wenige Tage vor der großen Schlacht in der Gegend um Colleville an. Ich erinnere mich noch gut an den Morgen des 6. Juni, die Bombardements weckten uns in unseren Biwaks und schüttelten uns durch. Wir erhielten den Befehl, sofort zur Küste aufzubrechen, da die Invasion begonnen hatte. Als wir die Dünen erreichten, rannten wir direkt in das Inferno. Das Trommelfeuer warf uns zu Boden, nagelte uns fest, toste um uns. Ich hörte die Pein der Verletzten, sah meine Kameraden sterben. Ich hatte unendliche Angst und weinte wie ein kleines Kind. Als die Explosionen verstummten, arbeiteten wir uns weiter Richtung Strand vor. Der Horizont war angefüllt mit einer riesigen Armada. Die Alliierten, sie waren da, und sie waren übermächtig. Die Flut lief gerade auf, und sie trieb die bereits Gefallenen in einer blutigen Schaumkrone vor sich her. Im Tod waren wir alle gleich, der Strand war übersät mit den Leichen von deutschen wie amerikanischen Soldaten. Unsere Einheit bekam den Befehl zum Rückzug, erlitt weitere Verluste in der Bocage, dem endlosen Heckenlabyrinth der Normandie. Wir wurden angesichts der Überlegenheit der Gegner immer hilfloser und verzweifelter. Meine Erinnerungen an diese Tage liegen wie im Nebel, doch es ist der Rauch der Bomben und Granaten, der bis heute auf meiner Seele liegt. Bei Saint-Lô sind wir in eine Falle gerannt und bekamen das Kommando, dass wir uns absetzen sollten, Richtung Amiens, Reims und Metz, Hauptsache raus. Wie wir das schafften, ich weiß es nicht mehr. Wir verloren Material und viele Menschen, wir haben sie irgendwo in der Normandie oder auf dem Weg nach Deutschland zurückgelassen. Bei Metz geriet unsere Einheit erneut unter Beschuss der Amerikaner, nur zwei aus meiner Einheit überlebten außer mir. Ich kam in Gefangenschaft, wurde zuerst ins Lager nach Attichy bei Compiègne gebracht und schließlich hierher nach Foucarville verlegt. Wir hatten Glück. Die Amerikaner sahen in uns das, was wir waren: verängstigte Kinder. Aber auch die Zukunft Deutschlands und Europas. Meinen Glauben an den Führer hatte ich schon in den ersten Stunden des 6. Juni verloren. Im Lager in Foucarville lernten wir. Wir wurden in Staatsbürgerkunde unterrichtet, in Religion, Sprachen, Mathematik. Wir spielten Fußball. Konnten ins Theater und ins Kino gehen. Wir hatten überlebt. Ich bin Jahrzehnte nicht hier gewesen, in der Normandie. Zu traumatisch waren die Ereignisse gewesen, die Todesqualen der Menschen verfolgen mich bis heute in meinen Träumen. Jetzt, am Ende meines Lebens, musste ich den Schauplatz noch einmal wiedersehen, mit meiner Vergangenheit abschließen. Ich habe den Friedhof in La Cambe besucht und viele Namen aus meiner Einheit wiedergefunden. Es ist ein Geschenk, heute hier stehen zu dürfen, in Frieden, und auf ein langes und erfülltes Leben zurückzublicken.«

Die Kapelle spielt die amerikanische Nationalhymne, und eine ganze Weile verweilen wir schweigend.

Das Dröhnen der Flugzeugmotoren holt uns aus der Andacht. Die Transportmaschinen hängen über dem Horizont, ein halbes Dutzend C-47. Alle anderen Geräusche werden vom Brummen der Triebwerke übertönt. Die Heckklappen öffnen sich, Soldaten springen ins Freie. Ihr »Go, go, go« hören wir am Boden. Die Schirme fahren auf, und die Fallschirmjäger segeln zur Landezone bei Sainte-Mère-Église, wo eine begeisterte Menge Schaulustiger auf sie wartet. Die Teilnehmer an der Zeremonie zerstreuen sich, Stéphanie Lagalle nutzt die Gelegenheit, uns dem deutschen Veteranen vorzustellen.

»Das ist Anton Bergmann, der uns heute an seinen Erinnerungen teilhaben ließ«, macht sie uns bekannt. »Hier zu meiner Rechten ist Joachim Gerhardt, der Vorsitzende des

Vereins der Ehemaligen des Lagers. Allerdings hat er das Amt von seinem Vater übernommen, der den Verein gegründet hat. Leider ist Karl Gerhardt letztes Jahr verstorben.« Feierlich schütteln wir uns die Hände, und Friedrich trägt unser Anliegen vor.

»Ich kann Ihnen leider nicht helfen«, erklärt Anton Bergmann. »Es gab schon einige Werners, auch in unserem Baby-Cage. Aber keiner, der eines Tages verschwunden ist. Also, mir fällt keiner ein, nicht so auf Anhieb.«

»Ich könnte meine Tochter in unserem Archiv und in der Mitgliederkartei nachschauen lassen, ob sie etwas findet«, bietet Joachim Gerhardt an. »Ich rufe sie gleich nachher an. Auch kann ich die Aufzeichnungen meines Vaters durchgehen, vielleicht ist ein hilfreicher Hinweis dabei.«

»Wenn Sie einen kompletten Namen hätten oder ein Foto«, sagt Bergmann, »das könnte meinem Gedächtnis auf die Sprünge helfen. Ich bin noch zwei Wochen hier, meine Enkel meinten, ich solle mir die Normandie heutzutage in Ruhe anschauen. Wir haben ein Ferienhaus gemietet, in Morsalines, ein Steinhaus fast am Strand. Am Anfang fand ich es befremdlich, so auf die See zu schauen und nicht auf die riesige Flotte zu starren, die da vor der Küste liegt. Mittlerweile habe ich mich daran gewöhnt. Und es ist schön hier, sehr schön.« Er drückt Friedrich eine Karte in die Hand. »Das ist die Handynummer und die E-Mail-Adresse meines Enkels Stefan. Sie können ihn jederzeit erreichen.«

Ein Auto mit Münchener Kennzeichen kommt vorgefahren. »Opa, wir müssen weiter«, ruft der Fahrer aus der geöffneten Scheibe heraus. Der Angesprochene gibt uns die Hand. »Schön, Sie kennengelernt zu haben«, verabschiedet Bergmann sich von uns.

»Vielleicht hat Manon ja irgendwo ein Foto?«, denke ich laut.

Wir begeben uns auf den Rückweg, umfahren dabei großzügig alle Ortschaften, an denen die Feierlichkeiten heute ihren Höhepunkt erreichen. Trotzdem bleibt es nicht aus, in Konvois von Militärfahrzeugen und Wohnmobilen stecken zu bleiben. Wir sind froh, in Delphines Oase in Fenouillère anzukommen. Die Hausherrin kredenzt den Apéro, und wir machen es uns erneut im Garten gemütlich.

»Was haltet ihr davon, den morgigen Tag ganz ohne Stress am Strand zu verbringen?«, schlägt Camille vor. »Ganz ohne Krieg, ganz ohne Leichen und Explosionen? Schließlich ist Sonntag. Wir können nach Hatainville fahren, in dem riesigen Dünengebiet kannst du dir ein windgeschütztes Plätzchen suchen, und zum Strand ist es nicht weit.«

»Das klingt großartig«, pflichtet Léon ihr bei, und auch wir anderen können uns für die Idee erwärmen. Nur Maxime und Romain müssen passen. »Wir sind mit ein paar Leuten aus dem Schatzsucherforum verabredet.«

Delphine holt die Wildkameras aus dem Haus, wir befestigen vier Stück in den Bäumen. Die letzte hängen wir in die Nähe des Giftschranks.

Wie Delphine prophezeit hat, ist das Ergebnis am Morgen mager. Wir schieben die Speichermedien ins Lesegerät, übertragen die Daten auf den Laptop und spielen die Filme ab. Fuchs und Hase sagen sich Gute Nacht, Fledermäuse huschen vorbei, ein Igel schmatzt auf den Schnecken herum, und ein Dachs hoppelt durch den Garten.

»Wie du siehst, siehst du nichts«, kommentiert meine Freundin die Filmvorführung.

Wir brechen auf zu unserem Strandtag. Camille braust Richtung Barneville-Carteret.

»Wart ihr schon mal am Leuchtturm?«, fragt sie, und wir verneinen.

Sie biegt von der Route Touristique ab und fährt durch das Seebad. Ein Jachthafen, ein Fischereihafen, kleine Läden, Restaurants. Auch am Sonntagvormittag flanieren die Urlauber durch den Ort, vor der Bäckerei hat sich eine lange

Schlange gebildet. Camille folgt einem Schild den steilen Berg hinauf, parkt das Auto direkt vor dem Leuchtturm. Wir laufen rund ums Cap und genießen die Aussicht.

»Jersey kennt ihr ja«, weist Camille uns ein. »Diese kleinen vorgelagerten Inselchen, das ist der Archipel Ecréhou. Die meisten der kleinen Inseln werden bei Flut überspült und sind unbewohnbar, auf anderen gibt es ein paar Fischerhütten, doch offiziell lebt dort niemand. Auf La Maîtrech'Île stehen die Ruinen einer Kapelle und eines kleinen Klosters, auf La Marmotière findet ihr ein paar Fischerhäuser, die heute nur noch als Feriendomizile im Sommer genutzt werden. Im 19. Jahrhundert diente die Inselgruppe vor allem Schmugglern als Versteck. Die britische Krone und Frankreich streiten seit geraumer Zeit darum, wem die Inseln gehören, und bislang wurden sie stets Jersey zugeschlagen.«

»Wer will denn ein paar unbedeutende Felsen?«, wundert sich Friedrich.

»Es geht um mehr als um ein paar Steine. Es geht um Fischereirechte, und die französischen und die britischen Fischer sind schon länger im Krieg. Ja, so muss man das fast nennen«, erläutert Camille dem Geologen, der die Stirn runzelt. »Mit dem Brexit könnte das alles noch schlimmer werden, denn dann muss neu verhandelt werden. Außerdem«, ergänzt sie, »sind die Felsen so unbedeutsam nicht. Wenn du länger als vierzig Jahre auf ihnen gelebt hast, kannst du verlangen, der gesetzliche Vertreter des Archipels zu werden, sozusagen der König der Ecréhous.«

Wir schlendern weiter, und vor uns eröffnet sich in hundert Metern Tiefe eine Dünen- und Strandlandschaft. Das Meer schimmert in Türkis, und ganz unten erkennen wir eine Handvoll Menschen, die in der Sonne liegen oder Sport treiben. Direkt unterhalb des Caps sind die Reste einer Kirche auszumachen, der alten Kirche von Carteret, wie Camille uns erklärt.

»Und jetzt fahren wir da hinten hin, mitten ins Herz der Dünen von Hatainville.« Sie weist mit dem Finger auf einen abstrakten Punkt inmitten der braun-grünen Hügel.

Steil fällt die Straße von Hatainville zum Strand hinunter ab. Rechts und links erstrecken sich die Dünen, Kaninchen hoppeln umher. Camille führt uns an eine windgeschützte Stelle, direkt hinter der Abbruchkante der Dünen. Wegen eines Durchbruchs können wir das Meer sehen, breiten unsere Handtücher aus und drapieren Sonnenschirme im Sand. Ich fläze mich zu meinem Collie und stürze mich auf die *Brandungswellen,* das Buch, das Delphine mir ans Herz gelegt hat. Für eine ganze Weile tauche ich in den Mikrokosmos der Geschichte ab.

»Hat jemand Lust auf einen Spaziergang?«, fragt Delphine.

Es ist fast Ebbe, der Strand ist unendlich breit. Bébel ist bei der Aussicht auf ein Wettrennen mit Hope längst aufgesprungen, und auch Camille ist startklar. Wir wandern Richtung Carteret. Hier ändert sich die Landschaft, wir stehen jetzt unterhalb des Caps, auf dem wir uns eben befunden hatten.

»Es gibt hier spannende Höhlen in den Felsen«, sagt Camille. »Kommt mit!«

Wir klettern durch fast schwarzes, scharfes Gestein, die Hunde balancieren vorsichtig über die Brocken. Zwischendrin kommen kleinere Abschnitte, wo der Sand sich zwischen die Blöcke gelegt hat. Camille ist in ihrem Element, untersucht aufmerksam die gewaltige Wand, die sich vor uns auftürmt. »Da!«, zeigt sie auf ein Loch in der Masse. Kurz darauf quetschen wir uns fast schon auf allen vieren durch den Spalt. Dahinter öffnet sich ein Raum, der trotz der Dunkelheit einen wohnlichen Charakter hat. Camille holt eine Taschenlampe aus dem Rucksack und beleuchtet die Szene.

Offensichtlich hat hier jemand gehaust. In einer Ecke liegen Decken, in einer anderen stapeln sich leere Konserven. Unter einem Felsvorsprung ist ein Schlauchboot versteckt. »Mit dem würde ich definitiv nicht mehr in See stechen wollen«, urteilt Delphine. »Schaut mal, wie ramponiert das aussieht.«

Belmondo lässt ein heiseres Gebell ertönen. »Aus!«, weise ich ihn an. Er nimmt eine Spur auf und läuft weiter ins Erdinnere. Wir hören Steinchen aneinanderschlagen, ein Schatten huscht vorbei, Bébel knurrt. »Lasst uns lieber umkehren.« Mir ist die Höhle unheimlich.

Im Schein von Camilles Taschenlampe gehen wir wieder Richtung Ausgang. Draußen scheint die Sonne, die Flut kommt zurück. Wir kehren in unser Basislager zurück. Erneut vertiefe ich mich in die Lektüre, Belmondo hat sich, nass und sandpaniert, wie er ist, zum Trocknen an meinen Rücken geschmiegt.

»Darf ich stören?« Es ist Léons Schatten, der auf mich fällt. Ich nicke, und der Belgier setzt sich neben mich in den warmen Sand, krault Bébels Halskrause. »Ich würde wirklich gerne Claudes Haus kaufen und habe mir überlegt, ob du dich vielleicht beteiligen möchtest.«

»Oh!« Meine Antwort strotzt vor Originalität, denn mein Herz macht einen Hüpfer. Und einen Salto.

»Also, ich bin ja viel unterwegs, es wäre einfach schön, wenn das Haus nicht unbewohnt wäre. Wir könnten eine SCI, eine société civile immobilière, gründen und das Haus gemeinsam erwerben. Ich würde gerne einen Teil für Claudes Kunst in der Scheune reservieren, mit Romain und Maxime habe ich bereits gesprochen. Sie würden sich darum kümmern, dass der Rest der Gebäude benutzbar wird, und auch für die Abwicklung der notwendigen Handwerkerarbeiten sorgen.«

»Das klingt zu schön, um wahr zu sein. Aber ... ich weiß noch gar nicht, was ich will. Vielleicht gehe ich nach

Deutschland zurück. Und ich müsste mit Paul reden, meinem Mann. Der müsste ja auch in die Normandie wollen.«

»Romain meint, es eile nicht, da der Preis ja ohnehin zu hoch sei und die potenziellen Käufer nicht gerade Schlange stehen. Du hättest also ein paar Tage Zeit.«

»Wir müssten noch mal ernsthaft durch die Gebäude gehen und überlegen, wie sie sich aufteilen ließen.« Mein Herz klopft bis zum Anschlag. Ich strahle Léon an. »Was für eine tolle Idee, danke! Aber ganz schön mutig, du weißt überhaupt nichts von mir.«

»Ich habe dich durch die Luft fliegen und fast sterben sehen, ich glaube, ein solches Ereignis verbindet.«

»Meinen Mann kennst du gar nicht.«

»Das stimmt, aber ich gehe davon aus, dass er ein guter Mensch ist, wenn er es so viele Jahre mit dir ausgehalten hat«, flachst Léon.

Vom Strand kommt Musik, eine Gruppe gut gelaunter Jugendlicher hat sich niedergelassen, mit Gitarren und Panflöten. Die Sonne senkt sich Richtung Horizont, die Schatten werden länger, das Licht weicher.

Camille drängt zum Aufbruch. »Manon kommt doch heute noch.«

Nach einer halben Stunde stehen wir wieder auf Delphines Hof, Belmondo und Hope rennen wie von der Tarantel gestochen durch den Garten, Bébel lässt ein aufgeregtes Gebell erklingen.

»Was hat er denn jetzt wieder, dein verrückter Hund?«

Ich zucke mit den Schultern, gemeinsam laufen wir in Richtung des Kläffens. »Belmondo, hier! Herr Bel-mon-do!«

Keine Reaktion. Delphine beschleunigt ihre Schritte, auch ich renne jetzt fast. Bébel steht vor dem Giftschrank genannten Gewächshaus. Die Tür ist offen. Aufgebrochen. »Verdammter Mist!«

Delphine stürmt hinein.

»Zut!« Ich folge ihr.

Sie steht vor dem Terrarium. »Die Ölkäfer, sie sind weg. Jemand hat sie geklaut!«

Eine halbe Stunde später steht Lieutenant Desquiret mit seinem Trupp auf dem Hof. »Wurde sonst noch etwas gestohlen, außer ein paar ... Käfern?«, fragt er.

»Nein, nicht, dass ich wüsste. Aber es sind eben besondere Käfer«, berichtet Delphine.

»Gibt es schon ein Bekennerschreiben von PETA France oder von der Fondation Brigitte Bardot?« Desquiret hatte einen Clown zum Apéro. »Befreit die Ölkäfer?«

»Lieutenant, das ist nicht lustig«, schnaubt Delphine. »Abgesehen davon, dass es sich um eine vom Aussterben bedrohte Tierart handelt, sind die Tiere auch gefährlich. Sie sondern ein Gift ab, das einen üblen Hautausschlag provoziert. Innerlich eingenommen kann der Giftstoff einen erwachsenen Menschen töten. Selbst einen ausgewachsenen Witzbold wie Sie.«

Lieutenant Desquiret hebt beschwichtigend die Arme, erteilt der Spurensicherung Befehle. »Was ist mit den Wildkameras?«

»Die liefen nur heute Nacht. Heute früh haben wir sie ausgeschaltet und die Speicherkarten ausgelesen, aber es war nichts Verdächtiges drauf. Hätten wir sie nur wieder scharf gestellt, aber wer kommt am helllichten Sonntagnachmittag auf die Idee einzubrechen?«

»Jemand, der das Anwesen genau beobachtet hat, Madame. Und der wusste, was er wollte.«

»Ich könnte mich in den Arsch beißen«, flucht Delphine vor sich hin. »Wie stehen die Aussichten, die Tiere wieder zurückzubekommen?«

»Ziemlich schlecht.« Lieutenant Desquiret zuckt mit den Schultern. »Wie sollen wir auch den Täter je überführen? Die Käfer haben keine Kennzeichnung, nichts, womit sie sich eindeutig als die Ihren identifizieren ließen. Aber wir nehmen den Vorfall sehr ernst.«

Ich umarme Delphine und tröste sie. »Kann ein Laie das Käfergift überhaupt gewinnen?«

»Das ist nicht so einfach, aber wenn jemand wirklich böse Absichten hat, reicht es völlig, einige Käfer zu zerstoßen und jemandem zum Essen zu geben. Sie sind wohl geschmacksneutral, sodass der Delinquent nichts von der Vergiftung bemerkt.«

Desquirets Männer untersuchen das Glashaus gründlich. Der Lieutenant bestellt uns ein zur Zeugenbefragung. »Passt Ihnen morgen früh, zehn Uhr? Die Fingerabdrücke aller Personen, die Zugang zum Gewächshaus hatten, müssten wir zum Abgleich auch nehmen. Ich mache mir zwar nur wenig Hoffnung, aber probieren sollten wir es.« Dann ziehen sie ab, und wir sind mit dem Dilemma alleine.

»Ich mache mir solche Vorwürfe«, klagt Delphine. »Hätten wir doch wenigstens die Wildkameras wieder bestückt und eingeschaltet, dann hätten wir ihn auf frischer Tat gefilmt und könnten ihn eventuell identifizieren.«

»Es ist nicht mehr zu ändern«, entgegne ich. »Und überhaupt könnte es auch eine Täterin sein. Schließlich werden die meisten Giftmorde von Frauen begangen.«

Wir gehen zum Haus zurück, wo wir von Manon erwartet werden. Belmondo wirft sich sofort ihr zu Füßen und fordert Streicheleinheiten ein.

»Er wäre ein guter Therapiehund, dein Bébel«, lobt die Krankenschwester. »Genau so etwas suchen wir in dem Heim in Lessay, wo meine Großmutter untergebracht ist. So ein Hund kann bei Alzheimer-Patienten viel Gutes bewirken.« Bedächtig streichelt sie das schwarze Fell, Bébel wirft sich auf den Rücken und lässt sich den Bauch kraulen. »Ich habe läuten hören, dass ihr vielleicht hierbleibt«, lächelt Manon, »dann hätten wir einen Nebenjob für euch, wenn auch nur ehrenamtlich.« Sie macht sich an meinen Wunden zu schaffen. »Das sieht wirklich ausgezeichnet aus, du hast sozusagen das, was man ein gutes Heilfleisch nennt.«

»Ich würde gerne morgen wieder auf den Campingplatz zurück. Ich möchte Delphines Gastfreundschaft nicht überstrapazieren, und ich habe Sehnsucht nach meinem Kater und meinem Bus. My car is my castle.«

»Das ist ohne Weiteres möglich. Ich kann dich auch auf dem Campingplatz versorgen, und ab nächster Woche reicht jeder dritte Tag, vielleicht sogar jeder vierte.« Sie wendet sich an Friedrich: »Darf ich noch einen Blick in die Unterlagen werfen, bitte?«

Der Angesprochene holt sie, Manon versucht, den Buchstaben eine Bedeutung zu entlocken. »Das sind ja Kopien«, verleiht sie ihrer Enttäuschung Ausdruck. »Da empfinde ich nichts. Ich hatte gehofft, die Kraft seiner Hand auf den Seiten zu spüren, am Papier etwas von seinem Geruch zu erhaschen, seinen Charakter wahrzunehmen. Das geht damit nicht.« Sie schüttelt den Kopf.

»Die Originale sind auf der Gendarmerie in Lessay, das sind wichtige Beweisstücke. Aber vielleicht ist Lieutenant Desquiret so nett und lässt dich sie anfassen«, erläutert Friedrich. »Wegen des Einbruchs im Gewächshaus müssen wir ohnehin morgen dorthin. Kannst du freimachen? Dann komm doch einfach mit.«

Kapitel 18

Diesmal ist das Tor zur Gendarmerie in Lessay offen. Wir wälzen unsere Finger in Tinte und liefern die Fingerabdrücke auf dem Formblatt ab. Wie der Lieutenant befürchtet hatte, sind nur unsere Spuren am Tatort zu identifizieren. Keine unbekannten.

»Wäre auch zu schön gewesen«, seufzt der Flic. »Da wäre noch etwas anderes: Ich habe heute den Bericht der Rechtsmedizin erhalten. Bart van der Horst starb durch stumpfe Gewalteinwirkung. Er war bereits tot, als er ins Wasser geworfen wurde. Ein paar Stunden vor seinem Ableben hat ihm jemand einen kräftigen Kinnhaken verpasst, der aber mit dem eigentlichen Tötungsdelikt nichts zu tun hat. Wir konnten den Toten eindeutig als Bart van der Horst identifizieren. Im Übrigen war er bei den niederländischen Kollegen kein Unbekannter.« Desquiret greift zu einer Akte und liest vor: »Diebstahl, Drogenhandel, Körperverletzung, die ganze Palette, mehrfach vorbestraft. Mehrmals im Gefängnis. Kontakte zum organisierten Verbrechen werden zumindest vermutet. Monsieur Belanger, können Sie mir etwas dazu sagen?«

»Ich hatte keine Ahnung, ehrlich. Er erschien mir völlig normal, bodenständig. Fast schon spießig. Na, bis auf den Schatzsuch-Tick in Foucarville. Aber deswegen hätte ich nicht vermutet, dass er kriminell sein könnte. Aber wie sagte schon Mark Twain: Jeder Mensch ist ein Mond und hat eine dunkle Seite, die er niemandem zeigt.«

»Kam Ihnen etwas merkwürdig vor in der Zeit, in der Sie mit ihm zusammengearbeitet haben?«

»Nein, gar nichts. Aber Sie können morgen den Vertreter der Nogren Capital Groupe fragen, der hier eintreffen wird, um unser weiteres Vorgehen abzustimmen. Es ist ein Monsieur Kieffer aus Luxemburg, wo das Unternehmen seinen Hauptsitz hat. Wie gesagt, ich kannte Monsieur van der Horst kaum. Allzu viele Berührungspunkte hatten wir außer dem gemeinsamen Projekt nicht.«

Desquiret macht sich handschriftliche Notizen in ein schwarzes Buch, das neben seiner Tastatur liegt.

»Wir hätten da noch ein anderes Anliegen.« Auf Friedrichs Forschheit ist Verlass. »Madame Lemaitre kennen Sie ja schon, sie und ihre Großmutter haben neulich die Speichelprobe für den DNA-Test abgegeben. Da sie eine mutmaßliche Verwandte unseres Toten ist, würde sie gerne einen Blick auf die Originalaufzeichnungen werfen.«

»Machen wir. Warten Sie bitte einen Moment, Mademoiselle«, wendet sich der Polizist an Manon.

Kurze Zeit später kommt er mit den Tagebüchern und Notizen zurück. Manon streicht über die Seiten. »Bonjour, Werner.« Mit dem Finger fährt sie einzelne Buchstaben nach, ertastet das Papier. Versinkt schon fast meditativ in den Worten ihres mutmaßlichen Urgroßvaters.

»Einen kleinen Vogel hat sie schon«, flüstere ich Friedrich ins Ohr, doch der starrt fasziniert auf die Szene.

»Schauen Sie mal, Monsieur Desquiret, hier fehlt eine Seite im Tagebuch. Sie wurde ausgerissen, aber mit großer Sorgfalt, sodass fast nichts zu sehen ist.« Manon hält dem Polizisten das Tagebuch unter die Nase. Tatsächlich, winzige Papierreste zeugen davon, dass in den Aufzeichnungen ein Blatt entfernt wurde. Manon tastet die nächste Seite ab, fast als würde sie eine Braille-Schrift entschlüsseln. »Es hat etwas durchgedrückt. Er hat zuerst geschrieben, mit relativ großem Druck, und dann die Seite herausgerupft. Entweder um jemandem eine Botschaft zukommen zu lassen oder um den Inhalt zu vernichten. Aber mit etwas Glück können wir das sichtbar machen. Monsieur Desquiret, kann ich einen Bleistift bekommen, bitte?«

Der Gendarm schaut sie verwundert an. »Was haben Sie vor?«

»Das Geschriebene hat auf die nächste Seite durchgedrückt. Wenn ich leicht mit dem Bleistift drüberfahre, können wir vielleicht lesen, was auf der fehlenden Seite stand. Altes Grundschüler-Decodierverfahren für geheime Botschaften, keine Hexerei.«

»Das ist ein Beweisstück, da können Sie nicht einfach drin herummalen«, protestiert Desquiret.

»Aber das Beweisstück ist so doch in diesem Zustand völlig unbrauchbar, Sie finden darin nichts«, entgegnet Manon. »Meine Freunde haben mir gesagt, dass es bislang nicht einen konkreten Hinweis auf die Identität des Toten in den Aufzeichnungen gab. Bitte, lassen Sie es mich versuchen. Das Original bleibt ja erhalten. Die Kopien gibt es obendrein auch noch.«

Desquiret seufzt und reicht Manon einen Bleistift. Sie schraffiert vorsichtig die Seite ein, doch nur Fragmente werden zwischen den Aufzeichnungen sichtbar.

»Deine Anschuldigungen«, entziffert Friedrich und die Worte »Schuld«, »Tod« und »Unfall«.

»Wie immer nicht sehr ergiebig«, kommentiert Desquiret.

»Hier, ganz unten in der Ecke, da hat er noch was hingequetscht, und da wird es nicht von den weiteren Eintragungen überlagert, da ist eine Lücke.« Manon schwingt erneut den Bleistift.

Deutlich lesen wir zwei Worte: »Werner Hilgen.«

Mir jagt es einen Schauer über den Rücken. Wir haben einen vollständigen Namen. Wir haben einen Namen! Wir haben tatsächlich einen Namen!

»Manon, du bist großartig!« Friedrich ist die Freude über den Fund deutlich anzusehen, er drückt ihr spontan einen Kuss auf die Wange, Delphine und Camille sind ebenfalls ergriffen.

»Wow«, sagt Camille, »damit hätte ich nun wirklich nicht gerechnet. Warum sind wir nicht früher auf die Idee gekommen, die Originale genauer unter die Lupe zu nehmen?«

»Das könnte tatsächlich ein wichtiger Hinweis sein«, urteilt Lieutenant Desquiret. »Ich werde Kontakt mit den entsprechenden Stellen aufnehmen, ob es in den deutschen Akten einen Werner Hilgen gibt. Und ob er vermisst wird, noch Angehörige vorhanden sind.«

»Und wir kontaktieren nochmals unseren Wehrmachts-Veteranen, den Herrn Bergmann. Er hat ja gesagt, wir könnten uns jederzeit an ihn wenden, wenn wir noch Fragen hätten.« Friedrich strahlt Optimismus aus. »Wir haben ihn, jetzt finden wir auch noch den Rest.«

Ich reiche meinem Freund die Visitenkarte, er wählt schnell die Nummer.

»Sie müssen vor die Tür, hier drin haben Sie keinen Empfang«, rät Desquiret, »zu viel Stahl im Beton.«

Friedrich eilt ins Freie. Nach einigen Minuten kehrt er zurück. »Wir treffen uns mit Bergmann in Sainte-Marie-du-Mont, in der Bar du 6 juin«, rekapituliert er das Gespräch. »Im Moment hält er draußen im Museum an Utah Beach noch einen Vortrag vor französischen Schülern.«

Camille, Friedrich, Léon und ich brechen Richtung Ostküste auf, Delphine und Manon fahren zurück nach Fenouillère.

»Ich muss mich um mein Gewächshaus kümmern und eine wichtige Lieferung für morgen zusammenstellen, Manon hat Patienten«, entschuldigt Delphine, die Bébel mit zu sich nimmt.

Die Bar du 6 juin liegt von der Kirche aus Richtung Utah Beach, direkt an der Hauptstraße. Camille erzählt uns, sie sei früher eine Institution gewesen, die erste Bar, die im Ort nach der Befreiung wieder eröffnet wurde. Amerikanische Veteranen seien ein und aus gegangen, hochdekorierte Generäle hätten das Gästebuch gefüllt. »Dann stand sie lange Zeit zum Verkauf, der junge Mann aus dem Ort hat sie erst jetzt, zum 75-jährigen Jubiläum des D-Day, renoviert und wieder aufgemacht. Ich bin sehr gespannt, was er aus dem Laden gemacht hat.«

Die Fassade ist mit amerikanischen, kanadischen, britischen und französischen Fahnen geschmückt. »Bar du 6 juin« prangt in Versalien über dem Eingang. Daneben befindet sich ein Gemischtwarenladen, eine Épicerie, die den klangvollen Namen »La Madeleine« trägt. Wir treten ein in den kleinen Schankraum. Hinter der Bar empfängt uns ein junger Mann, er zapft ein Bier. Mitten im Weg liegt ein schwarz-weißer Mischlingshund mit kurzen, krummen Beinen. Er hebt mal eben den Kopf und döst dann weiter. Anton Bergmann und seine Begleitung haben sich unter einem riesigen Wandgemälde niedergelassen. Das Bild zeigt die Landung der Amerikaner an Utah Beach in ihrer ganzen Dramatik. Die Armada auf dem Meer, Soldaten und Panzer am Strand, die Flugzeuge am Himmel, Rauch und Qualm. Zwei weitere Fresken schmücken die Bar. Anton Bergmann erhebt sich langsam, schüttelt uns die Hände.

»Das sind mein Enkel Stefan und seine Frau Anna«, stellt er seine Gefährten vor.

Der Barmann kommt, setzt drei Pression auf der Platte ab und fragt nach unseren Wünschen.

»Wir nehmen das Gleiche«, bestellt Friedrich, und wir quetschen uns zu den Bergmanns an den Tisch. Ich kann nur schwer meine Augen abwenden von dem Alten, der vor der Bild gewordenen Erinnerung sitzt und genüsslich ein französisches 1664 schlürft.

»Ja, das Bild ist schon furchterregend«, scheint er meine Gedanken zu lesen, »es wurde, wie die anderen, bereits 1945 von Marcel Goutreau gemalt. Das hat mir vorhin der Besitzer verraten. Er hat alles in der Bar originalgetreu übernommen, er ist total begeistert, dass er dieses Stück Lokalgeschichte für das Dorf erhalten kann.« Friedrich berichtet von unserer Entdeckung.

»Hilgen? Werner Hilgen, sagen Sie?«, Bergmann überlegt, nimmt einen langen Zug vom Bier. »Ich brauche Gehirnnahrung«, sagt er und winkt dem Besitzer. »Ich hätte gerne für die ganze Runde Calvados, bitte«, bestellt er, »und für mich einen Doppelten.«

»Da klingelt bei mir jetzt tatsächlich was«, teilt er uns zwei Schlucke später mit, »sehr undeutlich. Da war ein Hilgen, der gehörte in Foucarville sozusagen zum Inventar, der war schon lange im Lager, hat die ganze Stadt mit aufgebaut. Die Amerikaner hatten den nicht, wie viele Kriegsgefangene aus der Anfangszeit, nach Amerika überführt, weil sie ihn vor Ort gut brauchen konnten, er war ein guter Handwerker, ein guter Kapo obendrein. Und er war sich auch für keine Arbeit zu schade, ging oft mit zum Minenräumen. Ja, flüchtig kannte ich den. Ab und zu hat er mit uns Jungen die Schulbank gedrückt, auch wenn er älter war als wir, er war wissbegierig und klug. Und stimmt, er ist eines Tages nicht vom Einsatz zurückgekommen, zusammen mit einem anderen Kameraden. Was die gemacht haben, weiß ich nicht mehr, aber die Amis waren in heller Aufregung. Mensch, wie hieß der andere noch mal?« Bergmann grübelt. »Es will mir einfach nicht mehr einfallen. Tut mir leid.«

»Sie haben uns trotzdem sehr weitergeholfen, sicherlich bekommt die Polizei über die deutschen Behörden weitere Details übermittelt.« Friedrich kramt nach dem Smartphone. »Den Herrn Gerhardt hätten wir ja auch noch, Brigitte, hast du die Nummer parat?« Er tippt die Ziffern in sein Display, trägt unser Anliegen vor. »Das wäre sicher eine große Hilfe, Herr Gerhardt«, bedankt Friedrich sich und kappt die Verbindung. »Seine Tochter schaut, ob sie einen Werner Hilgen beziehungsweise einen Verwandten finden kann. Es kann allerdings dauern.« Friedrich grinst. »Die Vereinsunterlagen sind nicht digitalisiert, sondern werden noch auf Karteikarten aufbewahrt.«

Camille hat unterdessen Damien, den jungen Barmann, in ein Gespräch verwickelt. »Für mich ist ein Traum in Erfüllung gegangen«, sagt der, »ich bin mit der Bar sozusagen aufgewachsen, habe mich schon immer für den D-Day und die Geschichte interessiert. Als Jugendlicher habe ich draußen im Museum gearbeitet und viele amerikanische Veteranen getroffen, denen ich bis heute mit größter Hochachtung und Dankbarkeit begegne. Wir haben viel gearbeitet, um die Bar wieder in neuem Glanz erstrahlen zu lassen und bis zum 75-jährigen Geburtstag wieder zu eröffnen«, strahlt er. »Wir haben merkwürdige Sachen auf dem Speicher gefunden, wirkliche Erinnerungsstücke an die Nachkriegszeit. Es ist schön, dass so viele internationale Gäste den Weg in diese Traditionsbar finden, auch die deutschen mittlerweile. Möchten Sie sich ins Gästebuch eintragen?«

Wir kommen dieser Aufforderung gerne nach, blättern in jahrzehntealten Einträgen. In den alten Gästebüchern sind viele faltige, würdevolle Helden mit Medaillen zu sehen, die vor den Gemälden der Bar einen Sekt trinken.

»Was haben Sie eigentlich nach dem Krieg gemacht, Monsieur Bergmann?«, fragt Léon.

»Oh, als ich aus Foucarville entlassen wurde, habe ich noch einige Zeit bei Landwirten hier auf dem Cotentin gearbeitet, sie haben uns gut aufgenommen und konnten jede Hilfe brauchen. Viele ehemalige Kriegsgefangene sind zunächst in Frankreich geblieben, manche sogar für immer. Nur ich hatte schreckliches Heimweh nach meiner Familie und kehrte nach Deutschland zurück. Ich lernte einen Beruf, suchte Arbeit, heiratete und habe versucht, aus meinen Kindern anständige Erwachsene zu machen. Nur in die Normandie wollte ich nie wieder, obwohl mich die Franzosen immer gut behandelt haben und auch die Amerikaner, da gibt es nichts. Aber ich wollte von diesem alten Leben nichts mehr wissen, die Kriegserlebnisse haben mich traumatisiert. Erst mein Enkel hat mich gedrängt, er wollte sehen, wo Opa im Krieg war, und auch darüber sprechen.«

Stefan Bergmann nickt. »Man musste ihm ja alles aus der Nase ziehen.«

»Aber jetzt entschuldigen Sie mich, meine Damen, meine Herren.« Anton Bergmann schält sich schwerfällig aus seinem Stuhl. »Aber für einen Greis wie mich war der heutige Tag lang und anstrengend, und ich möchte gerne noch ein bisschen den Frieden in unserem Ferienhaus genießen heute Abend. Bitte halten Sie mich auf dem Laufenden, auch wenn Sie Angehörige von Werner Hilgen finden sollten.« Gestützt von seinem Enkel verlässt er die Bar.

Wir fahren zurück zu Delphines Longère. Meine Gastgeberin ist immer noch am Boden zerstört. »Ich muss morgen nach Cherbourg fahren, meine Salben und Tees in einem Geschäft mit regionalen Produkten abgeben. Und mit meinen Partnern wegen AlzTec reden. Ich will ihnen nicht am Telefon sagen, dass meine Lieferungen an natürlichem Cantharidin in der nächsten Zeit ausbleiben. Zum Glück sind im Frühjahr sehr viele Larven geschlüpft, an denen der Dieb kein Interesse hatte. Nächstes Jahr werde ich also wieder adulte Käfer haben.« Sie wendet sich an mich. »Willst du mit nach Cherbourg fahren? Auf dem Rückweg liefere ich dich auf deinem Campingplatz ab. Dann kannst du heute noch ein bisschen ausruhen und in Ruhe deine Sachen packen.« Ich nicke, denn die Vorstellung, eine weitere Nacht auf Delphines weichem Sofa zu verbringen, ist äußerst verlockend.

Meine Freundin hat das Auto längst beladen, als ich aufwache. Der Kaffee steht duftend auf dem Tisch, wenig später sind wir abflugbereit. Wir nehmen den Weg über La Haye und Saint-Sauveur-Le-Vicomte, in Valognes steuert Delphine das Fahrzeug auf die Schnellstraße. Schließlich landen wir mitten in der Innenstadt von Cherbourg, wo das Café Du Port am Quai De Caligny einen Gemischtwarenladen betreibt. Vom Meer weht eine Brise Salz und Schweröl, im Hafenbecken liegen kleine Freizeitschiffe. Der Laden ist gut sortiert, Erzeuger vom gesamten Cotentin bieten ihre Produkte an. »Das Café du Port ist ein super Umschlagsplatz«, lobt Delphine, »und ein guter Treffpunkt in Cherbourg, ein echter Familienbetrieb. Möchtest du auch was von der Stadt sehen?«

»Ja, gerne.« Wir schlendern durch die Fußgängerzone, doch jeder zweite Laden ist verwaist. An nicht wenigen Schaufenstern hängen Schilder »a vendre« oder »a louer«. »Ich hoffe, du bist nicht allzu enttäuscht«, entschuldigt sich Delphine, »aber Cherbourg ist eine sterbende Stadt. Vor zehn, zwanzig Jahren hat sie noch ein völlig anderes Bild abgegeben, da hast du eine unglaubliche Vielfalt an kleinen Boutiquen und wirklich exzellenten Restaurants in der Innenstadt gefunden. Sogar ein großes Kaufhaus gab es. Das ist mittlerweile genauso geschlossen, wie die meisten exklusiven Läden. Durch die Eröffnung der großen Einkaufszentren oben in Tollevast kommen die Menschen aus dem Umland gar nicht mehr in die Stadt, und die City hat viel von ihrem Charme verloren.« Wo einst die berühmten Regenschirme von Cherbourg verkauft wurden, empfangen uns leere Fenster, die von zahlreichen Stürmen eine dicke Patina tragen. »Wobei die Kehrtwende geschafft zu sein scheint«, gibt sich meine Freundin optimistisch, »es kommen wieder mehr Urlauber ins Zentrum, und mit typisch normannischen Produkten lässt sich durchaus ein Geschäft machen. Oder mit normannischer Küche. In den letzten Jahren haben sich einige Spezialitätengeschäfte angesiedelt und, was noch wichtiger ist, auch halten können.« Ein riesiges Schiff liegt am berühmten Quai, an dem einst die Titanic auf ihre erste und letzte Reise in See stach. »Die Cite de la Mer«, erläutert Delphine, »und ein Kreuzfahrtschiff. Die sind recht zahlreich geworden in den letzten Jahren, sind Segen und Fluch zugleich. Die meisten Kreuzfahrer sehen gar nichts von Cherbourg, weil die Reederei sie direkt am Quai abfängt und in Bussen quer durch die Normandie kutschiert. Daran verdienen nur die ausgesuchten Vertragspartner, für die Stadt und die Region fällt kaum etwas ab.«

In der City offenbart Belmondo seine sprichwörtlich hundsmiserable Erziehung, er hängt hechelnd in der Leine. Die lauten Geräusche und die Abgase stressen ihn obendrein. In einer Seitenstraße drückt Delphine mir Hopes Leine in die Hand. »Ich geh da mal kurz rein«, weist sie auf einen modernen Gebäudekomplex, »ich bin gleich wieder da.«

Wir setzen uns auf eine Bank in der Sonne, Belmondo inspiziert den Mülleimer nach fressbaren Überresten. Niedergeschlagen kommt Delphine eine Stunde später aus dem Haus.

»Lass uns über Land zurückfahren, ich brauche jetzt dringend etwas Angenehmes zur Aufheiterung.«

Sie lenkt das Auto aus der Hafenstadt, fährt kreuz und quer auf verschlungenen Wegen hinaus. Auf einer Anhöhe, nur wenige Kilometer außerhalb des Zentrums, kommen wir in einen dichten, undurchdringlichen Buchenwald. Die Straße wird sehr schmal, zur Linken öffnet sich der Blick auf Cherbourg, zur Rechten gibt es nichts zu sehen außer Dickicht. Unvermittelt macht Delphine eine Vollbremsung.

»Hast du das auch gesehen?«

Ich schüttle den Kopf. Sie legt den Rückwärtsgang ein und setzt zurück, bis wir an einer Einfahrt stehen. Die Äste hängen schon fast bodennah über dem Weg und geben nicht viel preis. Doch der Waldweg ist zerpflügt, die Traktorspuren sind tief. Das hat den Fahrer eines dunkelblauen Kombis nicht davon abgehalten, sein Fahrzeug zu einer Ausbuchtung auf der linken Seite zu lenken und abzustellen. Das Nummernschild ist gelb. Ich wette, ein Bremslicht ist kaputt. »Ich glaube es ja nicht«, entrüstet sich Delphine. »Das sind doch unsere Verkehrsrowdys. Komm, wir suchen uns einen etwas besseren Parkplatz und stellen sie zur Rede.«

Die Hunde sind begeistert, der Wald ist voller aufregender Düfte und Spuren. Das Dickicht wird immer undurchdringlicher, der Weg zunehmend unpassierbar. Wir nehmen daher einen Trampelpfad, keuchen einen Berg nach oben.

»Puuh«, seufze ich und lehne mich an eine Buche. Was für eine Aussicht! Ich sehe Cherbourg und weit bis aufs Meer hinaus.

»Wenn ich mich nicht irre, sind wir auf dem Mont du Roc gelandet«, raunt Delphine mir zu.

Unterhalb des Aussichtspunkts eröffnet sich eine Kuhle. Sofern Bäume und Gebüsch es zulassen, kann ich Planen entdecken, die zwischen den Stämmen gespannt sind. Leise dringen Stimmen zu uns herauf. Wir nehmen die Hunde an die Leine, setzen zögerlich den Weg fort, rutschen die letzten Meter hinab und landen in einem improvisierten Zeltlager. Aus Paletten sind provisorische Hütten entstanden, dazwischen stehen Zelte aus Plastik. Ihre Besitzer haben das wenige Hab und Gut direkt auf dem Waldboden ausgebreitet. Andere haben sich zu dritt in einem Ein-Mann-Zelt verschanzt. Dunkle, ängstliche Augen blicken uns an.

Die meisten der Bewohner des Waldlagers sind jung, halbe Kinder. Sie kommen aus dem Sudan, Irak, aus Kuwait, Afghanistan und Syrien.

»Willkommen im Dschungel von Cherbourg!« Der das sagt, mag an die dreißig sein, einer der Älteren im Camp. »Ich bin Younes«, stellt er sich in gebrochenem Französisch vor, spricht in fließendem Englisch weiter. »Was wollen Sie hier?«, fragt er uns.

Ich zeige auf die Hunde: »Spazieren gehen.«

Younes ist kommunikativ. Er stammt aus dem Sudan. Dort, so erzählt er, habe er alles zurückgelassen, seine Familie, die Frau, die Kinder. Zu gefährlich sei die Flucht nach Europa. Er kam mit einem Schlauchboot übers Mittelmeer, Schleuser hatten sie hilflos im Meer treiben lassen, nur durch Glück strandeten sie an der italienischen Küste. Er reiste weiter, oft zu Fuß, per Autostopp, im Zug, wenn er Geld hatte. Sein Ziel: England. Einige seiner Verwandten hätten es bereits geschafft, verkündet er.

»Ich habe alles für meine Träume aufgegeben, doch meine Träume sind in Europa geplatzt. Aber in England wird alles besser. Bestimmt.«

Er berichtet, dass dieses Camp nicht das einzige ist in Cherbourg, viele Flüchtlinge schliefen unter Brücken oder in unbewohnten Häusern, in permanenter Angst vor der Polizei. »Manche schlafen auch gar nicht mehr.« Die Ordnungskräfte seien schlimm, rabiat, rücksichtslos. »Wen sie erwischen, den schlagen sie, sprühen Tränengas ins Gesicht. In der Stadt werden die Camps ständig geräumt und zerstört, deswegen wohnen wir ein Stück außerhalb im Wald. Hier haben wir wenigstens unsere Ruhe. Wir versuchen im Hafen von Cherbourg, auf die Fähren nach England zu kommen. Viele vertrauen den Schleppern, die machen große Versprechungen, mit Fischerbooten und mit Schlauchbooten sei es einfach, über den Kanal zu kommen. Das sagen sie. Ich bin einmal in einem Schlauchboot gesessen, ich weiß, dass es nicht einfach ist.«

»Warum machen Sie das?«, fragt Delphine.

»Ich wollte raus aus meinem Land, immer wieder gibt es Krieg, Putsch, unendliche Gewalt. Es gibt kein stabiles politisches System. Wir haben kein Recht auf Bildung, es gibt keine Gesundheitsvorsorge wie in Europa. Du stirbst, wenn du Pech hast, weil kein Arzt zu erreichen ist. Vielerorts mangelt es am Wasser. Ich möchte meine Kinder retten, sie sollen nicht im Krieg aufwachsen, so wie ich. Sie sollen zu guten

Menschen werden. Wenn ich es geschafft habe, hole ich sie nach, in die Freiheit.«

Er führt uns durchs Camp. »Das ist Nour.« Younes zeigt auf einen Jungen, der sich unter schwarzen Planen verschanzt hat. »Nour ist fünfzehn, er ist alleine aus Afghanistan nach Europa geflüchtet. Vor den Taliban. Zuerst waren sie zu zweit, er und sein Cousin, den Cousin hat er zwischen der Türkei und Europa verloren. Nour hat den letzten Winter hier im Camp gelebt, zum Glück war es nicht allzu kalt.« Nour schaut uns an, Augen wie Untertassen, doch das Leuchten ist nicht erloschen.

»Kein Kind sollte Krieg erleben. Oder auf der Flucht sein«, sagt Younes. »Nour ist absolut traumatisiert, spricht nicht oder nur sehr wenig. Dafür schreit er in der Nacht, zittert, nässt sich ein.« Er kniet zu Nour hinunter, umarmt ihn, streichelt ihn, flüstert ihm etwas ins Ohr und wendet sich wieder uns zu.

Younes schildert den Alltag im Dschungel: »Wir haben keine Duschen, keine Privatsphäre, nichts, um uns zu waschen, bis auf das Planschbecken, wie wir es nennen«, erklärt er. »Das war mal ein Freibad der deutschen Armee.« Er zeigt auf ein Becken, das mit Wasser gefüllt ist, ein kleiner Bach speist das Bauwerk. »Wir haben es, so gut wie es ging, freigelegt, die Bäume gefällt, so können wir uns wenigstens ein wenig säubern. Die Einheimischen haben uns erzählt, dass sich hier im Zweiten Weltkrieg die Soldaten verlustiert haben, von ihrem Stützpunkt aus seien sie hergekommen und hätten sich vergnügt. Es ist bizarr, dass die Truppen, die vor fünfundsiebzig Jahren ganz Europa mit einem Krieg überzogen haben, in diesem Becken ihren Spaß hatten, und heute wir, die vor Krieg nach Europa flüchten, es für ein Minimum an Hygiene nutzen.« Younes zuckt resigniert mit den Achseln. »Es gibt einen Verein in Cherbourg, die Freiwilligen helfen uns, so gut wie sie können. Aber es ist schwer, Lebensmittel, Wasser, Decken und Baumaterial hierher zu bringen.« Am Ende des Platzes haben sie einen Gemeinschaftsraum errichtet, einige verschlissene Matratzen liegen darin. Auf der Terrasse davor stehen ein paar alte Sofas, in einer Schale qualmt ein leichtes Feuer vor sich hin. Gestank liegt über der Szenerie. »Der Brexit lässt die Schleuser sehr dreist werden«, berichtet Younes. »Die Preise steigen von Woche zu Woche. Sie sagen, dass es nach dem Brexit gar nicht mehr möglich sein wird, nach England zu kommen. Wir müssten jetzt fahren, im Sommer, wenn die See ruhig ist, die politische Lage noch günstig.«

»Was kostet so eine Überfahrt denn?«

»Dreitausend Pfund. Pro Kopf, mindestens. Ohne Garantie, wirklich auf der anderen Seite anzukommen. Ein paar aus Cherbourg haben vor zweieinhalb Wochen versucht, nach Jersey zu fliehen. Es ist gründlich schiefgelaufen, es kam zu einem Handgemenge an Bord, ein Kind fiel ins Wasser und verschwand. Im anschließenden Gerangel ist ein weiterer Mensch über Bord gegangen und wahrscheinlich ertrunken. Das Schlauchboot wurde beschädigt, rund zwanzig Menschen wurden von der Seenotrettung aus dem Wasser gefischt, vom Verbleib der anderen wissen wir nichts. Die Geretteten sitzen jetzt in einer Flüchtlingsunterkunft in Cherbourg, einer hermetisch abgeriegelten Containersiedlung. Das hat uns jedenfalls die Maman des Dschungels erzählt.«

»Wer ist das, die Maman des Dschungels?«

»Eine der Freiwilligen aus Cherbourg. Sie bringt Medikamente, Wasser, Bekleidung zu uns und den anderen Flüchtlingen. Und sie ist auch unser Nachrichtensystem.« Younes seufzt. »Auch wenn wir alles verloren haben, inklusive unserer Würde, wir werden alles daransetzen, auf die andere Seite des Kanals zu kommen.«

Auf dem Rückmarsch durch den Wald hänge ich meinen Gedanken nach. »Ich dachte, der Dschungel von Calais sei geräumt und die Menschen dort hätten Asyl in Frankreich bekommen«, sage ich zu Delphine.

»In Calais ja, aber das ist fast drei Jahre her«, entgegnet sie. »Seitdem sind unzählige neue kleine Dschungel entstanden, überall entlang der Kanalküste versuchen die Menschen, ins gelobte Land nach Großbritannien zu kommen. In Cherbourg, in Ouistreham und in Dieppe sind solche Camps entstanden. Und auch in Calais gibt es wieder einen Dschungel. Sowohl Großbritannien als auch Frankreich bekämpfen nur die verzweifelten Menschen, aber weder die Zustände in den Camps noch die in den Herkunftsländern, die sie fliehen lassen. So ändert sich nichts, nur die Zahl der Opfer steigt. Ständig ertrinken Menschen bei der illegalen Überfahrt, nicht nur im Mittelmeer, sondern auch hier, vor unserer Haustür. Doch kaum einen berühren die Schicksale der Geflüchteten, ihr Leid erscheint abstrakt, der Krieg weit weg. Europa schottet sich ab gegen das Elend der Welt. Emotional wie politisch.«

»Ich finde das sehr bedrückend. Und beschämend. Und irgendwie haben wir die Insassen des Kombis total aus den Augen verloren. Die Autoschubser und Caravan-Räuber. Was wollten die im Camp?«

»Wir wissen noch nicht einmal, ob sie wirklich dort waren. Gesehen haben wir sie ja nicht. Das Auto jedenfalls steht nicht mehr in der Einfahrt.«

»Wir hätten Younes fragen sollen«, grüble ich.

»Ich wollte ihn nicht verunsichern«, entgegnet Delphine, »er war so offen, aber vielen Bewohnern stand die nackte Angst ins Gesicht geschrieben.«

»Das stimmt. Ach, ich fühle mich richtig elend. Wir haben in den letzten Tagen viel vom Krieg gehört und wie großartig es ist, dass wir so lange Frieden haben. Aber irgendwie haben wir den Krieg doch nur ausgelagert. Nach Syrien oder in den Irak, nach Afghanistan. Oder an die europäische Peripherie, denk nur an den Krieg im ehemaligen Jugoslawien und den Krieg, der seit 2014 in der Ukraine herrscht.«

»Damit hast du absolut recht. Dennoch treibt mich jetzt die Frage um, was unser suspektes Pärchen hier zu suchen hatte. Gehört es zu den Flüchtlingshelfern oder eher zu der Schlepperbande? Und wo ist es wohl abgeblieben?«

Kapitel 19

Es ist schon früher Abend, bis wir wieder in Saint-Germain sind. Delphine stoppt an einem Food Truck Richtung Plage und kommt mit zwei duftenden Pizzakartons zurück.

»Friedrich freut sich bestimmt, wenn er heute nicht kochen muss, er rechnet unter Umständen ja gar nicht mit dir.«

Sie lässt mich am Haupttor des Campingplatzes raus, und ich marschiere zu unserer Parzelle, mit Rucksack, Hund und zwei warmen Kartons.

Die Atmosphäre hat sich geändert, seit ich vor fast zwei Wochen das letzte Mal hier war. Die Zahl der Gäste hat deutlich zugenommen, viele der Parzellen sind belegt. Rund um Platz 311 flattert ein gelbes Absperrband, das das Betreten des Tatorts verbietet. Graue Theorie, direkt vor dem Wohnwagen von Bart van der Horst graben zwei Kids mit ihren Schäufelchen im Sandboden.

Friedrich ist nicht da, der Condor ist verschlossen. Jean kommt aus dem Bus gekrochen, streckt sich lang und schmiegt sich um meine Füße, gibt Bébel Köpfchen und schnurrt. Ich schenke eine der Pizzen einer Familie ein paar Plätze weiter, und die Kinder stürzen sich auf den dampfenden Teigfladen, als hätten sie seit Tagen nichts außer Dosenravioli zu essen bekommen.

Die Pizza ist knusprig und fluffig zugleich. Am Belag hat der Pizzabäcker nicht gespart, Salami und Merguez, Artischocken und Sardellen, Käse, Tomaten, Champions finden sich darauf. Belmondo bekommt ein Stück ab, für mich alleine ist die Portion zu groß.

Ich bin beunruhigt, dass Friedrich nicht da ist, wähle seine Nummer, doch keiner hebt ab.

Am nächsten Morgen ist meine Welt wieder in Ordnung. Friedrich hat Croissants besorgt und Kaffee gekocht. Als ich aus dem Bus krieche, steht das Frühstück fertig auf dem Tisch. »Ich war mit Léon und diesem CEO der Nogren Capital Groupe zum Essen«, beichtet er. »Ganz schick, in einem Sternerestaurant in Blainville-sur-Mer.«

»Was ist das denn für einer, der Typ aus Luxemburg?«

»Schwer einzuordnen, der Herr Kieffer. Aalglatt, wenn du mich fragst. Angeblich hat er nichts davon gewusst, dass sein Angestellter eine, hm, sagen wir mal bewegte Vergangenheit hat. Er hat keinen blassen Schimmer, wer van Horst nach dem Leben getrachtet haben könnte. Das Pärchen, das sich am Caravan zu schaffen gemacht und euch von der Straße geschubst hat, will er natürlich nicht kennen. Mein Gefühl sagt mir, dass die Sache zum Himmel stinkt. Nach dem Duo läuft jetzt eine Öffentlichkeitsfahndung. Der Artikel müsste dann heute in allen wichtigen Zeitungen zu lesen sein. Auch wird nach weiteren Augenzeugen gesucht, um die letzten Stunden des Toten zu rekonstruieren. Mitsamt Foto von Bart van der Horst, als er noch unter den Lebenden weilte. Vielleicht hat die Polizei Glück, und das Pärchen meldet sich freiwillig. Oder jemand, der sachdienliche Hinweise hat.«

Friedrich steckt sich eine Selbstgedrehte an und nimmt einen Schluck Kaffee. »Auf jeden Fall ist der Kieffer ein merkwürdiger Typ. Er hat sich Léons Vorbehalte gegen das Gesamtprojekt angehört, aber wirklich interessiert hat es ihn nicht. Es scheint mir, als wollten die das in jedem Fall durchziehen, ob nun mit oder ohne Künstlerischen Leiter. Auskunft zu den Investoren erteilt er jedenfalls nicht. Mir ist das Ganze sehr suspekt. Ich habe im Internet recherchiert: Weder über die Firma noch über den Monsieur Kieffer gibt es erhellende Informationen im Netz.«

»Und was sagt Léon?«

»Der ist geläutert, er wird wohl aussteigen. Klar artikuliert hat er das gegenüber Kieffer noch nicht, aber ich konnte ihm ansehen, dass sein Unbehagen wächst. Und da ist noch eine Sache: Es könnte ja sein, dass einer der Gegner des D-Day-Lands Bart ins Jenseits befördert hat.«

»Das glaube ich nicht.« Energisch schüttle ich den Kopf. »Das sind keine Chaoten, keine gewaltbereiten Anarchisten, sondern rechtschaffene Menschen aus der Region. Ich habe sie neulich bei der Demo kennengelernt. Die argumentieren lieber, weil sie wissen, dass sie die besseren Argumente auf ihrer Seite haben.«

»Du weißt aber auch, dass Geld die Welt regiert, oder? Und diese Nogren Capital Groupe scheint viele Mittel zu haben, der Bürgermeister von Carentan hätte gerne ein Stück ab vom großen Kuchen. Und die Grundstücksbesitzer verfallen sicher auch schon in Goldgräberstimmung, weil sie nahezu jeden Preis verlangen können, und wäre der auch völlig utopisch für ein steiniges und feuchtes Stück Acker.« Friedrich lutscht am Croissant und taucht es nochmals in den Kaffee. »Für die Terrorismustheorie spricht die Bombenexplosion in Foucarville. Was, wenn die jemand absichtlich herbeigeführt hat, um das Vorhaben zu sabotieren? Dann würde alles zusammenpassen: Der Mord, die Explosion. Und dann wäre mit weiteren Gewalttaten zu rechnen.«

»Die Spezialisten aus Cherbourg hatten die Attentatstheorie aber ausgeschlossen«, werfe ich ein.

»Das mag sein, aber auf jeden Fall hat die Bombe für eine Reaktion gesorgt, die Gemeinde Foucarville wird ihr Camp nicht für den Park zur Verfügung stellen.«

»Wir haben Pumuckl und seine Begleiterin übrigens gestern gesehen. Also nicht sie persönlich, sondern ihr Auto, mit dem sie uns neulich von der Straße gedrängelt haben. In einem Waldstück bei Cherbourg, wo sich illegale Flüchtlinge versteckt haben.« Ich berichte von unseren Erlebnissen des gestrigen Tages.

»Das musst du der Gendarmerie erzählen«, urteilt Friedrich.

»Ich kann nicht. Der Wald ist ein wichtiger Rückzugsort für die Menschen. Sie haben dort Ruhe vor der Polizei. Die Verhältnisse sind zwar fürchterlich, aber sie sind um Klassen besser als in Cherbourg direkt. Oder jeder anderen Hafenstadt in der Normandie. Wir haben die beiden auch nicht gesehen, nur ihr Auto. Es kann purer Zufall sein, dass es dort stand.«

»Das Wichtigste des gestrigen Tages hätte ich fast vergessen«, wechselt Friedrich das Thema. »Wir konnten Verwandte unseres Toten identifizieren und kontaktieren. Die deutschen Behörden waren fix, und haben die Daten an die Gendarmerie übermittelt. Aber der Verein unseres Herrn Gerhardt war genauso schnell, sie haben Werner Hilgens Sohn in der Kartei, er war sogar vor Jahren schon mal mit in der Normandie, um die Spur seines Vaters aufzunehmen. Frustriert ist er wieder abgereist. Auf jeden Fall hat mir Gerhardt die Telefonnummer gegeben, und ich habe mit Heinrich Hilgen gesprochen. Der wusste schon Bescheid und war völlig aufgelöst. Er kommt her, er müsste sogar schon auf dem Weg sein, zusammen mit seinem Sohn. Er selber ist fünfundsiebzig und traut sich alleine die weite Fahrt nicht mehr zu.«

»Das ist ja großartig!«

»Ja. Ich habe ihn gebeten, alles, was er von seinem Vater hat, also auch alte Fotos, mitzubringen. Er weiß allerdings noch nicht, dass sein Vater hier eine Geliebte hatte und eine Tochter gezeugt hat.«

»Wir sollten es ihm schonend beibringen.«

»Sofern das möglich ist. Sie werden morgen Vormittag zuerst auf die Gendarmerie gehen, mittags sind wir im Restaurant de la Lande verabredet zum Kennenlernen. Am Freitag wollen wir uns mit den Bergmanns treffen, wieder in Sainte-Marie-du-Mont.«

Mein Smartphone klingelt. Léon hat ebenfalls gute Nachrichten: »Die Maklerin hat mit der Erbengemeinschaft gesprochen, sie würden noch deutlich vom Preis runtergehen«, verkündet er.

»Du solltest endlich mit deinem Mann reden, Brigitte«, drängt Friedrich, als ich ihm von den Neuigkeiten berichte.

»Ja, ja.« Weiß ich doch selbst!

»Hast du ihn mittlerweile telefonisch erreicht?«

»Nein, es geht immer nur die Bandansage dran.«

»Kennt er denn diese Nummer?«

»Nein, es ist ein neues Prepaidhandy.«

»Dann sprich aufs Band, gib ein Lebenszeichen von dir, verdammt!«

»Ich rede nicht mit Maschinen.« Ich hasse es, wenn mir ständig jemand sagt, was ich zu tun habe. Ich verziehe mich verärgert in den Bus. Beunruhigt bin ich dennoch. Warum geht Paul nicht an sein Handy? Er, der doch sonst 24/7 mit dem Smartphone verwachsen ist? Ich versuche, mich mit der Lektüre abzulenken.

»Hey, du Faulpelz!« Manon steht im Vorzelt und winkt in den Bus hinein. »Zeit für deine Wundpflege.«

Ich muss zwischendrin eingenickt sein. Manon fummelt in gewohnt routinierter Manier an den Fäden herum, die bereitwillig meine Brauen verlassen.

»Hast du gehört, dass Werners Sohn auf dem Weg in die Normandie ist?«

Sie nickt. »Ich bin ganz schön aufgeregt. Wenn doch Germaine das noch erleben könnte, eine Spur von ihrem Werner. Ein Sohn und ein Enkel! Ob wir es wohl schaffen, zu einer Familie zu werden, nach so vielen Jahren?«

»Erzähle mir doch noch ein bisschen was von Germaine«, fordere ich sie auf. »Was hat sie in all den Jahren gemacht, außer der Wahrsagerei?«

»Oh, Germaine war sicherlich eine ganz ungewöhnliche Frau. Und sie hat es in dem Dorf, in dem sie lebte, trotz der Kriegsgeschichten und des Neides zu einigem Ansehen gebracht. Als meine Großmutter Marie-Theres noch fit in der Birne war, hat sie öfter von ihrer Jugend erzählt und was Germaine alles auf die Beine gestellt hat. Alle Frauen in unserer Familie haben ihre Kinder alleine großgezogen, Germaine war ihr Vorbild, das gehört mittlerweile zur Familientradition.«

»Du auch?«

»Nein, ich habe noch keine Kinder. Und ich bin mir auch nicht sicher, ob ich überhaupt welche will. Ich bin noch jung, auch wenn meine eigene Mutter ja fast noch ein Kind war, als sie mich in die Welt gesetzt hat. Wobei ... ich habe mich ein bisschen in Romain verguckt. Er ist anders als die meisten Männer meiner Generation hier in der Region. Ja, wie alle seines Alters hängt er gerne mit Kumpels ab, trinkt Schwarzbier aus Dosen, spielt Billard und hört grauenhafte Musik dazu. Aber er ist nicht dusselig, ist neugierig aufs Leben und seine Mitmenschen und kann über alles und jeden diskutieren. Und er küsst gut.« Ein Hauch von Rot überfliegt Manons Wangen. »Aber wenn, dann hätte ich ihn schon auch gerne als Vater an meiner Seite, auch wenn ich dann mit den Gepflogenheiten in unserer Familie brechen muss.« Sie wirkt entschlossen. »Denn ich hätte ja niemanden wie Germaine. Als Marie-Theres aus Paris zurückkehrte, nach der wilden Zeit in Paris, da war ihr vom Mai 68 nicht mehr als ein Kind geblieben, meine Mutter Catherine. Germaine kümmerte sich um beide, obwohl sie mit Laden, Landwirtschaft und ihrer Fernsehshow als Madame Luna wahrlich genug zu tun hatte. In den ersten Jahren nahm sie die kleine Catherine fast überall mit hin, Marie-Theres hütete den Laden, wenn die beiden in Paris zu einer Aufzeichnung waren oder Germaine in einem Einkaufszentrum Autogramme gab. Keine Ahnung, ob die beiden Frauen mit ihrem Arrangement wirklich zufrieden waren, meine Mutter war es wohl, sie schilderte diese Jahre immer als glücklich und ereignisreich. Sie hat es nie verschmerzt, dass Germaine verunglückt ist, sie hing wohl sehr an ihr.« Manon seufzt. »Ich hätte Germaine gerne kennengelernt, ich fühle mich ihr tief verbunden. Vor allem ihrem Interesse an Literatur und Kunst. Sie war zum Beispiel mit Pierre Baude befreundet, einem talentierten Schriftsteller, der hier auf dem Cotentin geboren wurde. Er hat sich regelmäßig in Germaines Küche eingefunden, so erzählte meine Mutter, und sie haben die ganze Nacht hindurch philosophiert und die Probleme der Welt gelöst. Ohne Karten und Glaskugel übrigens, nur bei Tee und selbst gebackenen Keksen. Claude als glühenden Verehrer kennst du schon. Dann gab es stets Künstler und Intellektuelle, mit denen sie in regem Austausch stand. Sie war schon so etwas wie eine Institution, viele Menschen fragten sie um ihren Rat, nicht nur als Wahrsagerin. Ab Mitte der 1970er-Jahre bis zu ihrem Tod war Germaine die Bürgermeisterin ihres Ortes und leitete Gemeinderatssitzungen, kümmerte sich um so profane Dinge wie die Straßenbeleuchtung und die Ausweisung neuer Baugebiete. Obwohl Madame Luna exotisch war, extravagant, war Germaine im Grunde ihres Herzens bodenständig und zupackend. Zwei Seelen wohnten in ihrer Brust.«

»Und wie war das mit den Präsidenten, die sich von ihr die Zukunft voraussagen ließen?«

»Das war Georges Pompidou. Allerdings konsultierte er Madame Luna wegen seiner Gesundheit, nicht wegen seiner Politik. Schon während des Präsidentschaftswahlkampfs hatte er über Kopfschmerzen und Müdigkeit geklagt, er dachte zunächst, es sei der Stress, doch es wurde nicht besser.«

»Und dann ist er nicht zu einem Arzt gegangen, sondern zu Madame Luna?«

»Keine Ahnung, was er sich davon versprochen hat, meine Urgroßmutter fuhr nach Paris und hörte ihm zu. Danach sagte sie zu ihm, er habe eine seltene Krankheit und müsse dringend einen Arzt konsultieren.«

»Was sicherlich auch keiner hellseherischen Fähigkeiten bedurft hatte.«

»Nein, natürlich nicht, aber die Krankheit ist wirklich sehr selten, und lange Zeit wurde behauptet, der Präsident habe nur einen Schnupfen. Tatsächlich litt er an der unheilbaren Waldenström-Krankheit, an der er auch starb.«

»Wie tragisch! Und in politischen Fragen wurde Germaine nie befragt?«

»O nein.« Manon schüttelt den Kopf. »Ein Umstand, den sie selbst bedauert hat, denn sie war mit seinem Kurs überhaupt nicht einverstanden. Und aus heutiger Sicht war so manche Weichenstellung von Pompidou eher suboptimal, zu einseitig auf technischen Fortschritt und Industrialisierung ausgerichtet, um es vorsichtig zu formulieren. Er schwärmte für das moderne Frankreich, das alte Frankreich mit seinen Traditionen und seiner Kultur war ihm zutiefst suspekt. Sogar die Folies-Bergère und die französische Küche wollte er entsorgen.«

»Dabei ist es doch gerade das alte Frankreich, das wir Urlauber aus aller Welt so lieben.«

»Germaine verstand sich zeitlebens auch als Verteidigerin des alten Frankreichs, dass ausgerechnet Pompidou ihre Werte und Ideale auf dem Scheiterhaufen der Nachkriegszeit verbrannte, nahm sie ihm persönlich übel«, fährt Manon fort. »Aktiv unterstützte Germaine die Bauern von Larzac, die gegen Pompidous Pläne, einen riesigen Truppenübungsplatz auf der Hochebene des Zentralmassivs auszuweisen, Widerstand leisteten.«

»Ich glaube, ich hätte sie gerne kennengelernt.«

»Unbedingt. Sie war eine großartige Frau, wenn man den Schilderungen meiner Großmutter und Mutter glauben darf. Sie würde dieses Jahr ihren hundertsten Geburtstag feiern, ich würde sie gerne an diesem Tag besonders ehren, aber ich fürchte fast, das werden Zeitungen, Rundfunk und Fernsehen schon tun, und du wirst dich vor lauter Madame Luna nicht retten können.«

»Was schwebt dir denn vor?«

»Mir würde eine stille kleine Zeremonie an ihrem Lieblingsplatz gefallen, vielleicht zusammen mit dem Sohn von Werner. Meine Großmutter hat an dieser Stelle Germaines Asche verstreut, vielleicht könnten wir ein bisschen von Werner dazutun, wenn der Sohn einverstanden wäre. Ach nein, das ist ja paradox. Ich habe Angst, wie er und sein Sohn auf meine Existenz reagieren werden.«

»Wo ist denn Germaines Lieblingsplatz?«

»In Longuerac. Kennst du das?«

Ich verneine.

»Das sind fünf Häuser mitten in den Marais des Cotentin. Eine Auberge und eine Kapelle und ein Einstieg in die Douve. Im Winter kommt dort das Wasser ganz hoch, aus der Flusslandschaft wird ein Seengebiet. Eigentlich ist da nichts, aber meine Urgroßmutter liebte diesen Ort, er habe kontemplative Ruhe, soll sie gesagt haben. Sie ist da gerne hingefahren, immer mit dem Rad, sie hatte nie ein Auto. Dafür war sie aber auch sehr durchtrainiert. In Longuerac hat Germaine eine junge Künstlerin gefördert, die macht bis heute Skulpturen, töpfert und veranstaltet manchmal im Sommer einen Kunsthandwerkermarkt, direkt am Fluss. Sie hat auf dem kleinen Friedhof neben der Kapelle einen Gedenkstein für Germaine geschaffen, aus dem blauen Granit des Cotentin. Ihr gehört die Auberge, aber aus Altersgründen möchte sie gerne aufhören und das Haus verkaufen. Nur falls Léon und du noch mehr Häuser als nur das von Claude kaufen möchtet.«

»Ich weiß noch gar nicht, ob ich überhaupt ein Haus kaufen möchte. Und mein Mann hätte ein Wörtchen mitzureden, der weiß noch nichts von seinem Glück.«

Manon nimmt meine linke Hand und studiert sie sorgfältig. »Lass es dir von einer erfahrenen Wahrsagerin prophezeien: Du willst es kaufen, und Paul will es auch. Es gibt überhaupt keinen Zweifel daran.«

»Und das hast du jetzt aus meiner Hand gelesen?«

»Nein«, lacht Manon, »deinen Worten entnommen, an deiner Körpersprache erkannt. Und außerdem rate ich dir als Freundin, deinem Herzen zu folgen. Und das ist schon längst auf dem Cotentin angekommen.«

Kapitel 20

Das Restaurant de la Lande ist ein kleines Longère, ein typisches normannisches Langhaus, direkt an der Hauptstraße in Lessay. Als wir ankommen, stehen die Hilgens schon bereit. Heinrich Hilgen ist hochgewachsen und hält sich trotz seiner fünfundsiebzig Jahre aufrecht. Er trägt ein blaues Hemd und Jeans, flache braune Halbschuhe. Seine Stirn ist hoch, der Haarkranz noch nicht ganz weiß. Die Falten um seine Augen verraten, dass er in seinem Leben einiges zu lachen hatte. Hinter den Lidern blitzen zwei wache blaue Augen hervor, seine Zähne sind tadellos. Ein verschmitztes Lächeln liegt auf seinen schmalen Lippen. Der Händedruck ist fest und zupackend.

»Heinrich Hilgen, sehr erfreut«, stellt er sich vor. »Und das ist mein Sohn Jürgen.«

Der Sohn ist in meinem Alter, vielleicht etwas jünger, fast so groß wie sein Vater und hat von der Mutter ein natürliches Phlegma geerbt. Er trägt ein Wohlstandsbäuchlein über der Hose, und seine Hand fällt weich in die meine. Er wirkt etwas gehetzt und müde, wahrscheinlich ist er am Stück durchgefahren. Er fühlt sich sichtlich unwohl in unserer bunten Truppe.

Die Gastronomen haben einen großen runden Tisch für uns reserviert, an dem wir alle Platz finden. Bébel hat schnell eine Schüssel Wasser neben seiner Decke stehen und verzieht sich brav in die Ecke. Wir bekommen einen Kir Normand serviert. »Der geht aufs Haus«, erklärt die Bedienung, »Camille hat uns erzählt, dass es wohl um ein besonderes Ereignis geht.«

»Also ich muss schon sagen, dass es emotional eine ganz schöne Achterbahnfahrt ist«, fängt Hilgen Senior an. »Erst der Anruf von der Polizei, dann Ihrer. Die schnelle Fahrt hierher. Zum Glück haben wir direkt in Lessay ein Hotelzimmer buchen können, im Brit Hotel, sehr ordentlich. Dann heute Morgen der Kontakt mit der Gendarmerie, Jürgen und ich haben beide unsere DNA-Proben abgegeben, um die Identität des Toten zweifelsfrei festzustellen. Wir durften die Aufzeichnungen im Original anschauen, es ist ganz sicher die Handschrift meines Vaters. Ich habe einige Feldpostbriefe dabei, anhand derer sich das belegen lässt. Die Aufzeichnungen von hier und Briefe aus meinem Besitz werden einer forensischen Handschriftuntersuchung unterzogen, aber mein Gefühl sagt mir, dass die Tagebücher von meinem Vater stammen.« Er lehnt sich in seinem Stuhl zurück und studiert die Karte. »Können Sie mir etwas empfehlen, Madame?«, fragt er Camille.

Die nickt: »Nehmen Sie die Aile de Raie, *den Rochenflügel.* Den bekommen Sie in Deutschland nicht, weil er ganz frisch zubereitet sein muss.«

Der Alte strahlt zufrieden. »Der Polizist hat mir erklärt, Sie hätten komplette Kopien der Tagebücher. Da ich die Originale nicht vor Abschluss der Ermittlungen bekommen kann, wäre ich Ihnen sehr verbunden, wenn Sie mir die Kopien überlassen würden.«

Friedrich nickt. »Aber ja, sie liegen nur noch gut verschlossen in meinem Camper in Saint-Germain-sur-Ay.«

»Das macht gar nichts. Ich würde mich auch sehr freuen, wenn Sie mir die Stelle zeigen würden, an der Sie meinen Vater gefunden haben. Der Gendarm sagte, es sei eigentlich das Verdienst Ihres Hundes?« Er zeigt auf Bébel.

»Ja, das stimmt. Aber eigentlich ... war es eher peinlich. So im Nachhinein eine glückliche Fügung, denn wahrscheinlich hätte ihn ohne meinen Hund niemand gefunden.«

Die ganze Szenerie hat etwas Surreales. Da sitzen wir tatsächlich mit dem Sohn und dem Enkel unseres geheimnisvollen Toten am Tisch. Das Essen kommt, und wir fallen in ein genießerisches Schweigen. Der Rochenflügel ist butterzart und zergeht auf der Zunge.

»Es gibt da noch eine Sache«, stottere ich nach dem Café Gourmand. Verdammt, wie sage ich das jetzt?

»Wir haben bei unseren Nachforschungen eine Entdeckung gemacht«, eilt Friedrich mir zur Hilfe. »Das würden wir Ihnen gerne in den Aufzeichnungen Ihres Vaters zeigen und mit Ihnen darüber sprechen.«

»Sie machen das aber spannend, junger Mann«, entgegnet Hilgen, »aber von mir aus.«

Manon rutscht unruhig auf ihrem Stuhl hin und her, was ihr von Jürgen einen irritierten Blick einbringt.

»Was wissen Sie denn über Ihren Vater?«, will Friedrich wissen.

»Nicht allzu viel, ich durfte ihn ja nie kennenlernen. Ich wurde sozusagen auf seinem letzten Heimaturlaub gezeugt. Meine Mutter Erika hat mir natürlich viel erzählt. Seine Schwester und sein Bruder haben bei Familientreffen Geschichten aus der Kindheit und Jugend zum Besten gegeben. Meine Mutter hat bis zum Schluss geglaubt, dass er eines Tages wieder vor der Tür stünde. Immer wieder hat sie Suchanfragen nach ihm gestartet. Mal galt er offiziell als vermisst. Dann wieder wurde er als gefallen geführt. Wobei die Umstände völlig ungeklärt waren. Die einen Quellen sagen, er sei direkt am D-Day gestorben. Dann wieder soll er bei Saint-Lô ums Leben gekommen sein. Das alles aber entspricht nicht der Wahrheit, denn es gab da noch einen Brief aus dem Lager in Foucarville. In dem steht, dass er immer noch in der Normandie sei und bei den Amerikanern in

Kriegsgefangenschaft. Da war der Krieg schon vorbei, und mein Vater schrieb, er werde gewiss bald entlassen, es gehe das Gerücht, dass das Lager aufgelöst werde. Aber ab diesem Zeitpunkt fehlt von ihm jedes Lebenszeichen.«

»Wahrscheinlich starb er im Sommer 1945. Die genauen Umstände sind ungeklärt, möglicherweise war er zum Minenräumen abkommandiert und ist dabei ums Leben gekommen. Hat er je von einer Schatulle geschrieben?« Friedrich fasst unsere spärlichen Erkenntnisse zusammen.

»Nein, das hat die Polizei auch schon gefragt. Von einer Schatulle war nie die Rede. Eine merkwürdige Geschichte, und auch das mit der Explosion vor ein paar Tagen, von der mir der nette Polizist erzählt hat. Aber ich habe keine Ahnung von einer Schatulle oder gar einem Schatz.« Heinrich Hilgen holt einige Fotografien aus der Tasche. »Das war mein Vater.«

Das eine Foto zeigt einen jungen Mann in Wehrmachtsuniform, der eine große Ähnlichkeit zu Heinrich Hilgen aufweist. Die Familienbande sind nicht zu leugnen. Er ist groß und schlank, hält sich aufrecht. Der Blick ist klar und freundlich, die Hände feingliedrig und ausladend. Ein zweites Bild zeigt denselben Mann im Porträt, ohne Uniform. Werner Hilgen hatte feine Gesichtszüge, es liegt schon fast etwas Aristokratisches in seinem Äußeren. Er erscheint mir seltsam vertraut. Auf dem dritten Bild wiederum sind drei Burschen und ein Mädchen zu erkennen, alle zwischen circa zwölf und achtzehn Jahren alt. »Werner war der Jüngste von den vier Geschwistern«, erklärt Hilgen das Foto. »Der ganz außen links, das ist der Älteste, Heinrich. Nach dem bin ich benannt, er fiel in Stalingrad. Daneben Willy, der Zweitjüngste, kam irgendwann aus russischer Kriegsgefangenschaft zurück und wurde Schreiner, hatte eine florierende Werkstatt. Er wurde allerdings nicht alt, starb mit Mitte fünfzig an einem Herzinfarkt. Gertrud ist zwischen Heinrich und Willy geboren, 1918, und ist erst mit neunundneunzig

Jahren gestorben. Und der ganz rechts ist mein Vater Werner.«

»Was war er denn für ein Mensch?«

»Ein junger und hoffnungsvoller. Er war vielseitig interessiert, hat das Abitur gemacht. Seine Erika kennengelernt und sich in sie verliebt, in einer lauen Sommernacht. Er hat um ihre Hand angehalten, es wurde geheiratet, und dann ging es ab in den Krieg. Am Anfang schien das auch alles gar nicht schlimm, ich habe euphorische Briefe gelesen, dass die Normannen sehr freundlich seien und trotzdem hilfsbereit, obwohl die Deutschen ein strenges Regime während der Besatzungszeit führten.« Wir bezahlen und treten in die frische Luft hinaus. »Ich war vor vielen Jahren schon mal hier«, sagt Hilgen, »ich habe alle deutschen Soldatenfriedhöfe abgeklappert, in der Hoffnung, doch irgendwo den Namen meines Vaters auf einem Kreuz zu finden. Vergeblich natürlich. Diese Besuche auf den Friedhöfen, sie haben mich unendlich traurig und wütend gemacht. Der jüngste Tote, den ich gefunden habe, starb mit fünfzehn. Und so viele Steine mit der Inschrift *Unbekannter Soldat.*«

Wir fahren nach Saint-Germain-Plage, parken unterhalb der großen Düne.

»Wir müssen da rauf«, bedeute ich Hilgen, »werden Sie das schaffen?«

Er nickt und marschiert los, Jürgen und wir folgen ihm und haben Mühe, mit ihm Schritt zu halten. »Also hier«, sagt er, als wir oben angekommen sind. Er lässt den Blick über den Havre schweifen, setzt sich an den Bunkerrand. »Es hat schon etwas Tragisches, dass er nach dem Krieg hier gestorben ist. Eigentlich hatte er es doch fast geschafft. Ein paar Wochen noch.« Seine Stimme versagt. Er lässt den Sand durch seine Finger rieseln, hält leise Zwiesprache mit seinem Vater. Wir ziehen uns ein wenig zurück, überlassen Heinrich Hilgen seinen Gefühlen und Gedanken.

»Kann man trauern, nach fast fünfundsiebzig Jahren?«, fragt er leise.

»Ja, bestimmt.« Camille umarmt Hilgen innig. »Es ist gut, so, wie es ist«, murmelt er, und wir beginnen mit dem Abstieg. Keiner sagt ein Wort.

Auf dem Campingplatz suchen wir eilig alle Sitzgelegenheiten zusammen, Friedrich stellt in weiser Voraussicht den Calvados auf den Tisch. Dann holt er die Kopien der Unterlagen. Er hat die Schilderung aus Cabourg oben aufgelegt, ich erkenne sie sofort. Friedrich liest:

»Und dann, eines Tages, lud sie mich ein in ihr Zimmer, zu Tee und Madeleines und einem atemberaubenden Blick über das Meer. Und doch hatte ich nur Augen für sie. Strich vorsichtig eine Strähne ihrer dunklen Lockenmähne aus ihrem Gesicht. Berührte ihre Finger, hielt ihre Hand. Umfing sie mit meiner ganzen Zärtlichkeit, die sie mit leidenschaftlicher Hingabe erwiderte.

Es war eine einzigartige Form der Völkerverständigung, die wir im großen Bett ihrer Suite praktizierten, wann immer ich dienstfrei hatte. Sie war zierlich, biegsam, anschmiegsam und entführte mich in Gefilde, von denen ich nicht zu träumen gewagt hatte. Ich sehnte mich nach ihrem Körper, den ich begehrte. Ich liebte ihren Geist, ihren Humor und Witz, ihr Wissen. Sie war stark und unbeugsam, gebildet und kultiviert.

Ja, ich war ein Verräter, als ich Germaine liebte. Ich übte Verrat am Vaterland. Und zu Hause wartete Erika, die ich erst vor Kurzem geehelicht hatte. Mit dem Versprechen, alsbald aus dem Kriege zurückzukehren. Erika verblasste und verschwand, wie alles in diesen Tagen, das nicht mit Germaine verknüpft war.«

Heinrich Hilgens Augen füllen sich mit Tränen. »Das ist unglaublich.« Er flüstert die Worte fast. Dann lauter: »Meine Mutter hatte oft den Verdacht, dass da was war. Er sei so abwesend gewesen, wenn er auf Heimaturlaub war, wie in einer anderen Welt. Sie hatte es auf den Krieg geschoben, dass der Krieg eben Menschen verändere. Aber eine noch stärkere Macht ist die Liebe. Was passierte nach diesen Tagen in Cabourg?«

»Ihr Vater wurde auf den Cotentin versetzt und hat Germaine nie wiedergesehen. Aber sie werden in diesen Aufzeichnungen noch oft von ihr lesen, er hat sie vergöttert. Sie hat ihm wohl eine Schatulle anvertraut, aber auch die ist, wie Sie wissen, immer noch verschwunden. Auch Germaine lebt nicht mehr. Aber es gibt ...« Selbst der beredte Friedrich braucht eine Pause. »... es gibt eine Halbschwester, deren Tochter und Enkelin. Letztere sitzt hier am Tisch.« Er gibt Manon ein Zeichen.

»Ich bin Manon und die Urenkelin von Germaine Lucie. Ich kann Ihnen gerne erzählen, was ich über unsere Familiengeschichte weiß.«

»Ich habe eine Halbschwester?«

»Ja, meine Großmutter, Marie-Theres. Sie hat aber Alzheimer und lebt in einem Pflegeheim in Lessay.«

»Ich würde sie trotzdem gerne kennenlernen, falls das möglich ist.« Hilgen hat sich schnell gefangen. »Kommen Sie, Manon, ich darf Sie doch Manon nennen? Lassen Sie uns ein kleines Stück gehen, etwas Bewegung wird mir guttun.« Manon hängt sich bei ihm ein, und sie laufen Richtung Ausgang.

»Ich verstehe das alles nicht«, gibt Jürgen Hilgen zu. »Mein Großvater ist hier gestorben, aber erst nach dem Krieg. Während des Krieges hatte er eine Geliebte in der Normandie und hat mit ihr ein Kind gezeugt? Die beiden haben sich nicht wiedergesehen, aber mein Großvater hat noch irgendwo eine Schatulle versteckt?«

»Exakt«, bestätigt Friedrich. »Möchte jemand einen Calvados auf den Schreck hin?«

Jürgen Hilgen nickt ergeben, kippt den ersten runter und hält Friedrich das Glas hin. »Auf einem Bein kann man nicht stehen«, verfügt er.

Heinrich und Manon kommen zurück, sie wirken fast schon vertraut. »Wer hätte das gedacht, dass ich in die Normandie fahre und nicht nur mit den Gebeinen meines Vaters, sondern auch noch mit einer Schwester, Nichte und Großnichte beschenkt werde.« Er wirkt sichtlich aufgeräumt, erbittet von Friedrich die restlichen Unterlagen und vertieft sich in die Lektüre. »Mein Vater hatte eine wirklich schwer leserliche Schrift«, konstatiert er. »Ich kenne sie ja schon von den Feldpostbriefen, aber da hat er sich deutlich mehr Mühe gegeben. Ich kann allerdings so auf den ersten Blick auch keinen Hinweis darauf finden, wo die Schatzkiste abgeblieben ist. Und ob sie überhaupt je in Foucarville vergraben wurde. Dazu schreibt er nämlich schlicht und ergreifend nichts. Er schildert das Leben im Lager, er rekapituliert den D-Day und die Wochen danach, sehr ausführlich ihre Zeit bei einem Landwirt hier in der Ecke, bei dem sie sich vor ihrer Gefangenschaft versteckt hatten. Aber er schreibt nirgends, was mit der Schatulle passiert ist. Wahrscheinlich hat er sie im Kriegsgetümmel verloren.«

»Das wäre aber tragisch, da doch der Schatz eine wichtige Rolle in Manons Familiengeschichte spielt«, kommentiert Friedrich.

»Ich nehme die Unterlagen jetzt mit ins Hotel. Vielleicht finde ich heute Abend noch etwas. Morgen bin ich mit Manon und meiner Halbschwester verabredet, Manon hat einen Termin für uns ausgemacht. Und nachmittags wollten Sie mich noch mit jemandem zusammenbringen, der meinen Vater gekannt haben könnte, stimmt das so?«

Friedrich nickt.

»Wissen Sie, ich kann meinem Vater nicht böse sein. Alles, was mir Manon von Germaine erzählt hat, klingt so, dass sich die beiden einfach finden mussten. Trotz des Krieges. Oder wegen des Krieges. Und würde mir Germaine über den Weg laufen, ich wäre wahrscheinlich genauso von ihr fasziniert wie mein Vater. Meine Mutter Erika war auch eine großartige Frau, die nach dem Krieg ihren Mann gestanden hat. Die beiden hätten sich sicherlich gut verstanden.« Hilgen erhebt sich. »Der Tag war lang, wir treffen uns morgen«, sagt er und zieht mit Jürgen Richtung Besucherparkplatz ab.

Auch Manon und Camille verabschieden sich. »Er ist toll«, flüstert mir Manon zum Abschied ins Ohr. »Danke für alles!«

Andächtig steht Heinrich Hilgen in Sainte-Marie-du-Mont vor der Église Notre Dame und betrachtet den hohen Kirchturm, um den die Dohlen geckernd kreisen.

Jürgen kommt aus Le Holdy, einem Andenkenladen, der sich auf militärische Devotionalien spezialisiert hat. »Unglaublich, was es da alles zu kaufen gibt«, schüttelt er den Kopf, »alte Bajonette, Munition, Uniformen, Helme. Mützen. Zum Teil sogar Originale, zum Teil Repliken. Von der Wehrmacht, aber auch amerikanische, kanadische, britische und französische Ausrüstungsgegenstände. Das ist ein bisschen unheimlich.« Er öffnet seine Tasche: »Ich habe ein paar Bücher mitgenommen. Ich habe mich nie wirklich für die Geschichte interessiert, auch wenn mein Großvater hier gefallen ist. Das hole ich jetzt nach.«

Zusammen gehen wir zur Bar du 6 juin, Heinrich und Jürgen, Camille, Delphine und Manon, Friedrich und ich.

»Marie-Theres war in Hochform«, berichtet Manon. »Wir haben ihr erzählt, wer das ist, und sie hat ihn ständig mit Werner angeredet. Schön, dass du endlich gekommen bist, Werner, sagte sie zum Beispiel, aber du bist zu spät, meine arme Mutter ist schon lange bei den Engeln.« Sie seufzt. »Heinrich war trotzdem von ihr begeistert, hat sie lange im

Arm gehalten, und das wiederum fand Marie-Theres ganz wunderbar.«

»Zu schade, dass deine Mutter nicht greifbar ist.«

»Ich habe ihr eine Sprachnachricht aufs Handy geschickt, irgendwann wird sie wieder Empfang oder einen vollen Akku haben, dann wird sie sich schon melden.«

Die Bergmanns erwarten uns schon, Friedrich macht sie und die Hilgens miteinander bekannt.

»Ja, das könnte tatsächlich der Soldat sein, an den ich mich erinnere.« Anton Bergmann studiert das Abbild Werner Hilgens genau. »Und Sie sehen ihm sogar ein bisschen ähnlich, nur halt viel älter. Leider lässt mich mein Gedächtnis mehr und mehr im Stich. Da war noch ein zweiter Kamerad, der an demselben Tag wie Ihr Vater verschwunden ist, aus demselben Cage, das habe ich Ihren Freunden bereits erzählt. Ich sehe die beiden noch genau vor mir. Die besten Freunde waren sie, glaube ich, nicht, waren aber trotzdem sehr verbunden, sehr vertraut miteinander. Wahrscheinlich sind sie doch zusammen getürmt.«

»Werner Hilgen hat es nicht überlebt.« Friedrich sieht Anton Bergmann fest an. »Natürlich stehen die Chancen schlecht, aber vielleicht lebt dieser andere Mann noch und kann uns etwas zu den Umständen erzählen, unter denen Hilgen ums Leben kam.«

Doch Anton Bergmann muss passen. Heinrich Hilgen hängt trotzdem an seinen Lippen, muss alles über Foucarville erfahren und den Krieg. Die Schlacht.

Der junge Wirt stellt uns ein paar Croissants, Brot und Käse auf den Tisch, während wir den Erzählungen lauschen. Auch der Gastronom bleibt eine Zeit lang stehen, wir sind im Moment die einzigen Gäste.

»Vielleicht hat Ihr Vater seine Spuren hier im Ort hinterlassen«, sagt Damien zu Hilgen. »Es gibt eine Zeichnung einer wunderschönen Frau, die ein deutscher Soldat gefertigt und signiert hat. Haben Sie nicht gesagt, er sei in Sainte-Marie-du-Mont stationiert gewesen?«

Heinrich Hilgen nickt. »Wo ist dieses, äh, Graffito?«, will er wissen.

»Es ist nicht sehr gut zugänglich, Monsieur. Es befindet sich im Kirchturm. Ganz oben!« Er deutet mit dem Zeigefinger empor.

»Können wir es sehen?« Heinrich Hilgen ist voller Eifer.

»Der Bürgermeister hat den Schlüssel, aber der Weg ist sehr steil und sehr beschwerlich. Da sollten Sie der jüngeren Generation den Vortritt lassen.«

»Wie hoch ist der denn?«

»So hoch, dass der Schriftsteller René Bazin behauptete, nirgends anders könne man so viel Normandie unter sich sehen«, erwidert Damien. »Sie überblicken den gesamten Cotentin von dort oben.«

»Ich will da rauf«, sagt Hilgen, »ich will das machen.« Er ist fest entschlossen.

Der Barkeeper greift zu seinem Smartphone und ruft den Bürgermeister an. »Sie können kommen, er schließt nur kurz das Rathaus zu«, informiert er uns.

Familie Bergmann winkt ab. »Wir bleiben lieber unten.«

Auch Jürgen Hilgen ist nicht wohl bei dem Gedanken, sich unendliche Meter über schmale Wendeltreppen gen Himmel zu schrauben. Ich verstehe ihn nur zu gut, schon allein die Vorstellung der Höhe verursacht mir Übelkeit. Camille und Manon sind dagegen begeistert, und Friedrich ist ohnehin für jedes Abenteuer zu haben. Delphine schließt sich unserem Bodentrupp an, wir ordern einen weiteren Kaffee.

Eine gefühlte Ewigkeit später ist der Spähtrupp zurück, das Gesicht von Heinrich Hilgen ist hochrot, das Hemd durchgeschwitzt. Aber seine Augen strahlen vor Begeisterung.

»Frau Mendel, Sie wissen gar nicht, was Sie versäumt haben«, sagt er zu mir. »Es ist zwar ein wirklich beschwerlicher Aufstieg, aber es gibt so viel zu sehen. Der Wind bläst, als würde unser Schöpfer auf dem Turm Orgel spielen. Unser junger Freund hier hat nicht übertrieben, wir hatten das Gefühl, die gesamte Normandie läge uns zu Füßen. Und ich konnte mir sehr gut vorstellen, welche Angst die Soldaten da oben auf ihrem Posten ergriffen hat, als sie im Morgengrauen die Armada der Alliierten vor der Küste liegen sahen. Der Horizont muss schwarz gewesen sein. Der Bürgermeister hat uns auch gezeigt, wo der Kirchturm getroffen wurde.« Er hält inne, wischt sich mit einem akkurat gebügelten Taschentuch die Schweißperlen von der Stirn.

»Und was ist mit der Zeichnung?«

»Das ist wirklich kurios«, erläutert Friedrich. »Wir waren ganz oben, weit über den Glocken, schon fast in der Kuppel des Turms. Die letzte Treppe ist wirklich sehr eng und unglaublich steil. Und dann standen wir da oben, und sie lächelt auf uns herab, in drei Meter fünfzig Höhe. Der Künstler muss hinaufgeklettert sein, um sie dort für die Ewigkeit anzubringen. Da derzeit noch Restaurationsarbeiten am Turm durchgeführt werden, hatten wir Glück, es ist noch eine Leiter da.« Er spannt uns auf die Folter. »So richtig bewusst war wohl keinem mehr, dass da noch etwas ist, die Bauarbeiter haben sie bei der Erneuerung wieder zum Strahlen gebracht.«

»Es ist Germaine«, platzt es aus Manon heraus. »Ich habe sie sofort erkannt.«

Friedrich ist die Leiter hochgeklettert und hat mit dem Smartphone Bilder gemacht. Eine junge Dame wurde in den Putz geritzt, ihr Antlitz mit dunkler Farbe nachgemalt. Sie liegt auf der Seite und blickt nach unten, voller Zärtlichkeit. Daneben eine Signatur: Werner Hilgen, 5. September 1942. Es ist die vertraute Schrift, die wir von den Tagebüchern kennen. Die Unterschrift, die Manon erst sichtbar gemacht hat.

»Das hat mich tief berührt«, gesteht Heinrich Hilgen, »an einer Stelle zu stehen, an der mein Vater die Liebe seines Lebens verewigt hat, zu sehen, was er gemalt hat, eine Botschaft, die über die Zeit gerettet wurde.« Er wendet sich an Damien: »Ich danke Ihnen wirklich sehr, Monsieur. Und jetzt könnte ich ein schönes 1664 vertragen.«

Er pustet sanft über den Schaum des frisch Gezapften und prostet Anton Bergmann zu. »Ich war nie da oben, uns hat die Invasion damals am Abschnitt Omaha Beach kalt erwischt, da waren wir erst ein paar Tage überhaupt in der Normandie«, erklärt der Alte, »aber es war sicherlich beängstigend, am 6. Juni auf Beobachtungsposten auf dem Kirchturm zu sein. Das war es für uns am Boden allerdings auch. Dass Ihr Vater da oben Wache geschoben hat, ist beeindruckend. Haben Sie in seinen Aufzeichnungen dazu etwas gefunden?«

»Bis jetzt nicht, nur ganz am Anfang schreibt er mal, dass er in die Gegend verlegt wurde. Und sich deshalb von Germaine trennen musste. Auch dass er in Sainte-Marie-du-Mont stationiert war, ist in den Aufzeichnungen zu finden. In den Briefen an meine Mutter schrieb er zum Beispiel über die Dorfbevölkerung, dass sie nie aggressiv war, obwohl die Deutschen ihr Land besetzt hatten. Dass es durchaus zu Freundschaften zwischen Besatzern und Einheimischen gekommen ist und Sabotageakte der Résistance eher selten waren.«

»Wenn ich doch nur auf den Namen des Kameraden kommen würde, der immer um Ihren Herrn Vater geschlichen ist«, sagt Anton Bergmann. Er hadert mit seinem Gedächtnis.

»Wir bleiben auf jeden Fall in Verbindung«, versprechen wir uns zum Abschied.

Wir laufen Richtung Église und sind schon fast am großen Kreisverkehr, als Bergmann ruft: »Ich habs!« Behände kommt der alte Mann hinter uns her. »Mir ist der Name des

Kameraden wieder eingefallen: Er hieß Oswald. Oswald Strecker.«

Auf dem Heimweg ist jeder von uns in Gedanken versunken.

»Da Sie die Aufzeichnungen meines Vaters sicher besser kennen als ich«, unterbricht Hilgen das Schweigen, »kommt dieser Strecker darin vor?«

»Ja«, bestätigt Friedrich. »Allerdings hat er ihn nicht wirklich gemocht. Deshalb ist nur schwer vorstellbar, dass beide zusammen aus dem Lager geflüchtet sind.«

»Ich würde gerne mehr über die Umstände wissen, unter denen mein Vater gestorben ist«, grübelt Heinrich Hilgen.

»Und ich würde dir gerne das Buch zurückgeben, Delphine«, wende ich mich an die Freundin, »es hat mich total geflasht, ich muss ans Cap fahren.«

»Dann tu das, am besten nimmst du die Route des Caps und schaust dir den gesamten Nord-Cotentin an«, rät sie, »du kannst überall stoppen und immer etwas Neues entdecken. Aber nimm dir einen ganzen Tag Zeit, du wirst ohnehin nicht alles schaffen.«

»Ich glaube, das mache ich morgen. Ich möchte auch ein bisschen nachdenken, so über meine Zukunft, den Hauskauf und meinen Mann, da wird der raue Charme der Caps für mich genau richtig sein. Ich nehme den Bus und tingle durch die Gegend.«

Kapitel 21

Delphine hat mir einige sehenswerte Punkte auf der Route des Caps auf das Smartphone geschickt. Bébel habe ich im Geschirr auf den Beifahrersitz geschnallt, er liebt es, während der Fahrt aus dem Fenster zu schauen. Er ist ein exzellenter Beifahrer, mault nicht, ist nie ungeduldig und erträgt jedes noch so ungeschickte Fahrmanöver ohne Murren. Wir sind startklar, zum ersten Mal seit über drei Wochen werde ich mit meinem Bus durch die Gegend zuckeln.

»Wo ist Jean?«, frage ich Friedrich.

»Keine Ahnung. Gerade lag er noch im Condor. Er wird schon auftauchen, spätestens, wenn das Frühstück fertig ist.«

Ich schließe die Schiebetür, die mit dem üblichen Rumms zufällt, und starte in den jungen Tag. »On the Road again«, singe ich lauthals, Belmondo quittiert meine frühmorgendlichen Sangeskünste mit einem Jaulen. Also besser das Radio anschalten.

Die Schatten sind lang, die Sonne erst über den Horizont geklettert. Ich lenke den alten T3 über die Route Touristique Richtung Les Pieux und lasse Carteret und auch Hatainville links liegen, denn das kennen wir schon. Delphine hat mir geraten, ein Stück nördlicher zu fahren und dann auf die Ostküste zu wechseln, in Landemer in die Route des Caps einzusteigen. »Das Cap ist inspirierend, Maler und Dichter zog es immer an dieses Ende der Welt. Jacques Prévert kennst du ja schon aus dem Roman *Die Brandungswellen*, den du gelesen hast. Vielleicht sagt dir auch der Name Boris

Vian etwas. Er verbrachte in seiner Jugend die Sommerferien in Landemer. Der Maler Jean-François Millet ist nebenan im Weiler Gruchy aufgewachsen, den du dir auf jeden Fall anschauen solltest«, so der Tipp von Delphine. Ich stoppe kurz in Landemer und beschließe, lieber gleich nach Gruchy zu fahren. Auf dem großen Parkplatz stelle ich den Bus ab, und Belmondo und ich begeben uns auf unseren Rundgang.

Der Weiler besteht aus alten Steinhäusern in braunem und blauem Granit. Autoverkehr ist verboten. Lebensgroße Figuren des Malers Millet beleben die Szenerie, ich sehe und spüre, wie der Künstler als junger Mann die Gassen entlangging und die ländlichen Szenen einfing. Der ganze Ort scheint im 19. Jahrhundert stehen geblieben zu sein, es ist nichts zu hören, außer dem Rauschen des Windes, dem Muhen der Kühe, Meckern der Ziegen. Dicke Dorfkatzen mustern mich und Belmondo gelangweilt. In den Gärten blühen die Hortensien. Das Museum ist geschlossen, und so folgen wir dem Hinweis zu den Klippen hinunter. Tafeln mit Gemälden des Malers, die die raue Landschaft einfangen, begleiten uns auf unserem Weg, der sich steil hinab durch mannshohen Farn schlängelt. Auf halber Höhe stoßen wir auf den Zöllnerpfad. Unter uns die Felsen, noch tiefer das Meer. Es ist von kräftigem Kobalt an diesem Vormittag. Auf einem steilen Vorsprung steht ein einsamer Angler, wirft beharrlich seine Rute aus. Zwei Steinbrocken weiter hat sich eine Kolonie Basstölpel niedergelassen. Keine Menschenseele in Sicht. Wir folgen dem Pfad einige Meter und hecheln den Hang wieder hinauf ins Dorf zurück. Der Aufstieg ist steil und schweißtreibend, die Aussicht gigantisch. Am Horizont läuft eine Fähre nach Cherbourg ein, eine Handvoll Segler schaukelt im Wind. Gruchy liegt noch immer im Dornröschenschlaf. Wir fahren weiter über kleine Straßen, stoppen am Manoir du Tourp und am Hafen von Omonville-la-Rouge. Am Port Racine schnappe ich mir die Kamera, die bislang stiefmütterlich im Bus lag, und steige mit Belmondo die Treppe zum Liegeplatz hinab. Im Becken sind die Fischerboote fest vertäut, eine steife Brise weht den Kai entlang. Zwei alte Fischer sitzen auf einem Bänkchen in der Sonne, der Duft ihrer Pfeifen hängt über dem kleinen Hafenareal. Ich lasse Belmondo auf der Mauer Platz machen und schieße ein paar Fotos mit Border, Hafen und knorzigen Fischern, fange das Gewirr an Tauen ein und setze mich oberhalb des Ports ins Gras. Der Geruch des Pfeifentabaks vermischt sich mit der Gischt, die an die Felsen klatscht. Bébel robbt durch das leicht feuchte Grün und wälzt sich in etwas Undefinierbarem. Seine leuchtend weiße Halskrause hat einen deutlichen Braunstich, das aufgelegte Parfüm lässt auf Kormoran schließen. »Bäh«, tadle ich meinen Hund, »du bist echt eklig! Willst du so mit mir weiterfahren?« Belmondo legt den Kopf schief und scheint ernsthaft über meine Worte nachzudenken. Dann macht er einen Satz auf mich zu und schleckt freudig mein Gesicht ab. »Komm, wir suchen einen Platz, wo wir dich sauber machen können.« Am Parkplatz schleuse ich meinen Hund in die Toilette und schrubbe am Waschbecken wenigstens den groben Schmutz aus dem Fell, bevor er wieder auf dem Beifahrersitz Platz nehmen darf. »Du stinkst!« Es ist nicht zu leugnen.

Unsere nächste Station ist Goury. Ein kleiner Hafen, eine Seenotrettungsstation, ein Restaurant und ein Imbiss. Einige Häuser entlang des Hafenbeckens, die sich unter dem Wind wegducken. Der nimmt uns in Empfang, als wir aus dem Bus klettern, zieht an meinen Haaren und spielt mit Bébels Ohren. Er peitscht die Wellen an den Leuchtturm, der der wilden Brandung trotzt. Der Wächter aus Granit signalisiert Fischern und Seeleuten den Raz Blanchard, eine der stärksten Strömungen Europas. Schon manches Schiff ging in dem brutalen Sog verloren, davon zeugt das Kreuz aus Granit. Eine feindselige Welt, das Meer da draußen. Eine raue Welt, noch hier an Land. Die Schaumkronen wirbeln um den

Leuchtturm, Möwen segeln im Wind. Ja, hier oben ist es wirklich anders als auf dem Rest des Cotentin. Auf dem windgeschützten Hof des ehemaligen Salzlagers hole ich mir am Imbiss eine Portion Fish 'n' Chips und einen Bioapfelsaft. Der Wind sorgt dafür, dass der Border ausreichend mit Pommes versorgt wird. Mein Smartphone heißt mich auf den Kanalinseln willkommen, ich fahre es runter. Heute ruft mich ohnehin keiner an.

Wir kurven weiter durch La Roche, einen Ort zwischen Felsen und Meer, in dem die Zeit stehen geblieben zu sein scheint, und genießen einige enge Kurven weiter die spektakuläre Aussicht auf die Baie d'Ecalgrain. Die geschützte Lage lässt in den Gärten Palmen und Mammutblätter wachsen. Das Wasser in der Bucht glitzert in Hunderten von Blautönen.

Die Straße führt die Klippen hinauf, bis wir am Parkplatz des Nez du Jobourg angekommen sind. So menschenleer bislang die verwunschenen Orte des Cap de la Hague waren, so belebt ist es hier, an einer der Top-Sehenswürdigkeiten der Manche. Belmondo und ich reihen uns ein in die Völkerwanderung, um einen Blick auf die imposanten Klippen zu werfen. Ich setze mich mit meinem Hund etwas abseits des Besucherstroms und lasse die Szenerie auf mich wirken. In der Ferne winkt der Leuchtturm von Goury, ganz klein wirkt er von hier aus. Unter uns fällt das Gestein nahezu senkrecht ab, um sich in über hundert Metern Tiefe mit den Wellen zu vereinen. Ich studiere die Karte, die Delphine mir mitgeschickt hat. Unser nächstmöglicher Anlaufpunkt heißt Treize Vents, *Dreizehn Winde.* »Fahre nicht zum Lac Moulinets«, hat Delphine notiert, »das gehört zur Wiederaufbereitungsanlage von La Hague, und hier werden radioaktive Abwässer ins Meer gelassen.« Zu den Dreizehn Winden schreibt sie: »Der Ort Herqueville ist wegen des Fischers Charles Brumant berühmt. Sein Porträt ging um die ganze Welt und wurde mit der Kaffeemarke ›du Vieux Pêcheur‹

bekannt. Sein Heimathafen war der Port du Houguet, den du unterhalb von den Treize Vents findest. Bis ins 19. Jahrhundert hinein war dieser winzige Hafen ein Hauptumschlagplatz für Schmuggler, vor allem Tabak wurde hier illegal ins Land gebracht.«

Wir machen uns auf den Weg und finden den Abzweig zu den Dreizehn Winden sofort. Der Punkt macht seinem Namen alle Ehre, ich kann mich fast nicht auf den Beinen halten, und möglicherweise sind es mehr als dreizehn Winde, die uns umtosen. Bébel kneift die Augen zu und schüttelt den Kopf. Für seinen Geschmack sind es mindestens zwölf Winde zu viel. Trotzdem, den Schmugglerhafen will ich sehen und laufe einen Wanderweg entlang. Der Weg ist geschottert und relativ breit, fällt dann aber steil ab und mündet in eine Treppe. Links ist eine Wendeplatte, dahinter sind einige Dächer zu erkennen, die davon zeugen, dass selbst hier, in dem windigsten Eck von Frankreich, Menschen ein Freizeitgrundstück mit Hütte besitzen. Oder gar hier wohnen. Ich stelle mir gebückte Gestalten vor, die an das raue Leben an den Felsen angepasst sind und unter den Böen durchschlüpfen. Am Ende des Wendeplatzes, fast nicht von außen einsehbar, blinzelt ein dunkelblauer Kotflügel hervor. Meine Neugier ist geweckt. Der blaue Kombi steht halb in einer Einfahrt, und er hat ein niederländisches Kennzeichen montiert. Ich nehme die Kamera, mache ein Foto, notiere das Kennzeichen, 76-ZFA-7.

»Schon merkwürdig, dass die schon wieder irgendwo rumstehen«, beziehe ich meinen Hund in meine Überlegungen ein. Tiere bewahren uns davor, laute Selbstgespräche zu führen. Wir klettern die Stufen hinunter durch eine enge Klamm. Das Wasser schießt neben uns Richtung Meer, ab und zu bekommen wir einen Spritzer ab. Dann stehen wir inmitten der Felsen, nur ein Klettersteig zweigt nach links ab. Belmondo eilt beweglich und flink durch die unwirtliche

Landschaft, während ich eher auf dem Hosenboden hinter-
herrutsche.

Ich bin eindeutig zu alt für Abenteuer.

Rechts fällt der Fels steil bergab. Es ist nicht allzu tief,
doch die Höhenangst ergreift von mir Besitz. Meine Zähne
klappern, Schweiß steht auf der Stirn. Ich möchte vor Panik
gerne schreien, aber es wäre ohnehin niemand da, der mich
bemitleiden würde. Vorsichtig setze ich einen Schritt vor
den anderen. Mein Hund ist längst über alle Berge. Dann habe ich es geschafft, der Weg verdient wieder seine Bezeichnung, die Landschaft wird weicher und sanfter. Direkt vor
mir liegt der Port du Houguet.

In Friedrichs Reiseführer steht, der Port Racine sei der
kleinste Hafen Frankreichs, doch der Autor hat diese Anle-
gestelle nicht gekannt. Oder sieht sie nicht als Hafen an.
Drei windschiefe Hütten aus Wellblech, zehn Boote, mehr
Nussschalen als Schiffe. Sie liegen auf dem Trockenen. Um
ins Wasser zu kommen, muss der Fischer den Nachen auf
einen der bereitstehenden Anhänger zerren, diesen die
Bootsrutsche hinunterlaufen lassen, das Boot abladen und
festbinden, den Hänger den Hang wieder hinaufschieben.
Eine elendige Plackerei. Bébel kommt angetrabt, sein Fell ist
nass – und sauber. Freudig springt er an mir empor, schüttelt sich das Meer aus dem Pelz. Ich will gerade weitermar-
schieren, als eine Gestalt eine der Wellblechhütten verlässt
und sich an einem der winzigen Boote zu schaffen macht.
Seine roten, lockigen Haare leuchten in der Nachmittagssonne. Er ist groß, wirkt schlaksig, doch am Bateau sitzt jeder
Handgriff. Er ruft etwas in Richtung der Baracke, das ich
nicht verstehen kann. Eine blonde Frau erscheint, hat eine
Rolle Taue um die rechte Schulter gelegt, die sie Pumuckl
hinwirft. Sie dreht um und läuft abermals in die Hütte,
kommt kurze Zeit später mit einer Schwimmweste zurück.
Sie probiert sie an, dreht sich wie auf dem Catwalk. Ihr Begleiter lacht, nickt, und sie bewegt sich abermals zum Gerä-

teschuppen. Irritiert blickt sie in unsere Richtung, und instinktiv verschwinde ich in einer Felskuhle. Eine ganze Weile beobachten mein Hund und ich, wie die beiden Holländer zwei der kleinen Schiffe seetauglich machen, ihre Hütte abschließen und einen breiten Fahrweg emporlaufen. Wie schon bei unserer ersten Begegnung ist das Paar flott unterwegs.

Ich klettere aus meinem Versteck und nehme den Hafen näher unter die Lupe. Die meisten Kähne haben das Meer schon lange nicht mehr gesehen. Der Port du Houguet ist heute eher ein Schiffsfriedhof. Nur die beiden Barken der Niederländer scheinen noch unter den Lebenden zu weilen. »Na komm, Bébel, lass uns zurückgehen«, schlage ich meinem Border vor und wähle denselben Weg wie das Paar. Die beiden sind längst über alle Berge, das Auto ist weg.

Mein Bedarf an anstrengenden Klettertouren ist für heute gedeckt. Meine nächste Station ist der Botanische Garten von Vauville.

Wir tauchen ein in eine andere Welt. Wenn uns vorher der Wind geküsst hat, umarmen uns nun die Palmen. Wir verlaufen uns in einem Labyrinth aus Pflanzen und genießen die beschauliche Ruhe des Ortes, hören Feen und Elfen im Farn kichern und setzen uns auf eine Bank unter einem Zypressendach. Vor uns quaken die Frösche in einem Tümpel, ein Bach plätschert mit leichtem Gurgeln vor sich hin. Das Meer, nur wenige Hundert Meter entfernt, stimmt rauschend ein. Dazwischen: nichts. Nur Grün, das in alle Richtungen wächst, wabert, wuchert, sich gen Himmel streckt. Ein schmaler Pfad, der wie zufällig zwischen Farn und Hortensien hindurchführt. Die Rhododendren stehen in voller Blüte. Im Grand Espace lasse ich mich auf den Rasen fallen, schaue in den Himmel. Schon lange nicht mehr habe ich mich so wohlgefühlt. Alle Anspannung fällt von mir ab. Belmondo legt sich neben mich, steckt seine feuchte Schnauze in mein rechtes Ohr. Nach einer kurzen Pause bewundern wir den Rest des kleinen Paradieses, das der

Weltreisende Eric Pellerin mit schöpferischer Hand angelegt, gepflegt und gehegt hat. Ein vorwitziger Terrier versucht, mit Belmondo Freundschaft zu schließen. Doch ist die Angst größer als die Neugier. Ich schieße einige Fotos, die Lichtverhältnisse sind mit den starken Kontrasten nicht einfach, und der Zauber dieses Gartens lässt sich ohnehin nicht auf die Speicherkarte bannen.

Wir haben uns verirrt und finden den Ausgang nicht. Vielleicht wollen wir ihn gar nicht finden. Für einen kurzen Moment blitzt die Idee auf, sich im Garten einschließen zu lassen und mit den Kobolden nackt im Mondschein zu tanzen.

Doch schlussendlich haben uns Kassenhäuschen und Parkplatz wieder.

Freudig bellend rennt Belmondo auf den VW-Bus zu. Ich schließe die Beifahrertür auf. Jean liegt auf dem Sitz und blinzelt mich an. »Was machst du denn hier?«, wundere ich mich. »Solltest du nicht bei Friedrich in Saint-Germain sein? Bist du etwa das ganze Stück mitgefahren?« Mich beschleicht ein schlechtes Gewissen. An diesem sonnigen Tag hätte es schnell zu warm im Bus werden können. Noch dazu hat der alte Kater irgendwo ungesichert im T3 geschlafen. Nicht auszudenken, was bei einem Unfall passiert wäre! »Na dann komm, du Filou«, sage ich zu Jean, »wenigstens auf dem Rückweg darfst du in der Sänfte reisen.« Der Kater streckt sich genüsslich. Ich öffne die Heckklappe, und der Kater springt in die große Transportbox. »Klappe zu, Affe tot, Zirkus pleite«, flachse ich und schließe die Hecktür. Belmondo nimmt seinen angestammten Platz ein.

Ich schalte mein Telefon wieder an, es ist mittlerweile fünf, und das Netz spricht regulär französisch mit mir. Ich checke meine Mails und Anrufe. Zehn Anrufe in Abwesenheit. Dreimal Friedrich, einmal Léon, fünfmal Manon, zwei unbekannte Nummern. SMS von Friedrich: »Wo steckst du? Ruf dringend zurück.« Zwei: »Wenn du wieder Netz hast, ruf mich an.« Drei: »Léon wurde festgenommen. Ruf mich sofort an, wenn du das liest!«

Ich brauche einen Moment, um die Nachricht sacken zu lassen, dann wähle ich Friedrichs Nummer.

»Na endlich!«, höre ich seine Stimme.

»Was ist passiert?« Mir ist flau im Magen, und meine Füße versagen den Dienst. Ich setze mich neben den Bus in den Schatten.

»Die Polizei hat Léon unter dem dringenden Tatverdacht festgenommen, den Tod von Bart van der Horst herbeigeführt zu haben.«

»Das kann doch nicht sein.« Léon, mein Léon, ein Killer? Niemals!

»Es gibt eine Zeugenaussage, sogar eine ziemlich detaillierte. Erinnerst du dich an Melanie und Lars, die beiden Auswanderer? Sie haben auf ihrem Grundstück einen kleinen Campingplatz angelegt. Unser Pärchen hat dort einen Wohnwagen geparkt. Bei diesem Wohnwagen wurde auch Bart gesehen, und einmal ist Léon um den Caravan geschlichen, als Bart sich mit den beiden getroffen hat. Sie haben ihn eindeutig bei einer Gegenüberstellung identifiziert.«

»Das beweist doch gar nichts.«

»Nein, aber sie haben auch erlebt, wie Bart und Léon mitten in der Nacht am Hafen von Carteret gestritten haben. Es muss ... sehr handfest zugegangen sein, also, sie haben sich geprügelt.«

»Ich glaube das nicht. Wir kennen doch Léon. Der kann keiner Fliege etwas zuleide tun.«

»Erinnerst du dich, was er neulich auf der Gendarmerie gesagt hat, als es um Bart ging? *Jeder ist ein Mond und hat eine dunkle Seite, die er nicht zeigt.* So hat dein Léon eben seine dunkle Seite, und womöglich ist sie finsterer, als du es dir vorstellen kannst und vor allem willst.«

Es schnürt meine Kehle zu. Ich versuche zu schlucken, da ist ein dicker Kloß in meinem Hals. Ich trinke einen Schluck

Wasser. Tränen laufen über mein Gesicht. Mit meiner Menschenkenntnis ist es nicht weit her. Vor einer halben Stunde noch hätte ich Léon mein Leben anvertraut.

»Friedrich, bist du noch da? Das holländische Pärchen rennt munter durch die Gegend. Ich habe sie an den Treize Vents gesehen, in einem kleinen Hafen, hier oben am Cap. Und irgendwie war es merkwürdig, sie haben zwei Boote klargemacht.«

»Rufe Desquiret an und erzähl ihm das.«

»Das werde ich tun. Der Kater ist übrigens bei mir. Er muss in einem unbeobachteten Moment in den Bus gehüpft sein.«

Völlig betäubt wähle ich die Nummer der Gendarmerie in Lessay.

»Schicken Sie mir das Kennzeichen und die Koordinaten auf mein Handy«, bittet mich der Gendarm, »die beiden sind auf alle Fälle wichtige Zeugen.«

»Ich glaube nicht, dass Monsieur Belanger etwas mit dem Tod von Bart van der Horst zu tun hat«, beharre ich, »das kann nicht sein.«

»Leider wirft die Zeugenaussage ein ungünstiges Licht auf ihn. Und auch dass er uns wichtige Tatsachen verschwiegen hat, spricht nicht gerade für seine Unschuld. Umso wichtiger, die beiden Holländer zu finden.« Er unterbricht die Verbindung.

Ich lasse meinen Gefühlen freien Lauf und heule wie ein Schlosshund. Das Telefon klingelt, es ist Manon. »Brigitte, ich habe ein ungutes Gefühl. Wo immer du bist, fahr nach Hause«, kommt ihre Stimme gequält aus dem Lautsprecher, »du bist in Gefahr.«

»Ach Quatsch, Manon«, scheuche ich ihre Angst weg, »das, was du spürst, betrifft Léon, er wurde festgenommen.«

»Das habe ich bereits mitgekriegt«, entgegnet meine Freundin. »Aber da ist noch etwas anderes. Bitte, komm zurück!«

Kapitel 22

Verwirrt starte ich den Bus. Der ruckelt und hoppelt von der Wiese, an der Einfahrt hätte ich fast einen Radfahrer übersehen. Reiß dich zusammen, verdammt! Ich schleiche im zweiten Gang durch den malerischen Weiler Le Petit Thot.

Steil geht es hinauf zu den Dünen von Biville. Ich stoppe an einem Aussichtspunkt und koste die wilde Landschaft in vollen Zügen aus, versuche, Klarheit in meine Gedanken zu bekommen. Ich fahre durch die Dünen bis zu einem Parkplatz und von dort aus den Berg hinauf in den Ort. Der VW-Bus ächzt unter der Steigung, ein paar PS mehr wären nicht schlecht. »Komm, Belmondo, lass uns noch den Rest der Strecke genießen. Heute können wir für Léon ohnehin nichts mehr tun.« Wir zuckeln die Route des Caps weiter, kommen durch den Surferort Siouville und halten mit laufendem Motor oberhalb von Dilette, um den Paraglidern zuzusehen, die hier den Hangwind nutzen. Wir rutschen den Hang runter zum Hafen, und ich muss das Bremspedal kräftig treten, um die Geschwindigkeit zu drosseln. Ich wähle die Strecke am Kernkraftwerk vorbei, dessen beide Blöcke derzeit wegen einer technischen Störung außer Betrieb sind. Und die Großbaustelle des EPR daneben ist noch lange nicht fertig. Sieben Jahre schon ist die Inbetriebnahme im Verzug, 2012 hätte der neue Reaktor ans Netz gehen sollen. Camille hat vor ein paar Tagen gelästert, dass das Kraftwerk längst veraltet sei, wenn es endlich in Betrieb genommen werde.

Die Straße zum Ort ist steil. Belmondo bellt. Und bellt. Der Bus stinkt merkwürdig. Belmondo bellt immer noch, wir sind auf Höhe der neuen Atommeiler. Das Gebell meines Hundes wird aggressiv, er jault und bellt abwechselnd. »Halt die Klappe!«, schreie ich ihn an. Der Geruch wird intensiver. Ich schaue in den Rückspiegel und sehe eine schwarze Wolke. Wir ziehen pechschwarzen Qualm hinter uns her, der ganze Hang scheint aus finsterem Ruß zu bestehen. Die Schwaden aus meinem Fahrzeug werden immer bedrohlicher. Ich stoppe den Wagen am Schloss von Flamanville und lasse Belmondo ins Freie. Flammen schlagen aus dem Motorraum am Heck. Nein! Jean ist da drin! Schnell öffne ich die Klappe, das Inferno schlägt mir entgegen. Jean schreit jämmerlich. Der Feuerlöscher! Unterm Fahrersitz. Ich renne nach vorne, ziehe und zerre an der roten Flasche, bekomme sie frei, renne wieder nach hinten. Versuche, die Tür der Transportbox zu öffnen, doch Metall und Plastik sind schon ein undefinierbarer Klumpen. Ich sprühe den gesamten Inhalt des Feuerlöschers in die Flammen. Das Feuer lacht mich aus, züngelt noch wütender und entschlossener im Motorraum. Ich versuche, die Transportbox zum Fassen zu kriegen, doch meine Hand greift ins Leere. Da ist nichts, nichts außer Rauch und Flammen. Und die Schreie des Katers.

Irgendjemand zieht mich vom Bus weg, hält mich fest umschlossen. Ich wehre mich nach Kräften, ich muss Jean da rausholen! Ich höre die Sirenen der Feuerwehr aus allen Himmelsrichtungen heranbrausen, sehe Hektoliter um Hektoliter auf einen Bus fließen, bis der Brand aufgibt, das Feuer erlischt. Das, was auf dem Schlossparkplatz steht, ist ein verkohlter Haufen Stahl. Mehr nicht.

Ich sitze in eine Rettungsdecke gewickelt im Notarztwagen, Bébel weicht nicht von meiner Seite. Jemand reicht mir Wasser, ein Sanitäter untersucht mich eingehend. »Ihnen ist nichts passiert, Ihrem Hund auch nicht.«

»Mein Kater? Wo ist mein Kater? Er war hinten, auf der Pritsche, in der Transportbox.«

Ein Feuerwehrmann legt mir die Hand auf die Schulter. »Wir konnten nichts mehr für ihn tun, Madame«, sagt er. »Es tut mir sehr leid.«

Ein Polizist kommt auf mich zu, nimmt meine Aussage auf. »Ich habe keine Ahnung, wie das passiert ist«, schluchze ich. »Es fing einfach an zu brennen, als ich den Berg nach dem Kraftwerk hochfuhr.«

Der Gendarm begutachtet den Wagen. »Bei diesen alten Schätzchen kommt das schon mal vor. Eine undichte Diesel- oder Ölleitung, die tropft auf den heißen Turbo, der entzündet sich. Oder ein Kabelbrand, eine defekte Starterbatterie.«

»Der Bus war ganz frisch überholt.«

Ich weine mir die Seele aus dem Leib. Ich trauere um meinen geliebten Kater, der wegen mir im Flammenmeer grausam ums Leben kam. Der Polizist reicht mir eine Küchenrolle.

»Wollen Sie mit mir kommen? Meine Mutter und ich wohnen hier quasi um die Ecke, da bekommen Sie auf jeden Fall ein Bett, einen Tee und etwas zu essen. Und dann können Sie telefonieren und Ihre Verwandten oder Freunde informieren, damit sie jemand abholt.«

Vor mir steht eine junge Frau in Manons Alter, lange schwarze Haare umrahmen ihr schmales Gesicht. Sie trägt eine Brille mit riesigen Gläsern, eine Baskenmütze und ein wallendes Kleid im Boho-Stil.

»Wer sind Sie denn?«

»Oh, Entschuldigung! Mein Name ist Agnès, Agnès Fischer. Ich habe den Notruf gewählt. Und Sie davor bewahrt, in den brennenden Bus zu springen.«

»Danke. Wo wohnen Sie denn?«

»Im Havre Jouan, das ist unterhalb von Flamanville, ein ehemaliger Steinbruch. Kommen Sie mit, Sie können hier im Moment nichts ausrichten. Um Ihr Schrottauto kümmern sich Gendarmerie und Feuerwehr.«

Sie blickt zu dem Beamten, der nickt. »Ich schicke dir morgen Vormittag einen Kollegen vorbei, Agnès«, verspricht er.

Ich ergebe mich meinem Schicksal, steige zu Agnès in den Kastenwagen. Sie kommt mir merkwürdig vertraut vor.

»Sie heißen nicht zufällig Susan?«, entfährt es mir, als wir ein Sträßchen hinunter durch die Felsen rollen.

»Nein, nein«, sie lacht, »ich heiße wirklich Agnès. Wir werden oft verwechselt. Susan ist meine Mutter. Aber das sehen Sie gleich selbst, wir sind da.«

Ich erkenne nicht viel, eine große Baracke, einen Steinbruch, mystische Skulpturen, die lange Schatten durch die Nacht werfen. Hell erleuchtete Fenster.

Agnès öffnet die Haustür. »Maman, ich habe Besuch mitgebracht«, ruft sie zur Begrüßung.

Der Raum ist Atelier, Wohnzimmer und Küche gleichzeitig. Die Frau steht an einer Kücheninsel und rührt im Topf.

»Du kommst spät«, sagt sie und dreht sich um. Sie ist eine Kopie ihrer Tochter, nur rund dreißig Jahre älter. Und sie ist eindeutig Susan, Susan, die Friedrich wochenlang gesucht hat. Jahrelang. Vergeblich. Und jetzt steht sie einfach da, banal am Herd.

»Ich wurde aufgehalten. Maman, das ist … pardon, ich habe ganz vergessen, nach Ihrem Namen zu fragen.«

»Brigitte«, stelle ich mich vor, »und mein Hund heißt Belmondo.«

»Kennen Sie meine Mutter?«, fragt Agnès.

»Nein, Entschuldigung! Ein Freund von mir kennt Sie, Madame«, wende ich mich an Susan. »Ich habe bislang nur ein Foto von Ihnen gesehen. Ein sehr altes Foto.«

»Sie machen mich neugierig.« Sie wischt die Hände an der Schürze ab. »Das müssen Sie mir erzählen. Und auch, warum Sie in diesem Zustand in die Hände meiner Tochter gefallen sind. Sie riechen, als wären Sie direkt der Hölle entronnen.«

Sofort schießen die Tränen in meine Augen. »Das trifft es ziemlich genau«, flenne ich.

Agnès fasst kurz die Geschehnisse zusammen. »Essen Sie mit uns«, sagt Susan. »Sie sehen aus, als könnten Sie eine Stärkung brauchen.« Sie tischt ein dampfendes Ratatouille auf. Mein Magen ist wie zugeschnürt, dennoch riecht es so verführerisch, dass ich es probiere.

»Wie heißt denn unser gemeinsamer Bekannter?« Susan räumt die Teller weg, stellt dafür einen Tee auf den Tisch und schenkt uns ein.

»Friedrich. Friedrich Kunkel.«

Ihr Gesicht verfinstert sich, nimmt scharfe, harte Züge an. »Ehrlich gesagt, hatte ich nicht damit gerechnet, je wieder von ihm zu hören. Und auch gehofft, ihm nicht mehr zu begegnen. Aber so ist es halt: Vor seiner Vergangenheit kann man nicht davonlaufen.«

»Er ist hier in der Normandie, und er sucht nach Ihnen«, sage ich. »Er ist mein Nachbar auf dem Campingplatz und mittlerweile ein Freund. Was die Geschichte mit Ihnen betrifft, so weiß ich nicht viel darüber. Nur, dass er Sie die letzten Wochen verzweifelt gesucht hat. Und die Jahre davor. Er trauert seiner verflossenen Liebe hinterher.«

Susan lacht. »Das sieht ihm ähnlich, dabei habe ich meine Spuren so gut verwischt. Ich wollte nicht gefunden werden. Auch und gerade nicht von ihm.«

»Ich muss ihn anrufen. Er wartet sicher auf mich und macht sich Sorgen. Und er muss mich abholen, ich habe meinen kompletten Besitzstand bei dem Brand verloren. Ich könnte höchstens noch bei einer französischen Freundin unterkommen.«

Sie überlegt. »Machen Sie das, Brigitte. Aber lassen Sie uns ihn überraschen. Sagen Sie ihm am Telefon nicht, dass Sie mich gefunden haben.« Es blitzt in ihren Augen.

Ich fische mein Handy aus der Jackentasche, es ist intakt. Schnell wähle ich Friedrichs Nummer und erzähle hastig, was passiert ist.

»Heute Nacht kann ich hierbleiben, die Polizei kommt auch noch mal vorbei. Aber könntest du mich am Nachmittag abholen?«

»Eigentlich wollte ich morgen auf den Töpfermarkt in Portbail und nach Susan suchen.«

Ich unterdrücke einen Hustenanfall. »Das könntest du danach immer noch, oder wir zusammen. Ich brauche dich hier.« Friedrich schlägt vor, gegen zwei da zu sein, und Susan macht ein Victory-Zeichen.

»Ich würde aber schon gerne wissen, was eigentlich vorgefallen ist, dass Sie so einfach aus dem Leben verschwunden sind. Immerhin hieß es, Sie seien bei einem Unfall ums Leben gekommen.«

Susan schenkt uns Tee nach. »Eigentlich eine ganz simple Geschichte. Zum einen war ich schwanger. Zum anderen hätte ich eine Gefängnisstrafe absitzen sollen, wegen verschiedener Aktionen gegen Atomkraftwerke, Endlagerung, Atommülltransporte, Wiederaufbereitung und NATO-Nachrüstung. Der Kindsvater war nicht greifbar, hatte sich auf eine Forschungsreise abgesetzt, mit Kind ins Gefängnis wollte ich nicht. Ich habe eine Freundin in den Pyrenäen, sie wohnt in einem wirklich abgelegenen Bergdorf. Sie bot mir sozusagen Asyl an.«

»Und der Kindsvater war ... ist ... Friedrich?«

»Exakt.«

Agnès bekommt Augen wie UFOs. »Waaas?«

»Ja, Liebes, dein Erzeuger schlägt hier morgen auf, das ist kaum noch zu verhindern.«

»Ich dachte, er wäre tot.« Sie ist wütend.

»Das habe ich dir immer erzählt. Für mich war er auch gestorben, sozusagen. Und ich habe alles dafür getan, dass er dasselbe von mir dachte.« Sie zündet sich eine Kippe an, bläst den Rauch langsam an die Decke. Sie raucht Selbstgedrehte, der Tabak ist dunkel. Schwarz wie meine Seele, hätte Friedrich gesagt.

»Ein Relikt aus alten Zeiten«, erklärt sie, als sie meinen amüsierten und Agnès' erstaunten Blick bemerkt. »Ich rauche schon seit Jahren nicht mehr. Nur zu ganz speziellen Anlässen. Ich hatte damals einfach keinen Bock mehr. Keinen Bock auf das spießige Deutschland, keine Lust auf mein altes Leben und wirklich keine Liebe übrig für den Ex. Frankreich war zuerst als Übergangslösung gedacht, weil es keine Meldepflicht gab und ich so untertauchen konnte. Aber so eine Vollstreckungsverjährung wegen begangener Delikte dauert ganz schön lange. Vor allem wird die Frist verlängert, wenn du dich wie ich ins Ausland absetzt.«

»Wollten Sie nie zurück?«

»Nein. Ich hatte kein Bedürfnis, nach Deutschland zurückzukehren. Die ersten Jahre waren hart, ich habe mich durchgekämpft, als Hilfskraft im Supermarkt, später auch als Kellnerin. Nebenbei habe ich mir autodidaktisch das Töpfern beigebracht und die Bildhauerei. Kunst fand ich schon immer faszinierend, und gerade die Bildhauerei ermöglicht es mir, meine Alltagsdämonen in Schach zu halten. Ich ging als eine der ersten Studentinnen nach Le Fresnoy in Nordfrankreich und habe das Handwerk von der Pike auf gelernt, nebenbei weiter gejobbt, um das Studium zu finanzieren. Agnès und ich lebten dann einige Jahre in der Picardie und im Jura, aber dann zog es uns wieder ans Meer zurück. Als hier der Steinbruch vor fünf Jahren zu verkaufen war, haben wir zugeschlagen. Agnès ist mittlerweile sehr versiert an der Töpferscheibe, viel besser, als ich es je war. Ich konzentriere mich auf die Skulpturen. Unsere Kurse in den Sommerferien laufen ganz gut, auch die Verkäufe auf den Märkten in der Region und über den Onlineshop. Reich werden wir damit aber nicht.«

»Ich bin beeindruckt.«

»Ach, es hat sich einfach richtig angefühlt, so entwickelt.«

»Stört Sie der Reaktor in Flamanville nicht, nachdem Sie früher so engagiert gegen Atomkraft waren?«

Susan lacht. »Ich sehe ihn nicht, er ist auf der anderen Seite vom Cap. Nein, im Ernst: Ich bin sicher eine der wenigen Kernkraftgegnerinnen in Flamanville. Die EDF hat den Wohlstand in die Region gebracht und den Fortschritt. Dagegen ist nur schwer anzukommen. Vom Tourismus alleine kann kaum einer leben. Dazu ist die Saison zu kurz.« Sie streicht sich die Haare aus dem Gesicht. »Unter uns, der EPR macht mir schon Sorgen, die beiden alten Reaktoren auch. In Frankreich kann man sehr gut sehen, dass das einseitige Setzen auf die Kernenergie in eine Sackgasse führt, die den Ausbau der Erneuerbaren verhindert und Jahr für Jahr die Probleme mit den Altmeilern vergrößert. Aber dass Frankreich vom Irrweg der Kernkraft abrückt, das werden wir beide nicht mehr erleben, wahrscheinlich auch Agnès nicht.«

»Angesichts der Vielzahl an Umweltproblemen ist die Kernkraft auch nur noch eines unter vielen«, ergänzt Agnès. »Ihr Älteren werdet die Auswirkungen der Klimakatastrophe nicht in vollem Ausmaß mitbekommen. Wir Jüngeren schon. Wer will da noch Kinder in die Welt setzen, Pläne für die Zukunft schmieden?«

»Agnès, genauso haben wir es in den Achtzigern aber auch empfunden« erwidert ihre Mutter. »No future, das war eine unserer Parolen. Dafür bin ich ganz schön alt geworden. Von daher besteht ein Funken Hoffnung, dass die Menschheit noch rechtzeitig die Kurve kriegt.«

Ich verbringe eine unruhige Nacht auf Susans Sofa. Fieberträume suchen mich heim, in denen abwechselnd Jean, der Holländer und Léon auftauchen, wieder und wieder sehe ich meinen Bus in Flammen aufgehen, meinen Kater in der Hölle verbrennen, höre seine Schmerzensschreie.

»Nein, nein!«, weine ich.

Eine Hand legt sich beruhigend auf meine. »Wach auf, Brigitte, du hast schlecht geträumt.« Susan sieht mich besorgt an. »Ich mache uns einen Kaffee, und dann zeige ich dir hier alles, etwas Bewegung wird dir guttun.«

Wir starten im Steinbruch, wo Susans Skulpturen auf uns warten. Aus Granit und Metall. Und aus Schrott und Strandgut. Eine Armee finsterer Gestalten. Sie alle sind wütend und entschlossen, gegen das Böse in der Welt loszuziehen. Oder den Betrachter zu zermalmen, ihn bis ans Ende der Welt in den Albträumen zu begleiten.

»Die sind aber unheimlich«, bringe ich vor.

»Ja, ich sagte doch bereits, mit ihnen halte ich meine Dämonen in Schach.«

Nach dem Steinbruch kommt eine Wendeplatte, dann führt ein Trampelpfad den Felsen entlang. Belmondo läuft wie immer voraus.

Es ist ein klarer, frischer Morgen, nichts erinnert an den Schrecken des Vortags. Trotzdem laufen mir die Tränen runter.

»Ich bin schuld am Tod von Jean«, vertraue ich Susan an, »hätte ich ihn nicht in die Transportbox gesperrt, hätte er eine realistische Chance gehabt, aus dem Bus zu kommen. Ich hätte den Bus überhaupt vor der Abfahrt kontrollieren müssen, um sicherzustellen, dass er nicht als blinder Passagier an Bord ist. Ich hätte auf Manon hören müssen und sofort heimfahren, anstatt auf der Route des Caps herumzutrödeln.«

Susan nimmt mich in den Arm. »Lass es laufen.«

Ich heule und schluchze. Bébel kommt angelaufen, stupst mich mit seiner Schnauze an.

»Und überhaupt, ich bin weggelaufen, vor mir und meinem Leben, das mir plötzlich nicht mehr richtig erschien. Und habe alles nur schlimmer gemacht.« Zwischen den Weinkrämpfen fasse ich die letzten Wochen für Susan zusammen. »Jetzt kann ich weder vor noch zurück, und alles ist ein Trümmerhaufen. Ich bin fast bei einer Explosion gestorben, habe mein Auto abgefackelt und meinen Kater ermordet.«

»Sei nicht ganz so streng mit dir. Habt ihr nicht die Identität eines Verstorbenen geklärt? Eine alte, offene Wunde geschlossen? Eine Familie zusammengebracht? Hast du nicht viele neue Freunde in der Normandie gefunden? Ich finde, dass da auch viel Positives ist. Lass uns noch ein Stück laufen.«

Wir folgen weiter dem Zöllnerweg und stehen oben am Cap von Flamanville. Vor uns thront ein Sémaphore in den Felsen, eine undurchdringliche Landschaft aus Stechginster, Farn und Heide umspielt ihn. »Du musst in drei, vier Wochen noch mal herkommen«, rät Susan, »dann steht die Heide in voller Blüte, und das ganze Cap ist lila. Das da vorne ist übrigens ein Restaurant, und gar kein schlechtes. Du kannst im Wintergarten sitzen und aufs Meer blicken. Und fantastische Meeresfrüchte genießen.« Wir treten den Rückweg an.

»Was soll ich jetzt nur machen?«

»Das ist doch ganz einfach«, erwidert Susan. »Als Erstes rufst du deinen Mann an und erzählst alles. Danach könnt ihr gemeinsam weitersehen.«

»Ich könnte mir an Pauls Stelle nicht verzeihen.«

»Wir Menschen sind aber so gemacht, dass wir verzeihen wollen. Wir geben sogar Fremden einen Vertrauensvorschuss. So wie jetzt du mir. Wir sind soziale Wesen. Wir wollen vergeben, auch wenn der andere sich mies verhält.«

»Wirst du denn auch Friedrich verzeihen?«

»Ich bin ihm schon lange nicht mehr böse. Ich wollte nur meine Ruhe haben. Aber damit ist es ja jetzt auch vorbei.« Sie bleibt unvermittelt stehen. »Verzeihen ist einfacher, wenn man sich liebt, dann ist das Verzeihen der Anfang von etwas Neuem. Und das ist doch genau das, was du gesucht hast, oder?«

Am Atelier wartet ein junger Gendarm auf uns. Er unterhält sich angeregt mit Agnès. »Wir haben Ihren Bus vorerst bei uns auf dem Hof in Les Pieux abgestellt«, teilt Nicolas Poisson mit. »Die kriminaltechnische Untersuchung hat noch nichts Konkretes ergeben, alles spricht für einen technischen Defekt, zum Beispiel eine undichte Dieselleitung.«

»Und dass die jemand mit Absicht durchgeschnitten hat?«, gebe ich zu bedenken. »Ich habe am Nachmittag ein verdächtiges holländisches Pärchen bei den Treize Vents gesehen. Und vor ein paar Tagen waren die bei einem Flüchtlingsversteck bei Cherbourg. Sie haben uns beinahe vor fast zwei Wochen von der Straße gedrängt. Einige Zeit vorher haben sie den Wohnwagen eines Landmannes durchsucht, der möglicherweise ermordet wurde. Sie kannten meinen Bus vom Campingplatz, und sie hätten Zeit und Gelegenheit gehabt, die Dieselleitung zu sabotieren.«

»Die Fahndung nach den beiden läuft bereits, Madame, auch die Kollegen in Lessay sind an ihnen dran. Wir werden sie finden. Ich habe Ihnen etwas mitgebracht.«

Er reicht mir meinen Rucksack und die Kameratasche. Beides ist durchweicht vom Löschwasser, aber ansonsten noch ganz passabel. Die Kamera löst sogar aus.

»Konnten Sie Überreste meines Katers finden?« Ich habe einen dicken Kloß im Hals, die Tränen schießen in die Augen.

»Nein, da ist nichts zu machen. Alles, was Motorraum und darüber ist, ist eine undefinierbare, verkohlte Masse. Es tut mir wirklich leid.«

Ich heule wieder los, Agnès eilt mir zur Seite und nimmt mich in den Arm.

»Mit etwas Glück«, urteilt Nicolas Poisson, »ist der Bus nicht völlig verloren. Ein guter Schrauber bekommt das hin, vorausgesetzt, Sie finden entsprechende Ersatzteile.« Er drückt Agnès einen flüchtigen Kuss auf die Wange und fährt vom Hof.

»Ein bisschen flau im Magen ist mir schon«, gesteht Susan. »Es ist ein merkwürdiges Gefühl, zu wissen, dass Friedrich gleich auf dem Hof stehen wird.« Sie schneidet eine Grimasse. »Ich brauche etwas, um meine Nerven zu beruhigen, ich verschwinde in meine Werkstatt.« Kurze Zeit später hören wir sie flexen und schweißen, es riecht nach glühendem Metall, Rauchschwaden und Schweißfunken stieben durch die geöffnete Tür. Der Geist der Vergangenheit wird ein unheimliches Monster gebären, da bin ich sicher. Auch Agnès ist nervös.

»Komm, wir gehen an den Strand, ein bisschen Material für Maman suchen«, schlägt sie vor.

Der Strand am Havre Jouan ist eine Kiesbucht. Alles, was wir finden, sind krumme Äste, ein Gummistiefel, zwei leere Austernnetze und eine Boje. »Aus den Austernnetzen stellt eine kleine Manufaktur bei Bricquebec Taschen her, Einkaufstaschen und sogar schicke Handtaschen. Aber insgesamt ist heute die Ausbeute eher mager«, kommentiert Agnès.

Bébel hat seinen Spaß in den Wellen, und eine halbe Stunde sitzen wir nur da, schauen aufs Meer und schweigen. Dann schnappen wir unsere bescheidenen Schätze und marschieren den Hang wieder hoch.

Friedrichs Condor steht bereits mitten in den Skulpturen, Susans Dämonen. Wir hören ihn rufen. »Hallo? Jemand zu Hause?«

Intuitiv bleiben wir stehen, nur mein Border rennt vergnügt auf Friedrich zu und springt an ihm hoch. »Wo hast du denn dein Frauchen gelassen?«

Susan ist aus der Werkstatt gekommen, auch sie verharrt im Moment. Belmondo schlabbert noch einmal Friedrich ab und rennt dann freudig zu Susan. Friedrich erstarrt. Er, der sonst so Eloquente, verstummt. Susan sagt kein Wort.

Ich gebe Agnès ein Zeichen. »Ich glaube, die brauchen einen Moment für sich alleine.«

Wir ziehen uns Richtung Bucht zurück, Belmondo kommt hinter uns her.

»Das ist also mein Vater«, konstatiert Agnès, »irgendwie habe ich ihn mir immer ganz anders vorgestellt.«

»Du wirst feststellen, er ist ganz nett, wirklich.«

Eine gute Stunde später hören wir Schritte auf den Kieseln, Susan und Friedrich kommen.

Friedrich schließt Agnès in die Arme. »Ich hatte wirklich keine Ahnung«, flüstert er ihr ins Ohr.

Susan hat Tränen in den Augen. »Es ist gut so, wie es jetzt ist«, vertraut sie mir an. »Irgendwie ist eine jahrzehntealte Last von meinen Schultern gefallen, ein loser Faden wieder verknüpft.« Sie schaut mir in die Augen. »Und das ist auch dein Verdienst, schreibe dir das selbst auf der Haben-Seite gut.«

»Wie werdet ihr weitermachen?«

»Das wissen wir noch nicht. Wir müssen uns erst einmal kennenlernen, glaube ich«, entgegnet sie. »Die Zeit, die wir uns kannten und zusammen waren, ist ein Wimpernschlag verglichen mit all den Jahren, die seitdem vergangen sind und die jeden von uns geprägt haben.«

Sie streicht ihre Hände an den Jeans ab, doch die Spuren vom Flexen und Schweißen haben sich in die oberste Hautschicht eingegraben. »Unter normalen Umständen würden wir uns in diesem Leben nicht begegnen, wir hätten keine Gemeinsamkeiten«, fährt Susan fort. »Und trotzdem habe ich vorhin, als er plötzlich auf dem Hof stand, gespürt, warum ich in ihn verliebt war. Da war es urplötzlich wieder da, das Gefühl.« Sie lächelt: »Was es doch für Zufälle gibt!«

»Meine Freundin Manon sagt, es gebe keine Zufälle, nur Schicksal«, entgegne ich.

Susan nickt. »Oder so.«

Friedrich kommt zu mir. »Ich hätte besser auf Jean aufpassen müssen, dann wäre das nicht passiert.«

»Es ist nicht deine Schuld«, flüstere ich und kämpfe erneut mit den Tränen.

»Ich habe ein Mobilhome für dich angemietet, damit du ein Dach über dem Kopf hast. Du könntest natürlich auch wieder zu Delphine, aber ich dachte mir, du brauchst vielleicht deine eigenen vier Wände.«

»Danke! Für alles. Gibt es etwas Neues von Léon?«

Friedrich schüttelt den Kopf. »Ich kann mir nicht vorstellen, dass er Bart umgebracht haben soll, aber du kannst den Menschen immer nur vor den Kopf schauen. Warum hat er uns nicht von Anfang an reinen Wein eingeschenkt? Auf der Gendarmerie nicht die Wahrheit gesagt? Und erinnerst du dich, als ich ihn das erste Mal zum Essen eingeladen habe, da hatte er Kratzer und blaue Flecken am Arm, hat schnell versucht, sie vor uns zu verbergen. Und er war zwischendrin immer wieder tagelang nicht zu erreichen. Also so im Nachhinein ist sein Verhalten schon merkwürdig.«

Er hat recht. »Ich habe mich blenden lassen, weil ich ihn von Anfang an sehr sympathisch fand«, gestehe ich.

»Er hat uns alle um den kleinen Finger gewickelt mit seinem Charme«, tröstet Friedrich mich.

Wir gehen zurück zu Susans Atelier, die Hausherrin heizt den Grill vor. »Wir haben uns eine Stärkung verdient, ich habe ein paar Fische im Kühlschrank und frischen Salat, Agnès holt noch eben Baguettes.«

Gutes Essen hat etwas Therapeutisches, so viel steht fest; das habe ich in der Normandie gelernt. Ein Apéro, angenehme Gesellschaft und feine Mahlzeiten retten einen ganzen Tag, zumindest meistens.

Susan und Agnès werden für eine Woche oder länger die Arbeit ruhen lassen und am Dienstag oder Mittwoch nach Saint-Germain kommen, auf »neutralen Boden«, um rauszufinden, ob das Gemeinsame in der Zukunft tragen kann. Und: wohin. »Vielleicht haben wir schon nach drei Tagen die Schnauze voll«, scherzt Susan, doch ihre Augen sprechen eine andere Sprache. Immer wieder begegnet ihr Blick dem von Friedrich.

Zum Abschied hält er beide Frauen lang im Arm, auf dem Rückweg spricht er kein Wort, ist mit sich selbst beschäftigt.

Auf dem Campingplatz zeigt er mir das Mobilhome. Es steht am Rand der Anlage, und tiefe Baggerspuren ins Unland dahinter zeugen davon, dass hier an einer Erweiterung der Siedlung gearbeitet wird. Das Häuschen ist neu, ist weiß gestrichen. Die Veranda wird von einer gelb-weißen Plane vor dem Wind geschützt, im Garten plätschert ein kleiner Brunnen und die ersten Hortensien blühen. »Deine restlichen Sachen aus dem Vorzelt habe ich schon mal hier deponiert. Das Zelt aber steht noch, wir können es morgen abbauen, wenn du magst.«

Ich nicke stumm, erneut steigen die Tränen auf. Ich habe Angst davor, jetzt alleine zu sein mit dem ganzen Elend, und lasse doch Friedrich ziehen. Setze mich auf den Rand des Bettes und akzeptiere, dass alles rauskommt. Ich weine, und mein Hund leckt mein Gesicht wieder trocken.

Kapitel 23

Ich muss geschlafen haben, irgendwann. Und sogar ziemlich lang. Friedrich weckt mich mit einer Tasse Kaffee.

»Wir müssen gleich auf die Gendarmerie nach Lessay, Desquiret hat uns zur Zeugenvernehmung einbestellt.«

Ich wische die Tränenkrusten von meinen Augen. »Gibt es denn etwas Neues?«

»Er wollte am Telefon nicht so recht mit der Sprache rausrücken. Wir werden es erfahren, Brigitte.« Er reicht mir eine Tüte frischer Croissants. Sie sind noch warm, die Butter löst bereits das Papier auf.

»Wie geht es dir?«, fragt er.

»Beschissen ist geprahlt«, versuche ich zu frotzeln. Doch die seelischen Verletzungen der letzten Tage sitzen viel tiefer als die körperlichen der Explosion. Überhaupt scheint mir diese Lichtjahre entfernt zu sein. Ist das gerade einmal zweieinhalb Wochen her?

»Ach, Friedrich«, fange ich an zu jammern, »ich kann nicht mehr!« Mutlos sacke ich zusammen.

Er nimmt mich in den Arm. »Komm, wir stehen das jetzt gemeinsam durch«, ermutigt er mich.

In der Gendarmerie in Lessay geht es zu wie in einem Bienenschwarm. Alle Büros sind besetzt. Das Funkgerät quäkt durch die Räume und übertönt die Telefongespräche. Melanie und Lars sitzen auf dem Flur, sie wirken verloren und vergessen in all dem Chaos. Camille diskutiert mit Lieutenant Desquiret, schnell und gestenreich. Ich setze mich zu Melanie: »Was habt ihr da gestern nur erzählt?«

»Wir haben den Fahndungsaufruf in der Zeitung gesehen. Ich habe den Holländer sofort erkannt. Das war der Typ, dem unser Platz nicht fein genug war und der umgezogen ist. Und das Auto gehört unseren anderen Mietern, die im Artikel als holländisches Pärchen beschrieben wurden. Und dann ist mir eingefallen, dass der Tote noch mal da war und mit dem Pärchen etwas beredet hat. Und dass da noch jemand um den Wohnwagen herumgeschlichen ist, während die anderen am Diskutieren waren.« Sie schluckt. »So richtig sehen konnte ich das nicht, was der genau gemacht hat. Aber dann passierte am nächsten Tag etwas sehr Merkwürdiges.« Sie verschränkt ihre Arme über der Brust, als müsste sie sich schützen, atmet tief durch. »Ich hatte dem überhaupt keine Bedeutung beigemessen, aber im Nachhinein passt alles zusammen. Also, wir waren in La Potinière, der Strandbar in Barneville-Carteret, ein bisschen was essen, ein bisschen tanzen und das Leben genießen und sind erst sehr spät wieder nach Hause. Als wir am Hafenbecken vorbeigefahren sind, stand da der besagte Holländer mit einem anderen Mann, direkt am Kai. Sie haben heftig gestritten. Der andere Mann hat dem Holländer ordentlich eins mitgegeben, sie haben sich richtig geprügelt. Wir haben kurz angehalten, deshalb konnten wir die beiden Kontrahenten sehr gut erkennen. Wir konnten Bart, den Holländer, klar identifizieren. Wir haben der Polizei eine Personenbeschreibung seines Gegners gegeben.« Ihr entfährt ein tiefer Seufzer. »Lieutenant Desquiret hat uns ein Foto dieses Monsieur Belanger gezeigt, und ja, er war es. Wir haben ihn noch am Samstagnachmittag bei einer Gegenüberstellung eindeutig identifizieren können.«

»Ich kenne Léon«, sage ich zu Melanie, »ich kann mir das nicht vorstellen. Noch nicht einmal eine Schlägerei. Das passt gar nicht zu ihm.«

»Es tut mir wirklich leid, Brigitte«, beteuert Melanie, »aber es gibt keinen Zweifel, dass er der Mann am Hafen war. Er ist ja nun wirklich keine unauffällige Erscheinung, der Herr Belanger.«

Ich schüttle den Kopf. »Und wieso seid ihr heute da?«

»Das holländische Pärchen wurde heute Nacht festgenommen. Auch hier warten wir gerade auf eine Gegenüberstellung. Das Ganze ist sehr aufregend!«

Desquiret winkt mir zu. »Kommen Sie bitte mit, Madame Mendel.« Er geleitet mich in ein etwas größeres Büro als das, was ich von unseren vorherigen Besuchen kenne. Auch die Besucherstühle sind in einem besseren Zustand. »Setzen Sie sich.« Der Gendarm ist distanziert, schon fast kühl. Er nimmt auf der anderen Seite des Schreibtisches Platz, schaut konzentriert auf den flimmernden Bildschirm und greift zu einem Ordner, blättert einen Stapel Seiten um. »Dank Ihrer Aussage und Ihren Informationen konnten wir die beiden verdächtigen niederländischen Staatsbürger festnehmen. Wir haben den Hafen observiert, und in der Tat sind sie in der Nacht zum heutigen Montag dort aufgetaucht. Und nicht alleine, im Schlepptau hatten sie drei Dutzend Flüchtlinge, die versuchen wollten, mit den Booten den Kanal zu überqueren. Wir konnten alle festsetzen, als sie gerade im Wasser in Richtung Großbritannien unterwegs waren.« Er blickt von seiner Akte auf, schaut mir ins Gesicht. »Wenn sich das alles so bewahrheitet, haben wir heute Nacht einen Schlepperring geknackt, der schon länger in der Region aktiv ist. Leider verweigern die Verdächtigen noch jede Aussage. Deshalb möchte ich Sie bitten, sie bei einer Gegenüberstellung zu identifizieren. Immerhin haben Sie sie ja mehrmals gesehen. Sie würden uns sehr damit helfen.« Ich nicke stumm.

Lieutenant Desquiret bringt mich hinter einen venezianischen Spiegel. Fünf Frauen werden einzeln in das Zimmer gebracht. Die dritte ist die Holländerin, die ich vom Campingplatz und der Begegnung am Hafen kenne. Auch bei den Männern mache ich meinen Tatverdächtigen sofort aus, Pumuckl sticht deutlich aus der Gruppe heraus. »Ich habe keinen Zweifel«, teile ich Lieutenant Desquiret mit. »Aber was ist mit Léon? Monsieur Belanger?«

»Da kann ich Ihnen aus ermittlungstaktischen Gründen keine Auskunft geben.« Er schaut mich bedauernd an. »Möglicherweise hat er Herrn van der Horst in Carteret getötet und ins Hafenbecken geworfen. Und er ist verdächtig, zusammen mit Herrn van der Horst an dem Schlepperring beteiligt zu sein. Madame Mendel, wir haben keinen finalen Beweis, die Indizien sprechen gegen Ihren Bekannten.«

»Aber Belmondo hat doch die Spur von van der Horst getrailt, hier in Saint-Germain«, widerspreche ich. »Und sein Lieferwagen stand auf dem Parkplatz des Campingplatzes. Das passt alles nicht zusammen: Wie soll der Holländer nach Barneville-Carteret gekommen und dort ins Wasser gefallen sein?«

»Ihr Hund hat eine Spur gerochen, aber wir wissen nicht, an welchem Tag der Tote sie hinterlassen hat. Sie endet im Wasser, aber das würde sie bei Flut immer, und van der Horst könnte geruhsam durch die Wellen zurück zum Campingplatz marschiert sein. Am Hafen von Carteret haben wir die Enduro gefunden, die auf van der Horst zugelassen ist.« Desquiret seufzt. »Es tut mir leid, Madame. Wir werden sehen, was der Haftrichter zu dem Fall sagt.«

Es ist ein Schlag in die Magengrube. Camille, Friedrich, Melanie, Lars und ich treffen uns auf dem Hof der Polizeikaserne wieder. Die beiden Auswanderer verabschieden sich schnell und etwas verlegen. »Wir haben noch zu tun«, erklärt Melanie.

»Wenn ich es richtig verstanden habe, sieht es wirklich nicht gut aus für Léon. Die beiden Tatverdächtigen könnten ihn vielleicht entlasten, aber sie schweigen hartnäckig. Das Einzige, was Léon helfen würde, wäre ein Hinweis darauf, wie Bart van der Horst ums Leben gekommen ist. Oder ein wasserdichtes Alibi, das ihm keiner liefern kann«, fasst Camille die Situation zusammen.

»Was ist mit den Flüchtlingen im Dschungel von Cherbourg?«, fragt Friedrich. »Könnten die nicht etwas wissen über den Menschenhändlerring? Wir müssen ja nicht der Polizei den Standort verraten, wir könnten ja selber hinfahren.«

»Das ist eine Idee.« Camille nickt.

»Sie haben etwas erzählt von einer Überfahrt, bei der ein Mensch ums Leben gekommen sein soll«, erinnere ich mich.

»Findest du den Wald wieder, Brigitte?«

»Ich glaube schon. Es muss beim Mont du Roc im Süden von Cherbourg sein, den Namen hat Delphine genannt.«

Eine Dreiviertelstunde später stehen wir auf dem Waldweg und schlagen uns durchs Gebüsch Richtung Camp.

Ein Schlachtfeld breitet sich vor uns aus. Zerstörte Zelte, zerrissene Planen. Alles liegt kreuz und quer, das wenige Hab und Gut der Bewohner ist wild verstreut. Das Feuer am Gemeinschaftsraum ist kalt, keine Glut ist mehr drin. Es ist keine Menschenseele zu sehen.

»Mist!«, entfährt es Camille. »Wir kommen zu spät.«

Hinter uns knacken Zweige. Im Dickicht kann ich ein Augenpaar ausmachen, das ich kenne. »Nour! Hab keine Angst, du kennst mich, ich war neulich schon mal da«, sage ich zu ihm. Der Junge traut sich aus der Deckung, zittert am ganzen Leib vor Angst.

»Die Polizei war da«, berichtet er in gebrochenem Englisch, »haben alle mitgenommen. Alle, die noch hier waren. Auch Younes. Nur ich bin noch da. Und Samir.«

»Wer ist Samir?«

»Samir war auf dem Schiff vor drei Wochen, von dem euch Younes erzählt hat. Auf dem Schlauchboot, das gesunken ist. Er ist zurück an den Strand geschwommen. Jetzt ist er wieder hier, hat sich versteckt vor der Polizei.«

»Können wir mit Samir sprechen, bitte?«

Nour verschwindet im Wald, eine Viertelstunde später ist er mit einem älteren Jungen zurück. Samir mag siebzehn oder achtzehn sein, ist Syrer, spricht nahezu perfekt Französisch. »Frankreich hatte einmal ein Völkerbundmandat für Syrien, deshalb ist die Sprache noch weit bei uns verbreitet«, erklärt er. Schon vor längerer Zeit hat er das Land verlassen. »Nicht alle aus meiner Familie haben es aus Aleppo heraus geschafft.« In England leben einige seiner Cousins, in Frankreich sei er trotz seiner Sprachkenntnisse nicht willkommen. »Mein großes Ziel ist es, Medizin zu studieren und Arzt zu werden. Helfen zu können, das ist ein großartiges Gefühl.« Wir sehen einen jungen Mann, der Angst hat. Und immer noch Hoffnung.

»Ich war vor drei Wochen auf diesem Boot«, schildert er uns. »Ich wäre fast gestorben. Eng saßen wir zusammen, wir waren vielleicht fünfundzwanzig, dreißig Menschen. Keine Ahnung, ich habe nicht gezählt, aber es war sehr voll. Eine Familie war mit an Bord, mit drei kleinen Kindern, zwischen uns gekeilt. Das Baby fing an zu schreien. Der weiße Mann, der uns über den Kanal bringen wollte, brüllte die Mutter an, sie solle das Kind ruhigstellen. Sie stand auf, wiegte das Kind hin und her. Das ganze Boot schaukelte, drohte zu kentern. Der Schlepper ging auf die Frau zu, versuchte sie wieder zu uns runterzudrücken. Es kam zum Handgemenge, die Frau stürzte. Das Kind … es war einfach weg! Das dunkle Meer hatte es verschlungen. Der Vater ging auf den Schleuser los, nahm ein Paddel und schlug ihn nieder. Er rührte sich nicht mehr, lag quer über uns. Wir trauten uns zunächst nicht, uns zu bewegen, dann hievten wir seine schwere Leiche über Bord. Er platschte ins Wasser. Wir suchten die Stelle ab nach dem Baby, doch wir konnten es nicht finden. Seine Mutter und sein Vater weinten. Also versuchten wir übrigen, weiterzufahren. Doch etwas Scharfes schnitt in das Boot, und es begann zu sinken. Das Wasser war kalt, wir fingen an zu schwimmen. Ein Teil der Leute schwamm weiter Richtung Jersey, ich zurück nach Frankreich. Ein Schiff der Küstenwache sammelte die meisten von uns ein, brachte sie nach Frankreich zurück. Ich habe gehört, sie sind jetzt in einem Lager in Cherbourg. Ich bin geschwommen und geschwommen, und irgendwann war ich wieder an Land. Ich fand in die Höhle zurück, in der wir zuvor auf den Schleuser gewartet hatten. Dort lagen noch Decken, ich konnte meine Kleider trocknen, hatte ein Dach über dem Kopf. Aber nichts zu essen. Ich blieb da einige Tage, das kaputte Boot habe ich am Strand gefunden und wollte es reparieren, habe das aber nicht hingekriegt. Also beschloss ich, nach Cherbourg in unseren Wald zurückzugehen. Das ist meine Geschichte.«

»Diesen Schleuser, können Sie ihn identifizieren?«

»Oh, bestimmt, ja. Er war sehr aggressiv. Angetrunken auch.«

Ich suche auf meinem Smartphone nach dem Fahndungsaufruf. Zeige Samir die Bilder von Bart.

Er nickt. »Das ist der Mann auf dem Boot. Eindeutig.«

»Hören Sie, Samir«, sagt Friedrich, »wir brauchen Ihre Hilfe. Ein Freund von uns wird verdächtigt, diesen Mann ermordet zu haben. Unser Freund war nicht auf dem Boot. Ihre Aussage kann ihn entlasten. Sie müssen mit uns zur Polizei gehen.«

Samir schüttelt den Kopf. »Ihr Freund kommt frei, und ich gehe ins Gefängnis. Ins Containerlager. Werde vielleicht abgeschoben. Es tut mir sehr leid. Das werde ich nicht tun.«

»Und wenn wir Ihre Aussage auf dem Smartphone aufnehmen«, schlägt Camille vor, »und wir Ihnen garantieren, dass wir der Polizei nicht sagen, wo Sie sind?«

»Sie dürfen mich nicht so aufnehmen, dass man mich erkennt«, erwidert Samir, »dann mache ich das.«

»Meinst du, Lieutenant Desquiret akzeptiert das?«, zweifle ich an der Aktion.

»Es kommt auf einen Versuch an«, entgegnet Camille, »und ob der Haftrichter es gelten lässt, wenn Léon vorgeführt wird. Wird haben keine bessere Möglichkeit.«

Samir wiederholt seine Angaben detailliert, wir drei bezeugen, bei der Aussage dabei gewesen zu sein. »Eine Sache noch«, sagt Friedrich, »kennt ihr noch Personen, die mit dem Schlepper zusammengearbeitet haben?«

»Ja, da sind noch diese zwei Jungen, die jetzt diesen Sonntag den Transport machen wollten. Die kamen, wie der andere Typ auch, aus Holland. Sie wurden auch gefangen genommen, deshalb war die Polizei da heute.«

»Und den hier, kennt ihr den auch?« Friedrich zeigt ein Foto von Léon.

»Nein, der war noch nie hier«, sagen Nour und Samir übereinstimmend.

»Was wollt ihr denn jetzt machen?« Camille sorgt sich um die beiden jugendlichen Flüchtlinge.

»Unsere Maman des Dschungels kommt heute noch. Sie holt uns ab und nimmt uns mit. Sie war heute Mittag schon mal da, kurz nach der Räumung des Camps. Sie wird für uns sorgen.« Nours große Augen leuchten auf. »Aber bitte, nichts der Polizei sagen.«

Wir versprechen es und machen uns auf den Rückweg nach Lessay.

Desquiret staunt nicht schlecht, als wir erneut die Wache betreten. Camille fasst in kurzen Worten zusammen, was wir herausgefunden haben. Desquiret hört sich alles an, auch unsere Aufnahme. Schüttelt den Kopf. »Das entlastet natürlich Monsieur Belanger. Aber so eine private Aufzeichnung hat vor Gericht keinerlei Bestand. Ich kann Sie allerdings trösten: Die Staatsanwaltschaft hätte ihn am Ende der Frist ohnehin wieder auf freien Fuß gesetzt, da die Beweislage insgesamt zu dünn ist. Sie hätten sich Ihre Detektivspielchen also sparen können.« Er ist ungehalten. »Insgesamt helfen uns die Einlassungen des Flüchtlings bei unseren Ermittlungen schon, und ich würde jetzt Sie alle drei über Ihre Erkenntnisse vernehmen. Ein ganz schlüssiges Bild der Lage haben wir noch nicht, aber der Nebel lichtet sich.« Er hüstelt. »Eigentlich müsste ich von Ihnen die Herausgabe der Personalien und des Aufenthaltsorts unter Strafandrohung verlangen, das ist Ihnen schon klar? Sie haben keinerlei Zeugnisverweigerungsrecht, aber wir haben da gerade etwas Handlungsspielraum, da wir noch eine Vielzahl von Aussagen, Beweismitteln und Spuren auswerten müssen.«

Wir folgen dem Polizisten erneut ins Büro, unterschreiben das Protokoll und stehen unschlüssig auf dem Gang herum. »Was macht eigentlich Familie Hilgen?«, frage ich in die Runde.

»Sie feiern ihren Familienzusammenschluss.« Camille lächelt. »So eine schöne Geschichte, oder? Manon und die beiden Hilgens waren einige Male bei Marie-Theres im Pflegeheim. Die begreift die Situation zwar nicht wirklich, aber sie liebt ihren Halbbruder so aus dem Bauch raus und lebt sichtlich auf, sagt Manon. Sie ist natürlich unendlich glücklich, auch weil das alte Familientrauma gelöst zu sein scheint.«

»Bis auf den Schatz.«

»Bis auf den mutmaßlichen Schatz. Pfff, sind nicht menschliche Beziehungen der wichtigste Schatz in unserem Leben? Wir sind übrigens morgen Abend bei Delphine eingeladen, sie hat mehr Platz im Haus als Manon, und Familie Hilgen möchte uns alle gerne noch mal sehen.«

»Wollen sie denn schon wieder zurück?«

»Sobald die Überreste freigegeben werden, ja. Sie möchten Werner ein würdiges Begräbnis verschaffen. Und Heinrich Hilgen nimmt das alles hier sehr mit und möchte gerne wieder nach Hause.«

»Ich kann ihn gut verstehen. Mir geht es ähnlich.«

»Dann ruf endlich Paul an, jetzt wäre der richtige Zeitpunkt dafür: Der Skelettfall ist gelöst, der Holländerfall wahrscheinlich auch, Friedrich hat seine Susan wieder. Und du hast kein Auto mehr. Und den Kater verloren. Auf was wartest du?«

»Ich habe es schon mehrfach versucht, er geht nicht an sein Mobile.«

Eine Tür geht auf, und Léon kommt den Gang hinunter. Er wirkt abgekämpft, übermüdet. Ringt sich ein Lächeln ab. »Desquiret hat mir erzählt, dass ihr versucht habt, mich zu entlasten. Ich bin euch wirklich sehr dankbar.« Es klingt matt. »Camille, kannst du mich ins Hotel zurückbringen? Ich muss mich der Polizei zur Verfügung halten, bis die Sache endgültig geklärt ist.« Camille nickt. »Ich brauche jetzt eine Dusche und ein richtiges Bett«, entschuldigt sich der Freigelassene, »ich melde mich morgen und erkläre alles, versprochen.« Er wendet sich mir zu, hält abrupt inne und geht zusammen mit Camille aus dem Gebäude.

»Du solltest deine Gesichtszüge besser unter Kontrolle halten«, flüstert Friedrich mir ins Ohr, als die beiden die Wache verlassen haben. »Deine Wut und Enttäuschung sind dir jedenfalls deutlich anzusehen. Komm, wir fahren auf den Campingplatz zurück.«

»Darf ich dich um etwas bitten?«, frage ich Friedrich, als wir die Schranke passieren. »Ich würde lieber im Vorzelt schlafen. Alleine im Mobilhome, das ist schrecklich. Die Decke fällt mir auf den Kopf, und ich muss nur heulen. Und mir fehlt mein Jean so sehr.«

»Ja, klar. Du kannst auch im Condor pennen, da ist genug Platz. Mir fehlt dein Kater auch.«

Ich verbringe die Nacht auf meiner Liege, eingekuschelt in einen alten Schlafsack, den Friedrich aus den Tiefen des Wohnmobils gezaubert hat. Er riecht nach Zigarettenrauch und Männerschweiß, nach durchzechten Nächten und fröhlichen Menschen. Belmondo schläft zu meinen Füßen. Am nächsten Morgen sind mein Hund und ich zum Sonnenaufgang am Strand und sehen zu, wie die Fischer ihre Boote mit Traktoren zu Wasser lassen. Bei unserer Rückkehr empfängt uns Friedrich mit einer Neuigkeit. »Bergmann hat ein Foto

geschickt und eine Nachricht. Das ist interessant und auf-
schlussreich.« Er hält mir sein Smartphone hin.

Sehr geehrter Herr Kunkel,
wir waren gestern erneut im Museum in Utah Beach. Da ist ein
Foto in der Ausstellung, das eine Gruppe Gefangener in
Foucarville zeigt. Ich habe das abfotografiert. Ich bin der zwei-
te Bursche von rechts, der auf dem Boden hockt. Der mit den
vielen braunen Haaren auf dem Kopf. Unglaublich, so über die
Jahrzehnte betrachtet. Ich möchte Ihre Aufmerksamkeit auf
fünf ältere Kameraden im Hintergrund richten, die halb im
Schatten des Schildes »C. C. P. W. E. No. 19 University« sitzen.
In der Mitte der Gruppe, das ist Werner Hilgen. Und der außen
rechts, mit diesem ausgemergelten Gesicht, das ist Oswald
Strecker. Ich habe diese Nachricht und das Foto auch an Hein-
rich Hilgen geschickt.

Mit zwei Fingern ziehe ich das Bild groß. Hilgen wirkt konzentriert. Magerer als auf den Fotos, die sein Sohn dabeihat,
aber eindeutig derselbe intelligente Gesichtsausdruck. Oswald Streckers Blick hingegen wandert ins Leere. Wie Bergmann richtig bemerkt, sind seine Züge ausgemergelt, die
Augen scheinen zu viel gesehen zu haben in diesem Krieg.
Er ist frühzeitig gealtert, graue Strähnen durchziehen den
ansonsten schwarzen und buschigen Haarschopf. Er sitzt
leicht vornübergebeugt, die Füße hat er angewinkelt. Instinktiv würde ich ihm die Hand reichen, ihm aufhelfen.

»Hat sich da etwas getan, mit den Nachforschungen nach
diesem Oswald?«, frage ich Friedrich.

»Nicht, dass ich wüsste. Aber wir werden heute Abend
bestimmt mehr erfahren.«

Plötzlich steht Léon auf der Parzelle, wir haben ihn nicht
kommen hören. »Habt ihr ein bisschen Zeit für mich?«,
fragt er, Friedrich schiebt ihm einen Stuhl hin.

»Ich möchte euch gerne meine Version der Geschichte erzählen.«

»Wir sind ganz Ohr.« Nein, ich kann meine Wut nicht verbergen. Ich will es auch gar nicht.

Léon lässt sich nicht davon abbringen.

»Barts Verhalten kam mir die ganze Zeit merkwürdig vor, er wirkte so konspirativ. Ständig hat er sich abgesetzt, Termine verschoben, war telefonisch nicht zu erreichen, hat komische Storys von dem Gelände in Foucarville erzählt, die ich nicht glauben konnte. Ganz ehrlich, ich habe an irgendetwas mit Drogen geglaubt, was ja naheliegend ist. Er hat mich auch schon vor dem geplatzten Termin in Carentan einige Male versetzt. Friedrich, hast du etwas zu trinken für mich?«, bittet er.

Friedrich stellt ihm stilles Wasser hin, Léon trinkt gierig die halbe Flasche in einem Zug leer.

»Eines Abends bin ich ihm gefolgt. Er fuhr zu diesem kleinen Campingplatz bei dem Schloss. Dort stand nur ein anderer Wohnwagen und ein blauer Kombi, Bart parkte mit dem Moped daneben und verschwand im Caravan. Ich habe ein Stück abseits in der Bocage mein Fahrzeug abgestellt und habe mich aufs Gelände geschlichen. Ehrlich gesagt, mein Holländisch ist nicht allzu gut, aber verstanden habe ich Hafen Carteret und einen Termin: Samstag auf Sonntag, Mitternacht, Transport und irgendwas von dreißig Menschen. Ich konnte mir keinen Reim drauf machen, also bin ich dahin. Das war an dem Abend, an dem wir uns das erste Mal in Portbail getroffen haben, Brigitte.« Léon macht eine kurze Pause. »Ich habe vielleicht ein, zwei Gläser Bier zu viel gehabt in der Bar, aber auf jeden Fall habe ich Bart am Hafen getroffen. Er war gar nicht amüsiert, mich plötzlich zu sehen, fing sofort an rumzubrüllen, ich solle mich verpissen und mich nicht in seine Angelegenheiten einmischen. Ich versuchte, ihn zu beruhigen, griff nach seinem Arm, da hat er nach mir geschlagen, hat mich am Arm gepackt und hat versucht, mich die Kaimauer hinunterzuschleudern. Das ist ihm nicht gelungen, denn ich habe mich losgerissen und ihm einen kräftigen Kinnhaken verpasst. Er ging sofort zu Boden, aber ich schwöre, er ist weder ins Hafenbecken gefallen, noch war er tot. Er war etwas bematscht, als ich ging, aber quicklebendig. Er hat sogar noch üble holländische Flüche nach mir ausgestoßen.« Er greift nach meiner Hand. »Bitte, Brigitte, du musst mir glauben, ich habe mit seinem Tod nichts zu tun. Dass er ein mutmaßliches Mitglied einer Schleuserbande war, habe ich von der Polizei erfahren. Auch davon wusste ich wirklich nichts!«

Ich ziehe die Hand weg.

»Wieso hast du nichts gesagt? Die Wahrheit erzählt? Als alle Welt nach Bart gesucht hat? Als er bereits tot in der Rechtsmedizin lag? Wir haben so viel Zeit miteinander verbracht, über so viele Dinge geredet, Pläne geschmiedet, aber dieses bedeutsame Ereignis hast du einfach verschwiegen. Sogar noch auf der Polizei!« Ich kann meine Enttäuschung nicht verbergen. »Ich habe dir vertraut, Léon, wir alle. Aber du hast dieses Vertrauen komplett verspielt, zumindest bei mir.«

»Es tut mir leid. Ich möchte mich entschuldigen. Ich hatte Angst davor, verdächtigt, in eine schmutzige Geschichte hineingezogen zu werden. Und das Projekt zu gefährden.« Die Verzweiflung ist ihm ins Gesicht geschrieben.

Ich höre Susans Worte: »Wir Menschen wollen vertrauen und vergeben.« Der Schmerz ist stärker.

»Ich kann dir nicht mehr glauben, Léon. Sorry, aber unsere Wege trennen sich hier.« Ich kämpfe mit den Tränen. »Ich kann nicht beurteilen, ob du jetzt die Wahrheit sagst. Ob du je die Wahrheit gesagt hast.«

Léon steht auf, stützt sich auf den Tisch, schüttelt den Kopf und geht ohne ein weiteres Wort.

Friedrich und ich schweigen uns eine Weile an. »Ich finde, du warst zu hart. Er hätte eine zweite Chance verdient. Zumindest dann, wenn alles so war, wie er geschildert hat.«

»Ich bin einfach ... zu verletzt, Friedrich. Ich war dabei, Pläne zu machen, in denen Léon vorkommt, ja, eine wichtige Rolle spielt. Wir wollten Claudes Haus gemeinsam kaufen. Ich habe mein Auto und meinen Kater verloren, ich weiß nicht, wie es überhaupt weitergehen soll. Es ist mir zu viel. Ich muss nachdenken. Und endlich Paul erreichen.«

»Warte, ich habe noch etwas für dich.« Friedrich schlüpft in den Condor und kommt mit einer riesigen Stoffeinkaufstasche zurück. »Nervennahrung.«

Sie ist mit dem Mont-Saint-Michel bedruckt, im Vordergrund stehen grasende Schafe. Es könnten die von Camille sein, was mich sofort beruhigt und mir Kraft gibt für die schwerste Aufgabe der letzten Wochen. Mit Paul telefonieren. Jetzt!

Kapitel 24

Belmondo hat es sich im Bett des Mobilhomes bequem gemacht, streckt genüsslich alle viere von sich. Er schnarcht leicht, und seine Beine zucken im Traum. Wahrscheinlich ist er hinter Camilles Schafen her.

Ich muss Paul anrufen. Mir ist schlecht. Ich habe Angst vor seiner Reaktion. Angst davor, dass Entscheidungen anstehen und gefällt werden.

Vor mir auf dem Resopaltisch steht Friedrichs Einkaufstasche. Kekse, Karamell und Calvados. Friedrich ist ein echter Frauenversteher.

Ein Ringbuch, zwei Kugelschreiber. Auf die erste Seite hat Friedrich geschrieben: »Sortiere deine Gedanken.«

Das geht mit Keksen sicher besser. Sie sind zart, schmecken nach Salzbutter und zergehen auf der Zunge. Ein Calvados würde gut dazu passen.

Das Papier vor mir ist noch immer unbeschrieben. Ich schenke mir etwas von dem Calvados in ein Saftglas, schwenke es in meiner Hand, halte die Flüssigkeit gegen die Sonne, die zum Fenster reinblinzelt, und nehme einen Schluck. Der Apfelschnaps rinnt durch die Kehle, in den Magen und sondert Wärme ab. Bébel winselt im Schlaf.

Das Papier ist immer noch weiß.

Es hilft nichts, ich muss Paul anrufen und beichten. Mit zitternden Fingern wähle ich seine Nummer.

»Paul Mendel.«

Diese vertraute Stimme. Mir rutscht das Herz in die Hose. Auch von dort schlägt es bis zum Hals. Ich atme ein und aus.

»Hallo?« Geduld gehört nicht zu Pauls Stärken. »Wer ist da?«

»Ich bin das. Brigitte.«

»Du traust dich was.« Er klingt müde, nicht wütend.

»Ich habe schon ein paarmal versucht, dich zu erreichen.«

»Ich hatte keinen Empfang, und der Akku war leer.«

»Wie das? Das ist sonst doch gar nicht deine Art. Wo steckst du?«

»Auf Madagaskar.«

»Wie bitte?« Ich schlucke. »Was machst du auf Madagaskar?«

»Ich habe mir gedacht, wenn meine Frau mich dahin schickt, wo der Pfeffer wächst, dann gehe ich mir das mal live anschauen. Im Ernst: Diese Tour war schon lange ein Traum von mir. Die Landschaft, Fauna und Flora! Aber mit dir nicht zu machen, du steigst ja nicht in den Flieger.« Paul holt Luft. »Ich habe die Chance ergriffen, als die Polizei sagte, dass sie nicht nach dir suchen würde. Ich hatte keinen Bock, zu Hause zu sitzen und darauf zu warten, bis du dich bequemst, ein Lebenszeichen von dir zu geben. Also habe ich einen Flug nach Antananarivo und eine Rundreise gebucht. Gerade bin ich mal wieder sozusagen in der Zivilisation.«

»Puuuh ...« Es verschlägt mir die Sprache. Madagaskar! Der hat ja Nerven. Mir hat es die Sprache verschlagen.

Wie fange ich jetzt mit meiner kleinen Geschichte an?

Und dann erzähle ich. Vom Skelett im Havre, von Camilles Schafen, dem Gefangenenlager in Fourcaville, von Heinrich Hilgen und seinem Sohn, von Delphine, von Manons Wahrsagekünsten, den Flüchtlingen im Dschungel, dem ertrunkenen Holländer, Schlepperbanden, vom D-Day, den spanischen Windhunden mit Elbennamen, der Bombenexplosion und den gestohlenen Ölkäfern. Von der Schönheit der Normandie. Von Friedrich und Susan. Von Claude und seinem Haus. Ich rede ohne Punkt und Komma und viel zu schnell. Und dann schließlich berichte ich von Jeans Tod. Ich rede mir alles von der Seele.

Paul hört zu, er war schon immer ein guter Zuhörer. »Und wie hast du dir das mit uns jetzt vorgestellt?«

»Das weiß ich nicht. Ich würde gerne, zumindest noch eine Weile, bleiben, ich fühle mich total wohl hier. Auf der anderen Seite habe ich kein Fahrzeug mehr und auch keine Idee, was ich hier machen könnte. Fast alle Rätsel haben wir gelöst, sodass ich überhaupt keinen Plan habe, was ich hier noch soll. Also zumindest alleine erscheint mir das sinnlos. Es wäre schön, wenn du hier wärst.«

»Hm«, brummt Paul auf der Insel im Indischen Ozean. »Mein Rückflug geht am Freitag. Über Paris. Ich werde versuchen, einen Leihwagen am Charles-de-Gaulle zu bekommen. Wenn das klappt, können wir am Wochenende mal ausführlich reden und dann weitersehen. Gibt es da einen Platz, wo ich unterkommen kann?«

»Das Mobilhome ist groß genug.«

»Ich rufe dich an, sobald ich mehr weiß. Was ist das eigentlich für eine Nummer?«

»Prepaid. Nach diesem langen Telefonat ist die Karte sicher leer.«

Nicht nur sie, auch der Akku will sich in die ewigen Jagdgründe verabschieden, als ich auflege. Ich hänge das Smartphone ans Ladegerät und werfe mich zu meinem Hund aufs Bett. Erleichterung macht sich breit. Paul kommt!

Ich vertilge ein paar Kekse, lutsche auf dem Karamell herum und leere das Calvados-Glas. Mir geht es großartig, zumindest rede ich mir das ein.

Als Friedrich eintrifft, um mich für unser Abendessen abzuholen, kann er sich bei einem Blick auf das Interieur ein Grinsen nicht verkneifen.

»Hats geklappt?«, fragt er nur.

Ich nicke: »Vielen Dank, du hast mir zum zweiten Mal das Leben gerettet.« Und dann platzt es aus mir heraus: »Paul ist auf Madagaskar!«

»Solange er nicht die Pest an Bord hat, ist das doch toll!«

Doch ich habe den Schock noch nicht ganz verdaut.

Wir laufen bei Delphine ein, und sofort geht mir das Herz auf. Sie läuft aus dem Haus, nimmt mich in den Arm, drückt mir rechts und links Küsse auf die Wange. »Schön, dass du da bist.«

Um den großen Tisch im Garten sitzen Heinrich und Jürgen Hilgen, Camille und Manon. Manon hat Marie-Theres mitgebracht, die wie eine altgediente Herrscherin am Kopf des Tisches thront. Romain sitzt neben Manon, verschämt halten die Jungverliebten Händchen unter dem Tisch. Maxime unterhält sich mit Anton, Stefan und Anna Bergmann. »Wir werden auf alle Fälle am Wochenende wieder nach Hause fahren«, sagt Stefan. »Es war total interessant und sicher wichtig für Opa, aber wir alle drei brauchen Zeit, um das Gesehene und Erlebte zu verarbeiten.«

Heinrich Hilgen erhebt sich und schlägt mit einem Löffel ans Glas. »Liebe französische und deutsche Freunde«, liest er von seinem Manuskript, »als wir vor ein paar Tagen hier in die Normandie kamen, wussten wir nicht, was uns erwartet. Wir haben nicht nur meinen Vater wiedergefunden und damit Licht ins Dunkel unserer Familiengeschichte gebracht, wir wissen jetzt auch viel darüber, wie er seine letzten Jahre verbracht hat. Nicht alle Geheimnisse konnten gelüftet werden. Dafür hat sich unsere Familie um einen bisher unbekannten Teil vergrößert, wofür ich sehr dankbar bin. Und wir haben hier neue Freundschaften schließen können. Unser Aufenthalt hier in der Normandie war geprägt von vielen Glücksmomenten, und wir sind sehr dankbar. Stoßen wir gemeinsam auf den Frieden an und auf die deutsch-französische Freundschaft.« Wir lassen die Gläser klingen und fallen über das Buffet her, das Delphine im Garten aufgebaut hat. Ich lade mir zwei Lammkotletts auf den Teller.

»Habt ihr Lust, mich morgen zu unterstützen?«, fragt Camille, die neben mir steht. »Ich müsste die Schafe reinholen, der Schafscherer kommt, da muss alles passen.«

»Oh, Belmondo wird erfreut sein, wir kommen gerne.«

Ich setze mich in die Nähe der Hilgens. »Ich finde es sehr schade, dass Sie uns schon bald wieder verlassen wollen«, sage ich zu Heinrich.

»Ja, wir bedauern das auch, aber sobald wir die Freigabe zur Bestattung von Werner bekommen, wollen wir ihn in die Heimat überführen und ihn würdevoll beerdigen. Aber wir kommen wieder, so viel steht fest.« Er lächelt. »Ich möchte gerne, dass unsere Familie sich kennenlernt, und ich bin vernarrt in meine Halbschwester, auch wenn sie Alzheimer hat. In ihr vereint sich sozusagen die Geschichte von Germaine und meinem Vater, und sie hat ein liebenswertes Wesen, auch wenn die Krankheit von ihr Besitz genommen hat.« Er wendet sich Queen Mum zu und drückt ihr einen Kuss auf die Wange. »Wir haben ihr mehrmals erklärt, um was es geht, aber sie bekommt es nicht zusammen. Meist redet sie mich mit Werner an. Mal denkt sie, ich wäre ihr Vater, dann wieder schlüpft sie in die Rolle von Germaine und erzählt, sie habe immer gewusst, dass ich noch am Leben sei. So viele Jahre habe ich auf dich gewartet, sagt sie dann. Aber ganz egal, was sie sich merken kann: Sie liebt intuitiv, ohne jeden Hintergedanken, sondern klar und – wie soll ich sagen? – unschuldig.«

Mein Hund sieht das ähnlich, er schmiegt sich fest an Marie-Theres' Hand und fordert Streicheleinheiten ein. Leckt ihr über die Finger, springt vorsichtig hoch und drückt ihr einen feuchten Collie-Schlabberer auf die Wange. Sie quietscht auf, gluckst wie ein Baby und liebkost meinen übergriffigen Hund.

»Konnte die Polizei eigentlich noch etwas zu Oswald Strecker herausfinden?«

»Leider nein.« Hilgen schüttelt den Kopf. »Er wird zwar im Bundesarchiv geführt, aber über seinen Verbleib nach dem Krieg ist nichts bekannt. Es hat auch nie jemand nach ihm gesucht, weder beim DRK-Suchdienst noch beim Volksbund Kriegsgräberfürsorge, noch bei der Wehrmachtsauskunftsstelle. Es hat ihn nie jemand vermisst, und er ist nirgends wieder aufgetaucht. Schon sehr traurig.«

»Vielleicht ist er untergetaucht?«, wende ich ein. »Die Stelle in dem Tagebuch Ihres Vaters kennen Sie mittlerweile, in der er sich über einen Oswald auslässt, oder? Sie scheinen nicht die besten Freunde gewesen zu sein.«

»Ja, das haben wir gelesen. Jürgen hat die letzten Tage alle Streckers in Schwäbisch Gmünd, der Heimatstadt meines Vaters, durchtelefoniert. Bei keinem gab es einen Oswald. Weder einen lebenden noch einen toten. Wir werden uns damit abfinden müssen, dass wir nicht alle Rätsel lösen können.«

»Das ist wohl wahr.« Die Sonne geht unter, Mücken kreisen um die Lampen auf Delphines Terrasse.

Schließlich ist es spät, als Friedrich und ich zum Campingplatz zuckeln. Die Nacht hat ihren Schrecken verloren, und Belmondo und ich ziehen uns in unser Mobilhome zurück.

Wir müssen früh raus, der Scherer ruft. Oder vielmehr Camille, die kurz nach Sonnenaufgang in der Tür steht und uns in den Havre bringt. Die flache Prärie ist in ein sanftes oranges Licht getaucht. Längst besteht die Vegetation nicht mehr nur aus unterschiedlichen Grüntönen, sondern ist von einem üppigen Lila durchzogen.

»Das ist Lavande de mer, sie blüht außergewöhnlich früh dieses Jahr«, erläutert Camille, »normal ist Mitte Juli. Sie braucht die Überflutung der Salzwiesen durch das Meer, wenn der Havre verlandet, stirbt der Meereslavendel aus.«

Die Hunde stieben davon, die Schafherde hat sich weit draußen am Ay gemütlich niedergelassen. Wir rennen hinterher, wohl wissend, kaum mit den Bordern Schritt halten zu können. Die sind bei den Schafen angekommen und treiben sie Richtung Festland. Die Hunde sind aufmerksam, erlauben keinem Tier einen Sonderweg, und nach einer Viertelstunde sind alle auf der Trockenweide eingepfercht. Der Scherer wartet schon.

»Das Avranchin ist nicht nur für sein saftiges Fleisch bekannt«, erzählt Camille, »sondern auch für seine hochwertige Wolle, die sich mit Merinowolle vergleichen lässt. Deshalb lohnt sich das mit dem Scheren überhaupt, weil wir die Wolle anschließend selbst vermarkten. Geschoren werden müssen sie einmal im Jahr.«

Der Scherer bekommt das erste Schaf aus dem Pferch, setzt es auf den runden Hintern und klemmt eine Klaue zwischen seine Beine, schert den runden Schafbauch von oben nach unten. Fährt mit dem Rasierapparat die Hinterläufe entlang und dreht das Schaf, rasiert zuerst die Halspartie und dann die komplette Seite ab. Die Wolle hängt in einem langen Vlies am Schafkörper, die Haut schimmert rosig. Der Schafscherer nimmt sich die Keule vor, führt den Apparat von der Keule bis zum Rückgrat. Das Schaf hält geduldig still, als der Scherer es komplett auf den Boden legt und den Rücken von der Wolle befreit. Erneut klemmt der Scherer das Schaf zwischen die Beine, seine Gesten haben etwas Zärtliches, Feinfühliges. Er schert die andere Seite des Schafes mit routinierten Handgriffen. Fertig ist das Schaf, das laut blökend zur Herde zurückrennt.

»Das geht aber fix«, staune ich.

»Das muss es auch, der Scherer hat nicht ewig Zeit«, antwortet Camille.

Einer der Helfer bringt das nächste Tier, das auf dieselbe Art sein Fell verliert.

»Können wir eigentlich etwas tun?«, frage ich, während mein Hund konzentriert darüber wacht, dass Schaf und Scherer alles richtig machen.

»Nein danke«, entgegnet Camille, »meine Freunde sind sehr professionell, da sitzt jeder Griff. Wenn du willst, fahre ich dich zum Campingplatz zurück.«

Ich überlege kurz. »Ich laufe mit Belmondo nach Lessay und komme danach wieder zurück. Mal schauen, ob wir dann einen Lift brauchen oder das letzte Stück auch noch zu Fuß schaffen.«

Ich pfeife meinen Hund heran, der mir widerwillig in Richtung Kiefernwald folgt.

Es ist still, nur ein paar Vögel bewachen lauthals ihr Revier. Ein Feldhase sitzt auf dem Weg und entschließt sich, dass Angriff die beste Verteidigung ist. Unverdrossen hoppelt er auf Belmondo zu, der verdutzt in die Hütestellung fällt, bis der Kamikaze-Hase Richtung Maisfeld abbiegt. Wir wandern weiter nach Lessay, quer durch Felder und Wiesen und stehen schließlich vor der Abtei. Hier war doch ein Café in der Nähe? Richtig, Le Concerto! Ich suche mir einen Tisch im Schatten. Der Gast vor mir hat eine Presse de la Manche auf einen der Stühle gelegt. Der Kaffee kommt, und ich blättere gelangweilt in der Zeitung, bleibe an der Schlagzeile hängen:

»Flüchtlingsdrama auf dem Cotentin – Schlepper auf frischer Tat ertappt«.

Darunter ist ein Foto zu sehen, das Bart van der Horst zeigt, sowie ein verwackeltes Foto aus der Nacht, auf dem mehrere Personen in Schlauchbooten versuchen, auf das Meer hinauszufahren.

Darunter der Artikel:

Der Gendarmerie der Manche gelang in der Nacht von Sonntag auf Montag ein entscheidender Schlag gegen eine Schleuserbande. Beim Versuch, rund 40 Personen in

Schlauchbooten nach Jersey zu bringen, wurden die beiden niederländischen Staatsbürger Skyler (32) und Marten (40) D. festgenommen. Die Tatverdächtigen sind geständig und haben umfangreiche Aussagen zur Schleusertätigkeit auf dem Cotentin gemacht. So geben sie an, an weiteren Fahrten über den Ärmelkanal beteiligt und federführend gewesen zu sein.

In diesem Zusammenhang konnte der Tod des niederländischen Staatsbürgers Bart van der H. (47), der am 5. Juni an den Strand von Saint-Germain-sur-Ay geschwemmt wurde, ebenfalls aufgeklärt werden. Er soll eine Tour mit etwa 30 Personen in der Nacht vom 25. auf den 26. Mai begleitet haben. Nach übereinstimmenden Zeugenaussagen habe es eine Rangelei auf dem Boot gegeben, bei der ein Säugling über Bord ging und der mutmaßliche Schlepper erschlagen wurde. Die Küstenwache rettete in der Nacht die meisten Insassen des sinkenden Schlauchboots. Die Schiffbrüchigen wurden in ein Übergangslager in Cherbourg gebracht. Von einem Teil der Insassen fehlt jedoch noch jede Spur.

Entlastet werden konnte hingegen der belgische Staatsbürger und bekannte Regisseur Léon B. (62). Er war am Samstag als Tatverdächtiger festgenommen worden. Bereits am Montag wurde der Filmemacher wieder auf freien Fuß gesetzt. Sowohl die Aussagen der beiden niederländischen Schlepper als auch die weiteren Ermittlungen der Gendarmerie räumten den Verdacht aus.

Seit der Auflösung des Dschungels von Calais versuchen zunehmend Flüchtlinge an der gesamten Kanalküste Großbritannien zu erreichen. Cherbourg mit seinem Fährhafen hat sich hier zu einem wichtigen Drehkreuz entwickelt. Schlepperbanden versuchen überdies immer wieder, mit Schlauch- und Fischerbooten Immigranten ins Vereinigte Königreich zu schleusen. Die Überfahrt ist riskant: Allein im laufenden Jahr kamen an der Küste des Cotentin 25 Menschen ums Leben. Für die Schlepperbanden lohnt das Geschäft mit der Ver-

zweiflung, pro Kopf werden bis zu 5.000 Euro für die Überfahrt fällig.

Das ist ja ein Ding, Lieutenant Desquiret hat Wort gehalten
und weiterermittelt. Mein Herz macht einen kleinen Sprung,
aber nur einen Kaninchensprung.

Léon scheint nichts mit Barts Ableben zu tun zu haben.
»Komm, Bébel, lass uns sehen, ob unser Lieblingsflic weitere
Neuigkeiten für uns hat.«

Wir bummeln durch Lessay und biegen auf den Hof der
Gendarmerie ein; entgegen sonstigen Gepflogenheiten steht
das Hoftor offen.

Die Tür der Gendarmerie öffnet sich, Manon, Heinrich
und Jürgen Hilgen treten ins Freie. Sie schleichen aus dem
Gebäude wie eine Meute erfolgloser Jagdhunde, die Köpfe
gesenkt, langsamen Schrittes.

»Was ist passiert?« Ich sehe ihnen an, dass sie keine auf-
bauenden Nachrichten zu verkünden haben.

»Wir werden Werner Hilgen nicht bestatten können«,
antwortet Manon. »Also zumindest nicht die Leiche aus dem
Havre. Denn mit großer Wahrscheinlichkeit sind weder ich
noch Marie-Theres oder Heinrich und Jürgen mit ihm ver-
wandt.«

»Was hat das zu bedeuten?«

»Das bedeutet, dass entweder Germaine und Erika noch
andere Liebhaber hatten, die als Erzeuger infrage kommen.«
Manon kaut nervös auf einer Haarsträhne, spuckt sie aus
und holt Luft. »Oder dass das Skelett nicht Werner Hilgen
ist, sondern jemand anders.«

»Die zweite Möglichkeit ist zumindest in meinem Fall
deutlich wahrscheinlicher«, schaltet sich Heinrich Hilgen
ein. »Meine Mutter hätte es mir gesagt, wenn da noch jemand in ihrem Leben gewesen wäre. Also, in dem Grab am
Havre lag ein Unbekannter, nicht mein Vater Werner.«

»Das heißt, wir fangen wieder ganz von vorne an?«

»Nicht ganz. Zum einen hat die forensische Handschrift-untersuchung der Tagebücher und Briefe ergeben, dass die Tagebücher eindeutig von meinem Vater stammen. Lieute-nant Desquiret hat uns zudem von weitergehenden Untersu-chungen in Kenntnis gesetzt. Ich habe nicht alles von dem Fachchinesisch verstanden, es geht um irgendeine spezielle DNA. Moment, ich habe es notiert: mitchondriale DNA und den Y-Haplotyp. Oder so ähnlich. Außerdem wollen das Ins-titut de recherche criminelle de la gendarmerie nationale und die Cellule d'identification criminelle das Gesicht re-konstruieren.« Er liest aus seinen Notizen: »Diese Methode wurde vergangenes Jahr schon in Verdun angewandt, als es darum ging, einen Soldaten aus dem Ersten Weltkrieg zu identifizieren. Dabei wird anhand des Schädels im Computer eine Art Phantombild erstellt und mit den Fotos verglichen, die wir haben. Man forscht jetzt also noch ein bisschen, und wir werden nicht so schnell nach Hause kommen.« Hilgen seufzt. Er ist erschöpft.

»Meine Intuition sagt mir, dass Marie-Theres die Halb-schwester von Heinrich ist.« Manon schiebt ihre angekaute Strähne hinters Ohr und dreht Löckchen in die angefeuchte-ten Haare. »Wirklich erklären kann ich mir das nicht, es ist ein reines Bauchgefühl. Wir fahren jetzt zu mir nach Hause, müssen den Schock verdauen. Wir halten dich auf dem Lau-fenden, wenn du magst.«

Ich nicke, verteile eine Runde Küsschen, und betrete die Gendarmerie.

Die aktuelle Reinigungskraft hat den Boden frisch ge-wachst, eine leichte Feuchtigkeit überzieht das Linoleum, der Duft von Honig hängt in den Gängen der Gendarmerie. Die Fußspuren der Hilgens und von Manon zeichnen sich deutlich ab, Belmondo und ich setzen weitere in die Gegen-richtung dazu.

Desquiret ist ausgezeichneter Laune, als ich sein Büro be-trete, und knuddelt ausgiebig Belmondo. Der nutzt die Gunst der Stunde und zieht sich auf den Schoß des Polizisten, verteilt Zungenküsschen und legt den Borderkopf auf dessen Schulter.

»Oh Baby-Bél«, seufze ich und scheuche meinen Hund runter.

»Bonjour, Madame Mendel«, begrüßt mich Desquiret aufgeräumt, »Sie haben sicher schon von den guten Neuigkeiten gehört.«

»Ich habe es in der Zeitung gelesen.«

»Tatsächlich haben uns Ihre Hinweise sehr weitergeholfen. Wir konnten einige Menschen aus dem gekenterten Boot vernehmen, sie sind noch im Lager in Cherbourg. Sie haben übereinstimmend ausgesagt, Monsieur Belanger noch nie gesehen zu haben. Alle haben die Vorgänge in der Nacht vom 25. auf den 26. Mai ähnlich geschildert. Bart van der Horst wurde bei einem Handgemenge auf dem Boot niedergeschlagen und vermutlich getötet, ging über Bord. Belanger ist also aus dem Schneider, außer der Körperverletzung, die er gestanden hat, ist ihm nichts nachzuweisen. Und Ihre kleinen Flüchtlinge, die Sie unbedingt schützen wollten: Die sind vom Erdboden verschluckt und nicht mehr aufzufinden.«

Ich schicke ein Dankesgebet an die Maman des Dschungels.

Der Lieutenant tippt schnell auf seiner Tastatur herum. »Was wir noch nicht wissen, ist, wer letztendlich van der Horst mit dem Paddel niedergestreckt hat. Keiner unserer Zeugen kann dazu eine Aussage machen. Und auch der Säugling, der über Bord gegangen sein soll, ist noch nicht wieder aufgetaucht. Diese Kinderschicksale nehmen mich immer noch mit, ich kann mich nicht daran gewöhnen.« Desquiret starrt an die Karte an der Wand, über die ein Weberknecht krabbelt. Er ist gerade in Coutances und setzt seinen Weg Richtung Saint Lô fort. »Das ist Manu, er heißt so, weil er im Nachbarbüro immer auf dem Porträt unseres Präsidenten ein Nickerchen hält. Bei mir hat er eine geringere Auswahl an Ruheplätzen, mal schauen, wo er sich niederlässt.« Er betrachtet das Spinnentier durchaus wohlwollend. »Wo waren wir stehen geblieben? Richtig: Erfreulich ist, dass Madame und Monsieur Dekker geständig sind. Sie haben zusammen mit Herrn van der Horst schon mehrere solcher Überfahrten durchgeführt und ein kleines Vermögen eingestrichen. Mit dem Attentat auf Ihren Bus wollen Sie allerdings nichts zu tun haben. Sie waren auch nie in Foucarville, sagen sie. Das mit dem Schatz und dem Kriegsgefangenenlager sei eine fixe Idee von van der Horst gewesen. Hobby, haben sie es genannt.« Er lockt erneut Belmondo zu sich. »Undurchsichtig bleibt die Causa Hilgen, da müssen noch einmal unsere Spezialisten dran. Und die haben zudem einen neuen Fall in meinem Revier zu bearbeiten, der ähnlich wie der der Hilgens ist.« Er pustet meinem Hund sanft ins Ohr und flüstert ihm ein Geheimnis zu. »Ein Bürger aus Lessay hat sich gestern bei uns gemeldet, er ist hochbetagt, wollte am Lebensende sein Gewissen erleichtern. Als Jugendlicher hat er im Sommer 1944 zusammen mit ein paar Männern des Dorfes ein Massengrab ausgehoben.« Er macht eine theatralische Pause, damit seine Worte auf mich wirken können. »Ein Massengrab für Kühe, denn das Vieh starb während der Kampfhandlungen zu Hunderten auf den Weiden. Um Seuchen zu vermeiden, hat man es an Ort und Stelle entsorgt. Die Männer gruben tief, vier Meter, wie die Spezialeinheiten heute ermittelt haben. Mit all den Kühen haben die Bewohner von Lessay einen deutschen Soldaten mitbestattet, der auf derselben Weide lag.« Ein Klingelton zeigt an, dass der Gendarm eine neue E-Mail im Postfach hat. »Ein ganz ähnlicher Fall, nur Knochen, die Stiefel, keine Identitätsmarke.«

»Vielleicht ist es dieser Oswald Strecker, der zusammen mit Hilgen verschwunden ist?«, mutmaße ich.

Desquiret schüttelt den Kopf. »Ausgeschlossen, denn Hilgen lebte im Sommer 1945 ja noch, also auch Strecker. Dieses Grab wurde aber während der Kampfhandlungen im Juni oder Juli 1944 ausgehoben.«

Der Weberknecht Manu hat einen Weg ins Freie gefunden, und Desquiret schwingt sich mit Elan von seinem Bürostuhl. »Zeit fürs Mittagessen, Madame«, verkündet er und komplimentiert mich ins Freie. »Die Mittagspause ist heilig.«

Der Collie und ich begeben uns auf den Rückweg. Camille und ihre Helfer haben die Hälfte der Schafe geschoren. Die Leiber sind verschwitzt, die Arme und Gesichter von der Sonne verbrannt. Camille lässt die Schafe wieder in die Freiheit der unendlichen Salzwiesen, lauthals protestierend stieben sie davon.

»Ich fahre dich kurz raus«, bietet Camille an, und wir hüpfen freudig ins Schäferfahrzeug.

Susan und Agnès sind angekommen und haben sich auf den Campingstühlen niedergelassen. »Wir haben ein Ferienhaus gemietet, von einem langjährigen Freund von uns«, verkündet Susan, »hier auf dem Campingplatz, das wäre so nichts für mich. Zu viele Menschen, zu dicht, das tut meiner sensiblen Künstlerseele nicht gut. Das Haus ist nicht weit von hier, und Philippe kommt dieses Wochenende nicht von Paris in die Normandie, bis nächsten Freitag können wir auf jeden Fall bleiben.« Sie strahlt Friedrich an.

»Philippe? Etwa der Philippe, der mit Kamera und Drohne durch die Gegend zieht? Philippe Delcampe?«, frage ich.

»Ja, genau der«, entgegnet Susan.

»Das ist wirklich witzig. Denn Friedrich hat ungefähr dem halben Cotentin und allen Urlaubern dein Foto gezeigt. Nur Philippe hat er mit seiner verzweifelten Suche verschont. Dabei waren wir bei ihm zum Kaffee eingeladen und haben über Gott und die Welt geredet. Er hätte also schon vor vier Wochen wissen können, wo du steckst.«

»Das ist Schicksal«, kichert Susan vergnügt.

Friedrich kommt mit einem großen Picknickkorb aus dem Condor, und ich fasse für ihn die Ereignisse des Tages zusammen. »Das Skelett ist also nicht Hilgen?«

»So sieht es aus. Auf jeden Fall bleiben Heinrich und Jürgen noch eine Weile im Lande, sie können keine Leiche mitnehmen und bestatten.«

»Das ist wirklich bitter. Wir gehen zum Picknicken an den Strand, kommt ihr mit?«

»Puuh, nein, wir sind ja schon sehr viel gelaufen heute, Belmondo hat Schafe geholt, ich glaube, wir machen uns einfach am Mobilhome lang. Wir sehen uns morgen.« Ich pfeife meinen Hund heran, der auf einer benachbarten Parzelle ein Stück Katzenkot gefunden hat und genießerisch darauf herumkaut. »Du bist eklig«, sage ich zu Belmondo, doch der schließt nur seine Augen und schmatzt etwas lauter.

Im Mobilhome nehme ich nochmals Friedrichs Ringbuch und schreibe die Ereignisse der letzten Tage auf, lasse alles noch mal Revue passieren. Wenn der Tote aus dem Grab am Havre nicht Werner Hilgen ist, wer ist es dann?

Kapitel 25

Es ist noch oder schon wieder hell, als mich Belmondos tiefes Wouf weckt. Ein Blick aufs Smartphone offenbart mir, dass es bereits Mittag ist. Bébel muss dringend ins Freie, gießt sofort ein paar Büsche auf der Parzelle, die nach Regen lechzen. Ich brühe währenddessen einen Kaffee auf und stürze drei Tassen hinunter, um auf Betriebstemperatur zu kommen. Dann laufen wir zu Friedrichs Luxuswohnmobil.

Friedrich, Susan und Agnès packen ihre Badesachen, als Friedrichs Handy klingelt. »Hm. Ja. Ja. Ja, wir kommen«, teilt er dem Anrufer mit.

Auf Susans Gesicht stehen riesige Fragezeichen. »Kleine Planänderung: Wir fahren nach Foucarville. Unsere beiden Sondler Romain und Maxime sind heute auf mehrere Kisten gestoßen, als sie mit einigen Hobbyschatzsuchern auf dem Grundstück unterwegs waren.«

»Wie kann das denn sein?«, wende ich ein, »der Kampfmittelräumdienst hat doch das gesamte Gelände akribisch abgesucht. Da darf doch nichts mehr zu finden sein, sonst wäre der Acker doch nicht freigegeben worden.«

»Sie liegen wohl ziemlich am Rand und unter einer noch jungen Hecke«, entgegnet Friedrich. »Romain wollte nicht weitergraben, zu deutlich war ihm noch die Explosion in Erinnerung. Also haben sie den Kampfmittelräumdienst angerufen. Die sind auf dem Weg, und falls es uns interessiert, welche Geheimnisse die Erde in Foucarville noch preiszugeben hat, sollen wir kommen.« Er schaut Susan an. »Sorry, aber ich wäre gerne dabei. Ihr könnt ja alleine am Strand die Sonne genießen.«

»Kommt nicht infrage, mein Lieber.« Susan schüttelt den Kopf. »So einfach entziehst du dich nicht unserem Zugriff. Wir kommen natürlich mit.«

So quetschen wir uns in ihr Fahrzeug, Belmondo findet Platz im Fond zwischen Friedrich und mir.

»Wo steckt ihr genau?« Friedrich lässt sich telefonisch die Koordinaten durchgeben und dirigiert Susan von Saint-Mère-Église nördlich, sodass wir am anderen Ende des ehemaligen POW-Camps rauskommen. Die Gendarmerie hat die Straße gesperrt, rund fünfzig Schaulustige drücken sich an das Gitter, versuchen einen Blick auf das Geschehen zu erhaschen.

Romain winkt uns. »Ich weiß gar nicht, wo all die Menschen immer so schnell herkommen«, sagt er mit Blick auf die Zaungäste und stellt uns die jungen Schatzsucher vor, die sie heute Vormittag über das Gelände geführt haben. »Sie kommen aus Deutschland und haben das mit unserer Schatulle natürlich im internationalen Schatzsucherforum gelesen.«

»Der Hammer, es ist supercool, dass wir was gefunden haben«, strahlt einer der Abenteurer. Er ist jung, achtzehn oder neunzehn. Der Minenräumtrupp kommt vom Gelände, einer der Soldaten bespricht sich mit Romain und Maxime. »Sie gehen kein Risiko ein, sie werden die Kisten kontrolliert sprengen, sobald die Gendarmerie alles abgesperrt und evakuiert hat.«

»Und wenn es unser Schatz ist?«, will Friedrich wissen.

»Der geht dann mit in die Luft.« Romain zuckt mit den Schultern. »Das ist nicht zu ändern.«

Gespannt stehen die Menschen an der Blockade und schauen interessiert den Männern des Minenräumkommandos zu, die mit ihrer Ausrüstung wieder auf dem Acker verschwinden. Es sind Leute von den umliegenden Höfen,

Bauern, die ihre Feldarbeit im Stich gelassen haben, Schulkinder, Urlauber auf dem Weg zum Strand.

Die Bürgermeisterin kommt durch die Absperrung und begrüßt uns. »Diesmal hoffentlich ohne Schäden und ohne Verletzte. Zum Glück ist die Fundstelle weit genug vom Ort entfernt.«

Da ist Léon neben mir, unbemerkt hat er sich an uns herangepirscht. Er nickt uns nur wortlos zu und mischt sich unter die Zuschauer.

Ein Soldat des Kommandos spricht ins Funkgerät. Ein Reporter der Presse de la Manche schießt eine ganze Reihe von Fotos, hält minutiös die Szenerie fest. Klack, klack, klack, schmettert die Spiegelreflex in den Nachmittag.

»Trois ... deux ... un ... allez!«, ruft der Soldat ins Mikro.

Ich werfe mich instinktiv auf den Boden, Bébel ist über mir.

Puff!

Und noch mal: Puff!

Zwei Explosionen, Rauchschwaden, die rasch den Himmel verdunkeln. Etwas prasselt zu Boden, leicht und braun und muffig. Belmondo hat sofort seine Nase dran. »Aus, nein!« Panisch klingt meine Stimme, scheppert in meinen Ohren. Enttäuscht wendet sich mein Hund von dem Niederschlag ab, den er unwiderstehlich findet. Ein paar Umstehende applaudieren, andere lachen.

Friedrich hilft mir auf und hält mir eine Hand voll schrumpeliger Stäbchen unter die Nase. »Das sind Pommes. Dehydrierte Pommes. Wahrscheinlich ein Dreivierteljahrhundert alt.« Vorsichtig schiebt er sich einen zwischen die Zähne. »Ich würde sagen, keine kulinarische Offenbarung. Aber noch essbar. Probier mal.« Ich winke ab, doch die Neugier siegt. Der Frites ist hart und lässt einen leichten Geschmack von Kartoffeln erahnen, mehlig kochenden Kartoffeln.

Der Sprengtrupp kommt zurück, laut lachende Helden in Feierlaune. Sie haben einige Dosen dabei, die den Angriff des Semtex weitgehend unbeschadet überstanden haben. »Dehydrated Vegetables« steht drauf, und tatsächlich sind es nur Pommes, für die das Minenräumkommando angerückt ist.

»Désolé, Monsieur«, sagt einer der Soldaten zu Romain, »normalerweise gibt es eine Prämie für gemeldete Munition, aber das hier wäre noch nicht einmal Ladung für eine Cuisine Roulante, eine Feldküche, gewesen.« Er drückt Romain eine der Dosen in die Hand. Die jungen Schatzsucher kramen die Handys raus und machen Selfies mit der bizarren Beute.

»Dass der Inhalt harmlos ist, hat schon unsere Voruntersuchung ergeben«, erklärt der Soldat. »Nur die Bürgermeisterin wollte, dass wir noch ein bisschen Spektakel fürs Publikum machen, wenn wir schon da sind.« Ein Lächeln huscht über sein Gesicht. »Der Erfolg gibt ihr eindeutig recht.«

»Wie geht es dir?«

Léon!

Ich sehe ihm an, dass er die letzten Tage kaum Schlaf bekommen hat, müde steht er vor mir, abgekämpft, mit hängenden Schultern.

»Bitte – ich wollte euch nicht da mit reinziehen. Und ich hatte Angst. Angst, verdächtigt zu werden, was ja nicht unbegründet ist. Und auch Angst davor, Bart wirklich so stark verletzt zu haben, dass er ins Hafenbecken gestürzt ist. Du musst mir glauben, Brigitte.«

Er versucht erneut, meine Hand zu erhaschen, brüsk wende ich mich ab. »Ich würde immer noch gerne Claudes Haus kaufen, gerne mit dir oder mit euch zusammen.«

Ich beiße auf meine Zähne, Tränen suchen sich den Weg Richtung Augen. Nicht emotional werden. Nicht jetzt.

»Paul kommt wahrscheinlich am Wochenende«, erwidere ich. »Können wir das dann vielleicht in Ruhe besprechen?«

Léon nickt, klopft Romain und Maxime auf die Schulter. »Bis später!« Ich sehe ihm nach, bis seine Silhouette hinter einer Hecke verschwunden ist.

»Hinterherlaufen ist nie eine gute Idee«, sagt Friedrich, »aufeinander zugehen schon. Komm, wir fahren nach Saint-Germain zurück.«

»Ich für meinen Teil hätte jetzt richtig Appetit auf frische Frites«, widerspricht Susan. »Ja, schaut nicht so, ich muss den Geschmack der hundert Jahre alten Trockenware kompensieren. Nur kriegen wir um diese Zeit nirgends etwas.«

»Dann lasst uns doch nach Cherbourg fahren, Delphine hat gesagt, im dortigen Einkaufszentrum vor der Stadt bekommt man zu jeder Uhr- oder Unzeit Fast Food auf den Teller.«

»Puuh«, Susan ist nur wenig begeistert, »für mich ist diese Retortenstadt so etwas wie die Vorhölle. Du irrst zwischen endlosen Regalen der Baumärkte, Möbelgeschäfte und Billigklamottenläden umher und kaufst schließlich etwas, was du gar nicht brauchst, aus purer Verzweiflung. Das muss dann erst bestellt werden, weil es nicht vorrätig ist, was dich dazu veranlasst, eine Woche später noch mal wiederzukommen und erneut orientierungslos in dem Moloch aus Beton Zeit und Raum zu vergessen. Und die Imbissbuden – nun ja, Fett und Zucker sind Geschmacksträger, und die Berge von Verpackung eignen sich immerhin dazu, die Gräben in alle Himmelsrichtungen mit Müll zu füllen und so den zukünftigen Kunden den Weg zu weisen. So etwas will ich nicht unterstützen.«

»In Gouville hat eine neue Strandbar aufgemacht, vielleicht bekommen wir da etwas außerhalb der regulären Küchenzeiten«, sinniert Friedrich. »Und da waren wir noch nicht, in Gouville am Strand.«

Die Bar ist aus gebrauchten Paletten zusammengezimmert. Rustikal und ein wenig windschief lehnt sie am Strandzugang. Die Sitzgelegenheiten stammen aus den Antiquitätengeschäften der Region, verwitterte Tischplatten und mit Flugrost übersäte Tisch- und Stuhlbeine erzählen ihre Geschichte. Ringsum ist ein Strandzaun installiert, Palmen in Pflanzkübeln sorgen für ein mediterranes Flair. Aus den Lautsprecherboxen wummert ein Sommerhit, und zwei Handvoll Jugendliche begießen das Ende des Schultages, erleichtert darüber, dem Mief von Schulbüchern, Schweiß und Sommerklausur entronnen zu sein. An den Rand hat sich ein älteres Ehepaar gedrückt, ihr Dackel liegt unter dem Tisch im Schatten.

»Zurzeit gibt es eigentlich nichts«, erklärt die Bedienung Susan, »aber ich frage mal, ob eine Portion Frites machbar ist.«

Kurz darauf kommt sie mit unseren Longdrinks und einer Riesenschüssel zurück, goldgelb glänzen die Pommes darin. Wir stürzen uns darauf, als hätte es seit Tagen nichts zu essen gegeben, und Belmondo bettelt aufdringlich, aber doch vergeblich am Tisch. Fast vergeblich.

»Dein Hund kann Hunger sagen«, bemitleidet ihn Friedrich und schiebt ein paar Kartoffelstücke in das sabbernde Colliemaul. »Autsch! Brigitte, du musst Belmondo unbedingt beibringen, dass er die Finger nicht mitfressen soll.«

»Du weißt, dass er eine Vorliebe für Fingerfood im wahrsten Sinne des Wortes hat.« Die Leichtigkeit hat mit den Ereignissen des Nachmittags zu uns zurückgefunden.

Gestärkt und angeheitert gehen wir an den Strand. Belmondo stellt den Möwen nach, die laut geckernd das Weite suchen. Der gesamte Strandabschnitt ist mit überdimensionierten Würsten aufgefüllt, auf denen die Aufschrift »Geotube« zu lesen ist. Philippe hat uns davon erzählt: Die Sandsäcke sollen ein Fortschreiten der Erosion verhindern. An manchen Stellen ist von der Düne nur ein schmaler Sandhaufen übrig; überall hat sich das Meer das Land geholt. Hinter den Dünenresten beginnen die Campingplätze, und auf einem privilegierten Platz direkt vor dem Abbruch der

Landmasse ist ein Wohnmobilstellplatz ausgewiesen. Die Campingfahrzeuge stehen hier dicht an dicht, nur ein Stakertenzaun trennt sie vom Strand.

»Das sieht schon beängstigend aus«, urteilt Susan.

Am südlichen Strandabschnitt ist die Situation weniger dramatisch. Ein breites Dünenband verliert sich am Horizont, dazwischen sind Badehütten aufgereiht, die standhaft und trotzig den Unbilden der See widerstehen. Die Dächer der Hüttchen sind knallbunt und bilden einen starken Kontrast zu dem Blassgrün des Strandhafers und Dunkelgrau des Himmels. Über dem Leuchtturm von Gouville blitzt es, kurz darauf ist ein Donner zu hören. Belmondo antwortet mit einem Knurren, seine Nackenhaare sträuben sich. »Lasst uns gehen«, sagt Susan, »Gewitter können direkt am Meer ungemütlich werden.«

Die Nacht über hat es geregnet, gewittert, gehagelt, gestürmt. Der neue Tag ist frisch gewaschen, die Luft erfüllt von Kräuterduft und Vogelgesang. Über und in die Pfützen hüpfend brechen mein Hund und ich zu Friedrichs Wohnmobil auf. Paul hat in der Früh angerufen und angekündigt, am Nachmittag den Flug von Antananarivo nach Paris zu nehmen. In den frühen Morgenstunden würde er in der französischen Hauptstadt landen; der Mietwagen ist schon gebucht. Susan, Agnès und Friedrich sitzen beim Frühstück; ich muss mich daran gewöhnen, dass mein Lieblingshippie eine Familie und somit veränderte Gewohnheiten hat. Anstatt das Frühstück aus Kaffee und Zigarette und maximal einigen Croissants bestehen zu lassen, ist der Tisch reichhaltig gedeckt. Ich vermute, dass Obst, Müsli, Hafermilch, Honig und Marmelade Susans Initiative zu verdanken sind; ebenso die Verbannung des Aschenbechers unter den Condor. Mein Smartphone gibt eine Reihe undefinierbarer Töne von sich.

»Wo steckt ihr denn?«, fragt Manon.

»Auf Friedrichs Parzelle.«

»Wir kommen kurz vorbei«, verkündet Manon, »es gibt schon wieder Neuigkeiten.«

Heinrich Hilgen fasst sich kurz: »Wir haben schon heute ein Phantombild des Toten im Havre erhalten, das geht wirklich fix mit der modernen Technik heutzutage. Ich wollte Ihnen das gerne zeigen. Schaun Sie mal.«

Er hält mir sein Smartphone unter die Nase. Das Gesicht auf dem Foto sieht künstlich aus, eben wie eine Totenmaske aus dem Computer. Doch es gibt keinen Zweifel: Der Abgebildete ist nicht Werner Hilgen.

»Das ist Oswald Strecker!«, entfährt es mir. »Aber ganz sicher sogar.«

»Anton Bergmann meint das auch«, bestätigt Hilgen.

»Aber wieso liegt Strecker mit dem Tagebuch Ihres Vaters in dem sandigen Grab?«

»Darüber können wir nur spekulieren.« Heinrich Hilgen fährt sich mit beiden Händen über die Augen. »Die Polizei will Anfang nächster Woche eine erneute Suche starten, sie vermuten, dass da noch eine zweite Leiche im Grab oder eine zweite Grabstätte sein muss. Die Spezialkräfte sind ohnehin noch in der Gegend, wegen der anderen Sache, mit dem Kuhgrab.«

»Das tut mir sehr leid für Sie«, kommentiere ich.

»Ja, unsere Reise wird zu einer Achterbahn der Gefühle.« Hilgen sieht müde aus. »Wissen Sie, eigentlich habe ich meinen Vater nie wirklich vermisst. Ich kannte es ja nicht anders, als keinen Vater zu haben. Und so ungewöhnlich war das nicht, viele Kinder meiner Generation haben sich mit der Mutter begnügen müssen. Unbewusst habe ich sicherlich gelitten und deshalb vieles anders machen wollen. Ich habe früh geheiratet, habe mich selbstständig gemacht und hart gearbeitet und war dennoch so viel es ging für meine Familie da. Meine Kinder waren das Wichtigste im Leben, mein absoluter Mittelpunkt. Aber fragen Sie mal meinen Sohn Jürgen, ob er eine glückliche Kindheit hatte. Wahrscheinlich fällt sein Urteil über mich vernichtend aus.«

»Ganz so schlimm ist es auch nicht, Papa.« Jürgen nimmt die Hand seines Vaters. »Es ist ganz normal, dass Kinder ihre Eltern kritisieren und umgekehrt Eltern die nachfolgende Generation als schlecht erzogen und respektlos empfinden. Aber je älter ich werde, desto mehr verstehe ich euch, dich und Mama.«

Heinrich Hilgen lacht. »Ich finde dich heute auch nicht mehr ganz so missraten wie noch vor einigen Jahren«, kontert er. »Um zum Thema zurückzukommen: Eigentlich ist mir mein Vater herzlich egal gewesen, all die Jahre. Meine Mutter, die hat getrauert, gebangt, gehofft, all die Jahre bis zu ihrem Tod. Diese Wunde zu schließen war mir deshalb wichtig, diese traurige Geschichte zu einem Ende zu bringen. Dann hier zu erfahren, dass mein Vater während des Krieges eine andere Frau liebte, stürzte mich kurzzeitig in ein Gefühlschaos, in Trauer und Wut. Doch dann war es nur beglückend, meine restliche Familie kennenzulernen. Eine Schwester zu haben. Und jetzt wissen wir nicht mehr, was an der Geschichte stimmt. Wir wissen aber mit Sicherheit, dass die gefundenen Gebeine nicht zu meinem Vater gehören. Das ist schon sehr verstörend, weil sich vielleicht nie aufklären lässt, was damals geschehen ist. Und mein Vater weiter verschollen bleibt.«

Mein Smartphone meldet sich erneut, diesmal ist es Romain. »Etwas Merkwürdiges ist in Claudes Halle passiert. Aber ich kann das nicht erklären, das müsst ihr mit eigenen Augen sehen.«

Susan und Agnès winken ab, sie wollen für Ordnung sorgen, sagen sie, was Friedrich dazu veranlasst, unbemerkt von den beiden Frauen die Augen zu verdrehen. Heinrich und Jürgen Hilgen wollen ins Hotel, dort setzt Manon sie ab.

Romain erwartet uns auf dem Hof, führt uns in Claudes Refugium. »Seht ihr es?«

Auf den ersten Blick ist nichts zu erkennen. Auf den zweiten sehe ich es. »Das Regal hat sich bewegt.«

Tatsächlich ist das Gestell mit dem Gruselkabinett um ein ganzes Stück nach hinten gewandert. Der Boden, wo es sich ursprünglich befand, wurde säuberlich gekehrt, der Beton ist deutlich heller und fast noch jungfräulich.

»Wer macht denn so was?« Friedrich schüttelt den Kopf. »Einer alleine kann es doch nicht verrückt haben.«

»Nein«, erwidert Romain, »derjenige hat es ausgeräumt, verschoben, wieder eingeräumt. Das habe ich auch nur gemerkt, weil ich für unsere Inventur Fotos von jedem Rack gemacht habe. Nicht jede Kiste steht wieder auf ihrem ursprünglichen Platz.«

»Das muss doch Stunden gedauert haben«, gibt Manon zu bedenken.

»Hat es ja wahrscheinlich auch. Maxime war ein paar Tage nicht auf dem Grundstück, und ich war die meiste Zeit ... bei dir.« Eine leichte Röte huscht über Manons Gesicht, sie gibt Romain einen Kuss auf die Wange.

»Wir leihen uns Delphines Wildkameras«, schlägt sie vor, »dann sehen wir, wer sich hier zu schaffen macht.«

»Hat bei Delphine ja schon hervorragend geklappt«, brummt Romain. »Ich frage mich nur, was derjenige gesucht hat. Es muss ja unter dem Regal sein oder gewesen sein, und mal ehrlich: Außer Beton kann ich da nichts erkennen.«

Eine Viertelstunde später rauscht Delphine auf den Hof und instruiert Romain mit den Kameras. »Lass sie vor allem permanent laufen, nicht, dass du den gleichen Fehler machst wie ich«, ermahnt sie ihn.

»Was machen wir denn jetzt mit dem angebrochenen Vormittag?«, scherzt Romain, denn längst geht es auf drei Uhr zu.

Manon erschrickt: »Mist, ich habe noch Spätschicht!« Sie gibt Romain einen leidenschaftlichen Kuss und verschwindet. Delphine fährt mich und Friedrich zum Campingplatz zurück. Mein Handy meldet sich erneut. Es ist der junge Gendarm aus Flamanville, Nicolas Poisson. »Bonjour Madame Mendel«, sagt er, »ich habe eine gute und eine schlechte Neuigkeit für Sie.«

»Zuerst die schlechte.«

»Die Kriminaltechnik kann nicht zweifelsfrei feststellen, ob ein technischer Defekt an Ihrem Fahrzeug vorlag oder ob die Dieselleitung vorsätzlich manipuliert wurde. Der Brand hat alle verwertbaren Spuren vernichtet. Es könnte auch das Werk eines Marders oder sogar einer Maus gewesen sein.«

»Und die gute?«

»Ich habe einen Schrauber gefunden, der Ihr Fahrzeug retten kann. Er hat seine Werkstatt in Le Point du Jour, einem Weiler nicht weit von Flamanville. Fred hat zwei Schlachtfahrzeuge, die er für Ihren Bus opfern würde, und könnte Ihr Wrack noch heute abholen, wenn Sie möchten.«

»Und was kostet mich das?«

»Das müssen Sie dann mit ihm ausmachen, Anfang nächster Woche. Er will den Schaden übers Wochenende genauer begutachten, gesehen hat er Ihren Bus schon, d'accord?«

»In Ordnung. Vielen Dank für Ihre Hilfe, Monsieur Poisson! Und ein schönes Wochenende.« Ich beende die Verbindung.

Ist schon wieder Freitag?

Belmondo und ich brauchen noch Bewegung. Direkt vom Campingplatz aus gelangen wir in ein kleines Naturschutzgebiet in den Dünen. Belmondo guckt den Kaninchen nach, und ich begebe mich auf den Weg Richtung Bretteville. Zwischendrin beäugt uns eine Ziegenherde. Von Delphine weiß ich, dass sie ihrem Nachbarn in Fenouillère gehört, dem Käser. Die Ziegen halten das Buschwerk klein und sorgen so dafür, dass Orchideen und andere seltene Pflanzen in den Dünen gedeihen. Die Ziegen sind Belmondo nicht geheuer, er schlägt einen Bogen um sie und wufft dabei leise vor sich hin. In Bretteville stärken wir uns in La Pailotte, einer Strandbar, und nehmen den Weg zurück am Strand entlang.

Ich habe eine Nachricht auf dem Telefon, Paul ist in der Luft. Der Countdown läuft, ich werde zusehends nervös.

Mich retten Lesestoff und die restlichen Kekse aus Friedrichs Gabensack. Trotzdem holen mich in der Nacht meine Ängste ein, ich träume von Paul, der mit dem Scheidungsanwalt aufkreuzt und das Sorgerecht für Belmondo einklagt. Immer wieder erwache ich schweißgebadet, während mein Hund selig schnarcht.

Was, wenn nicht wieder alles gut wird?

Kapitel 26

Um neun Uhr kommt eine Nachricht von Paul: »Bin gelandet und unterwegs.«

Sie versetzt mich in helle Aufregung, lässt mich den Kaffee runterstürzen und schnell etwas Chaos im Mobilheim beseitigen. Fast vergesse ich, Belmondo zu füttern.

Dann steht er da, der Mensch, mit dem ich mehr als die Hälfte meines Lebens verbracht habe. Das vertraute Gesicht, die sanften Hände. Mein Fels in der Brandung. Mein Wohnzimmer-Buddha, den ich so getauft habe, weil er den kompletten Verlust des Haupthaares mit einer Vermehrung des Leibesumfangs kompensiert hat.

Belmondo flippt aus, startet ein Freudengeheul, springt an Paul hoch, dreht sich um die eigene Achse und rennt in Hochgeschwindigkeit Kreise um uns. Die Schafherde, und mag sie auch nur aus zwei Zweibeinern bestehen, ist vereint, die Ordnung wiederhergestellt. Ich muss lächeln.

Wir verstauen das Gepäck im Mobilhome. »Komm, ich will dir alles zeigen. Die Düne mit dem Grab, den Havre und die Schafe.« Belmondo steht schon an der Tür.

Paul gähnt herzhaft. »Ich habe einen Jetlag«, erklärt er.

Beherzt ziehe ich ihn von Couch und Bett weg und verfrachte ihn auf den Beifahrersitz seines Autos, parke auf dem Platz unterhalb der Düne. Ich schleppe Paul den Sandhang hinauf. Der steht neben dem flatternden Absperrband des Tatorts, das an manchen Stellen bereits in Auflösung begriffen ist, und lässt sich alles erklären. Ab und zu kann er ein Gähnen nicht unterdrücken, wir setzen uns in den Schatten des Bunkers und schweigen uns eine Weile an.

»Ich hätte dich ja eher im Süden vermutet. Vielleicht in Barcelona, in einer kleinen Kunstgalerie im Barri Gotic. Oder als Kartenverkäuferin an der Sagrada Familia. Oder in Schottland, in den Highlands mit Belmondo auf Wandertour.«

»Die Normandie war eher Zufall. Und dann bin ich sozusagen hier hängen geblieben.«

Paul sagt nichts. Er lässt den Blick übers Meer wandern bis nach Jersey und wieder zurück auf die Düne.

»Wie war es in Madagaskar?« Ich platze vor Neugier.

»Ich bin noch immer total geflasht. Ich wollte da ja schon immer hin, wegen der vielen Tiere, die es ja nur dort gibt. Einmal Lemuren sehen. Aber da ist so viel mehr, ich bin absolut fasziniert vom Land. Du musst deinem Herzen einen Stoß geben und mit auf eine solche Rundreise kommen.«

Und dann erzählt er, vom Regenwald, den lauten Schreien der Lemuren, von heißen Quellen und Affenbrotbäumen. Aber auch von Zebus, hart arbeitenden Menschen und unvorstellbarer Armut. »Ich habe gefühlt ein Terabyte Fotos gemacht. Hinter jeder Kurve erwartet dich eine Überraschung, ein kleines Wunder. Ich bin sehr dankbar, dass ich das erleben konnte.« Er lässt Sand durch die Finger gleiten. »Und dann landest du in Paris und glaubst, du bist im falschen Film.«

»Du bist in Frankreich! Trotzdem – ich habe mich in diesen Flecken Erde verliebt. Das Meer hat etwas unglaublich Beruhigendes. Es kommt und geht, Ebbe und Flut, du kannst dich drauf verlassen, wie eben auch auf die Höhen und Tiefen im Leben. Und auch wenn scheinbar jeder Tag im Zeichen der Gezeiten steht, so ist doch keiner gleich. Das Licht ändert sich, viele kleine Details werden der Landschaft hinzugefügt oder ihr genommen. Langsam, fast unmerklich, ändert sie ihr Gesicht.«

Er nickt. »Und warum bist du einfach abgehauen? Ich hätte bestimmt eine Lösung gefunden.«

»Eben genau darum. Ich wollte für mich selbst entscheiden. Nicht du solltest etwas finden. Sondern ich selbst.«

Paul schnaubt. »Ich habe immer das Wir über das Ich gestellt. Ich habe dich akzeptiert, wie du bist, und sowohl die Frau geliebt, die du warst, die du gerne sein wolltest, und die, zu der du wurdest. Doch du drehst bei dem kleinsten Problem am Rad und rennst weg.«

»Rainers Tod und der Jobverlust haben mich in eine Krise gestürzt. Ich hatte all die Jahre nie das Gefühl, etwas versäumt zu haben. Aber dann plötzlich doch. Ich hatte das Verlangen, einmal in meinem Leben das zu tun, was ich will. Und nicht das, was andere von mir erwarten.«

»Hm.«

»Dass Rainer einfach so gestorben ist, das habe ich ihm persönlich übel genommen. Er hat mich im Stich gelassen. Und gleichzeitig war ich unendlich traurig: Er war voller Pläne und Ideen gewesen, hatte sich so viel vorgenommen. Und zack, ist es vorbei.«

Paul schweigt. Nach einer Weile: »Ich hatte eigentlich schon länger das Gefühl, dass du alles mit dir selbst ausmachen willst. Ich bin nicht mehr an dich herangekommen, schon vor dem Jobverlust und vor Rainers Tod. Ein riesiger, uneinnehmbarer Schutzwall hat sich um meine Frau gebildet. Und jetzt, da ich noch voller Eindrücke aus Madagaskar bin, kann ich dir nur sagen, dass du ein echtes Luxusproblem hast und egoistisch bist. Immer nur ich, ich, ich. Gibt es denn jetzt wenigstens eine Idee, so für den Rest deines Lebens?«

Ich schlucke, kämpfe mit den Tränen. Zur Ablenkung werfe ich einen Ball für Belmondo, der sich voller Eifer die Düne runterstürzt.

»Nicht wirklich. Es ist unglaublich viel passiert die letzten vier Wochen. Das hat geholfen, mich permanent abzulenken. Ich glaube, ich war auch früher schon eine Meisterin im Verdrängen und habe mich nie wirklich den Problemen gestellt. Hier konnte ich wirklich jeden Tag ein neues Abenteuer erleben, neue Leute kennenlernen. Zum Nachdenken bin ich sehr wenig gekommen.«

»Gehören Explosionen, abgefackelte Autos und gemeuchelte Kater mit zum Therapieplan?«

Autsch, das sitzt!

Jetzt laufen sie, die Tränen. »Natürlich nicht, verdammt!« Ich starre auf die See, Belmondo kommt und legt mir beschwichtigend die Pfote auf die Schulter. Als Hund ist der kleine Collie eine Katastrophe, aber als Mensch unersetzlich.

»Unser Hund liebt übrigens Schafe, und er hat Talent, sagt Camille«, wechsle ich schnell das Thema. »Manon meint, er könnte zudem einen Nebenjob als Seelentröster in dem Altenpflegeheim bekommen, in dem ihre demente Großmutter betreut wird. Ich könnte Delphine beim Anbau von Kräutern helfen und einen Putzjob in ein paar Ferienhäusern übernehmen. Nicht gerade ein Lebenstraum, den ich mir damit erfüllen würde, aber ein Anfang.«

»Das heißt, du erwägst ernsthaft, hierzubleiben?« Paul macht große Augen, seine Stirn legt sich in Runzeln.

Die Stunde der Wahrheit: »Ja, irgendwie schon.«

»Dir ist schon klar, dass das Abenteuer irgendwann vorbei ist? Der Sommer gelaufen?«

»Lass uns doch wenigstens drüber nachdenken. Du könntest mit deinem IT-Job sicher auch von hier aus arbeiten, zumindest die meiste Zeit.«

Ich erzähle Paul von Léon, von Claudes Haus. »Auch hier täte sich eine Perspektive auf, vielleicht. Oder eben bei Delphine, in einem Tiny House.«

»Du wirst lachen, das mit der Fernarbeit, das habe ich schon vor deinen Eskapaden erwogen. Und das wäre sicher machbar. Aber so alles in Deutschland aufgeben, damit kann ich mich nicht anfreunden. Ich habe dort Freunde, meine Familie, meinen Lebensmittelpunkt. Also, das kommt gar nicht infrage.«

Erneut nimmt er etwas vom warmen Sand in die Hand und lässt ihn durch die Finger rieseln.

»Müssen wir vielleicht ja gar nicht. Wir könnten ja eine Zeit im Jahr hier leben und eine Zeit in Deutschland«, schlage ich vor. »Wir müssen uns nicht sofort festlegen, wir können testen.«

Mein Mann seufzt und unterdrückt abermals ein Gähnen. »Ich muss wohl erst mal ankommen, ich stecke noch im Regenwald. Lass uns zurückgehen.«

Friedrich sitzt alleine auf seiner Parzelle, der obligatorische Apéro steht vor ihm auf dem Tisch. »Susan und Agnès sind schwimmen«, berichtet er, »das machen sie bei sich in Flamanville wegen des Kraftwerks und der Kiesel eher selten.«

»Wie läufts denn so mit euch?«, erkundige ich mich.

»Eigentlich ganz gut. Ganz leicht ist es nicht.«

»Ganz leicht muss es nicht sein. Ist es doch nie.« Ich schaue zu Paul. Der nickt.

»Es ist unglaublich viel Zeit vergangen, so dazwischen. Und jeden von uns hat die Zeit geprägt.« Friedrich zieht an seiner Zigarette und nimmt einen Schluck vom Pastis. »Also unsere Biografien sind dann doch sehr unterschiedlich verlaufen, da ist mehr, was uns trennt, als uns vereint. Wir haben aber beschlossen, uns auf das Gemeinsame zu konzentrieren.« Er lehnt sich in seinem Campingstuhl zurück, streichelt geistesabwesend über Belmondos Schädel, krault ihn selbstvergessen hinter den Ohren und lauscht seinen Worten nach. »Wenn man jung ist, dann ist alles einfach. Du triffst jemand, verliebst dich, vielleicht wird was Festes draus. Oder auch nicht. In meinem Alter hat man ein Dasein voller Kompromisse hinter sich und nur noch wenig Zeit vor sich. Das Verbleibende ist sehr kostbar, man will es nicht verschwenden, auch nicht mit dem falschen Menschen. Oder

346

gar im falschen Leben.« Friedrich seufzt, und ein weiterer tiefer Schluck wandert vom Glas in den Mund. »Susan ist in vielem kompromissloser als ich, konsequenter. Und einen ganz eigenen Weg gegangen.«

»Wärst du denn damals mit nach Frankreich, wenn sie dich gefragt hätte?«

»Eher nein, meine Vorstellung vom Leben war dann doch eine andere. Familie gründen? Kind aufziehen? Lieber nicht, ich wollte mich beruflich verwirklichen, viel reisen und von der Welt sehen. Und für Agnès war es sicher kein Fehler, in Frankreich aufgewachsen zu sein. Auch wenn ich bedaure, dass ich ihre Kindheit und Jugend verpasst habe.« Er leert den Pastis und schenkt sofort nach, stellt zwei Gläser für uns dazu. »Auf der anderen Seite muss ich Susan bremsen, mein langjährig gepflegtes Junggesellendasein zu sehr auf den Kopf zu stellen. Sonst finde ich bald nichts mehr in meinem Wohnmobil, laufe nie mehr noch zur Mittagszeit im Jogginganzug rum und höre auf, zu trinken und zu rauchen. Deshalb verbringen wir jetzt einige schöne Tage miteinander, und dann stelle ich mich vielleicht den Sommer über zu Susans Dämonengalerie im Havre Jouan. Was dann kommt, wird die Zeit erweisen. Ich würde gerne in Portugal oder Marokko überwintern, mal sehen, ob sich Susan von ihren Metallmonstern trennen kann.«

»Camille und Delphine wollen morgen zum großen Flohmarkt nach Granville, wir haben beschlossen, uns anzuschließen. Kommt ihr mit?«, frage ich ihn.

Friedrich winkt ab. »Ausgeschlossen. Susan ist auf einer Vernissage in Caen, stellt einige ihrer Skulpturen im Innenhof der Festung aus. Anschließend wollen wir nach Port-en-Bessin, Susan hat gesagt, der Ort habe eine besondere Magie, und gute Meeresfrüchte gäbe es auch.« Friedrich grinst. »Zum Glück hat sie wenigstens ein Faible für die normannischen Delikatessen. Ich wünsche euch viel Spaß in Granville.«

»Danke, dir auch einen schönen Tag morgen.«

Kaum sind wir zurück im Mobilheim, sackt Paul aufs Bett. Er schaltet den Fernseher ein, den ich all die Tage nie benutzt habe, verfolgt aufmerksam eine französische Quizshow. Der Showmaster fragt: »Qu'est ce qui gravite autour de la Terre? La lune? Le Soleil? Mars? Venus?« – »Wer umkreist die Erde? Der Mond? Die Sonne? Mars? Venus?« Der Kandidat ist sich nicht sicher und zieht den Publikumsjoker. Die Zuschauer entscheiden sich mehrheitlich für die Sonne. Der Prüfling schwankt: »Soll ich noch den Fünfzig-fünfzig-Joker ziehen?«, fragt er, nimmt dann aber doch die Sonne.

»Auch Frankreich ist verloren«, murmelt Paul. »Ganz ehrlich, ich habe einen echten Kulturschock.« Er drückt die Quizsendung weg. »Ich maße mir nicht an, in diesen drei Wochen wirklich viel vom Land mitbekommen zu haben. Aber der Unterschied zu Europa ist so krass. Nur wenige Menschen haben überhaupt Zugang zu sauberem Wasser und das Land zählt zu den ärmsten der Welt. Das weiß man ja alles, hat es irgendwo gelesen. Es ist etwas völlig anderes, wenn du es selbst erlebst und mit eigenen Augen siehst. Die schlimme Dürre, die das Land verwüstet, im wahrsten Sinne des Wortes. Diese hart arbeitenden Frauen, immer ein Kind um den Bauch gebunden, aber immer lächelnd. Überhaupt die Kids: voller Lebensfreude. Und dann kommst du ins reiche Europa zurück, und bist nur von missmutigen, hektischen und schlecht gelaunten Menschen umgeben. Was läuft hier schief?«

Ich zucke mit den Schultern. »Also, so schlimm empfinde ich es jetzt nicht. Paris ist sicher ein anderes Pflaster. Hier in der Normandie fühle ich mich sehr wohl. Und die Menschen sind sehr nett.«

»Dir ist aber schon klar, dass du dich selber mitnimmst, wenn du nach Frankreich ziehst? Dass das keines deiner Probleme löst? Und dass die politischen Versäumnisse und die gesellschaftlichen Verwerfungen eher größer sind als bei uns? Lass uns morgen weiterreden. Ich brauche jetzt wirklich ein bisschen Schlaf.«

»Darf ich deine Fotos angucken?«, frage ich.

»Die meisten sind auf dem Laptop, der liegt noch im Auto.«

Während Paul ins Reich der Träume sinkt, vertiefe ich mich in seine Aufnahmen von Madagaskar. Sie sind faszinierend. Wow! Ich verweile auf der Baobab-Allee, die Paul aus unterschiedlichen Blickwinkeln und zu verschiedenen Tageszeiten auf die Speicherkarte gebannt hat. Mal bevölkert von zahlreichen Menschen, die sich zu Fuß oder auf einem mit Palmenblättern vollgepackten Zebuwagen die staubige Straße entlang bewegen. Dann im goldenen Abendlicht, das der gesamten Szenerie etwas Unwirkliches und schon fast Überirdisches verleiht. Schließlich mit Sonnenuntergang. Ich begleite Paul bei seiner Jagd auf Lemuren, Rotstirnmakis und Chamäleons. Eines davon ist so winzig, dass es bequem auf Pauls Fingerkuppe passt! Ich bewundere meinen Mann dafür, dass er durch die bizarren Felsen der Tsingys geklettert ist. Aber am meisten liebe ich ihn für seine Porträts. Ein junger Schlachter wetzt auf dem Markt seine Messer, ein Künstler bannt die Welt Madagaskars auf Stoff, ein Kunsthandwerker schnitzt aus Zebuhorn Besteck. Dazwischen immer wieder die Kinder. Ein Bild einer Achtjährigen schlägt mich völlig in den Bann. Sie hat sich kurze Zöpfe ins Haar geflochten und das Gesicht mit Kreide weiß gemacht, ihre dunklen Augen funkeln wie schwarze Diamanten. Paul hat wirklich Talent.

Delphine und Camille holen uns früh in Delphines Wagen ab, gemeinsam fahren wir Richtung Süden. Camille möchte uns gerne das Tal des Lude zeigen, bevor wir den Flohmarkt aufsuchen. »Ein bisschen Bewegung, solange es noch kühl ist, tut gut, und es ist wirklich schön dort.«

In Carolles, einige Kilometer von Granville entfernt, stellen wir unser Fahrzeug am Strand ab. Nur ein paar unverdrossene Jogger setzen um diese Uhrzeit ihre ersten Spuren in den Sand. An eine der weißen Badehütten ist eine Leiter gelehnt, auf der vorletzten Sprosse balanciert ein Mann mit Eimer und Farbrolle. Er winkt unserem Trupp zu und verliert fast das Gleichgewicht.

»In drei Wochen steppt hier der Bär«, bemerkt Camille, »da bekommst du keinen Parkplatz mehr. Und mit Hund bist du Persona non grata am Strand. Aber wir laufen jetzt einfach ein Stück, um diese Zeit haben wir den Wanderweg noch fast für uns alleine.«

Behände eilt sie die Stufen hinter den Badehütten hinauf. Delphine und Hope folgen ihr in großer Geschwindigkeit, mein Collie orientiert sich ohnehin an seiner Hundeliebe. Paul und ich haben Schwierigkeiten, Schritt zu halten. Steil geht es in die Klippen hoch, dann einen verwunschenen Weg durch den Stechginster hindurch. Wir kommen in ein Tal und stehen an einem kleinen natürlichen Hafenbecken. »Auch der Port du Lude diente Schmugglern früher dazu, ihre Waren von Jersey aufs Festland zu bringen«, erläutert Camille.

Die Erinnerung an unseren Ausflug letzten Samstag schiebt sich schmerzhaft in mein Bewusstsein, Tränen schießen in meine Augen.

Camille und Delphine klettern wie die Bergziegen den Felsenweg empor, und ich muss meinen ganzen Mut zusammennehmen, um wegen der steil abfallenden Küste zu meiner Rechten nicht in Panik zu verfallen. Schnell greife ich nach Pauls Hand. Die Aussicht entschädigt für den Klumpen im Bauch, den die Höhenangst hervorruft. Bizarre Felsen recken sich in den Himmel über der Normandie, die Blüten des Stechginsters kontrastieren mit dem Blau von Sphäre und Meer. Nach einer weiteren Biegung auf dem Trampelpfad kommt ein Steinhüttchen in Sicht, das in selbstmörderischer Absicht auf einen Felsvorsprung gebaut wurde, ein Wachhaus wie unseres in Saint-Germain. Im Dunst über der Bucht können wir die Silhouette des Mont-Saint-Michel ausmachen.

»Die Aussicht ist wirklich toll«, begeistert sich Paul.

»Der Reiseschriftsteller Sylvain Tesson nennt den Mont-Saint-Michel eines der wenigen bereichernden Geschenke der Menschheit an den Horizont«, philosophiert Camille. »Ihr könnt jetzt den Küstenwanderweg entlanglaufen und immer in die Bucht blicken, der Klosterberg wird jedes Mal anders erscheinen. Es ist pure Magie.«

Wir lassen uns vom Zauber der Bucht einfangen. Die Sonne wirft Lichtflecken auf die Wasserfläche, zu unseren Füßen wandern einige Fußfischer zwischen den Felsen in ihre Jagdgründe im Watt. »Allerdings, und das ist meine persönliche Meinung«, setzt Camille nach, »ist der Klosterberg mit gebührendem Abstand am schönsten. Innen drin herrscht dichtes Gedränge, in den Sommermonaten siehst du in den Gassen vor lauter Menschen nichts mehr. Hier oben fällt es mir leichter, die Gefühle der Pilger nachzuvollziehen, als sie sich auf den Weg machten.«

Wir folgen durch das Tal des Lude und schlagen uns entlang der Feldwege wieder zum Parkplatz zurück. Der hat sich merklich gefüllt, Familien mit Picknickkorb und Sandförmchen streben Richtung Strand. Wir fahren nach Granville, parken am Hafen.

»Granville ist die einzige Stadt in der Normandie, die ein Badeverbot nicht nur für Hunde, sondern auch für Elefanten hat. Ein Zirkus ließ regelmäßig seine Elefanten am Hauptstrand planschen. Das rief den Gemeinderat auf den Plan, seitdem darfst du da mit keinem Vierbeiner mehr ins Wasser. Aus hygienischen Gründen. Explizit gilt das auch für Elefanten, so steht es im Beschluss.« Camille gibt amüsiert die Anekdote zum Besten, während Delphine uns die schlechte Nachricht verkündet. »Der Hafen ist unten, der

Flohmarkt aber in der Oberstadt. Wie ihr euch denken könnt, ist das auf dem Berg.« Sie weist mit dem Finger auf eine Treppe, deren Steilheit an die in Carolles erinnert. Sie ist nur deutlich breiter.

Ein krummbeiniger Seebär kommt uns entgegen, die Schiffermütze hat er nach hinten geschoben, Schweißperlen glänzen auf seiner Stirn. Stolz präsentiert er Delphine seine Beute, einen antiken Sextanten, den er auf dem Flohmarkt erstanden hat.

Wir keuchen hoch, Camille ist immer noch fit und berichtet von weiteren Gesetzen aus Französisch-Absurdistan. »Die Normannen sind nicht die Einzigen, die lustige Arrêtés, *Verordnungen,* in die Welt setzen. Als UFO-Pilot musst du dich vorsehen und darfst zum Beispiel Châteauneuf-du-Pape weder überfliegen noch im Ort landen, sonst riskiert du, abgeschleppt zu werden.«

»Im Moment hätte ich nichts dagegen einzuwenden, abgeschleppt zu werden«, keucht Paul, bleibt stehen und wendet sich um.

Unter uns liegt das Hafenbecken. Es ist Ebbe, die Boote der Freizeitkapitäne liegen sicher vertäut an den Pontons. Ein leichter Geruch von Fäulnis aus dem Hafenbecken weht zu uns herauf. Paul atmet durch und nimmt Anlauf für das letzte Stück. Schwungvoll wie in jungen Jahren hechtet er die Stufen hoch zur Statue des Korsaren mit dem Holzbein. Belmondo nutzt die Gelegenheit, zunächst am Granitsockel zu schnüffeln und dann seine Duftmarke zu hinterlassen. Wir haben es geschafft und stehen auf einem Parkplatz, auf dem rund zwanzig Händler ihre Verkaufstische aufgebaut haben und Waren feilbieten.

Wir bummeln an Antiquitätenhändlern vorbei, an Ständen mit Kitsch und Kunst. Auf einem Teppich offerieren zwei Kinder ihre Spielzeugautos, und aus dem Kofferraum eines ramponierten Fahrzeugs blicken uns die Knopfaugen von fünf Mischlingswelpen entgegen. Paul nimmt mich bei der

Hand und zieht mich weiter, bevor ich schwach werden kann. Wir schälen uns aus dem Getümmel und genießen die Aussicht aufs Meer.

»Man kann die alten Korsaren schon verstehen, dass sie Granville zu ihrem Domizil gemacht haben«, sagt Camille, »und auch nachempfinden, welches Gefühl es wohl war, jedes Frühjahr von hier aus Richtung Neufundland in See zu stechen, um Kabeljau zu fangen. Und nicht so genau zu wissen, wann man wieder zurückkehren würde. Aber dem Kabeljau verdankt Granville seinen Reichtum. Und den Karneval, der immer vor dem Start der Kabeljausaison gefeiert wurde. Mittlerweile darf er sich mit dem Titel immaterielles Kulturerbe schmücken.«

An der Spitze der Oberstadt stehen ein Signalturm und ein unvermeidlicher Bunker der Wehrmacht. Unter uns sticht ein Segelschiff in See, zahlreiche Urlauber nutzen die Kulisse für Selfies. Auf den Felsen putzen sich die Kormorane das Gefieder. Die Steinhäuser aus grauem Granit sind dicht an dicht auf das Gestein geklatscht, die Gassen sind eng, und die Besucher schieben sich über das Kopfsteinpflaster. Manche Fassaden sind von Efeu und wildem Wein überwuchert, in Pflanzkübeln wachsen Rosen und Hortensien. Viele der Häuser sehen aus, als hätte der Architekt Tetris gespielt, sie fügen sich in den irrwitzigsten Formen und mit waghalsigen Winkeln in eine der ehemaligen Baulücken. Die Fenster der Erdgeschosswohnungen sind weit geöffnet, der Wind verfängt sich in den Vorhängen. In einem Wohnzimmer sitzt ein Mann in Unterhemd und Shorts am Esstisch und bastelt an einem Schiffsmodell, das dem historischen Dreimast-Schoner im Hafen, »Le Maritè«, nachempfunden ist. Hinter dem nächsten Fenster wartet eine Hausfrau auf uns, die mit Schwung ihren verkohlten Sonntagsbraten ins Freie befördert, nicht ohne ihm einen Schwall wüster Flüche hinterherzuschicken. Wieder zwei Häuser weiter umfängt ein Jüngling die Hüften seiner Freundin, und in einer Nebengasse sitzt die Familie beim Apéro. Wir winken hinein, und sie prosten uns zu.

Auf allen Plätzen der Oberstadt haben sich Flohmarkthändler ausgebreitet. Wir lassen uns durch das Labyrinth aus Bekleidung, Antiquitäten, Pflanzen, Möbeln und Spielzeug treiben. Zwischendrin werden Muscheln, Sandwiches, Pommes und Crêpes feilgeboten; der Duft von Fett und Zucker hängt in den Gassen. Belmondo hechelt und lässt die Zunge auf dem Boden schleifen, um unauffällig das ein oder andere Kartoffelstäbchen einzuatmen. Wir schreiten durch das Stadttor, das den Eindruck einer uneinnehmbaren Festung vermittelt.

Paul verliebt sich spontan in das Théâtre de Haute Ville. »Ist das wirklich ein Theater?«, fragt er Camille.

Die nickt. »Ja, früher war es das Handelsgericht. Mittlerweile wurde es zu einem echten Theater umgebaut. Mit nur wenigen Sitzplätzen, sehr intim und sehr direkt.«

»Wenn du schon ein Haus kaufen willst«, meint Paul zu mir, »dann dürfte es für mich ein solches Stadtpalais sein.«

Wir schlendern durch die Rue de Notre Damen und Rue Saint-Jean. In der Rue du N wagen wir einen Blick über das Steinmäuerchen die Felsen hinunter. Unter uns liegen das Casino, ein großes Hotel und die feudale Strandpromenade. Das Meeresschwimmbad in der Gezeitenzone ist ohne Wasser; von den Startblöcken aus gilt es nur einen Sprung in den Sand zu machen.

Eine steile Treppe führt ein Stockwerk tiefer, Menschen schlendern den Strand entlang, winzig wie Stecknadeln.

An der Spitze des Felsen, auf dem wir stehen, befinden sich Parkplätze und eine Grünfläche. Eine Kastenente wurde zu einer mobilen Bar umgebaut, die Säfte, Tee und Kaffee offeriert. »Café de la Baie« steht in weißen Lettern auf dem Koffer des Oldtimers. Der Barkeeper serviert uns einen Espresso, heiß und stark. Aus Australien komme er ursprünglich, erzählt er uns, habe bei einem Work-&-Travel-Aufent-

halt seine große Liebe in der Normandie gefunden und sei deshalb geblieben. Mit seiner mobilen Bar steht er normalerweise am Ecomusée in der Bucht des Mont-Saint-Michel. Paul bewundert den Restaurationszustand der Döschwo und die ausziehbare Bar, in die die Siebträgermaschine und der Teekocher installiert sind.

»Ja, das ist Maßarbeit«, erklärt Tom. Er trägt eine Schiffermütze und ein blau-weiß geringeltes Hemd. »Auf der anderen Seite ist ein Kühlschrank eingebaut, damit die Erfrischungsgetränke schön kühl bleiben.«

»Das Fahrzeug ist in einem sehr guten Zustand«, sagt Paul anerkennend.

»Das habe ich nicht alleine gemacht, da hatte ich Hilfe von den Schraubern da drüben.« Tom weist auf den Vorplatz vor dem Museum für moderne Kunst. »Die Jungs und Mädels von Citroën Légende haben sich auf alte Modelle der Kultmarke spezialisiert. Ein paar Fahrzeuge haben sie hier ausgestellt, natürlich standesgemäß. Sie verkaufen auch fertig restaurierte Fahrzeuge.« Er schiebt die Mütze etwas zurück und nimmt die Sonnenbrille ab, um Paul zuzuzwinkern. »In ihrer Werkstatt stehen noch mehr.«

Mein Mann ist nicht zu halten, seine Impulskontrolle bei alten französischen Autos ist nur schwach ausgeprägt. »Nur mal gucken«, murmelt er und verschwindet. Camille lacht, und Delphine setzt sich auf eine der Parkbänke. »Ich vermute mal, das kann dauern. Ihr solltet doch das Haus von Claude kaufen, da ist wenigstens Platz.«

»Zu spät«, schaltet sich Camille ein, »Léon hat gestern Vormittag den Vorvertrag unterschrieben. Ich habe ihn zufällig in Lessay vor dem Maklerbüro getroffen.«

Ihre Worte versetzen meinem Herzen einen Stich.

Ich habs versaut.

»Er wurde übrigens gefeuert«, fährt Camille fort, »dieser Kieffer aus Luxemburg fand seine Verstrickung in die Schleppergeschichte als rufschädigend für das Projekt.«

Belmondo dreht eine Runde von Baum zu Baum und inspiziert die Mülleimer nach Fressbarem. Im Blau des Himmels hängt ein Drachenflieger und nutzt die Aufwinde des Granitfelsens. Ich geselle mich zu meinem Mann, der intensiv in Benzingespräche mit den Citroën-Spezialisten vertieft ist. Sie haben ein paar schöne Oldtimer mitgebracht, eine DS und ein Traction Avant 11 funkeln in der Nachmittagssonne um die Wette, daneben stehen eine Wellblechente und ein Méhari.

»So ein Méhari wäre das ideale Strandfahrzeug für uns, Brigitte«, sagt Paul. »Belmondo könnte hinten auf der Ladefläche mitfahren. Sie haben noch einige unrestaurierte Exemplare in ihrer Garage stehen und würden mir einen fairen Preis machen, wenn ich einen Teil der Arbeiten selbst übernehme.« Paul strahlt wie ein kleines Kind, und mein Hund springt zur Unterstützung des genialen Plans gleich in ein postgelbes Wüstenauto.

»Ihr Männer habt euch gegen mich verschworen«, seufze ich.

»Sie haben auch noch eine DS mit einem Camping-Koffer im Angebot«, schwärmt Paul. »Wir müssen da die nächsten Tage unbedingt mal vorbeischauen.« Er steckt die Visitenkarte ein, und wir kehren zurück zu Delphine und Camille, die angeregt mit Tom plaudern.

»Du könntest einen meiner Kräutertees probieren«, schlägt Delphine dem Australier vor.

»Sehr gerne, ich verkaufe ohnehin ausschließlich Bio-Produkte aus der Region, aber ein richtig guter Kräutertee fehlt noch im Angebot.«

Camille weist in die letzte Ecke des Parks. »Da waren wir noch nicht, dann sind wir ziemlich durch.« Ganz am Rand hat sich ein Händler mit Werkzeug niedergelassen, der weiße Lieferwagen mit Anhänger steht abseits an der Mauer geparkt. »Kennen wir den nicht? Aus Bretteville?«

Ich nicke. Ja, diese beeindruckende Sammlung von modernen Werkzeugen und alten Folterinstrumenten haben wir schon einmal inspiziert. Aber Paul begeistert sich natürlich sofort dafür. Ich bin sicher, im Geist richtet er bereits die Werkstatt des Hauses ein.

Herr des Sammelsuriums ist ein großer Kerl im Blaumann. Er mag in den Dreißigern sein, er ist schwer zu schätzen. Das Gesicht ist hager und die gesamte Gestalt mager. Gesicht und Arme sind braun gebrannt, er arbeitet offensichtlich die meiste Zeit im Freien. Seine Hände hat er hinterm Rücken verschränkt.

»Das letzte Mal haben wir hier einen alten Mann getroffen«, eröffnet Camille das Gespräch, »ist er heute nicht da?«

Verlegen starrt der Mann auf den Boden. »Er ist krank, nicht ganz auf dem Posten, verstehen Sie? Er ist ja auch schon fast hundert, da ist man nicht jeden Tag fit.« Die Frage ist ihm offensichtlich unangenehm.

Paul ist längst in seinem Element und begutachtet die feilgebotenen Werkzeuge. »Was ist denn das da?«, zeigt er auf einen Gegenstand, der für mich wie ein mittelalterlicher Brustreißer anmutet.

Der lange Schlacks stiefelt über seine Schätze und bückt sich, hebt die skurrile Zange auf. »Das hier?«, fragt er und hält das Gerät in die Höhe. Seine rechte Hand ist dick bandagiert, seine linke ebenso. Dort, wo der Verband endet, schimmert die Haut rot entzündet hervor. Auf dem rechten Mittelfinger wuchert eine eitrige Blase.

»Was haben Sie denn gemacht? Das sieht ja übel aus!« Delphine ist sofort zur Stelle.

»'n bisschen verätzt«, nuschelt der Verletzte, »nich' weiter schlimm.«

»Zeigen Sie her!« Delphine duldet keinen Widerspruch, greift nach der Hand des Mannes.

Der lässt erschrocken das Folterinstrument fallen, zieht die Hand weg. »Lassen Sie das!«, fährt er Delphine an.

Beschwichtigend hebt sie die Arme. »Entschuldigung! Ich wollte nicht übergriffig sein. Aber das muss unbedingt behandelt werden. Und der Verband muss runter, glauben Sie mir. Ich möchte Ihnen wirklich nur helfen.«

Verunsichert guckt der Mann Delphine an. Seinen blauen Augen ist anzusehen, dass die Verletzung schmerzhaft ist. Vorsichtig hält er Delphine die Rechte hin.

Meine Freundin wickelt sie behutsam aus. Die Haut ist überall weggefressen und mit Eiterpusteln übersät, die Hand geschwollen. »Tut das weh?«, fragt Delphine. Der Mann nickt, Delphine wickelt die andere Hand aus, die sich in einem ebenso bemitleidenswerten Zustand befindet. »Wieso sind Sie damit nicht zum Arzt?« Delphine schüttelt den Kopf. »Das hier ist kurz vor der Sepsis. Und die kann schnell lebensbedrohlich werden.« Sachte untersucht sie die Hände. »Normalerweise hätte ich da eine meiner Salben draufgeschmiert, aber dazu ist es wirklich zu spät.« Sie fasst an die Stirn des Verletzten. »Fieber haben Sie auch. Sie müssen ins Krankenhaus, ich bringe Sie hin, meine Freunde beaufsichtigen Ihren Stand, bis wir wieder hier sind.«

»Das geht nicht«, versucht der Kranke zu widersprechen.

»Okay, dann sagen Sie mir zumindest, was diese Wunden verursacht hat, damit ich Ihnen helfen kann. Ich habe verschiedene Heilsalben im Auto, die kann ich holen.«

Seine Augen füllen sich mit Tränen. »Ich wollte ein neues Wundermittel ausprobieren. Hab im Internet gelesen, soll viele Krankheiten heilen. Potenzsteigernd und gegen Alzheimer wirken.«

»Verdammt – was haben Sie gemacht?«, schreit Delphine ihn entgeistert an.

»Ich wollte eine Canatrin-Salbe herstellen oder wie das Zeug heißt«, stammelt er. »Und einen Trank. Auf einschlägigen Websites kann man Anleitungen kaufen, da wird genau erklärt, wie das geht. Und dass es gegen alles hilft, auch gegen Krebs und Demenz.«

»Was meinen Sie? Etwa Cantharidin? Meinen Sie wirklich Can-tha-rid-in?«

Er nickt. »In der Ouest-France stand das auch, nur keine Anleitung. Ich wollte meinen Opa retten, denn er baut geistig total ab, die letzten Wochen ist er völlig senil geworden. Hab gedacht, das ist eine gute Idee.«

Delphine ist fassungslos. »Und in Ihrer Anleitung stand nicht, wie gefährlich das ist? Sie hätten sich umbringen können, Mann! Und dann einfach so leichtgläubig was im Internet runterladen und ausprobieren. Sie sind doch erwachsen und kein dummer Schuljunge mehr!«

Meine Freundin wendet sich zu Camille. »Es hilft alles nichts, wir brauchen einen Arzt, da kann man keine Laien dran herumdoktern lassen, ich habe einer so schweren Verätzung nichts entgegenzusetzen.« Sie wendet sich an den Patienten. »Haben Sie die Ölkäfer auch im Internet bestellt?«

»Nein, nein. Die werden nicht verschickt, auch keine fertigen Produkte. Die Käfer habe ich mitgehen lassen, bei Saint-Germain-sur-Ay, stand auch in der Ouest-France, wo es die gibt.«

Delphine klatscht sich an die Stirn. »Aber natürlich! Sie haben meine Käfer gestohlen. Ich hoffe, diese üble Verletzung ist Strafe genug, aber ich werde Sie trotzdem anzeigen. Es ist absolut verantwortungslos, was Sie da gemacht haben. Ölkäfer haben in den Händen von Stümpern und Quacksalbern nichts verloren.«

Der Delinquent nickt.

»Wo ist denn jetzt eigentlich Ihr Großvater?«, schaltet sich Camille ein.

»Dem habe ich heute früh den Trank eingeflößt. Aber ihm ist schlecht geworden.«

»Wo ist er? Verdammt!«

Ein Schrei beantwortet die Frage. Er kommt aus dem Lieferwagen. »Camille, ruf den SAMU«, sagt Delphine und sprintet los. Ich folge ihr. Delphine öffnet die Tür.

Auf dem Boden des Vehikels liegt der alte Mann, schmerzgekrümmt, das Gesicht vor Pein entstellt. Neben ihm steht ein gelber Blechkoffer, der Deckel ist offen. Die Fotos sind wild im Innenraum verteilt und heben vom Windstoß kurz ab. Der Greis hält eines der Bilder fest in seiner Hand.

Ich höre die Sirene des SAMU, sie nähert sich rasch.

»Germaine, Germaine, ich werde dich immer lieben. Bald bin ich bei dir, Germaine«, flüstert der Alte.

Seine letzten Worte, er sagt sie in seiner Muttersprache. Auf Deutsch.

Kapitel 27

In der Nacht hat es erneut geregnet, die Wege rund ums Mobilhome sind voller Pfützen, der stilisierte Vorgarten gleicht einer Sumpflandschaft. Draußen wird es hell, ohne dass ich die Quelle ausmachen kann. Vielmehr kriecht das Licht zwischen den Büschen und unter den Steinen hervor. Paul liegt auf dem Rücken und schnarcht, Bébel lässt ein Wuff hören, er will raus. Ich schnappe die Gummistiefel, die unter der Veranda stehen, und schlüpfe hinein. Und ziehe sofort meinen Fuß wieder aus dem rechten Schuh, eine Maus hat in der Nacht einen trockenen Unterschlupf gesucht und verlässt quietschend und mit lautem Protest ihr trockenes Nest. Ich schleiche mich mit meinem Hund zum Hinterausgang raus, im ersten Schein des Tages erkunden wir die Dünen, in denen der Campingplatzbesitzer Totholz, Grasschnitt und einige abgewrackte Wohnwagen lagert. Kaninchen hoppeln über den Weg und hinterlassen Pfotenabdrücke im noch nassen Gras. Auf dem Rückweg gehen wir an der Rezeption vorbei und erstehen ein Baguette und vier Croissants.

Paul und ich frühstücken auf der Terrasse, die letzten Wolkenschleier haben sich verzogen. Mein Smartphone vibriert. »Hier spricht Marc Bertrand vom Kommissariat in Granville. Sie müssten bitte noch eine Aussage bezüglich der gestrigen Vorfälle machen. Und Monsieur Bisson möchte Sie sprechen. Das ist der alte Herr, dem Sie gestern das Leben gerettet haben. Er wird durchkommen, haben die Ärzte gesagt, und keine bleibenden Schäden von den medizinischen Experimenten seines Enkels davontragen.«

Wir verabreden uns mit Camille und Delphine und rufen Manon an. »Es ist wirklich sehr rätselhaft«, erkläre ich, »er hatte ein Foto von Germaine in der Hand und sprach Deutsch. Bei der Polizei hat sein Enkel angegeben, er heiße Georges Bisson und sei Franzose.«

Ich höre sie durchs Handy atmen. »Ich komme mit, ich will auf jeden Fall wissen, was es mit dem Hundertjährigen auf sich hat.«

Auf dem Weg in die Korsarenstadt lauscht Manon den Tiraden von Delphine. »Ich kann es immer noch nicht glauben, dass ein erwachsener Mensch auf so einen Humbug reinfällt. Diesen Quacksalbern muss das Handwerk gelegt werden, es ist lebensgefährlich, was die tun.« Der Wind fährt durch die halb geöffnete Scheibe und zerzaust Delphines rote Mähne. »Ich habe mir diese Website gestern noch angeschaut, dadurch, dass sie weder Käfer noch Substanzen verkaufen, umgehen sie alle Gesetze und Vorschriften elegant. Dafür nehmen sie einen horrenden Betrag für die Anleitung zum Selbermixen. Aber genug Verzweifelte fallen darauf rein.«

Das Kommissariat der Polizei liegt direkt am Hafen, ein streng symmetrischer Granitbau unter den Remparts, *der Stadtmauer.* Vor den Fenstern des Erdgeschosses sind Gitterstäbe angebracht, was den uneinnehmbaren Eindruck des Gebäudes unterstreicht. Es zu entern wurde trotzdem versucht: An der Fassade finden sich Reste von Farbeiern, eine Scheibe ist eingeschlagen und wurde notdürftig mit einem ausrangierten Verkehrsschild geflickt. »Pour votre sécurité – contrôles automatique« weist auf zu erwartende Geschwindigkeitskontrollen hin. Wir haben daher keine Eile, die Polizeistation zu betreten. Kommissar Marc Bertrand empfängt uns in einem großen und aufgeräumten Büro. Ein Schrank mit Tausenden von Schubladen reicht bis an die Decke; jedes Schubfach ist akribisch beschriftet. Der Beamte versinkt hinter einem dunkel gebeizten Eichenschreibtisch.

An der Wand direkt dahinter erstrahlt ein Porträt des Präsidenten, aufgenommen im Élysée, doch kein Weberknecht scheint sich hier seiner zu erwärmen. Leichte Schlieren auf dem Glas zeugen von der gründlichen Arbeit des hiesigen Reinigungstrupps. Marc Bertrand, Ende vierzig, in Würde gerundet, ist eine gepflegte Erscheinung, das Uniformhemd akkurat gebügelt, die Fingernägel maniküurt. Mit ruhiger Disziplin nimmt er das Protokoll am PC auf, und rundum setzen wir unsere digitale Unterschrift darunter.

»Boris Bisson ist voll geständig«, wendet er sich an Delphine, »auch was den Einbruch in Ihr Gewächshaus betrifft. Wie hoch schätzen Sie den Schaden ein?«

»Das Schlimmste hat er sich und seinem Großvater angetan«, urteilt Delphine. »Konnten Sie bei ihm etwas finden? Tinktur? Salbe? Käfer?«

»Wir haben mehrere Fläschchen und Tigel in seinem Fahrzeug sichergestellt, die Laborergebnisse stehen noch aus. Unsere Kollegen in der Orne durchsuchen derzeit sein Anwesen und beschlagnahmen alles, was auch nur im Entferntesten nach Giftmischerei aussieht, da können Sie ganz unbesorgt sein. Ich schreibe Ihnen kurz auf, wo Sie Georges Bisson im Krankenhaus finden. Die Besuchszeit beginnt um eins.« Er kritzelt eine Zimmernummer und ein Stockwerk auf einen Zettel und drückt ihn Delphine in die Hand.

Das Hospital liegt etwas außerhalb der Stadt, auf einer Anhöhe, von der der Blick weit über die Bucht des Mont-Saint-Michel reicht. Ein Zweckbau, an den immer wieder neue Abteilungen geflickt wurden, moderner als die Krankenhäuser in Saint-Lô und Caen. Monsieur Bisson hat einen Fensterplatz ergattert und lässt seinen Blick Richtung Meer schweifen, als wir eintreten. Es sind dasselbe knorrige Gesicht, dieselben Augen, die ich von den Flohmärkten in Bretteville und Caen kenne, doch die Qualen des gestrigen Tages haben Spuren hinterlassen. Seine Hände liegen auf der weißen Bettdecke, die einen Duft von Desinfektionsmittel verströmt, sein Körper versinkt unter den Daunen. »Ich freue mich sehr, dass Sie gekommen sind.« Er flüstert fast. »Bitte, holen Sie sich ein paar Stühle bei den Schwestern; das, was ich zu sagen habe, dauert etwas.« Wir tragen alle verfügbaren Sitzgelegenheiten zusammen und gruppieren uns um das Bett.

»Dass ausgerechnet Sie mich gerettet haben, ist wirklich ein Wink des Schicksals«, fängt der Alte an. »Tatsächlich verfolge ich Ihre Aktivitäten schon ein paar Wochen, mein Enkel war mir behilflich, Sie im Auge zu behalten, aber auch die Berichterstattung in den Medien habe ich aufmerksam gelesen. Ich weiß also, dass Sie ein Skelett in Saint-Germain-sur-Ay gefunden, nach einer Schatulle gesucht haben und dabei von einer Bombe getroffen wurden. Ich weiß, dass Sohn und Enkel des mutmaßlichen Soldaten hier in der Normandie sind. Ja, ich habe auch die Gesichtsrekonstruktion des Toten in der Zeitung gesehen und weiß, dass er nicht derjenige ist, für den Sie ihn gehalten haben.« Er wendet sich Manon zu. »Ich vermute, Sie sind die Urenkelin von Germaine Lemaitre?«

Manon nickt.

»Erstaunlich, ganz erstaunlich.« Bisson betrachtet sie eingehend, der Hauch eines Lächelns erhellt sein Gesicht. »Sie sehen ihr tatsächlich ein bisschen ähnlich.«

Er fährt sich mit der Hand über die Augen und mustert dann unsere Runde. »Sie fragen sich sicher, was das alles zu bedeuten hat, Sie haben ein Anrecht auf die Wahrheit. Ich wäre Ihnen also sehr dankbar, wenn Sie meine kleine Geschichte anhören würden.«

Er schenkt sich etwas Wasser aus einer Flasche ein, die auf seinem Nachttisch steht, und nimmt einen tiefen Schluck.

»Georges Bisson ist nicht mein richtiger Name, den habe ich nach dem Krieg angenommen. Geboren wurde ich als Werner Hilgen in Deutschland.«

Er macht eine kurze Pause, schaut uns reihum ins Gesicht, studiert die Reaktion auf seine Worte.

»Der Mann in dem Grab ist Oswald Strecker. Ich habe ihn erschlagen, Anfang Juni 1945, aber in Notwehr. Allerdings muss ich sagen, dass sich mein Bedauern in Grenzen hält.«

Camille erholt sich als Erste. »Wieso waren dann all Ihre Aufzeichnungen bei der Leiche?«

»Ich erkläre es Ihnen.« Bisson aka Hilgen räuspert sich und nimmt erneut einen Schluck vom Wasser. »Ich wollte aus Foucarville flüchten. Der Krieg war vorbei, die Gerüchte verdichteten sich, dass die Amerikaner das Lager schließen würden und die Gefangenen entweder nach Deutschland oder in die USA kämen. Beides wollte ich nicht. Mein Ziel war es, in Frankreich, in der Normandie zu bleiben und Germaine zu finden. Ich hatte mich oft für Minenräumdienste gemeldet, freiwillig, denn der Job war sehr gefährlich. Gar nicht selten liefen unsere Jungs auf die eigenen Minen, viel übrig blieb danach nicht. Wir haben sie dann in Orglandes auf dem Friedhof bestattet. Wir waren also zum Minenräumen in Néville-sur-Mer, und in einem unbeobachteten Moment schlich ich mich weg, versteckte mich in der Bocage, in Scheunen, in Viehunterständen. Mein erstes Ziel hieß Saint-Germain-sur-Ay, denn da kannte ich im Hinterland einen französischen Landwirt, der mir und meinen Kameraden, in den Wirren des Sommers 1944 schon einmal geholfen hatte. Ich hatte in meinen Tornister alles gesteckt, was mir wichtig war, auch meine Tagebücher. Auf dem Cotentin herrschte noch pures Chaos, die Mehrzahl der Dörfer war zerstört, Straßen und Brücken ebenso. Ich marschierte nachts, um nicht aufzufallen, hielt mich versteckt. Denn auch wenn der Krieg vorbei war, war ich auf der Flucht, schließlich war ich der Feind. Ich schlug mich also bis an die gegenüberliegende Küste durch, wanderte am Strand entlang. Damals gab es diese Badeorte noch nicht wie heute, nur ein paar vereinzelte Häuser waren an die Plages gebaut, und so streifte ich am Gestade entlang südwärts, immer der Wasserkante entlang, bis ich an der Landzunge von Saint-Germain war. Hier, so wusste ich, musste ich wieder ins Landesinnere, um zu dem kleinen Hof zu gelangen. Ich erklomm eine Düne, auf der noch ein alter Bunker thronte, und ließ zur Orientierung den Blick übers Land schweifen. Im Dunst konnte ich den Kirchturm von Saint-Germain ausmachen. Jetzt würde mein Weg nicht mehr weit sein. Doch leider hatte ich meine Rechnung ohne Strecker gemacht. Seit wir uns wieder getroffen hatten, in den Kriegswirren der Normandie, war er quasi nicht mehr von meiner Seite gewichen. Sie müssen wissen, wir haben dasselbe Realgymnasium besucht, in der gleichen Klasse die Schulbank gedrückt. Und ich konnte ihn damals schon nicht leiden. Ein verwöhnter Bengel, der allen anderen das Leben schwer machte.«

»Ja, so haben wir das in Ihren Tagebüchern gelesen«, bestätige ich.

Das Sprechen fällt dem Greis schwer. Hilfe suchend blickt er zu Manon: »Würdest du mir frisches Wasser organisieren, bitte?«

Manon geht, kommt mit einem gefüllten Krug zurück und schenkt Hilgen das Glas voll. Er leert es in einem Zug. »Die Ärzte haben gesagt, ich muss viel trinken, das beschleunigt die Giftausleitung«, erläutert er. »Wo waren wir stehen geblieben? Ah ja, mein Freund Strecker.« Er fuchtelt mit der Rechten durch die Luft, als wollte er ein Insekt abwehren. »Ich hatte es mir auf dem Bunker bequem gemacht, genoss die warmen Sonnenstrahlen, als er die Düne hinaufgekeucht kam. Bis heute ist es mir ein Rätsel, wie er mich gefunden hat, aber nun, vielleicht hatte er meine Pläne durchschaut, denn auch er kannte unsere Zufluchtsstelle auf dem Hof. Er rannte zu mir und packte mich. Er sagte: ›Hab ich dich, du Hund, heute begleichst du deine Rechnung.‹ Wir rangelten, rollten vom Bunker hinunter, wälzten uns in Resten von Stacheldraht, rappelten uns schließlich irgendwo im Sand wieder auf. Wir waren beide ramponiert, voller Blut und Dreck, unsere Sträflingsuniformen zerrissen. Erneut ging er auf mich los, ich konnte ihm ausweichen und bekam etwas Hartes, Schweres zu fassen. Nahm es, schlug zu. Strecker sackte zusammen, ich schlug noch mal zu, dann rührte er sich nicht mehr. Völlig erschöpft verkroch ich mich in den Bunker, jede Faser meines Körpers schmerzte. Irgendwann muss ich eingeschlafen sein, als ich erwachte, war es dunkel, nur der Mond beleuchtete die Szenerie. Strecker lag immer noch regungslos. Ich untersuchte ihn, er war tot. Mit allem, was ich zur Verfügung hatte, hauptsächlich aber mit meinen bloßen Händen, grub ich ein Loch im Sand, schleifte Strecker hinein, warf meine Aufzeichnungen und persönlichen Gegenstände dazu und verbuddelte wieder alles sorgsam. Es war längst Mittag des nächsten Tages, als ich fertig war.«

»Warum haben Sie Ihre Aufzeichnungen mit begraben? Und was hat es mit dem Koordinaten-Zettel in der Hand des Toten auf sich?« So ganz kann ich Hilgens Verhalten nicht nachvollziehen.

»Ballast abwerfen und eine falsche Spur legen. Ich spekulierte darauf, dass es ein paar Wochen oder Monate dauern würde, bis man Strecker fände. Man sollte ihn für mich halten, sich aufgrund des Zettels an das Camp in Foucarville wenden. Ja, meine Hoffnung war, dass die Leiche schon so weit verwest wäre, dass man den Toten nicht mehr identifizieren könne und statt seiner mich für tot erklären würde. Das wäre für Erika, meine Frau, das einfachste gewesen. Und für mich auch: Ich wollte ein neues Leben in der Normandie beginnen. Tröstlich fand ich zudem den Gedanken, dass man ihr meine Aufzeichnungen zukommen lassen würde, sodass sie die ganze Wahrheit erfahren würde. Mich auch in Gedanken loslassen könne.« Er widmet sich erneut dem Entgiftungsprozess. »Heute wissen wir, dass Strecker erst nach vierundsiebzig Jahren gefunden wurde. Wer hätte das damals auch ahnen können. Ich schlug mich wie geplant zu meiner Landwirtsfamilie durch. Der Mann war mit uns im Sommer 44 festgenommen und wegen Kollaboration angeklagt worden, mittlerweile aber wieder auf freiem Fuß. Sie statteten mich aus, mit allem, was ich brauchte, ordentlicher Bekleidung, einem neuen Rucksack, passenden Schuhen. Nur Arbeit wollten sie mir nicht geben, nie wieder einen Deutschen auf dem Hof beherbergen. So zog ich weiter, konnte schließlich auf einem großen Anwesen in der Orne unterkommen. Die Landwirte fragten nicht nach Papieren und nicht nach der Herkunft, sondern nur nach Arbeitskraft. Und ich konnte ja viel, hatte das Zupacken gelernt. Ich schuftete für zwei, war aber zufrieden mit der Situation. Ich war dem Krieg entronnen, der Gefangenschaft entflohen, und ich konnte in Frankreich bleiben.«

»Haben Sie denn nicht nach Germaine gesucht?« Manon rutscht auf ihrem Stuhl hin und her. »Ich weiß, dass Sie eine Jour Fixe hatten, und Germaine war mehrmals dort, lange Zeit, hat Sie aber nicht finden können.«

»Es war leider nicht so einfach wie heute, vom normannischen Hinterland nach Cabourg zu kommen. Die Bahnlinien waren zumeist zerstört, ein Auto hatte mein Arbeitgeber nicht. Als ich mal eine Woche Urlaub hatte, im Januar 1947, bin ich losgezogen, habe mich trotz Eis und Schnee bis nach Cabourg durchgeschlagen, aber Germaine war nicht am Treffpunkt. Ich habe es immer wieder probiert, auch als die Verbindungen wieder funktionierten, doch nie war sie da.«

»Das kann ich fast nicht glauben.« Manon schüttelt traurig den Kopf. »Sie ist nach Cabourg gefahren, wann immer es ihre Zeit erlaubt hat.«

»Wahrscheinlich haben wir uns verpasst? Ich weiß es nicht. Ich habe es, ehrlich gesagt, auch irgendwann aufgegeben.« Der Alte schaut durchs Fenster ans Meer. »Aufgeben müssen. Denn da war Paulette, die Tochter des Landwirts, der mir Obdach und Arbeit gegeben hatte. Sie war jung, sehr jung. Aber trotzdem wusste sie, was sie wollte. Einen Mann fürs Bett, einen Vater für ihre Kinder, einen Landwirt für die Arbeit. Und mangels anderer Bewerber, so in greifbarer Nähe, wurde ich zum Objekt ihrer Begierde. Sie war jung, und sie traf auf einen Dürstenden, denn außer meiner Frau Erika auf den Heimaturlauben hatte ich keinen Beischlaf mehr genossen. Ich hoffe, Sie verstehen, was ich meine. Ich will das gar nicht beschönigen, aber ich war Wachs in ihren Händen, ich konnte ihr nicht widerstehen. Schon bald wölbte sich ihr Leib unter dem Rock, wenn wir gemeinsam zur Feldarbeit gingen. Ich streichelte sanft über den sich rundenden Bauch, wenn wir Liebe machten, verborgen in der Scheune, zwischen den Hecken, im Fond des Wagens, den ihr Vater mittlerweile erstanden hatte. Als es sich nicht mehr verbergen ließ, wurden wir getraut, und sie schenkte mir neben einem Sohn auch ihren Familiennamen. Und legale Papiere. Ich wurde Franzose, Georges Bisson, Landwirt. Verheiratet mit Paulette Bisson. Vater von vier Kindern. Paulette war in vielerlei Hinsicht anders als Germaine, und so oft habe ich in Gedanken Ehebruch begangen, sehnte mich nach Germaine, dachte an Germaine, träumte von Germaine, begehrte Germaine. Aber mein Platz war jetzt dort, bei Paulette, den Kindern, dem Hof. Wir arbeiteten hart, auf dem Feld, den Obstbaumwiesen und im Stall, aber wir hatten ein zufriedenes, ja glückliches Leben. Viele Jahre, jahrzehntelang.« Erschöpft sinkt er in die Laken; die Beichte bereitet ihm Mühe.

»Manon, ich weiß, dass ich eine Tochter habe, die Marie-Theres heißt, eine Enkelin namens Catherine. Denn viele, viele Jahre nach dem Krieg, da habe ich sie noch mal wiedergesehen, meine Germaine. Da waren wir beide schon alt und hatten unser Leben gelebt.«

Manon setzt sich auf die Bettkante, greift die Hand des alten Mannes, streichelt sie vorsichtig, fast zärtlich.

Der erzählt weiter: »Ende der Siebziger, da wurde mein Leben noch mal auf den Kopf gestellt. Die Buben waren aus dem Haus, bis auf den Ältesten, der sollte den Hof übernehmen. Paulette wurde krank und starb. Brustkrebs, es ging ganz schnell. Plötzlich war mein Bett wieder verwaist, außer Patrick und mir niemand mehr auf dem Hof.« Er streicht Manon sanft über die Wange. »Es ist sehr schön, dich hierzuhaben.« Er seufzt. »Patrick hatte noch keine Frau gefunden, im Dorf munkelte man bereits, er habe es eher mit Männern. Dafür kaufte er einen Fernseher, und das moderne Leben hielt Einzug auf unserem Hof. Wir saßen nach einem langen Tag der Apfelernte im Oktober, als die Böden morgens noch weiß waren vom Reif und die Sonne schneller unterging, als wir unsere Hänger vollladen konnten, beim Abendessen, als eine Show über den Bildschirm flirrte: *Deine Zukunft mit Madame Luna*. Und da sah ich sie, zum ersten Mal wieder nach vierzig Jahren: Germaine!« Die Erinnerung lässt ein seliges Lächeln über sein Gesicht huschen. »Ich konnte es nicht fassen, starrte völlig gebannt auf den Bildschirm. Sie war so schön wie damals. Keinem in meiner Familie hatte ich je von meiner Geschichte und von Germaine erzählt, deswegen konnte ich Patrick meine Begeisterung für Madame Lunas Sendung nicht vermitteln. Doch jeden Donnerstagabend sah ich sie nun, lauschte ihrer Stimme, konnte ihr wieder nah sein. Den ganzen Winter ging das so, doch dann hielt ich es nicht mehr aus, forschte nach, wo sie lebte, fand ihre Telefonnummer heraus. Ich brauchte Monate, um überhaupt den Mut aufzubringen, bei ihr anzurufen. Dreimal legte ich erschrocken auf, als ich ihre Stimme am anderen Ende der Leitung hörte, so sehr rutschte mir das Herz in die Hose. Ich fuhr in ihr Dorf, kundschaftete die Gegend aus, saß einen ganzen Vormittag in meinem Auto auf dem Platz vor dem Rathaus und hoffte, einen Blick auf sie zu erhaschen, vergeblich. Also schrieb ich ihr einen Brief, ganz im Stil unserer kleinen geheimen Nachrichten, mit denen wir uns in Cabourg heimlich verabredet hatten, mit einem Code, den nur wir verstanden.«

»Ich bin dein Orakel im Delphi.« Manon kennt diesen Satz.

Hilgen nickt. »Genau. Mit dem Zeitpunkt unserer Jour Fixe. Ich musste nur hinfahren und sie treffen. Sie musste nur verstehen.«

»Sie ist gekommen«, ergänzt Manon, »und sie hat es mit dem Leben bezahlt. Haben Sie sie getötet?«

Tränen schießen in des Alten Augen, er verbirgt das Gesicht hinter den Händen. »Nein, nein, nein, Manon. Du musst mir glauben – ich habe nichts mit ihrem Tod zu tun. Hätte sie auf mich gehört und sich von mir heimfahren lassen, statt das Rad zu nehmen, so würde sie noch leben. Was gäbe ich bis heute darum.« Er schluchzt wie ein kleines Kind.

»Im Delphi war an diesem Tag schon mittags die Hölle los, deswegen wartete ich vor der Tür. Sie kam angestrampelt mit ihrem Rad, das Gesicht leicht rot, die Haare flogen in alle Richtungen. Sie war wunderschön. Lehnte das Rad an die Wand des Gasthauses und wollte es gerade betreten, als ich auf sie zuging. Abrupt blieb sie stehen, traute ihren Augen nicht. Und dann lagen wir uns in den Armen, nach unendlich langer Zeit. Wir stiegen in meinen Renault und fuhren an den Strand, Germaine zeigte mir eine geschützte Stelle in den Dünen von Utah Beach, wo uns kein Wind piesackte und kein Badegast finden konnte. Alles war wieder da, als hätte es die vierzig Jahre dazwischen nie gegeben. Wir liebten uns voller Leidenschaft, und in den Pausen erzählte sie vom Krieg, von ihrer Tochter und ihrer Enkelin, von der Wahrsagerei und dass sie nie aufgehört habe, mich zu lieben. Dann versanken wir erneut in unserer Begierde. Als es schon dunkel war, fuhren wir zurück, ich wollte sie nach Hause bringen, doch Germaine lehnte ab, sie wolle lieber mit dem Rad fahren, um meine Existenz vor ihrer Familie vorerst geheim zu halten. Sie wollte den Ihren die Geschichte schonend beibringen, sagte sie. Immerhin war ich ja sozusagen von den Toten auferstanden. Wir verabredeten uns fürs Wochenende, im Delphi brannte noch Licht, und die letzten Zecher standen grölend am Tresen. Sie schwang sich auf ihr Rad, verschwand in der Bocage, ihr flackerndes Rücklicht ist das Letzte, was ich von ihr gesehen habe.«

Er weint, Manon reicht ihm ein Taschentuch.

»Sie kam nicht zu unserem nächsten Treffen, von ihrem Tod erfuhr ich aus den Nachrichten. Ich ging wochenlang nicht mehr aus dem Haus, fand kaum Kraft, das Bett zu verlassen. Patrick engagierte eine Pflegerin für mich, die mir auf die Beine helfen und mich im Alltag unterstützen sollte. Mit ihr klappte es dann. Also, mit Patrick und ihr, sie ist die Mutter von Boris.«

Er ringt sich ein schiefes Lächeln ab.

»Keine Liebe ist so unendlich wie die unerfüllte«, sagt Hilgen und wischt sich die Tränen aus dem Gesicht. »Ich hätte gerne zu Marie-Theres und Catherine Kontakt aufgenommen, aber ich traute mich nicht. Was hätte ich auch sagen sollen? Ich fühlte mich schuldig. Hätte ich Germaine nach Hause gefahren, würde sie noch leben. Stetig wiederholte ich diesen Satz in Gedanken, er wurde mein Mantra. Ich empfand jeden Tag, den ich ohne sie weiterleben musste, als Strafe.« Er macht eine kurze Pause. »Jeden. Einzelnen. Verdammten. Tag. Und es sollten viele Tage werden, wie ihr wisst. So oft sterben in meinem Umfeld die Leute meines Alters, und der geliebte Ehegatte folgt ein paar Wochen oder Monate später. Als erlösche mit dem Tod des einen Partners der Lebenswille des anderen. Das finde ich schön, diese Verbundenheit im Leben und im Tod. Doch ich war dazu verdammt, ohne Germaine weiterzuleben.«

Ich hake nach: »Aber Heinrich Hilgen ist sicher Ihr Sohn?«

»Ja, gezeugt im letzten Fronturlaub. Erika hat mir geschrieben, dass sie schwanger ist, kennengelernt habe ich ihn jedoch nie. Ich wusste von seiner Existenz, ich habe herausgefunden, wo er wohnt, aber ich habe mich nie gemeldet. Auch da wusste ich letztendlich nicht, wie ich mich verhalten sollte. Schließlich hatte ich Strecker und einen weiteren Kameraden auf dem Gewissen und eine komplett neue Identität angenommen. Als ich Germaine verloren hatte, war ohnehin das ganze Leben für mich sinnlos geworden.«

Er zieht die Tränen durch die Nase hoch.

»Heinrich Hilgen ist noch immer in der Normandie, zusammen mit Ihrem Enkel Jürgen. Sie wollten eigentlich längst abreisen, aber noch sind sie da. Ich könnte sie anrufen, wenn Sie möchten«, bietet Camille an.

»Das wäre schön«, erwidert Hilgen. »Ich glaube, es ist Zeit, die Dinge zu ordnen, denn beinahe wäre es zu spät gewesen. Würden Sie das für mich übernehmen?«

Camille verlässt das Zimmer, kommt kurz darauf wieder, nickt Hilgen zu. »Sie machen sich sofort auf den Weg und sind in rund einer Stunde da.«

Hilgen seufzt. »Kann mir jemand noch einen Gefallen tun?«, fragt er in die Runde. »Ein alter Mann lebt nicht vom Wasser allein, ich brauche dringend eine Zigarette.« Er zieht die Schublade des Nachttischs auf, kramt eine Packung Gitanes hervor und ein Feuerzeug. »Ich bräuchte jemand, der mich in den Rollstuhl verfrachtet und auf den Raucherbalkon bringt.«

»Ich begleite Sie gerne«, bietet sich Paul an. »Unter der Voraussetzung, dass ich bei Ihnen eine schnorren darf.«

Hilgen nickt. »Dann mal los, junger Mann«, sagt er auf Deutsch.

Einige Zigarettenlängen später schiebt mein Mann den Hundertjährigen wieder zurück, hustet, »was für ein Teufelszeug«. Die Kippe hat die Lebensgeister in Hilgen geweckt, fast ohne Hilfe turnt er in sein Krankenbett zurück.

»Eine Frage hätte ich noch.« Delphine hat aufmerksam zugehört. »Wo ist die Schatulle abgeblieben? In Foucarville ist sie wohl nicht und auch nicht im Grab, also wo dann?«

»Ihnen entgeht aber auch nichts, Madame«, entgegnet Werner Hilgen. »In der Tat habe ich die Schatulle bereits in den Kriegswirren des Sommers 1944 vergraben, als absehbar war, dass die Amerikaner oder die Briten uns auf kurz oder lang gefangen nehmen würden.«

»Und würden Sie denn die Stelle wiederfinden?«

»Oh, ich weiß, wo sie ist. Auf dem Hof, von dem ich Ihnen erzählt habe. Bei dem Landwirt, der uns damals aufgenommen hatte und bei dem wir von den US-Truppen festgesetzt wurden. Da habe ich ihn vergraben, auf der Wiese neben dem Wohnhaus.«

»Und da liegt der Schatz noch?«

»Da liegt er noch. Der Sohn des Landwirts, der damals noch ein kleiner Steppke war, hat Mitte der Sechzigerjahre eine Halle draufgebaut. Was für ein Schwachkopf, aber er konnte es ja nicht wissen. Er ist vor Kurzem verstorben. Mein Enkel hat sich das angeschaut, aber da ist nicht viel zu machen.«

»Meinst du etwa die Halle auf Claudes Grundstück?« Bei Manon ist der Groschen gefallen.

Hilgen lacht. »Ja, genau, Claude, der Filou. Hat meiner Germaine schöne Augen gemacht, um an den Schatz zu kommen. Dabei saß er mit seinem Hintern jahrelang drauf.« Er richtet sich im Bett auf. »Germaine hat mir die Geschichten von Claude und den Sonden und der ganzen Sucherei in Foucarville erzählt. Und sie hat mir auch erzählt, wer ihr Lover in den Siebzigern war. Meine Güte! Es war sofort klar, dass wir den gleichen Hof meinten, denselben Claude, alles passte zusammen. Als ich Germaine sagte, dass ich die Schatulle auf ebenjenem Hof vergraben hatte, konnte sie es zuerst nicht glauben, schließlich war Claude mindestens so besessen von dem Schatz wie Germaine selbst. Also, sie wollte sich drum kümmern. Aber dazu kam es nicht mehr. Nach Germaines Tod hat mich dieses Vermächtnis nicht mehr interessiert, warum auch, es nutzte niemandem mehr. Erst jetzt, als mein Sohn und mein Enkel mir Druck machten, ich solle meine Angelegenheiten regeln. Also hab ich Boris hingeschickt, habe ihm erklärt, dass es dort etwas Wertvolles gibt und wo er suchen muss. Mehrmals war er dort, hat die Lage erkundet. Aber die Halle steht noch, voll mit Gerümpel, und zwei junge Burschen hängen da ab, die ein bisschen aufräumen. Aber das ist euch ja bekannt.«

»Romain und Maxime.« Manon nickt. »Das sind Freunde von uns. Hat Boris denn auch das Regal verschoben?«

Werner Hilgen hustet, dann nickt er. »Bitte sei nachsichtig, Boris hat all seine Talente darauf verwendet, Werkzeuge herzustellen, mit ihnen zu arbeiten und sie zu verkaufen. In allen anderen Dingen ist er nicht so geschickt. Ich habe ihm aufgemalt, wo der Schatz liegen müsste. Er hat alles weggeräumt, aber in dem Moment, da er mit dem Abbruchhammer den Beton löchern wollte, fuhr ein Auto auf den Hof. Er ist getürmt.« Ein Hustenanfall schüttelt ihn, er greift erneut zum Wasser.

»Wissen Sie denn, was in der Schatulle war?« Die Neugierde bringt mich fast um.

»Ich habe mal reingeschaut, es waren viele Wertpapiere drin, Listen mit den Namen geschmierter Politiker der 1930-er-Jahre und Schmuck. Goldschmuck, Perlen, Diamanten, all so etwas. Ein bisschen was hat Germaine mir erklärt. Ihr Arbeitgeber hat in diesem Schatzkistchen die Hinterlassenschaften eines Mandanten gepackt, Igor Nowikow. Dieser Nowikow wiederum kam 1923 nach Paris, baute sich in der französischen Hauptstadt rasch ein kriminelles Netzwerk auf. So gründete er eine Scheinfirma für die Herstellung von Instantsuppen und erwirtschaftete ein kleines Vermögen mit dem Aktienverkauf ebenjenes Unternehmens, stampfte eine weitere Gesellschaft aus dem Boden, die Kühlschränke produzierte, die nicht kühlen konnten, und erschlich sich mit gefälschten Smaragden Kredite. Mit diesen wiederum baute er sein eigenes Kreditinstitut auf und verkaufte getürkte Anleihen im Wert von mehreren Hundert Millionen Francs. Das war ein echter Gauner!«

»Und möglicherweise der ›Schöne Igor‹, der mit einem Goldschatz seinerzeit aus Sankt Petersburg getürmt ist«, ergänze ich.

»Wie dem auch sei: Nowikows Geld steckte im illegalen Glücksspiel genauso wie in verrufenen Nachtclubs. Als die Luft in Paris dünn für ihn wurde, floh er in eine Villa in den französischen Alpen. Dort stürmte eines Nachts die Polizei das Haus, fand Nowikow aber mit einem Kopfschuss niedergestreckt sterbend vor. Selbstmord. So zumindest laut Germaine die offizielle Version. Sie selbst glaubte, der französische Geheimdienst habe Nowikow ermordet. Einen Teil seines Vermögens hatte er wohl bei verschiedenen Pariser Anwälten gebunkert, unter anderem bei Germaines späterem Arbeitgeber. Letztendlich konnte aber der Verbleib all seiner Besitztümer nie geklärt werden, die letzten Spuren wurden durch den Krieg vernichtet, so Germaine. Sie vermutete, dass ein kleiner Teil dem Inhalt der Schatulle entsprach, den weitaus größeren Batzen aber der jüdische Anwalt und seine Standeskollegen selbst in Sicherheit gebracht hätten. Möglich auch, dass die Nazis den Schatz geraubt haben. Wirklich herausfinden wird man es wohl nie.«

»Und das, was in der Schatulle ist, ist das wohl wertvoll?«, fragt Manon.

»Schwer zu sagen. Wenn es seine eigenen Anleihen waren, dann kannst du sie zum Anzünden des Kaminfeuers verwenden, die sind nichts wert. Die Liste mit den geschmierten Politikern dürfte allenfalls Historiker interessieren. Bleibt der Schmuck. Das war gar nicht mal wenig, und wenn er echt ist, sicherlich von beträchtlichem Wert.«

In meinem Kopf rattert es, vor meinen Augen taucht die Situation auf, in der wir Hilgen gefunden haben. Mit einem Foto in der Hand und einem gelben Blechkoffer. »Ist Boris denn auch derjenige, der den Koffer entwendet hat? Also den Fotokoffer aus meinem VW-Bus?«

Hilgen nickt. »Boris war auf mein Geheiß hin schon seit ein paar Wochen immer wieder um Claudes Grundstück geschlichen und hatte mitbekommen, dass Sie den Koffer haben mitgehen lassen. Er folgte Ihnen, haben Sie das gar nicht bemerkt? Wir wussten ja nicht, was drin war, deshalb sagte ich zu Boris, er solle ihn sich zurückholen. Auch wenn es nicht der Schatz war, für mich war es das schönste Geschenk überhaupt, all diese Fotos meiner Germaine. Ich habe den Koffer seither nicht mehr aus den Augen gelassen.«

Erneut füllen sich seine Augen mit Flüssigkeit.

»Boris ist kein schlechter Mensch. Das mit der Käfer-Medizin, nun, das war vielleicht unglücklich. Ich sagte ja schon, mein Enkel ist in manchen Dingen eher unbeholfen. Wie viele Menschen seiner Generation ist er entfremdet von der Natur und seiner Umgebung. Wir Alten, wir spielen Petanque und sitzen mit Angeln am Fluss, sonntags gehen wir auf die Jagd. Wir erkennen die Spuren und die Losungen der Tiere, wissen, wie ein Käuzchen schreit und wie man eine Kuh melkt. Die Jungen heute verstehen davon nichts mehr, und gleichzeitig ist der Alltag immens komplex geworden, zu kompliziert, als dass man alles mit reinem Herzen und einfachem Geist erfassen könnte. Es ist nicht schön, heutzutage jung zu sein, es macht viele Menschen krank. Mein guter Boris, er wollte mir noch ein paar Jahre schenken. Hätte er mich mal gefragt, der Dummkopf, so wäre mein vorzeitiger Tod nicht an der zu geringen Dosis gescheitert.«

Es klopft, Heinrich und Jürgen Hilgen treten ein, Manon fasst in wenigen Sätzen alles für sie zusammen.

»Sie ... du ... bist also ... mein Vater?«, fragt Heinrich Hilgen den Kranken.

»So sieht es aus. Setz dich doch. Du auch, Jürgen.« Werner winkt die beiden Männer an sein Bett.

»Ich glaube, wir ziehen uns dezent zurück«, schlägt Camille vor, »Sie werden sich einiges zu sagen haben.«

Leise ziehen wir die Tür hinter uns zu und treten den
Heimweg an.

Kapitel 28

»Wenn Sie dann bitte hier unterschreiben würden!« Der Notar zeigt auf die Linien. Drei Namen stehen da bei Käufer: der von Paul und mir. Und der von Léon. Auf der anderen Seite paraphiert ein junger Anwalt mit Vollmacht der Erbengemeinschaft. Damit ist der Vertrag unter Dach und Fach.

Wir treten zur Tür hinaus, mir ist feierlich zumute, und ich kann unser Glück kaum fassen. Wir haben ein Haus in der Normandie gekauft. Delphine, Camille, Friedrich, Susan, Agnès, Maxime, Romain und Manon warten im Restaurant de la Lande auf uns; schließlich gibt es etwas zu feiern.

Verzichten müssen wir auf Familie Hilgen: Heinrich und Jürgen sind vor einer Woche nach Deutschland zurückgefahren. Heinrich Hilgen hat den Schock, neben seiner Halbschwester einen quicklebendigen Vater zu haben, schnell verdaut. Tage- und wochenlang saßen die beiden Männer zusammen in der normannischen Sonne und haben geredet. Ab und an holten sie Marie-Theres in ihre Mitte, die wie immer in ihrer eigenen Welt blieb, aber völlig mit sich und den beiden Gentlemen an ihrer Seite im Reinen schien. Schließlich kehrte Werner auf seinen Hof in der Orne zurück. Sein Sohn Patrick, völlig überfordert von den Ereignissen, hatte um seine Anwesenheit und ein klärendes Gespräch gebeten. Seinem Enkel Boris Bisson wurde der Prozess wegen schwerer Körperverletzung und Diebstahl gemacht; er kam mit einer Bewährungsstrafe davon. Nicht so günstig lief es für das holländische Schlepperpärchen. Beide Beschuldigte müssen eine fünfjährige Haftstrafe verbüßen. Bis jetzt nicht geklärt werden konnte, wer für den Tod von Bart van der Horst verantwortlich war. Samir, der Flüchtling, der Léon mit seiner Aussage entlastet hat, ist untergetaucht. Auch Nour, der traumatisierte Afghane, wurde nirgends mehr gesichtet. Vielleicht haben es beide über den Kanal geschafft.

Friedrich und Susan lieben sich, immer noch oder immer wieder, und ob Friedrich im Herbst Richtung Süden fährt oder sich doch unter den Schutz von Susans Dämonen stellt, steht nicht fest. Romain und Manon wollen eine Familie gründen, Manon ist schwanger und wird die erste Frau der Familie seit drei Generationen sein, die ihr Kind zusammen mit dem Vater aufzieht. Manon hat Werner Hilgen die Idee schmackhaft gemacht, eines Tages seine Asche in Longuerac zu verstreuen und einen Gedenkstein für ihn neben den Germaines zu setzen. Er meint aber, das habe Zeit: Erst wolle er mit der gesamten Familie im September seinen hundertsten Geburtstag feiern, und Delphine hat sich bereit erklärt, dieses Fest auszurichten. Sogar Catherine, Manons Mutter, hat sich für eine Stippvisite angekündigt.

Paul war schnell für Claudes Haus zu begeistern, sogar für den Inhalt der Scheune. Nicht ganz so sehr konnte er sich anfangs für den gemeinsamen Hauskauf mit Léon erwärmen, doch die beiden Männer haben sich schnell angefreundet. Außerdem hat sich Paul nach seiner anfänglichen Skepsis spontan in den Cotentin und die hier lebenden Menschen verliebt, sodass wir schon bald nicht mehr über das »ob« sondern nur noch über das »wie« unseres Umzugs debattiert haben. Lediglich unser Wochenendgrundstück mit Hütte, See und Streuobstwiese behalten wir, um die Brücken nach Deutschland nicht ganz abzubrechen. Am ausgebrannten VW-Bus hat Paul zusammen mit Fred gewerkelt, und mittlerweile hustet das Vehikel wieder Diesel; die Heckseite haben die beiden Männer komplett neu aufgebaut. Ein Méhari ist trotzdem Pauls Traum. In Claudes Halle will er eine Werkstatt einrichten und »nur als Hobby« weiter an alten

Autos schrauben. Genügend Ersatzteile sind aus Claudes Sammelsurium übrig.

Jetzt sind alle unsere neuen Freunde da, um mit uns den neuen Lebensabschnitt zu feiern. Der Inhaber des Restaurants bringt den Champagner, Gläser klingen.

»Wisst Ihr denn mittlerweile, was Ihr mit dem Schatz macht?«, fragt uns Romain.

»Werner Hilgen hat beschlossen, dass wir ihn an Ort und Stelle lassen«, berichtet Paul. »Er ist tagelang durch die Halle getigert und konnte sich letzten Endes nicht entscheiden, wo wir ein Loch machen sollten, seine kognitiven Fähigkeiten haben dann doch nachgelassen. Unter Umständen müssten wir das gesamte Fundament abtragen. Und das für eine Schatulle, die wahrscheinlich hauptsächlich ideellen Wert hat. Wir haben ihm versprochen, dass er alles bekommt, was mit Germaine zu tun hat, alle Fotos und Gemälde, vielleicht auch Aufzeichnungen von Claude. Er will ohnehin regelmäßig kommen, um sich um Marie-Theres zu kümmern und Manon zu sehen, solange ihm das noch möglich ist.«

Romain hebt das Glas: »Auf den Schatz!«, und schaut dabei Manon an.

Ich küsse Paul. »Auf meinen ganz besonderen Schatz«, flüstere ich ihm ins Ohr.

Epilog

Ich stehe nur mit einem T-Shirt und einem Badetuch bekleidet auf der Düne des Campingplatzes in Portbail, barfuß, die
Beine unrasiert. Der Wind spielt mit dem Handtuch, das mit
einer Böe davonfliegt und an der Fensterscheibe eines Mobilhomes hängen bleibt. Paul kommt schlaftrunken aus dem
VW-Bus geschlichen, die Border Collies Belmondo und Hope im Schlepptau.

»Ich habe den totalen Quatsch geträumt heute Nacht«, erzähle ich meinem Mann. »Von einem Schatz, einer Leiche
aus dem Zweiten Weltkrieg, einer Wahrsagerin, Schlepperbanden und Flüchtlingen. Absolut wirres Zeug. Belmondo
hat plötzlich Schafe gehütet, und unsere Hope gehörte einer
Kräuterfrau, die mit hochgiftigen Käfern experimentiert hat.
Ich war alleine ohne dich unterwegs und habe den Bus abgefackelt. Und war ein bisschen in einen belgischen Filmregisseur verliebt.«

Paul lacht.

»Sogar unser holländischer Parzellennachbar, der uns gestern wegen Pink Floyd und zu lauter Musik angemacht hat,
kam drin vor. Mit dem hat es allerdings kein gutes Ende genommen.«

Ich sammle das Handtuch ein und beschließe, noch heute
dem Wildwuchs an den Beinen zu Leibe zu rücken.

Paul setzt den Espressokocher aufs Gas und spaziert zur
Rezeption, um Baguette und Croissants zu holen.

»Was ist denn mit ihm passiert?«, fragt er, als er zurückkommt und zeigt aufs Nachbargrundstück. Im Wohnwagen nebenan herrscht Stille, kein Holländer ist zu sehen.

»Oh, in meinem Traum gehörte er zu den Schleppern und ist bei einer Schmuggelfahrt erschlagen worden. Aber da war noch mehr: Wir haben ein Haus gekauft!«, platzt es aus mir heraus.

»Das ist es also, was dich seit Tagen umtreibt.« Paul lacht, drückt mich an sich und gibt mir einen langen Kuss. »Träume sind Wahrheiten ohne den Anspruch auf Realität und ohne Sinn für Logik. Vor allem ohne Konsequenz.«

»Sollen wir nicht einfach dableiben?«, nehme ich einen zweiten Anlauf beim Frühstück.

»Eins nach dem anderen«, brummt Paul. »Jetzt gehen wir mit den Hunden an den Strand, schau mal, es ist totale Ebbe gerade.«

Belmondo und Hope flitzen durch den Sand. Ich lege meine Hand in Pauls, und gemeinsam laufen wir los, dem Horizont entgegen.

Nachbemerkungen

Das erste Mal stolperte ich 2016 über das Gefangenenlager Foucarville. Damals suchte tatsächlich das Rathaus noch Zeitzeugen für eine Ausstellung. Diese wurde im folgenden Jahr im Airborne Museum in Sainte-Mère-Église und im Museum in Utah Beach gezeigt. Die Erkenntnisse und Berichte wurden zudem in einem Buch veröffentlicht: »Prisonniers Allemand en Normandie« (OREP Editions).

Dieses Buch diente mir als wichtige Inspirationsquelle – und tatsächlich gibt es aktuell nicht viele weiterer Materialien über das riesige Lager der USA, in dem deutsche Kriegsgefangene untergebracht waren. Ich habe außerdem verschiedene Zeitungsartikel zu dem Thema ausgewertet und mich tagelang durch die Tiefen von Internetquellen und -foren gewühlt.

Die Chancen stehen gut, dass das Kriegsgefangenenlager in Fourcaville noch spät einen Platz in der Erinnerungskultur findet. Denn mittlerweile gibt es eine Stiftung, die die nahe gelegene Ferme Marmion in ein Museum umwandeln möchte, das sich unter anderem dem Continental Enclosure n° 19 und seinem amerikanischen Kommandanten, Oberstleutnant Warren J. Kennedy, widmen soll.

Recherchiert habe ich zudem zum D-Day und der Schlacht in der Bocage, habe Bücher von Historikern und Augenzeugen gelesen, von amerikanischen Soldaten wie von deutschen Wehrmachtsangehörigen sowie französischen Zivilisten.

Auch bei allen anderen Fakten und der Beschreibung der Schauplätze kam es mir auf eine genaue Recherche und ein hohes Maß an Authentizität an. Nur in wenigen Fällen habe ich mir dichterische Freiheit erlaubt, ohne die dieses Buch nicht denkbar wäre.

An dieser Stelle möchte ich mich bedanken
— beim PIPER Verlag, ohne dessen Schreibwettbewerb »New Writing Talent« aus einer Unmenge von Textsplittern und wilden Ideen kein Manuskript entstanden wäre,
— bei meinem Mann Eberhard, der mir während des Schreibprozesses den Rücken frei gehalten und so manche Idee zum Plot beigesteuert hat,
— bei meinen Testleserinnen und Testlesern für ihr Feedback und meinen Unterstützerinnen und Unterstützern für den Support,
— bei meiner Lektorin Christiane Geldmacher, von der ich viel lernen konnte und die aus meinem Manuskript ein Buch geformt hat.

Glossar

a louer, a vendre steht an vielen Häusern angeschlagen und bedeutet zu vermieten beziehungsweise zu verkaufen

Brutalisme bezeichnet einen modernen Architekturstil, der vor allem in Frankreich in den 1950er- bis 1970er-Jahren sehr populär war. Der Begriff leitet sich vom französischen Wort »brut« gleich »roh« ab.

Citroën deux chevaux ist ein Kleinwagen mit Kultstatus, in Deutschland als Ente bekannt. Sein Gegenspieler ist **die Quatrelle**, der Renault 4.

EDF steht für Électricité de France SA. Der Stromkonzern ist der zweitgrößte der Welt, einen Großteil der Aktien hält der französische Staat.

EPR ist die Bezeichnung für modernste Druckwasserreaktoren. Der EPR in Flamanville ist bis heute nicht fertiggestellt, die Inbetriebnahme ist für den Sommer 2023 geplant.

Folies-Bergère sind ein legendäres Varietétheater in Paris, in dem unter anderem Josephine Baker aufgetreten ist.

Fondation Brigitte Bardot ist eine französische Tierrechtsorganisation, die von der Schauspielerin gegründet wurde.

Gens du Voyage ist die offizielle staatliche Bezeichnung in Frankreich für alle »Fahrenden«, die in nomadischen Gesellschaften leben. Die meisten sind französische Staatsbürger und üben Berufe wie Schausteller, Saisonarbeiter und Marktbeschicker aus oder sind als Handwerker unterwegs. Die Gens du Voyage stammen aus unterschiedlichen Ethnien, wie Roma, Sinté, Manouches, Jenische, Gitans oder Kalés. Insgesamt wird ihre Anzahl in Frankreich auf 250.000 bis 300.000 Menschen geschätzt.

GPU ist russisch und bedeutet Gossudarstwennoje polititscheskoje uprawlenije, Sowjetische geheime Staatspolizei.

Guillaume le Conquérant, oder auch Wilhelm der Eroberer, war Herzog der Normandie und regierte von 1066 bis 1087 das Königreich England. Vor der Eroberung Englands wurde er auch Wilhelm der Bastard genannt.

Livarot ist ein normannischer Rohmilchkäse mit kräftigem Geschmack.

Millet, Jean-François (1814–1875) ist im Dorf Gruchy auf dem Cotentin aufgewachsen. Mit seinen Werken, die dem Realismus zugeordnet werden, inspirierte er unter anderem den Maler Vincent van Gogh.

Operation Overlord wird die Landung der westalliierten Truppen der Anti-Hitler-Koalition genannt. Sie startete am 6. Juni 1944; der Widerstand der Wehrmacht wurde erst mit dem Kessel von Falaise am 21. August endgültig gebrochen. Die Landung und der anschließende Zermürbungskrieg forderten aufseiten der Alliierten 53.700 Tote (37.000 Tote bei den Landstreitkräften und 16.714 Tote bei den Luftstreitkräften), 18.000 Vermisste und 155.000 Verwundete. Die Wehrmacht beklagte nahezu 240.000 Tote und Verletzte, 200.000 weitere Soldaten gingen in Kriegsgefangenschaft. Außerdem wurden bei der Befreiung der Normandie rund 20.000 französische Zivilisten getötet, eine weit höhere Zahl verwundet. Weite Teile der Manche und des Calvados wurden bei den Kämpfen zerstört.

Prévert, Jacques (1900–1977) ist in Frankreich vor allem für seine Gedichte bekannt, die bis heute zur Schullektüre gehören. Außerdem war er als Drehbuchautor tätig, vor allem für den Regisseur Jean Renoir. Er gilt als Mitbegründer des Poetischen Realismus. Seine letzten Lebensjahre verbrachte er in Omonville-la-Petite auf dem Cotentin. Sein Wohnhaus ist heute ein Museum.

Salicorne ist ein Kraut der Salzwiesen, das auch an der deutschen Nordseeküste zu finden ist und dort Queller genannt wird.

Trou Normand, das »normannische Loch«, bezeichnet den Calvados, der zwischen den Gängen eines Menüs gereicht wird, um wieder Platz zu machen.

Vian, Boris (1920–1959) war Dichter, Jazzer und Chansonnier. Der Roman »Der Schaum der Tage« ist sein in Deutschland bekanntestes Werk.